シバの女王の娘

躁うつ病の母と
向きあって

ジャッキ・ライデン
宮家あゆみ・熊丸三枝子 訳

晶文社

DAUGHTER OF THE QUEEN OF SHEBA
by Jacki Lyden

Published in Japan, 2008 by Shobun-sha Publisher, Tokyo.
Japanese translation published by arrangement with the author
in care of Brandt & Hochman Literary Agents, Inc., New York, U.S.A.
through Tuttle-Mori Agency, Inc., Tokyo.

家族のために

目次

装丁　中林麻衣子（きりん果）
装画　鈴木珠基
本文組版　石井ゆき子

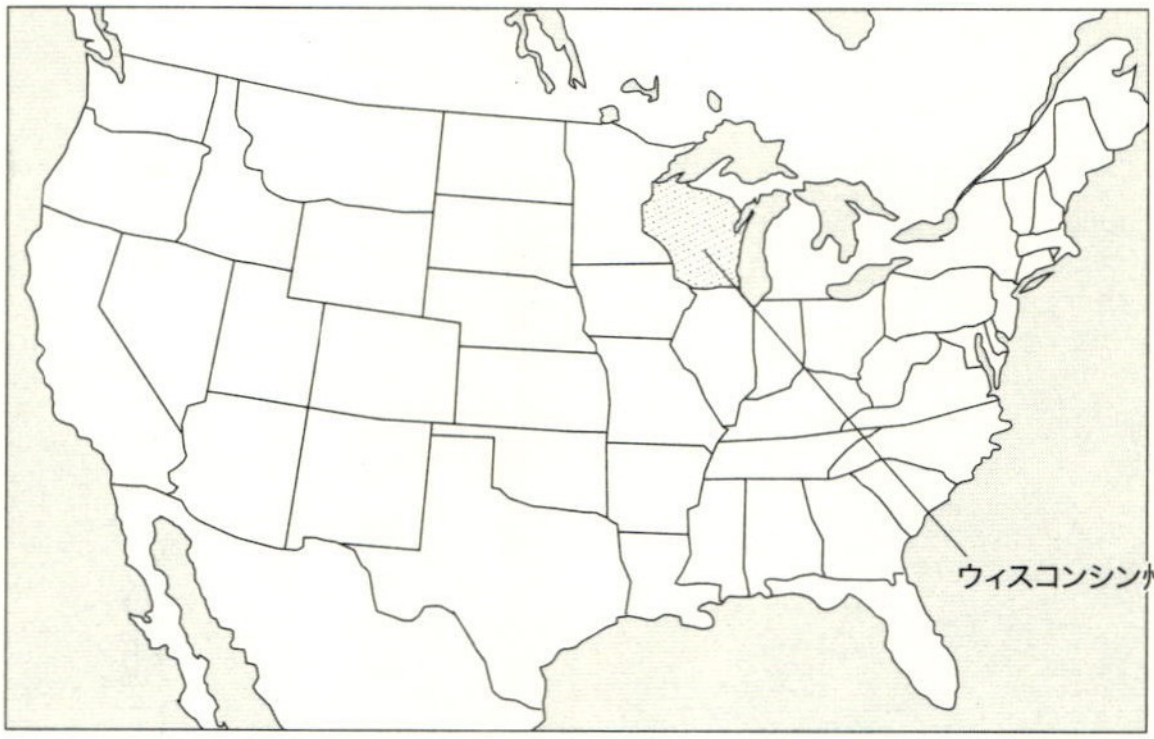

〈主な登場人物〉

ジャッキ（ジャッキー）――一九五四年生まれ、本書の語り手

ドロレス――ジャッキーの母、双極性障害を患う

メイベル――ジャッキーの祖母、ドロレスの母

ケイト――ジャッキーの妹、神秘思想に関心をもつ

サラ――ジャッキーの末の妹、法律を学ぶ

〝先生〟――ドロレスの再婚相手、医師

最初はうまくいかないかもしれないけれど立ち止まらずに、
そこにいなければ他の場所をさがしてほしい
私はどこかで君のことを待っているから

——ウォルト・ホイットマン『草の葉』より

シバの女王の娘

Daughter of the Queen of Sheba

1

うるわしのミス・アメリカ

Oh, Miss America, You Are So Beautiful to Me

素焼きのカップのように開いた母の手のひらに、イエス・キリストの指が触手のように絡みついていた。ウィスコンシン州メノミニー郡にある私たちの小さな町。その真夜中、イエスは母の前に現われた。冷たく光る白い蛸《たこ》のような姿で。時は一九六六年。私は十二歳だった。

母は若く美しかった。二度結婚していたが、再婚相手は、深夜の母の〝主なる神〟との対話を理解していなかった。「イエスさまがおっしゃったのよ、私の手をとりなさいって」。四半世紀後に母はそう私に説明した。「こうおっしゃったの。ドロレス、汝は偉業をなしとげる運命にある。ドロレス、私は千の魂の戦いを勝ちぬいた汝を、すべての山の頂に立った汝を讃えるであろう。私は常に共にいる、と」。たしかに、誰かがいつも一緒にいなければならなかった。母にとってキリストと話をするのは何の矛盾もないことだった。そしてすべてはその後に起きた。

母の手をとるのは義父で、神ではなかった。義父はつつましい私たちの町で小さな病院と診療所を経営する医者だった。住民の半分は義父が診《み》ていて、住民たちは自分たちの命を預ける存在として義父を特別待遇していた。診療費は現金だけでなく、車のオイルの匂いをぷんぷんさせた手で摘み取ったバケツ一杯のブルーベリーや箱詰めのトマトなどの物々交換で支払われることもあった。私たちは

〝かわいい湖《ラック・ラ・ジョリー》〟が一望できる、緑茂った農場の一画に建てられた診療所の二階に住んでいた。お金に閉じ込められた生活だと感じていた。義父は金持ちにつきものの尊大な態度をとっていたが、背の高さと、ポマードで後ろになでつけ、まるでクラーク・ゲーブルのようにてからせていた黒々とした髪のせいで、よけいに尊大にみえた。町の人々にとって義父はエドワード・アーリントン・ロビンソンの詩にでてくるリチャード・コーリーそのもので、歩く姿はぴかぴかと輝いていた。

母が初めて幻覚を見た翌日、義父は誰にも言わず、母をバナナ色のキャディラックに乗せ、ワグナー病院へ連れて行った。そこは、うっそうとした松の大木に囲まれた、町はずれの古い屋敷を改築した精神病患者のための療養所だった。ワグナー病院のことは知っていた。不幸な人々の運命が決められる場所。運命は、あたりを囲む松の梢《こずえ》から漏《も》れる虹色の光に照らされていた。噂では小枝の隙間を魂がさまよっているといわれていた。病院へ続く長いカーブの小道に植えられた木の樹皮はぼろぼろと剝《は》がれ落ち、指紋のようにしなだれていた。せむしの影を落とす幽霊たちが通り過ぎたあとのようだ。その木々の間を、まるでビロードのカーテンを開けるかのように夜明けの薄暗い空を切り開きながら大股に歩いていく義父の姿が目に浮かんだ。「ノイローゼです」。義父は出迎えの看護師にそう告げ、義父の横でおとなしく立っている小柄な母は、妻というより可愛らしい子供のようにみえた。義父は鍵のかかる病室に母を入院させた。私たちが知っていたのはそれだけだった。

学校から帰ると、祖母がぼろきれを束ねたような格好で母の台所に立っていた。祖母はいつもそんなふうだった。肉体労働をするために生まれてきたような女。山盛りの貝を乗せた手押し車を押し、膝をついて庭に海藻を埋める——アイルランドの魚売りの妻だ。そのくせドラマチックな状況が好きで、天性のオペラ的感覚を持っていたと言っていい。だからそのときも祖母は、芝居がかった嗚咽《おえつ》を漏《も》らして泣いていた。おおげさなため息がハンカチのようにふわふわと空を舞い、私のところに降りてきた。祖母は泣き叫び、うなり声をあげ、イエスとマリアとヨゼフとあらゆる聖人の名前を抑揚《よくよう》たっぷりに叫び続けていた。私は祈ったりしなかった。ただ計算していた。母の不在が生む虚《むな》しさと、祖母のすすり泣きの大きさとを比べていた。そして、母は死んだのだと思った。ついに義父が母を殺し、ワグナー病院の松葉が降り積もった庭の下に埋めて隠したのだと。そうでなければ、すりきれた金襴《きんらん》ビロードの壁紙に囲まれた古ぼけた部屋に、母が幽霊の仲間入りをするまで、永遠に隔離するつもりなのだ。もちろん、本当に殺したわけじゃない。だが、完全に治らないなら死んだほうがましというこことだ。どんなに大切にされていたクリスタルグラスでも、割れたら捨てられるのだ。

ノイローゼ。一九六六年十月一日の日記に、私はその言葉を書きしるした。文字が書けるようになってからずっと日記をつけていた。目についたものなら何にでも書いた。義父が捨てた製薬会社のカレンダー、教会の封筒、厚紙をふたつ折りにした書類フォルダ、シャツにはさんであった台紙、サイン帳、白いビニールの表紙に金色の三つ葉章がはいった鍵つきのガールスカウト日記帳……。私は母のノイローゼを、五月祭《メイポール》に立てる柱に巻きついた色とりどりのリボンが逆方向の遠心力を受けてほどけるようなものだと思っていた。母の心のリボンが一気に逆回転するようなものなのだと。おそらく心というものは、そんなふうにパチン、ぱたぱたっという音とともに、ぼろぼろに千切れ、崩れてしまうのだろう。

　最初にノイローゼという言葉を使ったのは祖母だった。「ママは精神病院にいるんだよ」その日の午後、祖母は涙で頬を光らせながらそう言った。「ノイローゼなんだよ。車のブレーキがいかれちゃったようなもんだ。お手上げさ。ママは疲れていたんだ。神経だってくたくたなんだ。休まなくちゃね。あの子は自分のこともわかんなくなってんだ」。祖母は田舎者で頑固だった。声は獣の脂《あぶら》を混ぜたようにどんよりとしていた。ビーバーやミンクの皮を剥ぐときは、赤い拳や顔に動物の脂肪をなすりつけた。私は母と同じくらい、祖母のことが好きだった。彼女は作り話を――あるいは、私たちがアイルランド風に物語と呼んでいたものを信じていた。凝った話ほどよかった。もしも物語を宝石にたとえるなら、祖母がくれるのは〝呪いのダイヤモンド《ホープ・ダイアモンド》〟や〝ペルシャの偉大な伝説王ジャムシードの宝石〟だった。娘や孫に聞かせるには並はずれた話であるほどよかった。そうしたわけで私たちは祖母の話を真に受けたりしていなかった。でもその日の午後は祖母を信じた。魂の心臓発作であるという以外には、ノイローゼなどという言葉は、祖母にはなんの意味もなかった。それに私は祖母に感謝していた。もしもメイベルが――祖母が来てくれなければ、この家には私と妹たちと義父だけになってしまう。そんなことになれば、私は枕元に置いてある化石で義父の頭を叩き割っていたかもしれなかった。それとも家を飛び出て、念願のロデオショーに加わるか（それは祖母にだけうち明けていた秘密だった。数年後に実現したわけだが）。でもどうやって逃げ出せるというのだろう？　ケイト、サラ、私、メイベル、そして母ドロレス。コンパスのなかの磁力線のような名前。そこには確かに目で見ることのできる磁力の世界があった。私は彼らを見捨てることも、彼らという大陸の位置関係を変えることもできなかった。だが、母は知っていた。たとえなじみのある地形にうんざりしていても、その土地を捨てる必要がないことを。母は自分自身の国を創造したのだ。

その年の十月、私と妹たちを母のステーションワゴンで学校まで迎えにきた祖母は、ワグナー病院の先まで、よくドライブへ連れていってくれた。病院は銀色に輝くイペソング湖に面していた。モミの木がまるで羽の襟巻《えりま》きのようにぐるりと湖を取り囲んでいた。私たちは何度もそこで車を停め、唐《とう》綿《わた》や蒲《がま》の穂をつんだり、湖にいる雁《がん》を数えたりするふりをしながら、こっそりと療養所の広い芝生を見つめた。母親の姿を探す子供の目は狩猟者のそれだった。芝生には、百年前に行方がわからなくなったクロッケーのボールを捜してうろつく数人の患者たちの姿があった。秋だというのに、まるで真夏のように気だるそうにしていた。母の姿をそこで見たことは一度もなかったが、母の視線が注がれているのを感じた。ゴシック様式のひさしの下に、母のとび色の巻き毛や、赤い月が描かれた手が見えやしないかと、アーチ型の窓をむなしく覗き込んだ。母はあたかもハーレムの薄地のカーテンの影に隠れているかのように、姿を現すことはなかった。穏やかな秋が厳しい冬へ向かおうとしていた。私はワグナー病院の芝生から秋の名残の落ち葉を持ち帰り、通っていた中学の理科室の顕微鏡で眺めた。葉の神経系統である葉脈をたどって、細かく分析することができた。葉の世界ではすべてが順序どおりだった。

ノイローゼ。私はこの言葉を日記に閉じ込めた。ノイローゼとは、母の動きが鈍り、動けなくなってしまうことを意味していた。それ以前、母はひっきりなしに動き回っていて、私たちの生活はその動きと一体になっていた。あの頃の私は、とても信心深く、聖書の授業や聖体拝領のための勉強会や、懇願する祈りの日々を過ごしていた。光の柱に照らしだされた、ちょうど聖書の扉絵に登場するマグダラのマリアのように、ゲッセマネの園で永遠に寝ずの番を続けている母の姿を思い浮かべていた。彫刻のように、硬く凍りついたかのように、ゲッセマネの月の光に包まれながら、母はマグダラのマリアと共にひざまずいていた。そんなイメージになじみはじめたころ、義父が母を連れて帰ってきた。

玄関に向かってこちらへやってくる母は、農場の小屋で鼻を鳴らす小ジカのようにみえた。小首をかしげ、まるで見えない角が重いとでも言いたげなようすだった。遠くから流れてくる音楽に耳を傾けていたのかもしれない。瞳にはゆらめく光が点滅していた。視点がさだまったかと思うとそれていく。その繰り返しが誰の目にも見えた。そして母は口を開いた。「ああ、みんな。とっても会いたかったわ」。私たちも叫んだ。「ママ、私たちもよ！」。母は皆を長々と抱きしめた。末の妹などは、あまりにきつく抱きしめられて、母の腕のなかで身をよじるほどだった。たくさんキスもしてくれた。クッキーも焼いてくれた。義父が周囲の猛反対を押し切って母を退院させ、それ以来ずっと〝ハルドール〟とペンで走り書きした薬を処方していたと知ったのは、その後、何年も経ってからのことだった。私は戸棚に並んだ薬瓶《くすりびん》と手書きのラベルを見た。〝きれいな顔に心の平和を〟〝かわい子ちゃんの弱った心へ〟。ネンブタールやバリウム、一九六〇年代からずっと続いた義父のキスだった。

〝シバの女王〟が現れたのは、母が病院から戻って一週間ほどした、ある退屈な日の午後だった。学校から戻ると、家の中が妙に静まりかえっていた。妹たちは祖母がどこかへ連れて出かけていた。祖母は母を休ませるため、彼女の代わりに妹たちを迎えに行き、ときにはお使いに連れて行ったり、自分の家へ連れて帰ったりしていた。母は家にひとりでいて、光沢のあるオーク材のキッチンテーブルにつき、ラック・ラ・ジョリーを臨む二階の窓をじっと見つめていた。古い瓶の内側にこびりついた汚れのように、木々が湖の周囲を色濃く縁取っていた。枝が風にゆれ、悲しげなうなり声をたてた。今にも雪が降り出しそうで、暮れ行く午後は自然が奏でる十一月のフーガを思わせた。母は前開きのワンピースのベルトをはずし、ぼんやりとしながら、ベルトに手をすべらせていた。母を抱きしめると、不安に駆られて、「大丈夫?」と声をかけた。ええ、と答える母の声はか細く、よそよそしかった。母の返事に満足しなかった私は、少しの間、そばに座っていたが、やがて服を着替えるために自分の部屋へ戻った。そして、少しのあいだベッドの上で身体をまるめ、キッチンに引き返して母の機嫌をとることを考えていた。母を楽しませるのが好きだった。それに得意でもあった。宝探しゲームがいいかもしれない。母のお気に入りだ。ヒントは花にしよう。ヒヤシンスとか、極楽鳥花《ごくらくちょうか》とか、なにか珍しい花がいい。私はベッドカバーの花柄に触れた。部屋の壁をラベンダー色に塗り、カーテンを同じ色にしたのは母だった。生まれて初めての自分の部屋。義父の家で暮らすことへの和解のしるしだった。自分の部屋では、好きな本をいくらでも積んでおいていいことになっていた。そのとき読んでいたのはマヤ族とアステカ族についての本だった。メキシコ平野に黒くそびえ立つジグラット(階段付きのピラミッド型の神殿)の間を乳白色の光が砕け散る夜、アステカの民は月の女神に祈りを捧げたという。あの頃、私は異文化に凝っていた。私はどこか知らない場所で、グァテマラの国鳥ケツァールの羽を大きく広げた髪飾りを頭につけた、異国の民と踊っていた。ノックの音がした。ドアが開くと、そこには幻が立っていた。

「われはシバの女王なり」母が重々しく宣言した。贅沢にしつらえたベッドから光沢のある黄色いシーツを持ち出し、幾重にも体に巻きつけていた。トーガのように片方の肩をむきだしにして、ブラジャーの紐《ひも》が見える。肩はクチナシのように真っ白だった。両腕にはアイペンシルで象形文字が描かれていた――同じアイペンシルで両目の上下にアイラインを引いていた。体に巻いたシーツはオーストリア製の、花柄のアンティークブローチで留められていた。私たちが小さいころお姫様ごっこで使った古いティアラでとび色の長い髪をまとめていた。母は厳粛《げんしゅく》な顔で私を見つめた。

「われはシバの女王なり」母は秘密を打ち明けるようにささやいた。「今からわが三人の娘に国を譲る。そなた――長女ジャッキーにはメソポタミアを。そなたの妹ケイトにはテーバイを。まだ九つの末子サラにはカルタゴを」。そして部族のダンスを踊るみたいに、夢を見ているかのように両肩を左右へうねらせると、指を空中でくるくると回した。まるで彼女に与えられた偉大な魔法の力を引き出そうとしているかのように。そして静かにまじないを唱え、私にキスを投げるると後ずさり、ドアを閉めて去っていった。

家では母とふたりきりだったが、母は別の大陸にいたのかもしれない。母を追いかけていくことはできなかった。しばらくの間、私はじっと横たわった。捕らわれた者がアステカの祭壇に横たわるならこんな格好だろうというような姿で。じっと横たわっていた。そして祖母の住む小屋に電話をかけた。信じられないね、と祖母は言った。それから、誰にも言うんじゃないよ、私がそっちへ行くまで寝室にいるんだよ、と言った。母の寝室の扉は一時間近く閉まったままだった。幻のシバの女王はその日、たそがれのなかへ消えていった。

それ以来、私は注意深く母を見守ってきた。でも母が、過去、現在、それに未来とが渾然《こんぜん》と刻まれた暗闇へとおちていくのを見るときほどつらいことはなかった。母の娘としての私の人生、私の想像力の旅は、母の幻覚とともに始まったといえる。私も妹たちも母の幻覚を教科書だと思っていた。母の狂気は私たちの物語となった。私はいまでもその物語の力と意味とを解読しようとしている。私たちの過去を支配した物語の力と意味を。年を経て大人になった私は、秘境での発掘の仕事に派遣されることを夢見ていた。とにかく遠くて、不可解で、過酷な国がよかった。そして遂にジャーナリストとして、湾岸戦争前の呪いに満ちた時期のメソポタミアに辿り着いた。サダム・フセインが地上の半分を火の海にし、粉々になった頭蓋骨《ずがいこつ》の上で踊り、アメリカ人パイロットの血を飲み干してやると誓っていた時代だ（だが、実際は、自分の泊まるホテルに冷暖房装置を備えつけることすらできなかった）。謎だけが物事を動かしていた。イラクで過ごしたあの長い午後の時間、人間の盾として人質がとられているなか、私は大使館のシェルターやプライベート・クラブでカクテルを飲みながら、拘束された人質たちの苦悩と渇望を思い浮かべていた。私はどこにでも行けたし、自由だった。人質の取材にもトロピカルフルーツ柄のワンピースを着ていけた。いにしえの女王のように念入りに装うこともできた。グロテスクな、サダムの作りだした偽《にせ》のバビロンの赤い砂に足跡をつけることも。退屈そうに後をついてくる秘密警察《ムハバラート》と一緒に、バグダッドの街をのんびり歩くこともできた。

気楽にナツメヤシの皮をむき、汚れをとっては口に放り込んで噛みながら、キオスクでサダム・フセインの切手を買ったのをおぼえている。バビロンの印の下には、自らをネブカドネサルの再来と妄想したサダムの肖像画が描かれていた。私はシバの女王のことを考えていた。彼女が私を支配していた。いつも背後にいて、片手で私の背中を押して、毎朝、私を目覚めさせた。まもなく戦争が始まるイラクにまで押しやられた。だが、彼女が押してくれなければ、この本を書くこともなかった。シバからヴェールがするりと剥がれ落ちた、その下に私が見たものとは……ナツメヤシの木々の間を吹き抜ける風と、渦を巻いて踊る枯れ枝。彼女の爪はモスクを照らす三日月のようだった。

ちょうどそんなふうに、私たちの人生はシバのたくらみに陥っていった。母自身が犠牲になったのと同じように、振り返る間も、お互いの手を握りあう間もなく、私たちは一息に滑り落ちた。母が振りむき、「これは夢に違いないわ」と言っただけで、私たちの人生は崩壊した。大学生や恋人、ベルファスト、バクダッド、シカゴやロンドンでのジャーナリストとしての私の人生は、ホステスやホテルのフロント係や、モデルとしての母の人生と平行して存在していた。現実は非現実の波に飲み込まれ、混ざりあい、海原へと押し流された。だけど私は母のように、別の自分を生きることはできなかった。仕事から戻ると、ウィスコンシン州のメノミニーへ飛ぶようにして帰ったものだ。そこには新しい仮装をした母がいた。大富豪だったり、冠《かんむり》を戴《いただ》いた公爵夫人だったり。はたまた大発明の特許をとった会社の社長だったり、競走馬のオーナーだったり。母は一度、頭に浮かんだ妄想を、羽ペンではなくキッチンナイフで、ケイトの胸元に描こうとしたことがあった。幸いにもケイトの腕力のほうが母に勝っていた。

私がまだ育ちざかりだった頃、母の狂気の発作は、たいてい数ヶ月続いたあと、春になって氷が解けるように消えていった。だが普通の生活へ戻る前、革《かわ》の拘束具《こうそくぐ》に身もだえする母にむりやり薬が投与された時は、凍りついた彼女の皮膚の下でなにかぞっとするようなものが姿を現した。それは欲望と呼んでもいいだろう。と言っても、美しい人間にはそれにふさわしい人生があるということから、母の変身癖が始まったとは思っていない。でも、満たされなかった想いや裏切りは心に傷を残すもの。男たちは母にたいして野蛮だったし、母を救うことはできなかった。私は自分の相手としては、アルバート・アインシュタインとカナダの騎馬警官隊員を足して二で割ったような男性が好みだ。だけど結局は、自分でなんとかする。みんなそうだ。

私にとって母の錯乱は、月が引き起こす潮《しお》の満ち干のようなものだった。年を追ってその力は増していき、確実に私を引っ張っていった。どんな浅瀬にしがみついても抗《あらが》えず、どこまで遠くへ逃げても引っ張られ続けた。祖母も、そして妹たちもまた、この地獄のような潮を感じていて、彼女たちから呼び出されるたびに私は家へ戻った。母の暴走を止められるのは私以外にいないような気がして、放っておけなかった。祖母や妹たちは、私が家を離れて大学に通いはじめると、母の狂気を実況中継しはじめた。祖母は昼夜を問わず電話をかけてきて、母が、買った車の支払いの代わりに子猫を入れたかごを販売店に置いていったとか、貨車一両分もの下着を買ったとか、名字を正式に改名して、デパートのような名前にしてしまったことなどを伝えてきた。ギンベルズ・シュスター百貨店の名前をとって、ドロレス・ギンベルズと名乗っているという。

「あの子はあたしのつけた名前が恥ずかしいんだよ」と言って祖母がすすり泣いた。「あたしのことなんか思い出したくもないのさ！　あたしが母親だってこともね！」。ええ、そのとおりよ、おばあちゃん、そのとおりなのよ。あなたの作るニオイネズミのスープや、キッチンの流しに垂れ下がるべたべたした蠅《はえ》とり紙や、足をひきずって階段を上り下りするときにぱたぱたと音をたてるあの薄っぺらいスリッパを考えるとね。私は、母が長年の間に変えた姓を順番に思い出してみた——本当に名前を変えてしまったり、偽の名前だったり、本や歌からひろってきた一時のお気に入りの名前だったり——そしてどうしていま祖母と母と私がお互いをファーストネームで呼び合っているのかを思い出した。まるで姉妹みたいに、メイベル、ドロレス、ジャックと。以前、私を訪ねて大学のパーティへやってきたドロレスを、ある男の子が膝の上に引き寄せたことがあった。二人でいちゃついていた。母は四十路《よそじ》を過ぎていた。ブルース、こちらはドロレスよ。そして「ママ」と私は呼びかけた。こちらはブルース君よ。彼は一瞬ぎくりとしたけれど、その後の立ち直りの早さといったら！　母を引き寄せ、何歳だろうと関係ないさとでもいいたげに、もの欲しそうな顔をしたのだ！　またステキなお母さんと知り合ったかい、ブルース？　あとになって友人たちはそう言って彼をからかった。あの人、君のお姉さん？　母を見て、それから私を見て、人はそう訊《き》いたものだ。私は、そうよ、と答えることにしていて、皆、簡単にそれを信じたので、本当のことは胸にしまっておこうと思っていた。そんなとき、母は私の母親ではなく、女そのものであり、年齢を超越した女の本質をほとばしらせていた。

月日が経ち、私はシカゴで二十歳になった。祖母のメイベルは真夜中に電話をかけてきては、受話器の向こうでため息をつくようになった。私が何もしゃべらなくても電話を切らないことがあった。私は受話器と枕の間に頭を埋め、電話のコードが二日酔いの私とこんもりとしたシーツの下で眠っている恋人との間でとぐろを巻いていた。目を開いて、横になったまま祖母の声を聞いていた。私たちをからめとろうとする膜のような、私を責めるかすれた声。じっと横たわっていると、煙草の煙を吐く音が聞こえた。空中に浮かぶ煙の輪が目に浮かんだ。祖母は母の家から十キロくらいしか離れていない、プッカワセイ湖畔にある小屋のような家に住んでいた。祖母の家は澱《よど》んだ湖のせいで、いつも湿っぽく、かび臭かった。家具には白かびの華《はな》が咲いていた。電話の向こうにいる祖母を思い浮かべるのは簡単だった。安っぽい金属製のベッドの上で夜中に急に起き上がった祖母の髪は、操り人形のように跳ねたりねじれたりしているに違いない。首の痛みを和らげるために巻いたフランネルの襟巻きが滑り落ちそうになり、漂白剤で赤く爛《ただ》れた皺《しわ》だらけの指で巻きぐあいを直している。「来てくれんかね、ジャック？」祖母は受話器に向かってそう訊《たず》ねるだろう。その執拗な響きを持つしゃがれ声が私の胸をかき立てる。祖母の声は、飾り気のない、百姓の声そのものだった。言語学的には一八〇〇年代の終わりごろ、畑を耕しながら、石の塀越しに声をかけあっていたスウェーデン人とドイツ人とアイルランド人たちに伝わる古くさい喋り方だった。「どうしたらいいんだか。あたしゃ、びくびくしっぱなしだよ。来てくれんかね、ジャック、来てくれんかね」。

私はため息をつき、それから息を吸い込んで、祖母の寝室に漂うウールワースのタルカムパウダーの匂いを思い出す。祖母はその太くて熱っぽいふくらはぎに始終パウダーをはたいていた。祖母は言った。「来てくれんかね」。

一九七九年、とりわけひどい二日酔いで迎えた朝だった。誰かの（燃えるほど強いブルー・アクアヴィットを注いだ、あのメキシコ人ウェイターだ！）輪郭がシーツに残り、頭が音叉《おんさ》のようなうなりをあげるなか、メイベルが電話をかけてきて、しゃがれ声で言った。「おまえの母さんが死んだよ」。十二月の日曜日、午前十時四十五分。その瞬間、頭のなかで震えていた痛みが爆発した。

外の通りで吠えている犬の吐息が、雲の白い染みのようにみえた。このつまらない動物が生きていて母は死んだなんて、いったいどういうことなのだろう。六年前の一九七三年、大学の友愛会のパーティのことを思いだした。母はフレンチバニラ色のニットドレスを着ていた。ドレスの裾からたれている一本の糸が目についた。母が飛び跳ねると、その糸も元気よく弧を描いていた。あの母が死んだりするわけがない。「何があったの？」私はメイベルに訊いた。「車の事故さ」彼女は嘆き声をあげた。「高速道路で衝突事故があって、ちょうどあの子が……」。母が死んだ。そう思ったとたん、自分が母の死を望んでいたことを知った。禁断の渦に足を踏み入れながら、私は最も胸の悪くなるような安堵を覚えていた。母を厄介払いすることは、祝福であると同時に呪いでもあった。

その十二月の日曜日。雪のウィスコンシン州で、美しい服に身を包んだ小柄な女性が、クリスマス客でごったがえすショッピングセンターに、新型のスポーツカーを停めた。偽物のキツネの襟巻きをして、正体を見破られないようにしっかり首元を押さえながら、電話ボックスに滑り込んだ。ひどいバイエルンなまりを装っていた。「もしもし。メイベル・パーコヴィッチさん？　ドロレス・テイラーさんはいらっしゃる？　え、いない？　それはここにいらっしゃるからよ。お亡くなりになったのよ、高速道路で。ヒッコリーの実みたいにぐちゃぐちゃに潰れて。それはひどい事故でしたわ」。

それからそのとり澄ました女性は――またの名を〝ママ〟というが――人の不幸を喜んでいるかのような方言で、祖母に葬式の花輪を注文するようにと言った。「あんまりよねえ。死ぬには早すぎるわよね？」。どうして祖母がこんな嘘にひっかかったのか信じられなかった。いくらだまされやすい性格で、嘘つきのカモだとしても。ウィスコンシン州の高速道路の係官に電話で問い合わせるのに五分とかからなかった。ヒッコリーの実というところで嘘だとわかった。私と妹の三人は、父と一緒に大きな石を使ってヒッコリーの実を潰したことがあった。あれはプッカワセイ湖の湖岸だった。柔らかい実の中味を曲がった釘でかき出し、殻《から》を水面に撒《ま》き散らしていた。

だが、その十二月の日曜日に、母は行方不明になった。幻影も、本質も、肉体そのものもだ。それは私が生まれて初めてラジオ番組に出演した夜だった。「そこにいるたったひとりの特別な人に語りかけるつもりで」と、尊敬するベテラン・ディスク・ジョッキーがアドバイスしてくれた。彼にとってその特別な人とは、土曜の夜のデートに着て行くシャツを選んでいる孤独なセールスマンであり、泣きじゃくる赤ん坊を片手であやし、もう片方の手でラジオのつまみをドゥービーブラザーズの曲に合わせる新米ママだった。でも私の特別な人とは、母ドロレスであり、現在《いま》は死んだふりをして失踪中で、退屈な時間を松明《たいまつ》で照らし、毎時間ごとに違う幻想を抱いている。私も空想してみた。WKQX、シカゴFM局の放送デビューで話す私の声を母が聞いているかもしれない。私が話しかけているのはママよ、と、心の中で思った。まったく。一度くらい私の言うことをきいてちょうだい。あなたがどこにいようと、話しかけているのは私、あなたの娘が喋っているのよ。とうとう私の声がラジオから流れているのよ！　ああ、もういいや。いいかげんあきらめてちょうだい。さもないと私――どうするって？　手錠《てじょう》をかけて側につないでおく？　かぼちゃの殻に閉じ込める？　クローゼットに？　病室に？

あの土曜の晩、私はラジオの世界の見えない住人となり、まるで自分の言っていることを理解しているかのように話し続けた。政府広報のくだらない深夜番組について、金本位制とそれがどのようにインフレの損失防止策になるかについて、そして中東――民族的に不安定な地域が抱える問題について。私は二十六歳で、金《きん》のことも石油輸出国機構《OPEC》のこともアラブ諸国で慢性化している民族対立のことも、何も知らなかった。話しながら、ぺらぺらしゃべっている自分の声を聞いていた。金――アラビア語でダハブ――を買う気などさらさらなかった。「シカゴのWKQXからお送りする〝口答え《バックトーク》〟は、情報通のリスナーのためのニュースです。毎週土曜の夜にお届けします」。馬鹿みたいな気分は声にも表れている？　ママ、あなたなの？　私のこと、笑っているの？　来てくれんかね、ジャック。来てくれんかね。私、ママに手錠をかけて離さないわ。

番組が終わったのは深夜だった。「おやすみなさい、シカゴの皆さん。お楽しみいただけたことを祈って」。私のことなんて、シカゴの皆さん、しらないわよね？　車に飛び乗り、助手席にドライブの友としてジャック・ダニエルを置いてハンドルを握った。あの頃は、時速百六十キロでもへっちゃらだった。高速道路と走行距離計はそのためにあるのだと思っていた。祖母も同じだった。アクセルは足の一部となり、ラジオから流れるウィリー・ネルソンを聞きながら大声で歌った。「ママ、あなたの子供をカウボーイにはさせないで」。料金所はたんなるシミにしか映らず、走行距離計は大型タンクローリーの燃料メーターのように揺れながら針を上げていった。十二月の夜の暗黒の闇のなか、中西部の高速道路を走っている。ヘッドライトに雪が斜めに降り注ぎ、ライトが照らし出す。凍りついたトウモロコシの茎の上に十字架に掛けたスカーフのように積もった雪のほかには、なにも見えなかった。

睡眠不足と募る不安で混乱した頭のなかに、まるでプッカワセイ湖から昇る朝日のように鮮明に、かつての母の姿が映し出された。一九五八年、メノミニー郡軍楽隊《メノミニー・レギオン・バンド》の制服を着た母。一九六〇年、二度目の結婚式で金襴のドレスに身を包んだ母。一九七〇年、午後のお茶会風に装った千鳥格子のワンピースに共布のケープを羽織った母。あれは〝ラック・ラ・ジョリー・ゴルフクラブ女性補助団体〟

のための服だったと思う。そして一九七五年以降は、売り子のエプロンやウエイトレスのギャザースカート、編み上げ紐がついたフラットシューズや、処分されたサーカスの派手な衣装など、クローゼットの奥深くに追いやられてしまった、何十年も前の上品な衣服に身を包んだ母。

　私にフランス風の髪の結《ゆ》い方を教えてくれたのは母だった。私と同じ、とび色の髪をした小柄な女性だった。輝く笑顔に美しく並んだ歯と、驚いたように大きく見開いた茶色い瞳を持っていた。母のとびぬけた美しさは、自分の美しさを信じ、それが自分を守ってくれるものと信じていたことから生まれた。母はトラブルにロマンスを求めた。それは退屈を防ぐため母が私にくれた金の延べ棒、つまりはダハブの棒だった。母はあえてリスクを侵した。高校のころ、昔の映画の登場人物のような格好をしていると（今から考えればなんて無邪気なふるまいだろう）、母は、美人になったら私腹を肥やせという言葉を教えてくれた。私はそれを皆に言いふらし、そのうちに忘れてしまったが、校長は違ったようだった。しばらくして私は校長室に呼び出され、その言葉について真っ赤な顔で尋ねられた。私はこう答えた。「母が教えてくれました」。

　高速を降りたのは午前二時。その時期すでに義父と離婚していた母は、郊外の殺風景な開発地区に住んでいた。かつては牧場だったその周辺はまだ開けておらず、冬でも牛の堆肥《たいひ》の匂いが漂っていた。母の家は、キリストが十字架に架けられたゴルゴタの丘のように暗かった。私は聞き耳を立て、ドアを開けたままそっと家に忍び込み、母を呼んだ。母は、暗闇だと油断ならなかった。「ママ」と、ドア口で叫んだ。「そこにいるの？　もしいるんなら、返事をしてちょうだい！」私は震えながら立ち尽くしていた。幼い頃、母にむかってよく歌った歌があった。「ママが大好き、とっても、たくさん。首に抱きついちゃうぞ」。それを心の中で口ずさみながら、闇をぬけ、廊下に並んでいるに違いない蒼白の悪霊たちの側を通り抜けた。地下へ、二階へと声が響くように大声で歌った。とっても、とっても、たくさん、たくさん、大好き、大好きよ。

その時、家の中に死んだ魚のようなひどい臭いが漂っているのに気がついた。私はあわてて灯りをつけた。一瞬、めまいがした。勘違いだった。そこはまるでアシッドパーティ会場、でなければ、いかれ帽子屋のお茶会で〝赤の女王〟の酒を一口飲まされたような気分になった。母は現実を忘れ、手袋の内側を見せるように世界をひっくり返していた。

スプレーで金色に塗られたクリスマスツリーが、焼石膏《やきせっこう》を流し込んだバケツに突き刺さっていた。石膏をまぜるのに使ったシャベルも、まるでバニラアイスと一緒に凍らせたアイスサーバーのように一緒にバケツに刺さっていた。ゆがんで傾いた金色の枯れ木は、ショットグラスのカクテルに飾られたパラソルのようで、軽くたたくと、もろい針のようなモミの葉がぱらぱらとカーペットに散らばった。残ったたか細い枝に星型のライトがちかちか輝いていた。ぱりぱりに乾燥して縮んだツリーに飾られているのは、犬のビスケットと、高価なレースのブラジャーと、確か妹のものだったベビー・ブレスレット。金色のパンティーもぶらさがっていた。散っていくモミの葉がパラパラと音をたて、さらなる静寂を破るのを耳にしながら、私はゆっくりと息をついだ。これが母のクリスマスツリーなのだ。パンティーをはいた金色の縮んだ骸骨《がいこつ》のようなこのツリーが。壁には大きな絵が貼られ、居間を小さく見せていた。祈りの形に組み合った巨大な両手と、子供らしい自信に満ちたカトリックの偶像〝プラハの幼子イエス〟——すくなくとも私にはこの冠をつけた赤ん坊の絵がそう見えた。ふっくらとしたこぶしが釘付けされた本物のロザリオを握っていた。地下へ降りると、娯楽室には明るい色のディレクターズチェアがいくつか、緑色のカーペットのまわりに無造作に置かれていた。これも母の仕《し》業《わざ》だ。ビーチでくつろぐ一日といったところだろうか。椅子の背には母の心を揺さぶったキャッチフレーズがかたっぱしから書かれていた。〝一度だけでは意味がない〟〝欲しいものをとれ〟〝女の子だって楽しみたい〟。母が元気ならば実践するような、陽気な決まり文句だ。

鯖《さば》の腐ったような臭いはダイニングルームから漂っていた。母は手の込んだ完璧なパーティを用意していた。そこには躁病患者の日々の奮闘がよくあらわれていた。小さな顔の形にくりぬいたラディッシュが、銀の盆の上で〝LOVE〟という言葉を綴っている。生クリームを飾ったタルタルステーキ。マドラーの先で楽しそうに踊るプラスチックの小さなバレリーナ。大皿に載《の》せたオイスターには雑誌から切り取った足の写真が、まるでオイスターから足がはえているかのように添えられ、アサリにはふわふわしたピンクの羽毛がくっついていた。私は小さな天使たちが名前を抱えているデザインの座席カードをチェックした。もちろん、主イエス・キリストが上座だ。次には、クリスチャン・サイエンスの創始者メリー・ベイカー・エディで、彼女は常に母の狂気の前兆だった。身長約一メートル八十センチの妖精ハーベイには名誉席が与えられていた（カードにはこう書いてあった「姿は見えないけど彼はここにいるわ！　ハーベイと握手して！」）。それから妹のサラのカードもあり、母が手がける新しいビジネスのＣＥＯ兼財務部長に就任したと記されていた。新ビジネスとは、〝アント・トラップ・ザップ（アリころり）〟という、アリを使用済みの瓶のふたにおびき寄せて感電死させる装置の販売だ。「電気でいちころよ」と、丸い手書き文字で自慢げに書かれていた。そして新たな問題になりそうな、アルフレッドの席があった。アルフレッドは実在の人物で、ミルウォーキーからメノミニーへ隠居した、裕福な地元の醸造家だった。アルフレッドは母にとっては秘密の恋人だが、彼の方は母が何者なのかすら知らなかった。それでも私は彼を、私たちの平和を乱す侵入者と考えるようになっていた。状態が悪くなると、母はアルフレッドにプレゼントを買いはじめ、ありとあらゆるものを贈った。部屋いっぱいの贈答品をアルフレッドから預かったという保安官から、電話がかかってきたこともあった。なんらかの法的措置を執《と》るべきかどうか考えているところだと言っていた。母からのメモが添えられたシルクのＴバックの束を受け取ったとき、アルフレッドはどんな顔をしただろう。「あなたの隠れファン、ジッパ・ディー・ドゥー・ダーより！　きっとぴったりだと思います！　ヒュー、ヒュー！」。

　私はきれいに磨かれた銀のバターナイフを手にとった。〝永遠にあなたのもの《エターナリー・ユアーズ》〟というパターン名のつけられた銀のカトラリーには、ピンクのリボンが結んであった。クリスタルガラスはどれも磨かれていた。だが、母にクリスマスの乾杯をする人は誰もいなかった。テーブルの上には、だんだんひからびていく――実際、固くなりつつあるチーズやソーセージの皿が何枚も並んでいた。固まってまだらになった、母お得意のサワークリームディップの匂いも混じっていた。テーブルの真ん中には黒い鉄製の智天使《ケルビム》が、ふっくらしたお腹を丸出しにして仰向けに横たわっていて、広がった足の間には、明らかにそれをほのめかすようにピクルスが置かれていた。ケルビムの口に挟んだピンクの紙切れには一言、「呆《あき》れちゃう!」と書いてあった。全くどっちが、と思った。最後に呆れられるのは誰なのか、そのうちわかるわよ。私はピクルスをもぎとって食べた。

それから手作りのクッキーをつまんだ。茶色いでこぼこのいたずらクッキーは、前にも焼いたことがあったが、ウイスキーや、チリオイルや、アンチョビや、なんと石鹸《せっけん》まで入っていた。昔、ガールスカウトで遊んだ、アルミホイルに包んで紙袋に入れた謎の食べ物を食べるというゲームの改良型で、食べられたら次の人にまわす。食べられなかったらそこで負け。母は、アサリをキス・チョコみたいな形に包んだこともあった。アンチョビ入りクッキーを初めて食べた子は、吐き出して負けた。

私はおそるおそる階段を上がり、二階にあるドロレスの寝室へ向かった。ふたつの白いツインサイズのベッドは、いかにもスプリングが硬そうで、まるで修道女が眠るベッドのようだった。母が使っていた左側のベッドには十字架がかけられていた。もうひとつのベッドのカバーの上には紙の山がきれいに揃えて積んであった。母はずっと忙しかったのだ。躁病患者はまどろみを食いつぶし、眠りをひったくり、ダンスをしたり、何かを企んだり、心の均衡を保つ装置の上でメリーゴーランドのように回転する物語のために、休むことなく身体を使う。眠るどころではなかったが、母はときおり、ある種のトランス状態に陥ることがあった。感覚が麻痺したかのように、瞼《まぶた》を半分閉じ、ピンク色のひだの下に見える白目は、引き出しに敷いた真っ白な紙のようだった。自分がメリー・ベイカー・エディの娘となっている架空の家系図や、神の教えや、ちぎって新聞のクロスワード欄の切り抜きに糊で貼った聖書の節――〝見る〟〝クレタ島〟〝アルフレッドは神の子〟など、部屋に散らばったメモや図表が、母の見ている地獄のような世界を知る手がかりになればよかったが。

　頭のなかにあるものを伝えようと、母の両手はいつもせわしなく動いていた。「すばらしいわ」と言っては、スフィンクスのように地平線を見つめながら、急いでメモをとっていた。何ヶ月にもわたる躁病患者のメモ。大量の紙切れ。平凡で退屈な生活が母の錬金術のもとだった。母はペンとインクで儀式をとりおこなえた。

　寝室用タンスに載せた鏡に何かが貼ってあるのに気づいた。最初は、また〝プラハの幼子〟のジオラマかと思った。だけど違った。それは〝ドロレスの幼子〟、つまり私だった。私と、そして妹たちが赤ちゃんだった頃の写真が、顔の部分だけ切り取られ、ドール社のパイナップルやバナナのステッカーで鏡に留められていた。私たちはまるで六つの翼を持つ熾天使《セラフィム》のようだった。頭だけの写真の周囲にはクレヨンで翼が描かれ、唇には深紅の口紅が塗られていて、開いた傷口から血が流れ出している。狂気じみていた。そして断頭トリオの頭上には口紅でメッセージが記されていた。「私は自分が大好き。ありがとう、神様。トゥララー！」。でもあなたの子供たちは？　私はそれが知りたかった。

　母がおかしくなると、私たちの関係は、愛とか憎しみといった単純な言葉で割り切ることはできなかった。病気の母にとって、子供たちは煮えたぎる頭のなかの異常な記憶だった。だが、その躁病のエネルギーは、徹夜をして行事の衣装を作ってくれたり、友達と遊ぶためのゲームを考え出してくれたりしていたときの、よその母親にくらべてもすぐれた母のエネルギーと変わりないものだった。そしていまや、母は私の元から逃げ出した。当たり前だ。私が母を掴まえようとしているのが、間違いをしでかすのを待っているのがわかっていたのだから。私たちが〝精神病院（ビン、ナットハウス、ファニー・ファーム、グッド・シップ・ロラパローザ）〟と呼んでいたあの場所。精神異常者は閉じ込めておけ。そうすれば自分にも他人にも取り返しのつかないダメージを与えなくてすむ。そう考える人もいるだろう。だがダメージは内側で進行する。見えなくても苔《こけ》が広がるように、あるいは脳にからみついた棘《とげ》のある蔓《つる》が舌までのびて広がっていくように。

母が狂気におちいったときに口にする秘密の言葉の意味を、ずっと知りたいと思っていた。そのパスワードやものの見方を知りたくてしかたがなかった。躁状態が切羽詰った段階になると、母の言葉は音そのものになった。まるでウルドゥー語のように、喉で発音するような、リズミカルなまったく聞き慣れない言葉。理解できる単語もあったが、脈絡を欠いていた。そんなときは自分も少しおかしくならずにはいられなかった。私は幽霊に、三十年前に出会った人々に、背の高い草むらの中の二人の少女に話しかける。つまり私は、母と私に話しかけている。なぜ私たちは大人になれないのか、なぜ私たちにとって過去はこんなにわずらわしいものなのかと問いかける。そして私は、当時の愛慕《あいぼ》が、子供の頃、私も要求した愛慕が、いまの母を苦しめているのだと自分を責める。これまで様々な絵に親しんできたが、なぜか明暗法絵画の世界に取り憑《つ》かれるようになった。そこでは私は荒波のなかにいる。母は波にのまれて姿がみえない。私は後を追うことができない。

でも本当はついていきたい。二人の旅のために、地図やコンパスや六分儀《ろくぶんぎ》がほしい。母が話す言葉の使い方や正しい話し方が載っている辞書もだ。オック語や方言や、ロマンス語、そして母があみだした発声法の舌の動かし方も身につけたい。これから母が出会うすべての人々に会いたい。ジャーナリストとして最後まで同行したい。この世界でペンとノートとテープレコーダーとマイクの他に何が必要だろう？　私はそれだけを持って何十回も世界を横断してきた。私は探索者だ。証拠となる土器の破片をかき集める。名前を控える。そしてそのペテン師や詐欺師たちのことをもっと知りたい。母と踊る彼らは自分が何をしているかわかっているのか。頭のなかの音楽に合わせて、星の形に体をくねらせ、フラダンスを踊る母はみっともなくないのか。もしも目に見えないパートナーが母にちょっかいを出したり、母を傷つけたりするのなら、彼を殴り倒してやりたい。でもなにより男たちには、母に優しくしてほしい。がっかりさせないでほしい。あのころ母に拒んだことを、埋め合わせるべきだと思う。

具合がいいとき、ドロレスはこんなふうに言った。「ジャック、見て！　見て、アルビノのリスよ！　ほら、あの大きなアオサギ！」それは水の上を歩く棒のように、プッカワセイ湖の浅瀬でメヌエットを踊る鳥だった。私たちだけのために、ゆっくりとした動きを披露してくれていた。ドロレスは祖母の小屋の側にある歩道にひざまずく。「見てよ。またコケモモが生えているわ。もう何千回も抜いたのに！　昨日まで地面しかなかったのに」。母の思い込んだ世界が始まった。それから一瞬、一呼吸する間に、母は現実から滑りおちていく。最初は奇妙なくらいゆっくりと、次第に勢いよく、潮がひいていく。私には見えない心の中の動きだ。忍び寄る声が母をいっぱいに満たし、ささやき続ける。そして母は、ほんの数時間のうちに正気を失って、階段の下に立ち尽くし、ぺらぺらと喋りはじめるのだ。「夢を見ているんだわ。ヘアアイロンからメッセージを受けとっているのよ。神さまは私に何か伝えようとしているの？　私、何かいけないことでもしたかしら」。そんな疑問を、カードにイラストを添えて書き留め、鏡に貼ることもあった。そうでなければ虚空をじっと見つめ、小人の国の住人か、あるいは宇宙を超越した世界の洞穴《ほらあな》で出会ったうかばれない幽霊たちと対話していた。

十二月の夜、金ぴかのクリスマスツリーが一階で枯れつつあるとき、私は母の鏡台に腰を下ろしていた。小さい鏡に映るのは私の姿だけ。マニキュアを塗るように、ピンクのラズベリーのロールステッカーからシールを一枚一枚剥がして爪に貼ると、ラズベリーの爪がひとつ、またひとつと出来あがり、私は鏡のなかの自分に手を振った。ここは母の部屋だ。最初は何も感じなかったが、鏡の前に座っているうちに焼けつくような母の視線を感じはじめた。視線は熱を増し、痕《あと》を残し始め、突然、頭の中でわめき声に変化した。怖れよりも大きな何かに喉元を掴《つか》まれ、母が私を抱きしめようとしているのを感じた。まるで透明人間のように、後ろから私の腕を押さえ、身体をぴたりとくっつけていた。

いつだったか地元のレストランで、母が私とケイトに襲い掛かってきたことがあった。公正を期すために言えば、先にケイトと私が母の肩を掴んで、身体ごとデザートワゴンの横を引きずっていこうとした後のことだった。そのときの母の格好は、シースルーのブラウスの下に黒のブラジャーをつけ、おそろいのスカートを履いていただけ。母は男を誘惑しようとしていた。もしかしたら成功していたかもしれないし、私たちと一緒に家へ帰らないですんだかもしれない。遅い時間だった。私とケイトは攻撃に出た。他の客は私たち三人が、ソファやランプ越しに取っ組み合い、引っかきあっているのを、口を開けて見つめるだけだった。腕には赤い引っかき傷、肩には噛みつかれた跡が残り、爪の間は血まみれになっていた。いま再び、その傷の痛みを感じ、傷あとの存在を感じ、そして母のしっとりした肌とくしゃくしゃの髪と蘭の香水の匂いに息がつまりそうになりながら、恐ろしい、押し殺したような母の笑い声を聞いた。母はそこにいて、私の肺から空気を押し出し、破壊神ドゥルガーとなって私を横目で睨《にら》み、その欲望の力に私は跡形もなくなりそうだった。明かりをつけっぱなしにしたまま、寝室から、そして家から飛び出した。大きく息を吸い、これは私が吸っている息であって他の誰のものでもない、と自分に言い聞かせながら、車に飛び乗り、急いでバックし、轟音《ごうおん》とともに安息の地である祖母の家へと向かった。

すでに夜が明けようとしていた。メイベルは起きて私を待っているはずだった。前の晩にどれだけ酔っ払おうと、夜明けにはパンを焼くのが彼女の習慣だった。あのでこぼこしたベーキングボードに触って、指についた小麦粉を〝聖灰の水曜日〟さながら額に塗りたかった。車の窓を開けた。雪はまだ降っていた。私の頭のなかで震えている秘密と、私の中にある、母のように怒り狂い煮えたぎるすべてのものを覆い隠すように。この車ごと雪に埋まってしまえばよかった。十万キロのスピードで雪にむかってまっしぐらに走っていきたい。美しい屍衣《しい》をまとうように雪にくるまれて、車ごと飛び込んでしまえば――もう何も考えなくてすむ。だが、すでにプッカワセイ湖まで来ていた。湖は礼拝堂のように静まりかえっていた。

その朝、かなり遅くなって妹のケイトが祖母の家へやってきた。母の家の様子を話して聞かせると、「ドロレスはラスベガスへ行こうとしていたんじゃないかしら。そんな予感がする」と言った。ケイトは誰よりも母に近い場所で暮らしているのに、母の運命を仲裁する人間とは思われていなかった。当時、ケイトはオレゴン州のコミューンから戻ってきたばかりで、コミューンでは裸で暮らし、野生の植物や根を食べ、自分のことを〝Ka《カ》〟（古代エジプトで魂を意味する）と改名していた。〝カ〟のおなかには、グレープフルーツ大の太陽の刺青《いれずみ》があった。

「ジャック、キュウリをこうやって持つと、太陽の光の粒子が見えるのよ」キュウリの薄切りを天にかざして片目を細めながら、ケイトが教えてくれたことがあった。また、馬に乗って静かに森を散策していたときには、こんなことを言った。「私が男に従属的なのは、前世がゲイシャだったからなのよ」。

だけど私はケイトを愛していた。歳が近く、たった十三ヶ月ちがいだったが、サラに対するのと同じように、ケイトにも姉としての責任を感じていた。幼い頃のケイトはとても内気だった。知らない人がこっちを見ていると目をつぶり、息を止め、追い詰められた動物のように小さくあえいでいた。幼稚園の年長組の頃、つないだ手のなかでケイトが拳を握りしめていたのを憶えている。カウンターの店員がこわくて、ガラスの陳列棚に並んだ瓶詰《びんづ》めのルートビア（コーラ色のソーダ）とレモンドロップを注文することができなかったときだ。ケイトは目をつぶり、目の前の世界を消し、無言になった。私は六つでケイトは五つだった。日の光がふりそそぐ中、雑貨屋のブリキのバケツと馬具の真ん中に立っているケイトは、足音を立てない。シーッ！　ジャック、誰かに聞こえちゃうでしょ！　つま先で静かに歩いてちょうだい。

そして、ケイトが十三才のとき。ケイトの両腕が平行棒の上でぴたりとバランスをとり、両足が体育館の空気をはさみのように切り裂いた。まさにスターだった。チアリーダーたちの声援《せいえん》と離れ業と宙返り。身体が筋肉でできていた。その後は、ごちゃまぜの動力学に支配された十代の日々となる。不良グループ、アルコール中毒で車の中で眠ったまま凍死した少年。ケイトの親友の女の子は、学年末の舞踏会の夜、同乗者三人と共に酔っ払い運転で事故死した。心にぽっかりと深い穴が空き、ケイトは薬を飲みこんだ。高校を卒業すると、〝カ〟になった。白魔術、道教思想、ばら十字団の神秘思想、菜食主義、そのほか興味をひかれるものすべてを融合させることによって、内気さを一枚一枚、年を重ねるごとに脱ぎ捨てていった。タロット占いの才能があり、見事な腕前だった。自分独自の洞察力を持っていた。そして、これらはすべて母から身を守る術だった。

「最近はずっとラスベガスのことを話していたのよ」。ケイトは集中した様子で、つまり〝カ〟らしくない様子で繰り返した。

私は、いつもとちがって母の家をよく調べていないことを説明した。「寝室でパニックになっちゃったの。ママに食いつくされる夢を見たわ。寝ていたわけじゃないのよ。だから強盗におそわれたぐらいの勢いで逃げ出してきたの」。

「姉さんは闇の力そのものを見たのよ」ケイトが〝力〟に戻って言った。

「自分自身を見たのよ」私はつぶやいた。気が狂っていく自分を。母は三十四になるまでまったく元気だった。私の秘密、底知れぬ恐怖とは、その年齢に達したとき、自分もまた同じ道をたどるのではないかというものだった。あと十年もない。

空港に電話をかけた。吹雪で閉鎖されていると聞いて少しほっとした。椅子にぐったりと座り込んだ。十年後の暗い運命に脅かされる私は、歴史上、最も老けた、体の重い二十六歳だった。母なら飛べただろう。マゼラン海峡まで延びる羽を持っていたのだから。よくぞ自分だけが母を救えるだなんて、大口をたたいたものだ。どうやって救うかなんてわかっていなかったくせに。

「ママがツリーを飾るところを見たわ」ケイトは一週間前に母の家を訪れていた。「すごかったわよ」と言ってにやりと笑った。

「話のネタになるわよね」と私。「ダイニングのテーブルにも面白い食べ物が並んでいたわ。ところで、あなた、自分のベビー・ブレスレットを最近見かけた?」。

母はラスベガスに行ったのだろうかと、よく考えてみた。母のことを考えると、彼女が扇情的《せんじょうてき》に男を誘うふりをすることほど怖いことはなかった。現実生活にいるときの母にはある種ドリス・デイ的な浮《うわ》ついたところがあったが、いざ実行という段階に入るとただの田舎《いなか》の女の子だった。ところが精神が病んでいるときは態度が悪化し、架空の愛人や、羽の襟巻きを巻いた敏腕経営者など、最後の一線は許さないくせに男を誘惑するひどい女になった。サーカス・サーカス（ラスベガスのカジノ）でブラックジャックをやり、家を賭《か》けて負けた母が、ディーラーに向かって「ミルウォーキーの有名な醸造家のアルフレッドがすぐに来て払ってくれるわ」と言っている姿が目に浮かんだ。ここから南アメリカまでの距離ほどにざっくりと開いた胸元から覗く胸の谷間。例えば母がカンザス州ウィチタからやってきた農機具の卸売《おろしう》り人をひっかけたとしたら、彼の顔にはファスナーを半分開けたみたいな、にやけた笑いがはりついているはずだ。男は母のことを戦利品だと思うかもしれない。コンバインのセールスマン用の、いかれたスロットマシーン。男の目を爪でひっかいて逃げ出す母の姿が目に浮かんだ。病気のときは数人の男を束にしたくらいの力があった。マフィアの恋人が来てあんたの親指を折っちゃうわよ、くらいのことは言うかもしれない。母の世界ではありえることだった。骨を折るだけじゃすまないかもしれないわよ。座りながらメノミニー・ヘラルド紙の見出しを思い浮かべた。〝地元の女性、ラスベガスのカジノを脅す〟〝六フィートの妖精、マフィアのボスをののしる〟。再び喉元に恐怖が襲ってきて、喉にはりついた。

　物思いにふける私をさえぎったのは祖母だった。しみのついたエプロンをつけ、足首がだぶだぶになった短い靴下をはき、湿っぽい地下室から塗装を終えていない階段をどたどたと上がってきた。かごいっぱいの洗濯物を抱えた祖母は、掃除婦のようにあきらめに満ちていた。魔法をかけられ、母の奴隷にされた洗い場の女中のようだった。森の沼のように曇ったレンズがついた、メイベルの濃い緑色のめがねは斜めになっていた。それは彼女が驚いたり動揺したりしたときのサインだった。私と同じくらい青白い顔をして、リウマチ用の首巻きからベンゲイ（肩こり用の塗り薬）の匂いをぷんぷんさせていた。階段からもう一歩踏み出して暗闇から姿を現すと、洗濯物を入れたかごを落とし、狂ったミズグモのようなすばやさで、薬めがけて台所の流しに手を伸ばした。

「ようするに」メイベルはどっしりと腰をおろしながら言った。貝売り娘のモーリー・マローンみたいに、ぐしゃぐしゃにつめこんだ靴下がエプロンのポケットからはみ出していた。入れ歯を外し、またもとに戻した。「あたしたちゃ、誰もドロレスの行方を知らないんだ。あの娘は電話もしちゃこない。まずケイトが電話をしてきて『死んでるんじゃないか』と言う。お次はあの女が電話してきて『彼女は死んだ』と言う。それからお前が電話してきて『ママは死んでないわよ』と言う。あたしゃトラックで七回轢《ひ》かれたような気分だよ。で、誰があんたたちの母親の家を掃除しにいくんだね？まさかそのままほったらかしにするわけじゃあるまい？」ケイトも私も出かける準備はできていた。もう何時間も前からだ。パンを焼いて、ちょっとウイスキーを飲んでから出かける。それがメイベルだった。祖母は生涯をスリルのために生きた人間だ。そのスリルをたっぷりとあたえたのは母だった。しかも、どれも安物じゃなかった。

結局、祖母に母の家の惨状《さんじょう》を見られたくなかったので、私とケイトは先に行ってできるだけ掃除をした。七十八の母親であっても、娘について知らない方がいいこともある。てっぺんのパンティーだけを残して、ツリーからランジェリーが落ちてきた。そのパンティーはまるで、陽気で大胆で、母が精一杯頑張っている姿のようにみえた。残された走り書きをすべて集めて（〝神は愛である〟〝心と頭を真実で満たし続けよ〟〝知恵の初めはこれである、知恵を得よ〟箴言四章七節）、母の精神状態に関する証拠をすべて保管してある記念品用の箱に収めた。拷問のような食べ物はごみ袋にほうりこんだ。ダイニングと台所の空気も入れ替えた。あのいんちき事故に多少の興味を持ってくれたらと願いながら、律儀に保安官に電話をしてドロレスが行方不明だと告げたが、よほど差し迫った危険を示す筋書きでも提供しないかぎり、保安官が雪の降るクリスマスイブに母を捜すつもりがないのはあきらかだった。保安官は母のことを知っていたし、その不屈の狂気に敬意を抱いていた。彼自身の母親もそんなふうだったと打ち明けてくれたことがあった。誰にも言わずに住宅を抵当に入れてフロリダにマンションを買った。美容院へ行ってジーン・ハーローみたいにしてくれと頼もうとしたこともあった！　クレジットカード会社から生涯に貯めた預金と同じだけの額を請求されたこともあったという。いったんそんなふうになってしまったら、こちらは一歩引いて、彼らが素っ裸でうろうろしないかどうか気をつけておかなければならなかった。もしドロレスが誰かを刺すようなことでもしたら保安官は来るかもしれないが、さしあたっては、ナイフを隠しておくようにと言われた。「本当にひどい状況になったら電話をするように」と彼は言った。「つまり、もし彼女が帰ってきて、興奮状態にあったりしたらね」。

　そこで、部族の村人が神の怒りを静める時のように、ケイトと私は、母がもし元気で家にいたら作っていたはずのクリスマスの食事を用意することにした。一九五〇年代、子供向けに出版された『ベティ・クロッカーの料理本』に始まる我が家の料理を思いだした。キッチンの椅子の上に立って〝イグルー・ケーキ〟や、クッキーに顔を描いたりするためのアイシング（糖衣《とうい》がけ）の泡立てをするのを手伝ったものだった。「ねえ、家の外に台を置いて、そこにおつまみを並べてみない？　中西部風のお料理にドロレスが食欲をそそられてやってくるかどうか試してみましょうよ」とケイトに提案した。牡蠣《かき》のシチュー、スウェーデン風ミートボール、メキシカンディップ（メキシコ人は聞いたこともない料理のはずだ）、そしてラクダやハートなどの形に絞り出し、青く着色した砂糖で〝ドロレス〟と書いたクッキー。〝ドロレス、帰ってきて〟。また、こんなのも一枚書いた。〝降参しなさい、ドロレス〟。誰かが気づくかどうか、試しにジョーク・クッキーを何枚かとっておいた。ケイトと二人でラムパンチをつくり、ロースクールから帰省するサラを待った。「びっくりしたでしょ！」サラがドアから入ってきたとき、私は叫んだ。「さて、このクリスマス・パンティーの持ち主はだあれ？」。「最高だわ」サラはスーツケースを手から落とし、すっかり驚いた様子であたりを見回した。母がいなくなったことは彼女も知っていた。「何日か前の晩に、メイベルから電話があって、そのときママが電話口に出たの。パーティに誰も来ないってヒステリックに泣いていたわ。不法行為法の期末テストの勉強をしていたところだったのに」。その年の惨憺《さんたん》たる成績について、サラは決してドロレスを許せなかった。「でも、相手の攻撃はうまくかわさなくちゃね」私はサラに言った。

サラは二十三歳で、頭が良く、ロースクールの一年生だった。法律の仕事は予期せぬ出来事とは無縁と信じ込んでいた。意固地なくらい良識人のサラは、母への対策として自分の周囲に壁を築いたが、母はいつでも裂け目をみつけては首を突っ込んだ。こんなの絶対に認めないわ。サラは自分自身に言い聞かせ、頭のなかで母を抹殺し、まるでグラフを描くように、フローチャートや、差引残高や、個人配当の繰越表を駆使して自分の人生計画をたてた。「来週のこの時間に何をしているのか、いま、正確に知っておきたいのよ」以前サラが真顔で言ったことがあった。小麦には籾殻《もみがら》、精神病患者には精神病院といったように、サラは秩序ある世界を求めて弁護士になろうとしていた。母はそれをよく知っていて、ぬかりなくサラを攻撃し、ミルウォーキーにあるサラのアパートのドア口に、赤いサテンのビスチェを置いていったこともあった。自分が抱えていた訴訟の手続をサラが代行すべきだと思っていて、手際よく黄色の法律用箋に内容を記入しては明け方に送付した。母は、弁護士の秘書をして法律を学んだ。サラは母の攻撃から自分を守りきれなかったときでさえ、母の作った論理的な訴訟書類には心底感心した。サラが中学生で、母の具合が悪かったとき、サラはメノミニーで一番の高級洋品店にふらふらと入り、とても自分では着られそうにない大人の服ばかり手当たり次第に万引きした。「どうしようもなかったのよ、ジャック」店主に呼び出されて迎えに行った私に、サラは説明した。「洋服の方から飛びかかってきたんだもの、ジャック」。当時、サラは十四歳だった。

「ジャック、どうにかならないの?」大人になったサラが言った。「ママに人生を食いつぶされているような気がするわ。不法行為法の勉強をしていたのに、ママが電話をしてきて、歩道の脇に駐車した車をレッカー移動させられたから、メノミニー郡を訴えるって言うのよ。先月もヴィンターズ玩具店から生活妨害の訴状を受け取っているし。ママが売り場の棚にラメのTバックを置いていったからよ。そうかと思えば、形成外科医を訴えてくれって電話してくるのよ。片方が二センチ半くらい高かったか低かったか、耳がまっすぐになってないんだって。しまいにはマフィアとのつながりを認めて、マフィアのフランク・パルメネッティっていう男の遺産をひきつぐから必要書類を書けだのなんだの。お金をすぐに細かいドル札でもらってガーターに結んでおきたいんですって。あの青いやつにね。ねえ、なにかしらの拘束措置をとったほうがいいんじゃない？　そうしたら私も勉強できるんだけど」。

「あきれた」と私。「邪魔されたのは気の毒ね。もっと勉強するといいわ。そうしたら家族内で事をおさめられるようになる。私が暴露《ばくろ》記事を書いて、ケイトがママを捕まえて、あなたがママの弁護をするのよ」。順序はちがうにしても、すでにその通りになっていると思う。だが、あのときはサラの要求にうまく答えられなかった。ウィスコンシン州の法律では、完全に自分自身あるいは他人の生命を脅かす存在にならないかぎり、精神病院に入院させることはできないのだ。それで毎回、私たちは母のお金がどんどんなくなっていくのを見守り、母が正常なときには彼女が屈辱を感じるような行動をするよう努めていた。私たちは証拠集めをしていた。つまり、重大な脅威ではあるが誰かを傷つけるほどではなく、仮に傷つけたとしても軽い程度で済むような、そんな瞬間を計画的に待っていた。

　私たちはツリーに〝アルフレッド〟と名付けてクリスマスを祝った。エッグノッグにはラム酒をさらに加え、真夜中のミサが始まる前にもう一杯お代わりをした。メイベルは何杯もお代わりをして、椅子に座ったまま眠ってしまった。ドロレスの好きなクリスマスレコードを次から次へとステレオでかけ、「寝ているときも彼女は見ている。起きていてもお見通し」「ママがサンタクロースにキスしてた！」などと、皆でくちずさんだ。誰かがソファではねたり、階段に飛び降りたりするたびに、ツリーの葉が飛び散り、やがてラムダ・カイ（友愛会）の旗竿のように、裸んぼの枝にパンティーが一枚引っかかっているだけになってしまった。お祝い事が大好きで、思い通りのクリスマス飾りを買うためなら五十キロ先に寄り道するのもいとわなかった母が、いまここにいないなんて信じられなかった。うず潮に浮かぶゴムボートのように不安定な、女性が家長をつとめる私たち家族。過去にもぐらついたことはあったが、クリスマスは唯一の信仰の儀式であり聖餐《せいさん》だった。いつだって家族みんなで過ごしてきた。いま、母はどこか雪の中で妄想の夜をさまよっていた。貧窮者の集う無料食堂でプラスチック製の椅子に身を丸める母の姿を想像して気を紛らわせた。いや、シカゴのリッツ・カールトン・ホテルにいる方がもっともらしい。銀の保温器つきの皿に盛られた料理を食べ、ピンク色のおもちゃの電話で、ありえないマジョルカ島購入計画に一役買っているブローカーとやり取りしているのかもしれない。マジョルカ島が売りにだされていることも、自分にそれが買えるということも、母は両方信じているだろう。

クリスマス当日の朝、「ただいま！」の声とともにドアが勢いよく開いた。そこに母がいた。私たちはヨーデルのような声を響かせ、「おかえり！」と歓声をあげた。ソックスのまま地面にちらばる松葉の上を走った。最初に見えたのは、若い娘がかぶるようなラインストーンをたくさんあしらった黒いフェルト製のクローシュをかぶった母の頭だった。母はまるで子供のように、ドアから中をじっと窺《うかが》っていた。それから、「私よ!」と、はしゃいだ声ではっきりと叫んだ。「私がいなくなってからちょうど四日と四時間と四分よ! 私が死んだと思っていた人は右手をあげなさい!」。

いたずらっ子が部屋に飛び込み、スター気取りでくるりと回りながら私たちのなかへ入ってきた。母は自分の登場を楽しんでいた。キット・カット・クラブに出演するライザ・ミネリに似ていた。おろしたてのピンクのベルベット製キルト・ジャケットを羽織り、体の線がきれいに出る黒のレザーパンツを履いている。母はステージの上で人目を引くかのように歩いた。母は痩《や》せていた。おそろしいほど痩せていて、目は鋭く、ぎらぎらと輝いていた。帽子のラインストーンが目に反射していたのだろう。

「私がいなくて淋しかった?」声が震えていた。「ねえ、あなたたち。この家はどう? すご過ぎると思わない? パーティはどうしたの? 心配した? 私がいない間、少しでも楽しめたならいいんだけど。サイコーでしょ?」。両腕をぐるぐる回しながら、鳥かペットを相手にしているみたいに一本調子でしゃべっていた。「みんな、今回は頭のイカれた人の病院風にしてみたのよ。これで私は行かなくてすむでしょう。なんてね、気にしない、気にしない。朝食にクランヽヽヽヽヽツクーヘンを焼いたのは誰? メイベルだなんて言わないでね。バターの代わりにラードが入っているに違いないわ。それかリスの脂ね。んんー、おいしーい。ねえ、メイベル。フランク・シナトラから電話がかかってきた? 昨日彼と話したのよ。まったく、ずっと急がしくて頭がおかしくなりそうだわ」。自分のジョークに母はぴしゃりと腿《もも》を打った。その甲高い、跳ね上がるような笑い声を聞いたら、顔に一発お見舞いしたくなった。

「ここは私のパーティ・ハウスよ、お嬢さんたち。あなたたちはみんなお客様」母は歌うように言った。「私の友だちは誰も来ないわ。だって私には友だちがいないもの。この地球上のこんなに広い世界に、たった一人も」口調が緩慢《かんまん》になってきた。「それに私は働きづめよ。何時間も何時間も何時間も。そして泣いてばかり」顎《あご》が振るえ、両目に涙がにじんでいた。精神異常者の孤独だった。遠くで母の言葉が砕け、そして戻ってくるのを、ひとつひとつ聞き取ることができるだろうか。言葉は海岸線に平行して長くのびたサンゴ礁に打ちつけられ、ばらばらに壊れていく。母はパーティの主賓《しゅひん》なのに、誰も彼女に敬意を払わない。現実から滑り落ちた母には地上の言葉を理解することができない。母は追放者。泣いている彼女を見ると、その自己中心的な感覚や、見え隠れする苦痛の滲《にじ》む虹彩《こうさい》に苦しくなる。

母の狂気の世界に存在するのは母だけであり、私たち子供でさえ単なる影にすぎない。幻想に隠された痛みを、ときどき母に感じさせてみる。そんなときには躁状態が一瞬消え去り、母は自分の本当の姿に驚き、動揺した。

「夢を見ているのかしら?」母がおびえた声でつぶやく。「私に何が起こっているの? どうして目を覚ますことができないの?」そしてまた、躁状態へ滑り落ちていく。

「まあ、いずれにしても」と、明るく母は続けた。「私の新しいビジネスがどれだけ順調に進んでいるか、きっとあなたたち信じられないわよ。世界じゅうから引き合いがきているの。私はもう億万長者よ」。誇らしげに語り、ホテルのロビーかバーで集めたにちがいない名刺の束を、トランプのように広げて見せた。私はたじろいだ。六年前に義父と別れて以来、母は慰謝料を賢く運用しようと躍起になっていた。だが母がファーストネームで呼んでつきあっている、伯爵とかチャンプとか、犬の首輪のような名前の男たちは、いつもこんなことを言っている。「ドロレス、楽しもうじゃないか。生活に困っているわけじゃないだろう？　オマハにあるショッピングセンターに不動産合資の有限会社を持っているんだ。ドロレス、七月になってその話がバターのように溶けてしまう前に投資するんだ。大もうけできるよ」。母は彼らのパンフレットをじっくり読み、バターが溶ける様子と、いつも良好な配当の報告書を見て、それを買った。だけど、伯爵たちやチャンプたちは、昼間の母が何をしているか知らなかった。レストランの給仕をしたり、タイムレコーダーに出退勤時刻を打ち込んだり、年のいった女性従業員を備品扱いする職業訓練校を出たてのまぬけな上司の下で、長時間、単調で骨の折れる仕事をしたり——。ホテルで夜勤のフロント係をしたり、メアリーケイの販売員をしていたこともあった。コスプレ・レストランのウエイトレスをやり、四十過ぎだというのに、露出度の高い車掌服を着せられたこともあった。それは医者の妻として夢見ていた人生ではなかった。それでも母は自由を選び取るのに一生懸命だった。金儲《かねもう》けの計画を百万と抱えていた。七〇年代の終わりには、クリニックでダイエット・カウンセラーをしていたが、病気が進むとクライアントに向かって、まるでセイウチみたい、と言ってしまった。それでクビになった。「きっとその女はカバに似ていたにちがいないよ」義理堅い祖母は母をかばってそう言った。「ママが美人だからみんな妬《ねた》んでいるんだよ」。

ええ、そうね、でもどうでもいいわよ、そんなこと、と私は思った。母はグロリア・バンダービルトみたいに部屋の中をぴょんぴょん跳ね回っていて、ようやく楽しい気分になったようだった。忘却には慰《なぐさ》めがある。そのクリスマスの朝には、クレジットカードの奇跡が私たちの貧しさを覆い隠していた。母の腕からこぼれおちる山のような贈り物。虹色の包み。動物の形をしたリボン。母はシスター・サンタ、私はプレゼントのレシートを見つけられますようにと祈った。レシートさえあれば返品できるからだ。そこには別れた義父に贈るモンブランの万年筆と、アルフレッドのためにロンドンのダンヒルから取り寄せた葉巻ケースがあり、ケースの中にはペントハウスでくゆらすような、濃密な甘さと秘密の香りをもつ手巻きの葉巻がつまっていた。それから私と妹たちのために、金メッキが施された小指用のリングがあり、JP、KP、SPと、私たちの名前のイニシャルとアルフレッドの名字のイニシャルが、愛情を込めて組み合わされ刻印されていた。箱の中のリングが「最高でしょ?」とばかりに、下品なきらめきを放っていた。母は一文無しなのに、こんなリングにイニシャルなんか彫って、もう返品できないじゃない！　私は調子をあわせるのを忘れた。

「これ、返せる?」声をあらげて母に詰め寄った。

「返すって、どこへ?」と母。「それは、アルフレッドからのプレゼントよ。たぶん旅先のスイスで買ったんだと思うわ。日取りも決めたの――結婚式は六月よ。あなたたちも忙しいスケジュールをやりくりして出席してね。それくらいはしてくれるわよね、私たち、いい友達だもの。メイベルには花娘をしてもらうかも!」母は祖母の灰色のまとめ髪に、プレゼントについていたリボンをぺたりとはりつけながら言った。

「それと、ジャック。あなたは乾杯の音頭をとってね！」母は楽しそうに続けた。祖母はリボンで飾った頭を見せようと、くるりと母の方を向いた。母の妄想を私に知らせて以来、祖母は自分には干渉する資格がないと思い込んでいたようで、母もそれをわかっていた。あるいは私たちと同じで、次に何が起こるのか待ちきれなかったのかもしれない。次の幕が開くのだから。

　今日はクリスマスだった。コーヒーをいれて、プレゼントにもらった金ぴかの下着をジーンズの上からはいたり、母が買うつもりでいるセントキッツ島のホテルの名前を聞いたりするのは簡単なことだ。架空の恋人アルフレッドとタヒチでどんなハネムーンを過ごすつもりなのか、母がべらべら喋るのも聞いてあげよう。一方で、クリスマスツリーの〝アルフレッド〟は、さらに葉を落とし、メイベルはアンチョビ・クッキーにかじりついた。

「悪くないね」口を手でぬぐいながら祖母が言った。

「ありがとう」ドロレスは本当に嬉しそうだった。それから彼女はソファに倒れこんで気絶してしまった。私はリア王を、荒野を、眠りが織りあげるほつれた癒しの袖を思いだした。もしも眠りが癒しを編み上げるのなら、精神病者が身にまとうのはさしずめ袖のないスリップドレスだろう。母の目は仮面に絵の具を塗ったかのようで、ペンシルで描いた眉は稲妻のようだ。唇が動いた。母の口からは臭い息が漂った。空腹によって、胃液が身体そのものを消化しはじめている。頬がこけていた。かがみこんで指でたどると、小さな崖のようだった。素朴な岩の突起のような形のいい頬骨。櫛を入れると、ビタミン不足から髪がはらはらと抜け落ちた。財布の中を念入りに調べ、鍵とクレジットカードを没収し、レシートを集めた――ありがたいことに母は細かく物をとっておく性格なので、ほとんどのものは問題なく返品できるはずだ。――そうしているうちに、ミルウォーキーで唯一高級なホテルの請求書を見つけた。食事代でも飲み代でもなく、デザートとマニキュア代だけだった。それからラスベガス行きの航空券があった。日付は二日前の、空港が閉鎖された日だった。雪に感謝しなくてはいけない。

夜になってから、この数ヶ月間に母から受けた被害を数えてみた。十一月には、妹をナイフでおどかした。次には母自身による事故のでっちあげがあり、行方不明になる直前には自暴自棄になっていた。車には、ぶつけたへこみ傷があちこちにあった。もはや保安官や精神病院に電話をしてもいい段階だった。留守番電話のガイダンスに従ってボタンを押し、電話口にでた記録係にメッセージを残しておけば、だらだらとでも、母を迎えに行くよう伝言をまわしてくれるだろう。翌朝、クリスマスの翌日、ぼんやりと架空のパーティの座席カードをトランプのように切りながら、私は電話をかけた。私の指は〝赤の女王〟を探していた。それから母と私の名前が書かれたカードをそれぞれ抜き出した。母のカードには花の、私のにはカエデの模様が入っていた。それはいまも記念品としてたくさんの宝ものと一緒にしまってある。はかないものの詰め合わせだ。

昼にはパトカーが到着した。保安官代理と体格のいい婦長が、葬儀屋みたいにドアをノックした。彼らは死体を外へ運び出してくれる疫病《えきびょう》の監視人だ。母は背の硬い椅子にかしこまって座り、頭上の壁にはアルフレッドとのデートを想像して、いましがた描いたクレヨン画が貼ってあった。アルフレッドの顔は子供が描いた七面鳥みたいだった。そしていつものように黒い髪に、黒い瞳の女性を描いた絵が数枚あった。それが誰なのかは、今でもわからない。ドロレス自身だろうか？　私、メイベル、それともメリー・ベイカー・エディだろうか？　囚われの身となってアイルランドの岸辺で泣く〝悲しみのデイドラ〟？　その絵は、母がテープで壁に貼った。母は副保安官を見ると、最上級の輝く笑顔を投げかけた。口紅がベルベットの端切れのように歯にこびりついていた。

「娘たちはときどきとんでもない大嘘をつくの」母がしかめ面で訴えた。気を惹こうという算段だ。「あなた、お子さんは？　彼らがどんな作り話をするかご存知でしょう。私の娘たちは天才的なの。でもその三人の小さな天才ちゃんたちを産んだのは私。特にこの娘は大天才よ」。母は頭のなかの屠《と》殺場《さつば》から私を一瞥《いちべつ》した。

副保安官はそっけない顔で母に近寄った。

「けちんぼね。このでくのぼう。ちょっと大声だしたからって、クリスマスなんだから大目にみてもいいじゃない」。母は電池仕掛けのサンタのおもちゃを彼の胸に留めようとした。チェーンを引っ張ると鼻が光るやつだ。「奥様が気に入ればいいけれどね、お前さん？」デイドラの、深く低い声だった。そしてすぐに一オクターブ高くなった。「病院までつけていったらどう？　笑いをとるのがうまいと思われれば、いい部屋に入れるかもしれないわよ」。

だが、婦長はすぐに母を二階へ追いたてて、荷造りをさせた。もし母のような思い上がった狂人を拘束できないなら、こんな仕事をやっていてもしょうがない。この女性はアメフトのランニングバックなみに油断なく気を配っていた。その彼女の制服は、母が言うところの〝枯葉色〟だった。「わくわくするようなパステルカラーでもっと華やかにするべきだわ」母は続けた。「私はオートクチュールのデザイナー兼ダイエット・カウンセラーなの。あなたの鯨みたいな体でも手を貸してあげられるわ。ホットパンツをはけば、お目当ての男を手に入れられるわよ！」。

　私たちはなんとか母に準備をさせた。アルフレッドの絵、表紙に教会のメダルが縫《ぬ》いつけてある色の塗られた聖書、感動したフレーズにヘアピンで印がつけられたメリー・ベイカー・エディ読本などを荷物に詰め込んだ。母は巨大なトパーズのカクテル・リングも持っていくと言い張った。私は絶対誰かに盗まれると思ったが、その通りになった（まさかあの婦長じゃないわよね？）。エスティー・ローダの香水〝ホワイトリネン〟の大きなボトルもあった。その朝、母は銀のイエス・キリスト像がついた大きな黒檀の十字架を身につけていた。一九六四年のメキシコ旅行のときに買って、修道士みたいに腰に巻き付けていたものだ。頭にはハーレム風にスカーフを巻いて、目だけ覗かせていた。「テレビカメラに映されたくないのよ」と、母は言った。

　一瞬、外に出たら雪の中にレポーターが立っているんじゃないかと思ってしまった。ライカを首からぶらさげたセント・バーナード犬たち。母は芝居がかった大げさな身振りで手錠に手を差し出した。私は、りんごを盗んだだけの子供を少年院に送った気分になった。公立病院のことはよく知っていた。精神科医による高度な診療体制は整っていない——そんな金銭的余裕は私たちにはなかった。母の抵抗も考慮にいれなくてはならなかった。どこであろうと母が自分から入院することはありえなかった。医者というものを信用していなかったし、自分が病気であることも否定していたから、拘束して正気に戻すといった中世的な手段に頼らざるを得なかった。母の頑《かたく》なな抵抗は、何十年にもわたって適切な診断を困難にした。拘束具や拘束衣、終わりのないメモ、そして子供のような母のことが頭に浮かんでくる。彼女はパトカーの中で背筋をぴんとのばし、こんなきちんとした子供が罪を犯すはずがないといわんばかりだった。後ろから見ると母は十二歳にしか見えなかった。母が初めてこんなふうに旅に出ていったのも、私が十二のときだった。いま、母を閉じ込めようとしているのは私で、一緒に車に乗ろうとさえしなかった。

記録係は平たい文字で、入院する患者に関して、そっけない見解を書きつけた。「一九七九年、十二月二十六日、午後十二時十分入院。患者の私物はトパーズのイブニング・リング（宝石ひとつ）、色を塗った聖書一冊、櫛六本、クリスチャン・サイエンスの祈りの本一冊、各種香水瓶と数枚の絵」。病院でカクテルパーティが開かれたときのため、高価なイブニングドレス数枚も。「患者は栄養不良の四十七歳の女性。付き添いの係員の顔がアナグマのようだから埋葬すべきと発言」と書かれていた。「自分はミルウォーキーのマフィアの一員で、人のことを詮索《せんさく》したにも関わらず、知らぬふりをする人間はすべてピストルで殴ってやる、とも言っている」。

身勝手な話だが、私は母の発言を、そのルイス・キャロルのような言葉を、すべて知りたいと思う。ただし母の言葉ではなく、ルイス・キャロルの言葉だった場合だ。私は母の自尊心に敬服している。

ハルドールのせいで言葉が混乱し、ソラジンのせいで舌がもつれていた。母の幻覚は、抗精神薬の波の合間をシュッシュッと音を鳴らしながら進み、ゴボゴボと私の耳へ入り込んできた。母の頭は泡立つ火炎瓶だ。爆発するとわめき散らす。入院すると、排泄のための下水溝と臭いマットレスしかない、鍵のかかった狭いゴム部屋に入れられていると毒づいた。「あいつらは私をぶつのよ」と書いた手紙をよこした。「自分たちのばからしいたくらみを治療とか言ってるのよ」。退院後、母は数え切れないほどの訴訟を起こし、すべて失敗に終わった。病院がどんな世話をしようが、取り組み方がどんなにおおざっぱであろうが、要領が悪かろうが、過剰処方であろうが、不適切な処置だろうが、私は文句をつけなかった。母は拘束されているかぎり、これ以上悪くなることはない。私たちは皆、危機的状況にあり、母の目には私たちの顔が標的として映っていて、他に選択の余地はなかったのだと自分に言い聞かせていた。まずは薬を飲ませ、過剰に処方したり拘束したりすることになってもその方がいい。あとで事態を収拾すればいいと考えていた。だが何度かの入院時の報告書と、母の記憶のなかで繰り返される恐怖から考えて、正気に戻るにつれ苦悩が始まることに気づいた。妄想のなかでは、自分に尊厳も力もあると思うことができた。死の世界を飛び越えて、現実の自分にはない、輝ける権力を手にすることができた。病院では妄想の皮を一枚一枚はがされ、人間の奇行の構図が暴かれるのだ。人が人であるためには、恐怖も、疑いも、死の宿命も、夢を失ったときの苦しい重荷も背負わなければならない。

その晩、母が病院へ連れて行かれた夜、私は悪夢にうなされ、ジャングルのような心のなかを誰かが通り抜けていった気がして、何度も目覚めた。崩れ落ちそうなマヤ遺跡、ユカタン半島の古代都市チチェン・イツァだろうか、その近くの深い泉の底に母が横たわっていた。母の体は神官が放った場所にそのまま横たわっている。すきとおった緑色の冷たく光る水に浸ったまま、両手が小さな聖母像のように差し伸べられ、なにかを懇願している。母は十二歳ぐらいで、同じ頃の私と似て髪が長く、髪はあまりの長さで水の流れにゆらゆらと揺れ、母が死んでいるという事実を無視して生き生きとくねっている。蝋人形《ろうにんぎょう》のような死体は私たちのどちらにも似ていないが、私たち二人を描き出している。夢のなかで私は、この母である少女を救わねばならないと思っている。間違いなく死んでいるというのに。いや、真空瓶のなかの胎児のように、生まれてさえいなかったのかもしれない。瞳は閉じられ、肌はオパールのように透きとおり、青みがかった乳白色の体には重い銀の聖像のネックレスしかつけていない。透ける肌の下でさんご色をした肝臓や心臓が滑るように動いている。もしも水面まで連れて行くことができたなら、この少女が目を覚ますことを私は知っている。少女めがけて私は湖に飛び込む。彼女は私自身の肉体だと知っているからだ。その象牙色の肌に触れるが、つかめない。内臓がオイル瓶の中のハーブのように浮かんでいる。彼女の体はまるで彼女自身の聖骨箱のようだ。肌の上に両手をすべらせるが、身体を動かすことはできない。彼女は年月の重みであり、大地の骨であり、地下から生える根なのだ。私はうなされながら、汗びっしょりになって目を覚ます。眠りからさめても、暗闇の中の少女は緑色に輝く深い泉の底に横たわり、永遠にかすかな微笑みをたたえている。私は水面から彼女を見下ろしている。私のお守りである彼女を。

一九八〇年一月の終わり頃、一ヶ月が過ぎて、母はメノミニー郡立病院から退院を許可された。私には母の治療に注意を払っている余裕はなかった。毎日ラジオ番組の出演で忙しかったのだ。もうわめき立てるようなことはないと、病院の人たちが言っていたとメイベルが教えてくれた。実際そのとおりだった。聖杯になみなみと注がれた抗精神薬のせいで、母は司祭に仕える少女のように従順になっていた。母の新しい職場であるギンベルズデパートの若者向け洋服売り場で会う約束をした。母は病院の支払いを済ませるために死ぬほど働きたがっていて、そしていつものようにどんな仕事でもかまわなかった。私が先に衣料品棚のそばにいる母を見つけた。顔は真っ白で生気がなかった。ソラジンの副作用で十キロは太っていた。身体はホルマリンに漬け込んだかのようだった。むくんだ足首が平たい靴の上から膨《ふく》れ上がっているのを見て、祖母の足首を思い出した。一人の客が母をしかりつけていて、母はよたよたと近寄って頭を下げた。もはや女王さまではなく、荷物を運ぶ家畜も同然だった。母は歳をとっていた。

「ちょっと」客は母に文句をつけた。「サイズが読めないの？　どこの国から来たの？　私が八サイズを着るように見える？」。母はそのひどい服を見つめていて、あまりの醜《みにく》さに触りたくもないのが私にはわかった。別にかゆくもない肌をぼんやりと掻《か》いていた。客にぴったりのサイズを、自分の立場を、ふりだしの場所を探すために、母はゆっくりと他の棚へ移った。母は自分が何者であるかを探していた。それは母が病気だったときよりも心配になる、ショッキングな光景だった。

「お客様のサイズは見あたりません」母が客に向かってだみ声で言った。「何も見あたらないんです」「ねえ、ママ」私は間に入った。「閉店時間よ」私は目の前の若い客をにらみつけた。試してみる？私はやる気十分よ。彼女にそう言ってやりたかった。あなたの目をえぐりだすこともできるし、あなたの咽喉《のど》に噛みつくことだってできると、思い知らせてやりたかった。客はくるりと後ろを向いて、棚の間をこそこそと逃げていった。次の週末、母は家にある薬を端から飲み込んだ。ああ、でもそれは、私が電話の向こうにいることを確かめてからのことで、母の声は砲撃の残響のように、しだいに小さくなっていった。私は狂ったように救急隊員に電話をかけ、かけつけた彼らは、母を病院へ連れて行き、胃を洗浄した。その間、私は再び猛スピードでシカゴから病院へ向かっていた。今度は普通の病院だった。睡眠導入剤《ダルメーン》の過剰摂取による自殺未遂だった。母は跳びはね、私は捕まえる。私が捕まえなければ誰もやらない。誰も母を救おうとはしない。私は何千回も人生をやり直したいと願ってきた。この娘とこの母以外での人生ならなんでもよかった。

2

プッカワセイ湖での釣り

Fishing on Lake Puckawasay

私と妹たちは、プッカワセイ湖のほとりで少年のように育った。父は私たちが歩き始めるとすぐに釣りに連れていった。夜明けに大ミミズを探して庭の湿った土を掘ると、指のすきまから土がこぼれた。夏の間は靴も履かずに裸足で過ごし、足の指のすきまに草や泥をつまらせた。生命はそれ自体、目で見て、手に触れられるもので、ぼろぼろ崩れた土は私たちの小さな手を通り抜け、ウィスコンシン州の黒い大地に染み込んだ。湿った生命の源が、神の御前《みまえ》で闇に帰っていった。明け方、家の裏手の野原には低い霧がたちこめた。それはまるで、家と野原を隔てる有刺鉄線の下から鼻を突き出して鳴く牛の声や鳥のさえずりを捉えようとして漂う網のようにみえた。牛はいつだって鼻を湿らせ、草の甘い匂いが混じった息を吐きながら、我が家の庭先までやってきた。我が家の目の前には小高い農場が広がり、家の裏手までなだらかな斜面は続き、プッカワセイ湖にたどり着く。私たちは沈み続けているのよ、地上の生活にね、と母は言った。一九五〇年に結婚してから、母はずっと沈み続けていた。

幼い頃、母に聞いた話のなかに、十代の頃住んでいた地下室についてのものがあった。「夜には通りを行く人たちの足が見えたわ」と、母は話し始めた。「いろんな靴を見たわ。私がベッドで寝ていると、みんなが上を歩いているのよ。枕に横になっていると、顔に塗ったコールドクリームに埃《ほこり》がぱらぱら降ってきたわ」。

メイベルは、生活が苦しくても我慢しなかった。「食べてばかりだったよ」祖母はぶつくさ文句を言った。祖母は地下室で腎臓《じんぞう》を料理した。尿を油で揚げる匂いが、母を惨《みじ》めな気分にさせた。母は大学進学を夢見ていて、成績も九十九点や百点と優秀だったが、恥ずかしがりやでほとんど友だちがいなかった。「顔のせいだよ」祖母は母に言った。「かわいい女の子に友だちはいないもんさ」。そして結局教育も受けられなかった。母の満点のテストは、私が見つけるまで何十年も引き出しの奥にしまいこまれていた。「大学進学も考えたのよ」母は言った。「でも父に頼むほどばかじゃなかったし、他に誰に頼めばいいのかもわからなかったわ。校長先生というわけにもいかなかったし」。卒業式の翌日、祖父は、母のためにパン屋で働く仕事を見つけてきた。

それでも卒業前、祖父母はこつこつと貯めたお金で、娘のために十六歳を祝うパーティを開いた。母は、顔見知り程度の年上の青年パトリック・ライデンをエスコート役に招いた。他の男の子たちより感じがいいのよ、乱暴じゃないのよ。母は女の子たちに話した。パーティはミルウォーキーのヴリット通りにあるコロンブス騎士会のホールで行われた。招待客は六人で、みんな自分で縫ったフクシア色のサテンドレスを着ていた。白いタキシード姿のパトリック・ライデンはすごく真面目そうにみえたが、どうして私がそんなことを知っているかというと、当時のパーティの写真を額に入れて自分の化粧台に飾っているからだ。写真を見ると、私はこの二人から生まれたのだとつくづく思う。それなのに母は、父の健康を祈っても、一日たりと彼に恋したことはないと言った。漆黒《しっこく》の瞳に漆黒の髪の二人は美男美女のカップルだった。父は母の手を握っている。彼らを見ると、私は叫びたくなる。「だめよ！　だめ！　あなたたちはお互いに悲劇をもたらすだけよ。苦しむだけよ。ひとりは頭がおかしくなって、もうひとりは永遠の沈黙に苦しむ運命なのよ！」。だが、祖父が結婚を命じ、母は結婚せざるをえなかった。パトリック・ライデンは占領軍の落下傘《らっかさん》部隊の一員として日本へ渡った。部隊は羽のように地上をふわふわ漂った。父は、母が婚約破棄の手紙をしたためなかったことに感謝し、何通も手紙を書いた。母はおざなりな返事を書き続けた。パトリックが日本から帰還し、飛行機のタラップを降りたとき、母は記憶をたどっても父の顔がわからず、探し当てたのは別の男の顔だった。父は残念ながらも制服の集団の端にいる男だった。それは避けられない運命なのだ。父は常に集団の隅っこにいる男だった。

「結婚してからは、生きたまま棺桶《かんおけ》に入れられたようなものよ」母はよく言ったものだ。「田舎で死んでいるようなものだったわ」。彼女は都会のリズムに、都会の店主や、映画や、喧騒《けんそう》に恋い焦がれていた。母がミルウォーキーの歩道でローラースケートをして遊んでいたときの話を憶えている。私はまだローラースケートをしたことがなかった。母の顔には、歩道の割れ目をジャンプして飛び越える、少女のような表情が浮かんでいた。母にとってプッカワセイ湖に響く鳥の鳴き声は、葬送歌でしかなかった。

祖父は酒場に押し入った強盗に心臓を打ちぬかれ、一九五〇年に死んだ。当時としては珍しい事件だった。父と母は、ミルウォーキーから五十キロほど離れた、祖父が隠居用の田舎屋として建てた小さな家に住むことになった。道路に面したドアがなく、恥ずかしがりやの女学生のような佇《たたず》まいの家だった。ドアは家の横の、隣の家の向かいにあり、隣のジミニー家からは私たちの生活が丸見えだった。もう一方の隣は野原で、イガやオオヒレアザミ、ビロードアオイやオオアワガエリが茂っていた。芝生を踏むと足が沈んだ。小さな可愛いカエルが子供の足首をよじ登った。ミルウォーキーのビール工場労働者以外は誰も住みたがらない湿地だった。住人のなかには、勤務時間後のポーカーゲームで、自分の不動産証書を一ドルだと言ってチップの山に放り投げた兵士もいた。通りに古いアスファルト製の釣り小屋があって、こぎれいな白いバンガローの間で虫歯みたいにみえた。残りの家はどれもボートの残骸のようだった。

最初は母も、通りに立ち並ぶ掘っ立て小屋に住み、ラディッシュのように野に根づこうと努力した。ソファや椅子に明るいジャングル柄のカバーをかけ、暖炉《だんろ》の上に緑色のヒョウの陶器を飾った。外には年配の男たちが集まり、キエフやティラナやグダニスク界隈にあった工場や農場の思い出話に花を咲かせていた。彼らは座ってカードゲームに興じ、けだるい午後を過ごした。彼らがよりかかっている小屋は、タール紙とアスファルトでほんの少し補強するだけで、いつしか終世の棲家《すみか》となるのだ。彼らはこんな物の言い方をした。「カードをよこしてくれんかね」「名前は？　嬢ちゃん」。そしてお互いに「おまえみたいな移民やろうは臭くていけねえ」と言い合っていた。シャツににじむ汗は、肉屋の包装紙にくるんだ脂っぽいソーセージを思い起こさせた。入れ歯を取り出して見せることもあった。唾液の滴《しずく》が糸を引いてきらきらと輝いた。五十歳で未亡人になってしまったことに気が動転していた祖母メイベルは、このしなびた老人たちのなかにいた、チェコスロバキアからの移民ルイと再婚した。さすがの母も驚いた。祖母はプッカワセイ湖畔にあるルイの小屋へ移り住み、三十四年後に生涯を終えるまでそこを離れなかった。母は眉間《みけん》に皺を寄せながら、パパが死んじゃったから、ママは魚売りの女になったのよ、と言った。

寝室の窓からチリン、チリンという牛の鈴音を聞いていた昼下がり、母が私たちを楽しませるためにファッションショーごっこをしてくれた。結婚して私を産むまでの三つの季節にわたって、母はギンベルズデパートのステージモデルを務めていた。母が新作をお披露目《ひろめ》するときの話は、何時間聞いても飽きなかった。女性客がミニケーキやミニサンドをつまみ、お人形サイズの鉛筆を使って注文書を埋めるなかを闊歩《かっぽ》する。私と妹たちは白い木綿の手袋をはめ、イースター用の帽子をかぶって女性客を演じ、母は居間のカーペットの上をくるくると回った。私たちは字が書けるふりをしてノートにクレヨンをなすりつけた。ドロレスは、木を積み、板を置いて作ったステージの上で、サンドレスやカプリパンツや、自分で作ったタイトなワンピースドレスを着てみせた。「みんな、いい?」母の説明が始まった。「軸足で回るのよ、こんなふうに」。そしてさっとつま先立ちになり、足の親指の付け根を軸にくるりと体を回した。「できる?」。私は六歳、ケイトは五歳、サラはたったの三歳だった。「軸足で回転《ピボット・アンド・ターン》!」私たちは甲高い声で叫んだ。「軸足で回転!」。

母は自分の嫁入り道具が詰まった箱を私たちの好きにさせてくれた。ベッドのそばに置かれた大きなヒマラヤスギのトランクには結婚衣装が入っていた。私たちは上品な母のサンダルを履き、サテンのウェディングガウンをはおり、頭にヴェールを着け、裾《すそ》を踏まないようにして、そろそろと屋根裏部屋への階段を上がった。四メートル以上もあるヴェールが、濃厚なクリームのように階段を流れていった。母はカメラマンに追加料金を払い、結婚式の写真を油絵のように撮ってもらった。写真のなかのサテンのドレスは、赤ちゃんの歯のようにつやつやしていた。すべてがそんな具合だった。母はお金が全然ないときでも、自分を二倍に見せる方法を知っていた。

「軸足で回転！」私たちは叫んだ。「上手よ！」と母が歌った。ドロレスは近所に住む他の母親たちとは違っていた。マニキュアはクレヨンよりもずっと赤く、深紅のチューリップのようだった。ペディキュアも同じだった。サイクリングパンツに、かかとの細いハイヒールを履き、形のいいふくらはぎをピンク色の電気かみそりで剃《そ》る仕草には色気があった。私と妹たちはバスルームのドアにもたれ、「足を剃るのを手伝わせて、首の後ろのフックを留めさせて」とねだったものだ。午後か夜にでかけるときは、その都度ブラウスに合うハンドバッグを選び、前に使ったバッグから口紅やマスカラをどっさり移し変えた。美人になったら私腹を肥やせ、である。

　木製の化粧台の上に載せた半月型の鏡には、母と三人の子供たちの姿がすっぽり収まった。私たちは金色のヘアブラシを母に手渡し、そばに付き添い、豊かに波打つとび色の髪がとかされる様子をじっと見上げていた。表では牛たちが草を食《は》んでいたが、部屋のなかには、黄色や茶色の小さな瓶が化粧台の上にずらりと並んでいた。背の高いアメジスト色のガラス瓶。母の一番好きな女優マリリン・

モンローのつかうシャネルの5番の黒くて細長いボトルはもちろんあるし、チューブの先に金色のシルク製のバルブがついたクリスタルのアトマイザーもあった。私はアトマイザーを手にとってバルブを握り、聖油で身体を清めるかのようにエスティー・ローダの〝ユース・デュウ〟を自分たちに振りかけた。母は鏡に映る私たちの姿を、大きな静かな瞳でじっと観察していた。母には呪文があった。「いつもこう唱えるのよ。ここにいる女の子たちのなかで、私が一番きれいだって」真面目な顔でいつも言っていた。母の場合、それは真実だった。金色のブラシが母の髪をすべるとき、母の手が豊かなとび色の髪をべっこうの櫛でまとめるとき、私はそれに気づいていた。男たちは母のとりこになり、椅子を引くために駆け寄ったり、結局は断られるのにカクテルを運んだりした。すべては一瞬でも母の目にとまるためだった。母には、むきだしの魅力があった。彼女自身それをわかっていた。だけど私たちには準備が必要だった。椅子に座り込んで本に書かれた言葉の意味を考えていると、母がやってきて言ったものだ。「動きなさい！」そして指をぱちんと鳴らした。それは何か素敵なことをするのよ、という意味だった。何かすばらしいことをお洒落《しゃれ》にやりなさい、と。あの頃は、生涯にわたって価値のある呪文のように聞こえた。

化粧台は母や妹たちや私にとって、いろんなことを思いついたり、想像したりする神聖な場所だった。仮装ごっこや逃避の場所であり、魔法使いの水晶玉であり、魔女のティーカップでもあった。化粧台の前では、自分たちに魔法をかけることができた。編み上げた髪をピンで留め、頭にスカーフを巻いててっぺんで蝶結びにする。耳に大きなフープイヤリングをつければ、母はカルメン・ミランダに変身した。「彼女は個性的だったわ。きれいとはいえなかったけれど」と母は言った。カルメン・ミランダは〝国境の南〟、すなわち、セニョリータとマンティーリャと大きなサボテンと、そして長いドレスを着た女たちがマリンバにあわせて踊る国を意味していた。〝メノミニー郡軍楽隊《メノミニー・レギオン・バンド》〟のティンパニ奏者だった母は、赤いマラカスを一組持っていた。それを振りながら、〝チキータ・バナナ〟のコマーシャルソングを歌った。「私はチキータ・バナナ。教えてあげるわ、バナナの美味しい食べかたを」。

　化粧台の前で、私は母の夢にのみこまれた。巫女《みこ》の神託《しんたく》のような、催眠術のようなリズムをもつ変幻自在の夢だ。「そこに何があろうと、それは向こう側の世界にあるの。ここにはないのよ。ここには」。夢の歌、子守唄は、心を癒しながらも人をあざむく。宮殿の控えの間や国境検問所で待つときに、何度口ずさんだことだろう。アラブの王様やイギリスの首相を、テロリストと呼ばれる男を、女性を待つ間に——どういう女性だっただろう？　女たちはいつも匿名《とくめい》だった。私は彼女たちが泣き叫ぶ声を聞く。私はずっと待っていて、待って、待って、ふと気づくとチキータ・バナナの歌を繰り返し口ずさんでいる。シリアの平原からヨルダンの谷へレバント地方の灼熱《しゃくねつ》の高速道路を旅しているときも、ウィスコンシンの湖畔での記憶を思い起こしているときも、ドアが開くのを待っている。鉛筆をかまえる女性たちを私は待っている。うつむいて、安物の革バッグを見つめる。テープレコーダーを入れるためにダマスカスで買ったものだ。ハイヒールは汚れ、がたがたの爪にマニキュアを塗る暇もない。「その部屋のなかで一番きれいなのはあなたよ」と、頭の中の母が主張する。そして呪文がひびく。母の言うことが信じられたらどんなにいいだろう。ガザの街のタクシーのバックミラーを覗き込むと、母の瞳が私を見つめ返している。

母と対照的に、父の夢は、彼の腕についた幾千もの染みと同じくらいわかりやすかった。パンチのまねごとや、砂箱を作ったり釣り針から魚をはずしたりといった手慣れた仕種《しぐさ》のように画一性があった。「おサルさんの山だ!」父はそう叫びながら、リビングルームの真ん中でお腹からばったり倒れこんだ。口にふれた皮膚は塩辛く、目の前に腕の染みが広がった。私たちにとって父は、どんなに暑い日ざしからも守ってくれる日よけだった。「ドクター・エックスだ! みんな、やっつけろ! ディック・ザ・ブルーザーに右フックをお見舞いしろ! ガードが下がってるぞ、昼寝してやがる、安席の客にはったりかましてるんだ。ドクター・エックスには左フックだ!」父は私たちにTシャツを着せてチーム分けをして、自分はどちらか一方の味方をした。父はテレビで放送されるプロレスの世界を愛していた。ハロウィンには〝ゴージャス・ジョージ〟になって、長髪のブロンドかつらをつけ、ハンティング用の赤い下着姿であらわれた。「参ったと言え」私は仕事から帰った父の膝にタックルをして大声をあげたものだった。「まるまると太った子豚め!」と父。「このドナルド・ダッグ!」。

そしてその後、父に転機が訪れた。

日頃から衝動的な動きをするタイプだった父は、友人の家の屋根に釘を打っていたとき、突然、立ち上がった。おそらく誰かに呼ばれたのだろう。あるいは腰が痛くなったか、トイレに行きたくなったか、のどが渇いてビールが飲みたくなったのか、そばかすだらけの肌が汗ばんだからか……。自分の未来を変えてしまった瞬間のことを、父は覚えていなかった。父は足を滑らせた。屋根から猛烈な音を立てて転がり落ち、歩道に頭を打ちつけ、頭蓋骨に火花が散った。何週間も昏睡《こんすい》状態が続き、はるか遠くの海の世界で、手足を拘束されながらもがき続けた。それから少しずつ、重い腕をまわし、ぎこちなく水をかきわけながら光の方へ近づいた。目が開いた。陸に戻っていた。

だが、耳が聞こえなくなっていた。一年生のとき、担任の先生が私に図を描いてくれた。お父さんの耳には、きぬた骨があるのよ、と彼女は言った。それがどんなものかは知っていた。メノミニー・レギオン・バンドで母が演奏したケトルとまったく同じ形をした小さなティンパニ・ドラムもあったから。ほかには聴神経を司《つかさど》るコルチ器官があった。コルチという名前からは、父の脳の裏側にあるがらんとしたリサイタル・ホールでオルガンを教えている、髭《ひげ》をはやした小粋なイタリア紳士の姿が目に浮かんだ。だけどそのコルチ器官であるオルガンも、きぬた骨も、ティンパニのような鼓膜《こまく》も、音の世界の和音や歌を奏でるこれらの器官はすべて粉々に壊れ、二度と元に戻ることはなかった。父はハンプティ・ダンプティだった。あらゆる音を失っていた。

記憶する限りでもっとも長く家をあけ、ようやく帰ってきたパトリック・ライデンは、もはや私たちを厳しい日ざしから守ってくれる日よけではなかった。かつてのように私たちをまとめて抱えあげたり、〝三人の子分たち〟と呼んだりしなくなった。動作が緩慢になり、産毛《うぶげ》で覆われたピンク色のはげ頭は、〝ミスター・ポテト・ヘッド（ミスター・うすのろ）〟さながらだった。頭皮に野球ボールのような縫い傷が見えた。父はキッチンのテーブルにつき、私たちが膝によじ登ると、私たちの唇に、小さな翼状のカバーをつけた耳を押しあてた。私たちは父の耳にお話をして、そこに広がる海を渡った。父は、私たちののどに指で軽く触れ、名前を言って歌っておくれ、と言った。そして首を横に振ると目を閉じ、今度は板張りの床を歩いてみてくれと言った。どしん、どしんと床が揺れるのを足で感じられるのだという。父の泳いでいるような身振りをいまも思い出すことができる。水かさは増していった。父は川のなかに住む男だった。

いつかまた耳が聞えるようになる日を、父はじっと待っていた。混み合った駅で歯軋《はぎし》りし、苛立《いらだ》ちながら電車を待つ乗客たちのように、父が待っているのがわかっていた。退院して間もない頃、昔から隣に住んでいるジミニー家を見晴らせる、大きな窓のそばに父は佇んでいた。我が家の横には鳥の餌箱《えさばこ》が置いてあった。父は鳥たちに向かって口笛を吹いたが、前はとてもきれいな音色だったのに、とても耳障りな甲高い音にしかならず、たとえるなら椅子をキーっと引いたときのような音で、それで私は父の耳が本当に聞こえていないのだとわかった。スズメやアオカケスが、矢のように一斉に飛び立った。父はポケットに両手を突っ込みながら身じろぎもせずに立ちつくし、ついにはっきりと悟った。自分の聴覚は元に戻ることはない。父の任務はすでに終わりを告げていて、そして父は自分が何者なのかを理解した。完全なる聴覚障害者。二十九才だった。父は笑っていた。

父が話をするとき、その話し方は、プッカワセイ湖へ下る湧き水の小川を吸い込んだみたいに濁っていた。間延びした音節のせいで会話が空回りした。父に話しかけたいときは、誰かに言葉を書いてもらわなくてはならなかった。私はアルファベットが大好きで、特にその音を表象するような輪郭が好きだった。私は父に話しかけるためにアルファベットが必要だった。「パパ、音を聴くときは、どんなふうに聞こえているの？」父にそう尋ねたことがあった。というのも父は、確かに音が発生したあとの深い残響のある場所に頭を向け、しょっちゅう立ち止まっては耳をそばだてていたからだ。私たちは裏口の階段に座っていた。祖母が、私のその質問を書いてくれた。父はただ首を横に振るばかりだった。父の両耳の間では、不明瞭な言葉の音がわんわん鳴り響いていた。だが、しばらくして、父は巻貝《まきがい》を家に持って帰ってきた。

「海に行ったことがあったかな」と父が言った。「こんな音なんだよ」。父の口から出てきた言葉は、いつもと同じ一本調子の、ごぼごぼという音のようだった。「うんみに……いいったこおとぉが……あったぁ……かなぁ」。父は巻貝を子供たちに順番に渡していった。「こおんな……おうと……なあ……んだ……よぉ。ああたまのなかで」父は言葉をぼたぼたとこぼしながら喋った。「なみいのおおとが、きけるうだろお！」さざ波が急に高まり、父の声が大きくなった。

つまり、父は巻貝を使って音を聞き、声を波に乗せ、母は化粧台を使って世界を見ていた。ふたりの間に交わされる言葉は徐々に少なくなっていった。絆《きずな》は糸のように細くすり減っていった。父は、一番いい席にゆったりと座ればいいのか、それとも角の長椅子にちょこんと腰掛ければいいのか、わからないで部屋の中で迷っている招待客のようだった。ある日曜日、教会から戻り、妹たちと母と私でいつものように物憂い午後を化粧台の前で過ごしていた。余ったボタンをネックレスに通し、キラキラと星をちりばめたようなプラスチックのハイヒールを履いていたとき、母がゆっくりと振り返ってこう言った。「あなたたち、離婚ってなんだか知ってる?」六歳だった私は、そんな言葉は聞いたことがなかった。「離婚っていうのは、ふたりの人間がこれ以上一緒に暮らしてゆけなくなることなのよ」母はまっすぐ私を見つめながら言った。「結婚しているふたりのことよ。つまり、パパはもう私たちとは一緒に暮らさないの、これからもずっとあなたたちのパパであることに変わりはないけれど」。母の声は、部屋を斜めに傾かせた。

私は気を落ち着けようとして、母の真っ赤な唇を、そこからわずかに覗く下の歯のうろこ模様をみつめた。こう言ってくれたほうがまだましだった。「離婚っていうのは、今日からあなたがブルーになることなの。肌もこれからずっとブルーのまま。元の色には戻らないから、ブルーでいることに慣れるしかないわね」。母は鏡のなかで私たちに呪文を唱え、私は魔法にかけられた。私は、母がいつも窓際に置いている大きな黄色のグレープフルーツ型の回転椅子に座っていた。足で椅子に弾みをつけ、座ったままぐるぐると回った。四方の壁がぱっぱっと瞬時に通り過ぎた。日本は、化粧ダンスの上においてあるオルゴールだ。桜の描かれた黒い漆塗《うるしぬ》りの箱で、ショッキングピンクのベルベットの内張りの上に足を上げたバレリーナが立っている。メキシコは、母のマラカス。ウィスコンシンは鹿の描かれた花瓶で、角を頭上に拡がるオレンジ色の茨《いばら》に突き刺し、燃え上がらせている図柄が描かれていた。まるで炎がすべてを焼き尽くし、私たち三姉妹だけが後に残されるような、そんな冷酷な奇跡を思い起こさせた。両親が大声で罵《ののし》り合ったとしても、それはどこの家にもある話。でも、私は実際に両親が離婚した子を誰も知らなかった。近所の金切り声を聞いたこともあった。「結婚するんじゃなかった、おまえみたいなとんでもない化けものとね！　こんな太った牛なんかと。このでぶっちょ！」暗闇にタイヤの軋《きし》む音が響き、テールランプが遠ざかっていく。甲高い叫び声が夜露に濡れた芝生の影のコオロギの上を漂った。けれど朝になれば男たちは青白い顔をして、よろめきながら戻ってきた。離婚、それはよその家庭とはちがってしまうことを意味していた。父親が戻ってきてなじみの場所に陣取り、自分たちはもう若くはないのだと反省するような家庭とは。

ふたりの人間がこれ以上一緒に暮らせなくなったとき、と母は言ったが、その言葉は何年も私に絡みついて離れなかった。母は他のどの母親と比べてもはるかに若く、人目を惹《ひ》いた。通りに住んでいる女たちのことはよく知っていたけれど、彼女たちは鈍くて、のろくて、足に静脈が浮き出ていた。母は〝クイン〟と呼ばれる、サイズが5A（二十二センチ）の靴を履いていた。三人の子供を産んだあとも、お姫さまのような足をしていた。他の母親たちは、母とちがって、焼いた肉からハサミで余分な脂肪を取りのぞいたりしないし、幼稚園のフラワーショーのためにキュウリをウサギの形に切ったり、リング型のゼリーをスミレの花で飾ったりしなかった。ジュエリーで装うこともしなければ化粧もしない、同じ通りに住むのろまな母親なんて、五人と引き替えにと言われても、自分の母と交換する気にはならなかった。隣人たちが、父だけでなく私の耳も聞こえないものとして私たち家族の悪口を言う。そのずるがしこくて辛らつな声の響きに耳が熱くなった。だからもしも両親が離婚して、近所の子供たちが、私たちと遊んではいけないと言われることを考えると怖かった。だけどそれはずっと後になってからのことだった。

母の寝室は暑かった。私は、毎年春になるとプッカワセイ湖のほとりのアスファルト・レーンに撒かれる白い小石のことを思い出した。通り過ぎる車に弾き飛ばされ、湖に渦巻きや大陸の形をつくりだした。私と妹たちはその通りでレモネードや、道端で摘んで牛乳パックに挿したしおれかけの野の花を売った。あの通りはもっと広い世界へつながっているのよ。寝室の窓を開け、両手で頬杖《ほおづえ》をつきながら母が言った。道の両脇には看板が並んでいた。『レックローの店』『バウムガートナーの店』『メルツの店』。魚や、小さなシャベルや、ハート、ヨット、フォークとスプーンなど形はまちまちだが、ロザリオの数珠玉《じゅずだま》のように規則正しく並んでいた。私はその通りで有名になろうと思った。大きな声で「ゴッド・ブレス・アメリカ」を歌いながら通りを行ったり来たりして、皆が聞いてくれていたらいいのにと思っていた。

「パパがいないと、誰からも相手にされなくなっちゃう」私は母に訴えた。うだるように暑く、部屋も外の道路もかすんで見えた。父親がいなくなると思うと、惑星からまっさかさまに落ちるような、そんな永遠の時間を感じてめまいを憶えた。そこには神秘的な父、巨大な十字架にかけられた父、私の父がいた。体の内側にぽっかりと開いた穴が、手袋に空いた穴のようにどんどん広がっていった。これからはずっとこんなふうなのだ、愛がすり減ってほどけてしまったのだから。いつもの調子で暗いくぼみに滑り落ちていく自分を感じた。「パパがいないと、誰からも相手にされなくなっちゃう」私は繰り返した。母は振り返って私を見て、それから鏡のなかの自分に視線を戻した。

「ふうん」レブロンのチェリーアイス色の口紅を差しながら、軽い調子で答える母。すぼめた唇は、切り取ったばかりの薔薇《ばら》のつぼみのようだった。「まあどうなるか、様子を見てみましょう」。

その夏、母は十六歳のパーティで着たフクシア色のサテンドレスを使って、独立記念日に開かれる〝ミス・アメリカ〟コンテストの衣装を私たちのために作ってくれた。ついでにまた、あのお披露目パーティの話をしてくれた。出席者は六人よ、と母は言った。六人それぞれが、これより少し明るめの色のドレスを縫ったのよ。母がそのフクシア色のドレスを、コロンブス騎士会のホールで初めて披露したドレスを切って、私たちのために服を作ってくれていると思うと、特別な気持ちになった。この小さな町を車で走りぬければ容易に察しがつくが、独立記念日には天然色映画《テクニカラー》ばりの虚飾が必要だった。アメリカ至上主義は、愛国心を要請し、それが宗教のような盛り上がりに変わっていた。時は一九五九年。現実から隔離された小さな町の陽気さのなかには、核の悪夢が紛れこんでいた。我が家のキッチンテーブルには色の濃いサテン生地が、こぼれたワインのように垂れ下がっていた。布を頬にあて、つるつるとして柔らかいサテンの感触を味わった。母はタップパンツに合わせ、身体に巻きつける形の小さなブラジャーを作ってくれた。母の針仕事は空想的だった。私たちは得意になった。むき出しのお腹はワインレッド色のラッピングをしたマシュマロクリームのようだった。ピンク色のサテンで作った三つのカマーバンドに、母はラメのペンで〝ミス・アメリカ〟と文字をいれ、ひとりずつに着けてくれた。私たちは自転車に飛び乗り、クレープペーパーを吹き流しながら、パレードの集合場所へ向かった。子供たちの自転車隊の前を行くのは、退役軍人会の一団で、軍靴を上げ下げする度に、まるく出っ張ったお腹を揺らしていた。後ろには聖コルンバ陸軍士官学校の少年部隊が続く。彼らは親を失った、あるいは親に捨てられた少年たち。ひさしの大きすぎる帽子と制服を着せられて暑そうにみえた。私は、家もなく、親の顔も知らない彼らに同情した。ドラッグストアで制服姿のままアイスキャンディーを舐《な》めている彼らをよく見かけるが、今は汗を流しながら、こわばった足を上げて行進していて、かたや私と妹たちはきれいな服を着て、涼しい顔をして、自転車に乗っていた。私はお腹を突き出した。うるわしのミス・アメリカ、あなたはなんて美しいの。コンテストで私たち姉妹は一位を分け合い、ラインストーンのついたティアラをもらった。受賞者は全員、小さなステージに招かれて国歌を歌った。独立記念日の観衆のなかには父もいて、まるまるとしたその顔には、穏やかな表情が輝いていた。私がどんなに一生懸命に歌っても、父にはその声が聞こえなかったが、まるで聞こえたかのように拍手をしていた。雰囲気にのまれてしまう父が腹立たしかった。

耳の聞こえないことが父にとってどれだけ負担だったか、私にはわかってあげられなかった。父が人生に見切りをつけてしまったのではないか、そのなかに私たち娘の存在も含まれているのではないかと思うと怖かった。そのころ、発話法の女性教師が家にやってきて、父の唇を輪ゴムのように引っ張ったりねじったりして、EやAやUの形をつくり、言葉の練習をしていたことがあった。その後、父と母が会話をするときは、ふたりの擦り切れた、だらだらと続く言葉を、唇の動きから私たちが読み取らないよう、こそこそと話すようになった。大声を出さなくても、二人がお互いに腹を立てているのはわかった。母が片手を顔の近くに掲げ、神経質そうに頭をひねるときがそうだった。私たちは無意識に、父に話しかけるときに自分たちなりのサインを使うようになった。たとえば、「大きい」は手を広げる。「小さい」は指で何かを摘む。「もっと早く」は手をぐるぐる回す。「もっと多く」は右手を胸へあてる。たいてい私たちは、なんでももっと多く欲しがった。もっと多く時間を、もっと多くアイスクリームを、もっと多く父と遊びたかった。父のステーションワゴンが家の前に止まるのは、おおむね日曜だけになっていたので、サラが父を〝日曜日のお父さん《サンデー・ファーザー》〟と呼び始めた。「今日はサンデー・ファーザーが来るわよ。だから一緒にでかけなくちゃ」サラはそんな言い方をしたものだ。サンデー・ファーザーは私たちを公園へ連れて行ってくれた。サンデー・ファーザーは動物園へ熊を見に連れて行ってくれた。

「なんだってんだ」父が母に向かって大声で言った。独立記念日の、歴史的な遺産や国家や自分自身をたたえる群衆の熱気のなか、父がはっきりと、完璧な発音で叫ぶ声を聞いたような気がした。父は群集の好戦的な興奮を、すなわち、かつて落下傘部隊で経験したのと同じスリルを感じていた。まるで父が再び話せるようになり、ひからびて硬くなっていた言葉が自ら立ち上がったかのようだった。「ふざけるな」父は母にはっきりと言った。「くそ食らえだ！」そしてくるりと背を向けて立ち去っていった。いまや私たち娘は、完全に過去という名の国の住人となっていた。その日か、翌日の午後、父は家のリビングルームで私たちを抱きしめ、さようならを言った。長い間、箱詰めにしたままだったがらくたや大工道具やつり道具は、父とともに新居へ引っ越していった。父はそれらを地下から担ぎ出し、車のトランクへ入れて去っていった。家のなかに父のものは何も残されていなかった。胸のまわりを輪で締めつけられたような痛みを感じた。以前、大木の切り株に、そんな輪があったのを見たことがあった。切り株の断面の黒い帯を指差して、年輪を数える方法を教えてくれたのは、ほかならぬ父だった。年老いて死んだとき、私の体を輪切りにすれば、肋骨に残っている輪を数えられると思った。その日はレントゲンにも写るくらいにくっきりと黒い輪が残ったはずだ。

父が出て行くと、母は自由になった。正真正銘の自由の身だ。自由に舞い上がっていた。信じられないわ、と鏡に映る自分に向かって母は静かに歌った。私は自由よ。母は、水色と白のツートーンの、まるで宇宙船のようなシボレーを走らせ、はっきりとした目的地に向かって空気を切り裂いていった。私たちの車は景気のいい音をたてながら、母のエネルギーを撒き散らした。母は二十七歳だった。私たちを海辺や、近くの小さな湖へドライブに連れていってくれた。日の光に照らされた湖は、緑色のベーズ生地に真珠を置いたように輝いていた。私たち娘三人は、首に汗をかきながら後部座席に膝をついた。窓を開け、頭を突き出して、風に髪をなびかせた。ケイトの赤みがかった金髪の巻き毛が跳ね、サラの髪は淡い黄色のカーテンのようにまっすぐにふわりと広がった。緑色をしたとうもろこし畑の波を通り過ぎた。ハイウェイをかすめるようにとばしていった。ファーストフードA&Wでルートビアを買うために車を停め、そのおかげでバーマシェーヴの看板を一字一字声に出して読むことができた。私が一生懸命、字を読もうとしていた頃だった。「ベンはアンナと出会った。うまがあった。楽しすぎて髭をほったらかしにした。ベン-アンナは別れた《バナナ・スプリット》」。スイートコーンを買うためにも車を停めた。一ダースが十八セント。ちょうど値上げ競争の最中の一ガロンのガソリンと同じ値段だった。私たちは誰のためにも、世界中の誰のためにも車を停めなかった。〝先生〟と出会うまでは。私たちは彼のために停まった。

〝先生〟のことはなんとなく知っていた。再会したのは、メノミニー・レギオン・バンドで母が演奏したときだった。〝先生〟は、モダンクラリネットの巨匠バディ・デフランコのように神妙に、そして暗い調子で第一クラリネットを演奏した。実際に〝先生〟は、デフランコ、有名トランペット奏者であるクラーク・テリーや、クラリネットの名手ラファエル・メンデスなど、さまざまな音楽家をレギオン・バンドにゲストとして招待していた。彼らは夏の巡業の骨休めとしてメノミニーを訪れ、「ずっと海岸沿いを回っていたから湖の地方に来られて楽しいよ」と、そんなことを言った。海岸沿いとはどこだったんだろう、と頭をひねった。もしかしたら記憶違いかしら。バディ・デフランコが我が家のリビングルームに座り、最初の奥さんと結婚したのは彼女が十四歳のときだったなんて話を、子供の私に言ってきかせたりしただろうか。私が初めて話をした黒人が、クラーク・テリーだったのは確かだ。宣伝用の写真をくれて、その写真には小さなトランペットのイラストが彼の手描きで添えられていた。〝永遠にうるわしく《ステイ・アズ・スウィート・アズ・ユー・アー》〟という言葉も添えられていた。そんなことあなたにわかるはずないだろうに、と私はいぶかしく思った。

レギオン・バンドは、メノミニー郡ラック・ラ・ジョリーにある海浜公園の野外音楽堂で、毎週日曜の晩に演奏していた。母はバンドの看板奏者だった。ティンパニストの彼女は、まさにバンドの

〝鼓動する心臓《ビーティング・ハート》〟だった。ジョン・フィリップ・スーザの行進曲では、ティンパニの音が、時を刻む時限爆弾のように徐々に大きくなり、やがてひとつひとつ、すべての音が母の振りおろすドラムスティックで炸裂《さくれつ》した。スティックから雷鳴がとどろき、肩章から稲妻が走った。母は星へ向かって上昇するクレッシェンドだった。バンドの皆と同じように、濃い紺色に金の縁取りがついた警察官みたいな帽子を被っていた。誰もがすばらしい演奏をしたが、母のティンパニは、音楽の裏に秘められた意味を奏でていて、それは見事なまでの征服が影を落としているのだと感じた。

　まさに見事な征服だった。野外音楽堂から音が発されると、ボートが岸によってきた。ある時天候が崩れ、空が不吉な緑色に染まり、数分もしないうちに竜巻がラック・ラ・ジョリーを襲った。観客の半分が走って逃げた。私たちを含めた残りの半分の客は、音楽堂へ寄り集まり、今にも飛んでいきそうな巨大な遊園地の〝コーヒーカップ《ティルト・ア・ワール》〟に乗っているみたいだった。やがて空はおだやかになり、母は異常気象の前触れを奏でたドラムを、再び猛烈な勢いで叩き始めた。若くてハンサムな指揮者、ローフェンバーグ氏が、指揮棒を空へ突き立て、それから指揮台へ置き、観客におじぎをする。毎週日曜日、それがコンサートの終わり。彼のおじぎはいつも割れんばかりの拍手で迎えられた。私たち姉妹は急いで母の楽譜を集めに行き、続いてシンバルやドラムスティック、鉄琴《てっきん》、そのほか様々の民族打楽器を片づけた。私が一番好きだったのは赤いマラカスで、独特の威厳のようなものを感じていた。

　ある夜、私は突然〝先生〟の存在に気づいた。それはまるで数週間前にラック・ラ・ジョリーを通り過ぎた竜巻のように空から降ってきた。終演後、楽器ケースを閉める音や楽器の雑音が響くなか、〝先生〟の視線と声が私たちのところにまで届いた。意味のない呪文をつぶやきながら、〝先生〟のいる方角へゆっくりと赤いマラカスを振ってみたが、彼は消えなかった。昼間は自分で経営するメノミニーの小さな病院で働いていて、消毒薬と白いシューズ、注射針や診察器材などに囲まれてすごしているということは知っていた。ときどき祖母と一緒に行った外来に〝先生〟はいて、祖母の担当医だった。いつしか母の担当医にもなっていた。というのも、数年前にサラを分娩《ぶんべん》してくれたのが〝先生〟だったからだ。家族とは別居していると祖母が話してくれたが、そのせいで彼はいっそう得体の知れない、あやしい存在に感じられた。本当は三人の女の子のパパなんだよ、とメイベルは言っていた。その子たちを大事に育てなさいよ、と私は思っていた。

だがいつのまにか〝先生〟はここにいて、茶色いキャディラックで（車は毎年新しくなった）高速道路を走り、普通の人のような格好をして、ソフト帽をかぶって、母に親しげな態度をとっていた！楽隊の制服でもなければ、白衣でもなかった！　森や野原で、突き抜けるような青空のもとブルーベリーや野生のアスパラガスやデイジーを摘みながら気ままに歩き回った小道で、いつも安全だと思い込んでいた場所で、私たちは彼に出会った。母とシボレーに乗っているところに現れた、この大柄な黒髪の医者は、いわば禁じられた部外者であり、森に現れたケルトの自然神グリーン・マンだった。私はすっかりわけがわからなくなった。おそらくこれは、私たちに注射を打つために母が新しく考え出した方法で、〝先生〟はすぐに聴診器と注射器を取り出して、私たちの後を追いかけてくるんだと思った。残されたシボレーの後ろから、あるいは背の高い草むらに隠れて、母と〝先生〟がいちゃつくのを盗み見した。キャディラックからさざ波のように繰り返し鳴り響く親しげな笑い声も聞いた。私は〝先生〟を追い出す方法はないものかとあれこれ考えた。コマンチ族の急襲か、あるいは竜巻の襲来のように、こっそり忍び寄って左のこめかみをマラカスでポカっと殴ってやろうかと思った。だがその計画は、〝先生〟が持っていた秘密兵器、コダック純正のインスタマチック・カメラによってたびたび頓挫《とんざ》した。そのブロンズ色の精密機械は、ぽかんと口を開いて見とれるほど美しかった。カメラが目の前に現れた瞬間、私は走り出していた。コダックのフラッシュを浴びながら、恍惚《こうこつ》として固まった。手のなかでしおれてゆくスミレでさえ、写真に撮って残せるのだ。夢を写して自分のものにすることができる。彼がコダックを持ってくると、カメラの中に閉じ込められた時間の力を感じたくて、私にも持たせて、とせがんだものだった。私は自分たちの姿が、白い紙の上に少しずつ抽出されていくのを見守った。消毒剤のように冷淡な〝先生〟が、私たちの午後を、日の光に照らされた私たちの姿を、消えてしまわないように焼きつけるのを見ていた。それはまるで外科医が、外科医だけに許された力で、私たちの顔や体を紙の上に捕らえているかのようだった。そのとき彼が撮ったコダック・インスタマチック・カメラの写真はいまでも持っている。私とケイトとサラが道路際に立ち、デイジーの花輪を頭に飾り、手をつないでいる。少女の花束のような写真だ。もしも手にしているのがゴム製のトマホークや玩具のピストルだったとしたら、何かちがっただろうか。私たち三人は荒《すさ》んだ心を隠し、おとなしくて恥ずかしがりやの少女を装っている。子供らしく従順だ。私は自分が知っていたアウトローな世界のことを考える。子供の手に握られたランタンのような手榴弾《しゅりゅうだん》や、それが何であるかをなかば知りながら持ち歩いている必殺の武器のことを思う。子供が武装していても、私はちっとも驚かない。子供はためらいもなく残酷だ。子供はみな、自分にしか見えない手榴弾を手に握っているものなのだ。

〝先生〟には私が持ち歩いていた武器は見えていなかったが、彼が両手で私の胸の内を探っているのはわかった。その手は水銀に浸《つ》け込んだかのように冷たい。〝先生〟の声は私を戸惑わせ、私を捉え、琥珀《こはく》の中に閉じ込められたアリのような気分にさせた。〝ばかもの〟。私がノートに書いた物語に赤文字で書き込みながら先生は小言を言い、いい言葉には赤インクで蜘蛛のような形の波線をつけた。「ばかもの」ケイトの靴ひもを解いたり結んだりしながら、同じことを言った。母のことは、〝おじょうちゃん〟とか〝かわいこちゃん〟と呼んでいた。母もまた普通の女の子やお人形のように命令に従うものと思っているようだった。義父のしつけは厳しく、容赦がなかった。そのうち私は自分がばかになった気がしてどもり始め、口にする言葉が自分に戻ってくるようになった。話すのが大好きだったのに、気づいたら言葉が手の届かないところに散らばっていた。〝先生〟の声には、ねっとりとした響きがあった。夏の洪水の前に遠くから聞こえてくるフーガのようであり、ティンパニのよう。「考えたらわかりそうなもんだろう、なあ。靴ひもはこんなふうに結ぶものだ。ばかみたいな結び方をするんじゃない。家を出るときはきちんと扉を閉めるんだ。開けっ放しにするなんてまぬけのすることだ。ボタンはこんなふうに留めなさい」。どんなささいな動きでも、彼の監視からは逃れられなかった。「そんなふうにするんだったかな、え？　いいわけするんじゃない。それでいいんだ。意見が一致してうれしいよ」。私は気が重く鈍くなった。

「なあ、かわいこちゃん」その直後に〝先生〟は再び声をかけてきて、私はそのにじみ出てくるような馴《な》れ馴《な》れしさにパニックになった。「もっと声を抑えなさい。そうすればうちとけられるものを。礼儀がわかっているなら態度で示しなさい」。母のティンパニの低音は、私をわくわくさせたが、私を厳しく非難する〝先生〟の声は、何の前触れもなく私を襲う。私は膝が崩れ、頭が真っ白になった。

〝先生〟とドライブにでかけると、私にソーダを買ってくれるのか、それとも私を馬鹿だと言うのか、あるいはその両方なのか、わからなかった。両方が同時に起こることもあった。礼儀正しく穏やかだった態度が豹変《ひょうへん》すると、私は恐怖に引きずり込まれ、頭が疲れてぼうっとして、はるか遠くまで飛んでいった。彼が私を嫌うのは私が悪い子だからだとうしろめたさを感じた。だけど子犬みたいな顔をしたガソリンスタンドの店員とおしゃべりしながら、私に笑顔を向けてくれたときには、私のことを好きでいてくれているような気がしてほっと力が抜けることもあった。そんなときの私たちは友達同士のように見えただろう。

「何がいいかい？　ドクターペッパー？　それともグレープ？」

「グレープがいいわ」

「グレープだね、よしわかった」

だけど次の瞬間、まるで肉屋に吊るされたような気分にさせられる。視線が突き刺さり、手の中であたたまっていくソーダのように、私の頬が熱くなる。私は窓の外を見つめ、自分の感じたことを消すため、何もおかしくない、と自分に言い聞かせる。私は〝先生〟の敵意をどう説明していいかわからなかったし、母はまったく気づいていなかった。彼女は恋におちていた。私はおしゃべりが多すぎるといつも学校で注意された。壁のペンキがはがれるくらいおしゃべりな子、と教師は言っていたが、成績はずばぬけてよかった。母は台所で鼻歌を口ずさむ。私たちのために歌っていた曲を〝先生〟のために歌った。

「もし私の歌がお気にめさなくても」と母は歌う。「大目にみてちょうだいね」。

家父長制と家族の団欒《だんらん》にどんな幻想を抱いていたのかは知らないが、〝先生〟は私たちの生活に、舞台監督として入り込んできて、ルールを作り直し、話し方にもいちいち条件をつけた。そのころには、母と〝先生〟はおおっぴらにデートをするようになっていた。ある晩、私はないがしろにされ、不当な扱いを受けている自分がかわいそうになり、もうがまんができないと思った。勇んで母の部屋へ向かった。「今夜、〝先生〟と会うのは許さないから」。〝先生〟が命令するときの口調をまねて母を脅した。母は化粧台の前に座って髪をといていたが、その瞬間、金色のブラシが私の口へ飛び込んできた。歯の間に感じる柔らかい豚毛の衝撃は、かすめとられたキスと同じくらい柔らかく、私を呆然とさせた。「どうしたらよかったというの?」いま、母は私にそう問いかける。「三人の小さな娘をかかえて。先のことなんかわからないし、予想もできなかったわ。彼は私の生涯の恋人だったのよ。背が高くて、黒髪で、ハンサムで」。しかもお金持ちだった。私は母の話に頷《うなず》いたけれど、心の中では、母が調節していた滑車とばね秤《はかり》が下がり始め、一番下で止まるのが見えるような気がした。昔は私も共謀者《きょうぼうしゃ》だった。子供心に、〝先生〟が、母の忌《い》み嫌うボローニャ・ソーセージばかりの生活から抜け出すチケットだとわかっていた。今の生活では、先の見通しがたたないことも感じ始めていた。この小さな町を出ることが出来ない。本当の父は去り、もう帰ってこない。そして私は貪欲《どんよく》だった。サラが生まれて数日後、母と〝先生〟が出かけたディズニーランドに行きたかったし、お正月恒例のローズ・ボウル・パレードにも参加したかった。

「ママがテレビの上にいるよ」メイベルがそう言うので、私たちはテレビの上に飾ってあった母によく似た指人形を目で追った。そう、一九六一年の元旦、母はパサデナにいて、ローズ・ボウル・パレードのトーナメントで〝先生〟をはじめとする楽隊員と足を踏み鳴らして歩いていた。二人が一緒になる前のことだ。数年後、私たちの生活に〝先生〟が入り込んでくると、いままでの母は、消えてしまった。鏡の前で母と過ごす時間はもはや魅力を失い、あってなきようなものだった。母と大柄で冷淡な誰かさんとが腕を組んでドアの向こうへ立ち去っていくとき、私は彼女の幸せを祈らなかった。私はもう七つになっていた。なぞめいた事故の犠牲者となって、大柄な男が突然死んでしまうという、あてつけがましいショート・ストーリーを書くようになっていた。あるときは大きな岩が落ち、またあるときはモーターボートが砂洲《さす》にぶつかって沈んだりした。登場人物のひとりは、アライグマに噛まれて致命傷を負った。治療は単に苦痛を長引かせるだけだった。でも屋根から落ちて、それ以来黙ったまま、感覚の喪失と不能の悪夢にさいなまれ、消えていく男の話は書かなかった。

父が去ってから〝先生〟がやってくるまでのつかの間、私たちは幸せだった。学校から帰ると、メイベルがキッチンに座って〝ワンダー・ブレッド〟にバターを塗ってくれた。それが特別なごちそうだった。祖母のメイベルが家にいたのは、父親がいなくなってから一年ほど、母が働きに出ていたからだ。母は仕事が好きだった。メイベルは弁護士の秘書をしていた母を迎えに行くついでに、私たちをミルウォーキー鉄道の駅まで毎日連れて行ってくれた。母は私たちの顔を見ると、とても嬉しそうな表情をした。汽車から飛ぶように降りてきて、私たちに駆け寄るとき、周りの空気が音をたてて火花を散らした。昼休みの買い物の包みを見せながら、いつかあなたたちも大人になったら同じことをするわ、と言った。セント・ポールへ向かうミルウォーキー鉄道の列車から母が降りてくるのを見つめ、貨物車に鮮やかな色で書かれた〝スー・ライン〟〝ブルー・アース・ミネソタ〟という文字を読みながら、そんな生活が永遠に続くのだと思い込んでいた。ブルー・アース・ミネソタ。そんな美しい地名を聞くのは初めてだった。母は笑い、祖母はレールの脇でどっしり構えていた。近づく列車の巻き起こす風がルドベキアの花をあおり、通り過ぎる列車の影のなか、花はイソギンチャクのように波うつ。車体はシューシューと音を立てて停車駅に水を撒き散らした。そしてその獣のような列車が母を吐き出した。娘たちを腕の中へ集めて、母は叫んだ。「パンキーとその仲間たちね！」それは私の大好きなテレビ番組『パンキー！』からとった台詞《せりふ》だった。

何十年も経って、母は「あなたならどうしたって言うの？」そう呟《つぶや》き、ため息をつく。彼女はベッドに座り、染め残した髪の根元の白髪が私の目にとまる。背中の丸みは、二十年来のウエイトレス生活で、石炭入れ並みの重いトレイを何度も運んだせいだ。いまやマニキュアは贅沢品《ぜいたくひん》になっている。メイベルの小屋で、母はプッカワセイ湖に浮かぶ睡蓮《すいれん》を眺める。メイベルはずいぶん前に亡くなっていた。あなたならどうしたって言うの。母にそう訊かれても答えることができない。私はずっと、母が経験したような苦境に陥っても、自分ならどうするかわかっていると思っていた。だけど気がつくと、私は子供を一人も育てていない。一羽のひな鳥でさえ育てていない。わかっているのは、自分が横暴な性格の男に惹かれ続けてきたことだけだ。彼らの命令の与え方、残酷な振る舞いを堂々と正当化するやり方、伝説にきく龍のように、整った鼻から吐き出される煙に私は心惹かれた。私の手を火の中に突っ込んだ男を愛したこともあったし、ペンチで私の体をつねりあげた男もいたし。三番目には、殴られ、レイプされた。ならず者たちの手を借りて崖《がけ》っぷちの生き方をすることで、生きている実感を手にしていたのかもしれない。おそらくそれは、母が望んでいたのと同じことだったのだろう。ずっと昔に必要だと思っていたものかもしれない。戦争のまっただなかにいるように、過酷であればあるほど、力に対して絶望的な無力感を感じるほど、愛は燃え上がった。

祖母のメイベルも〝先生〟びいきだった。ママにもっといい人生を送ってほしいじゃないか。祖母はそう言って私をたしなめた。マラカスは鏡のなかで揺れ、踊り子は日本で踊り、動物は茨の茂みにぶつかって夕闇へ跳ねていった。ええ、もちろん。私だってもっといい人生を望んでいた。母の行くところならどこにだってついて行きたかった。たとえ〝先生〟の家に行くことになっても、喜んでついていくつもりだった。

母は夏になるとずっと働きづめで、メイベルはその間、裏の階段に座って農場と牛を見ていた。彼女は絞《し》めたての鶏《とり》を分けてくれる農場主を気にいっていた。メイベルはもらった鶏を持って座っている。彼女の膝に、鶏の頭が濡れたナイロンストッキングみたいに垂れ下がっていた。メイベルは煮沸《しゃふつ》した鶏の羽に手を突っ込んで一枚一枚むしりとり、羽はまるで灰色の雪のようにふわふわと足元に積もり、風に吹かれて渦をまいた。マッチで皮を焼くと、羽の一枚一枚から硫黄《いおう》の匂いが立ち昇り、鼻をついた。メイベルはラッキー・ストライクに火をつけ、一服した。

「〝先生〟のことを悪くいうんじゃねえよ」。祖母の煙草が上下に揺れ、燃えさしのオレンジ色の火が警報灯みたいに輝いた。彼女はすでに新しい夫の口ぶりを身につけ、乱暴なスラブなまりで喋っていた。生まれたときからそんな話し方をしているみたいに年期が入っていた。メイベルはさらに別の鶏の皮を焼いた。「〝先生〟はママによくしてくれるじゃないか。だからあんたたちにも、ぜえったい、やさしくしてくれるさ。あんたたちは未開のインディアンみたいだからね。厳しくしつけてもらったほうがいいんだよ。とくにあんたは減らず口ばかりたたくし。それに」メイベルが両膝を広げると、鶏がだらりと垂れ下がった。「ママにとっては、またとないチャンスじゃないか?」。

私は頭をメイベルの肩に乗せて、彼女が鶏を房かざりのように振りまわすのを見ていた。祖母はがさつで乱暴な言葉遣いをしたが、髪をとかしたり、リボンを結んでくれたりするとき以外は、私たちの頭に触れようとはしなかった。関節炎で指がこわばり、うまくリボンを結べなかった。けれど鶏をさばくのは上手で、なぜか指も器用に動いた。すっかり羽をむしり終えると、メイベルは鶏をキッチンの流しへ持っていき、足を切り落とし、腹からまだ殻のついていない卵をかき出した。それから暗紫色をした内臓の塊《かたまり》をすべて引っ張り出した。鶏の足を鍋に突っ込み、黄色くなるまで茹《ゆ》で、溶き卵をスプーンで流し入れた。ゆで加減は抜群で、卵で作ったどんな料理よりも美味しかった。メイベルの料理はまるでヴードゥーのように原始的で、庭の草やルイの罠にかかった獣がふんだんに使われていた。見るもあやしげな材料を、なにやらぶつぶつ呟きながら、一緒くたに鍋に投げ入れていた。私たちの生活もメイベルの料理みたいなものだった。矛盾をはらんだ異なるものをヴードゥーの呪文で継ぎ合わせ、鍋のなかでかき混ぜながらぐつぐつと煮る。すっかり煮崩れてしまうと、もはやもとの形はわからなかった。私はキッチンに座り、〝先生〟はいずれ絶対に致命的な失敗をする、そして大人たちも私と同じ目で彼を見るようになると信じていた。私はスーパーマンのX線透視眼鏡を持っているんだから、〝先生〟の弱点なんてお見通しだった。

「おい、おまえたち」と、〝先生〟はほくそえむ。「もう逃げられないぞ」。いずれ大人たちはそれを目の当たりにする。本当のことがわかるだろう。

私と〝先生〟は、名前で呼び合うことがほとんどなかった。ときどき「おじょうちゃん」と呼ばれたが、彼は母にも同じように呼びかけていたので、嫌でしかたがなかった。一緒に暮らした数年間、彼が私の名前を口にしたことは数える程しかなかった。名前を口にしなければ、お互い相手の存在を消せると信じていたのかもしれない。少しずつ地球の回転が速くなっていくような気がした。〝先生〟は今にも手を離しそうなふりをしながら、私の足首を掴んで体を振り回した。どんどん回転が速くなり、すぐそこに芝生があり、頭が地面をかすめ、葉先が私をくすぐる。ちょうど雲があるはずの場所にブランコが見え、砂場が見える。〝先生〟が私のことをどれだけちっぽけな存在と思っているかわかっていた。唇に笑みが浮かんでも、目は決して笑っていなかった。だけどときどき〝先生〟が口笛を吹くことがあった。それは彼がたてる音のなかで、唯一美しく、魅力的なもので、はためく口笛の音には根源的な響きがあった。ふわふわと浮かんでいつまでも漂う三つに分かれた和音は、バラの花びらが落ちる音を思わせるかのような、それほどすてきな音だった。彼が少なくとも、美しい口笛を吹けたということだけは覚えておこう。私の父には、それができなかったのだから。

日曜は父が帰ってくる日だ。教会でのミサの後、父は私たちを迎えに来て、そのまま野原へ行き、そりを引いてくれた。雨の日には、ボウリングか映画に連れて行ってくれた。一緒にたくさんの映画を観た――『勇敢な王子』や『海底二万里』。ジョージ・ハミルトン主演、ハンク・ウィリアムスの伝記映画『偽りの心』。主人公たちが指輪の代わりにワッシャーを指にはめて結婚式をあげる場面がとてもおもしろかった。父には私たちにかまうほかにも、やらなくてはならないことがたくさんあった。仕事、なめらかな動作、単語カード、発声、〝ピーター・パイパー〟のような韻を踏んだ早口言葉などだ。父は自分の世界を作りなおしていた。彼にもまだ居場所があった。父は実家に戻っていた。

ときおり父方の伯母が、彼女はすさまじく不幸な女性だったけれど、聞きにくいことを聞く役を買ってでることがあった。つまり、母の恋人か、それとも父か、私たちはどちらのほうが好きなのか、と。「どちらも同じくらい好きよ」私とケイトは白々しい嘘をついた。それ以外の答えは父か母のどちらかを裏切ることになるからだ。だけどそのとき四つだったサラは正直だった。「日曜のパパ《サンデー・ファーザー》が本当のパパだもん」サラは小声でそう言った。「日曜日にしか来ないけど、でも、本物のパパだもん」。サラはあの頃から、常に核心をつく子供だった。

氷と暗闇に閉じ込められたような、クリスマスに近いある日曜の夜。父は私たちを家まで送ってくれた。そして車道に停めてあった〝先生〟のキャディラックの横に立ち止まった。あのキャディラックは侮辱《ぶじょく》だった。車は予定の時間を越えて母の家に停めてあった。私たちが戻るよりもずいぶん前に消えているはずだった。父はぴかぴかに光る車を見渡し、雪のなかで足を引きずって大きさを測っていた。そして車の存在を確かめるかのように、ボンネットへ片手を置いた。父は私たちへのクリスマスプレゼントとして、屋根裏部屋におもちゃの台所をこしらえていた。父はとても器用だった。ミニチュアの台所を見ればその最高の証明となったが、目の前のキャディラックとは異質のものだった。その車は、父が足を踏み入れることの許されないホテルのダンスホールみたいなものだった。少しの間立ち尽くしていた父は、思いついたように私たちを玄関まで引っ張っていき、力任せにドアを開いた。そこには〝先生〟の腕にすっぽりとおさまった母が立っていた。転びそうなところを捕まえられたといった感じだ。〝先生〟は帽子とコートを身に着けていた。帰ろうとしていたのだろう。誰もが息をのんだ。静寂のなか、マントルピースに置いてある電気仕掛けのクリスマス・チャイムがモールス信号のように繰り返し鳴り響いた。ライトがついたり消えたりして、目の前にある驚いた顔を照らし出した。母と〝先生〟の関係を示す決定的な証拠だった。

そのとき私の頭の上で、父のピンク色の頭が、静寂を破りうなり声をあげた。雲ひとつない広い夜空に打ちあげられたローマ花火のように。運命に向かって小惑星が走ったかと思った。「な、な、なあああにを、してる、俺のおお、家でえ?」答えを知っていながら、父が叫んだ。「このいええを建てたのは、だあれだか、わかあってるのかあ? おおれだ、ちきしょう。おおれの、つむあから、て、て、てをはあなせ!」。〝先生〟と母はひるんだが、後ずさったりはしなかった。私たちは全員部屋の中にいた。父より頭一つ背が高い〝先生〟は、制止しようとして父の肩に両手を置いた。私と妹たちは父の膝にぶらさがってよろよろしていた。そんなつもりではなかったが、呆然として離れることができなかったのだ。父がまくしたてる言葉は、部屋のどこか、天井近くをさまよっていた。「まぬけめ」〝先生〟が不快な言葉を吐き捨てた。「大ばかもの。出てゆけ」。見上げると、唇の動きを読み取ろうとしている父の顔がゆがんでいた。皮膚は古い火傷《やけど》の痕のようにてかてか輝いていた。突然、父のこぶしが振り上げられ、〝先生〟の胸を打った。わかっていようがいまいが、父は自分の家から、侵入者によって放り出されようとしていた。父は力いっぱい〝先生〟を押しやった。「おろかな田舎者が」そう言いながら〝先生〟はしりごみしたが、それほどたくさん下がったわけではなかった。そして前に向かってよろめくと父を突き返し、父の体がぐらついた。皆がおかしくなっていた。

誰もがハイになっていた。母はケイトとサラを抱き寄せ、私は大きな窓にかかったレースのカーテンの後ろにこっそり隠れた。そしてものがひしめきあっている部屋のなかで、二人の男が手探りをするように掴みあうのを見守っていた。

〝先生〟の顔はこわばっていたが、表情はさほど変わっていなかった。ポマードをつけた茶色の髪が房になって額の上でくるりと輪を描き、曲げた指が父の胸元に食い込んでいた。私は、もしも〝先生〟が父の頭を殴れば、父を殺してしまうだろうとわかっていた。思うに〝先生〟もそれがわかっていたのか、まるで子供相手にやるように父の襟を掴んで上下に揺すっていた。狭い部屋に六人の人間が押し合いへし合いしていた。誰もまともに立っていられなかったし、まっすぐ歩けなかった。「パット、パット」母が叫んだが、もちろん父には聞こえていなかった。しかも父の声は正気を失っていて、言葉に抑揚がなく、ビンバンと鳴るクリスマスのチャイムみたいだった。父はすべての力を振り絞って〝先生〟に向かって突進した。「おまえ、なあにさまあ、の！」と、わけのわからないことをガーガー叫んだ。まるでガチョウ男だ。眼鏡がずれて、目もよく見えていなかった。

しばらくの間〝先生〟は、起き上がりこぼしを殴るように、リズミカルにパンチを繰り出した。その合間にキャメルのコートと上品なソフト帽を脱ぎ、「能無し」「負け犬」「ちび公」と声を殺して怒りの言葉をつぶやきながら、処方箋《しょほうせん》にすばやくペンを走らせた。そしてそのメモを父のシャツのポケットにねじ込んだ。父はどうにか読もうとしたが、汗で曇った眼鏡のせいで字が見えなかった。パトリックはその紙をくしゃくしゃに丸め、〝先生〟の顔めがけて投げつけた。〝先生〟は、父を思いっきり、相当な勢いで後ろのクリスマスツリーの方へ突き飛ばした。

　パトリック・ライデンは空を舞い、混乱したまま、色と光でできた沈黙の世界を通りぬけ、ツリーの方へ飛んでいった。ツリーは盛大な音をたてて窓にぶつかり、青一色の玉飾りが粉々に割れた。飾りを星のように照らしていたスポットライトもひっくり返った。父の体の下敷きになったのは、枝に留めてあったアンティークの孔雀《くじゃく》の飾りと、ツリーの回りを走っていた汽車のおもちゃだった。父は空から天井を突き抜けて落ちてきた〝おんぼろ人形《ラガディー・アンディ》〟みたいに手足をからませて倒れていた。白い綿毛のくずがツリーから落ち、私たちに降りかかってきて、まるでひっくり返ったスノードームみたいになった。父は大きなヒトデのようで、とても人間には見えなかった。私はカーテンの後ろに隠れたまま、じっとその様子を見つめていた。たぶん父は、そのままふわふわと流れて行ってしまうのだろう。二度と起き上がらずに。いままでもそうだった。

　整髪オイルで固めたヘルメットが私の洞窟を覗いた。〝先生〟が私を見据えていた。「大丈夫かい、おじょうちゃん?」。カーテンを力任せに引っ張って防壁をつくると、ドライクリーニングの洗浄剤の鼻をつく匂いと、日光と埃《ほこり》の染み付いた匂いがした。それは私たちの窓で息づき、去っていった夏の匂いだった。私の胃に癌細胞《がんさいぼう》の芽が生まれていた。〝先生〟に対する紛れもない憎しみや、父に対する恥ずかしさや惨めな思いが、吐き気となって毛くずの雲のように湧き上がった。私は目を閉じ、遠く、遠く、離れた場所にいた。たったひとりで虹を越え、雪の要塞《ようさい》に住み、雪の家具に囲まれ、お互いに激しい戦いを繰り広げている子供たちの国にいた。見渡すかぎりの雪と降りしきる雪の世界。

私たちは雪にまみれて戦い、いずれはそこで共に生き、私は彼ら部族のリーダーになるのだ。

目を開けると、自分が年をとったような気がした。母が屈《かが》みこみ、父に布をあてているのが見えた。父は起き上がろうとしていた。再びパトリックに戻っていた。ケイトとサラと母が泣いているのにぼんやりと気づいたが、皆が遠くにいるように、この廊下からずっと離れた場所で身をよせあっているようにみえた。父が起き上がった。綿毛のくずが濡れたシャツの背中にどろどろになってこびりつき、お尻をまだらに汚し、つるつるの頭にも張りついていた。雪だるまだ。父は何か言いたそうだったが、話をするこつを忘れてしまったみたいに押し黙ってしまった。母の腕は、まるで上下するレバーのように、目に見えない何かを引っ張っていた。世界の中心軸を、正しい角度に曲げなおそうとしているかのよう。そして何度もこう繰り返した。「皆でクリスマス・クッキーを食べましょう」。すると〝先生〟が、部屋に突き立ったセコイアみたいに体を伸ばし、怖い顔をして肉付きのいい腰に両手をあてた。屈んで父の具合を見るようなしぐさをしたが、父は、今度はとても弱弱しく、〝先生〟を押しやった。どれだけの時間、父がそこに座っていたのかはどうでもいいことだった。私たちの家はいまや〝先生〟の支配下にあり、その場にいる全員がそれを理解していた。

まだ聴覚を失う前、近所にガソリンスタンドが開店したころ、父が私たちを〝オーロラ・ショー〟に連れて行ってくれた。もちろん偽物のオーロラだとわかっていたが、自然の力を人間がつくり出すということで、見ごたえのあるショーだった。先の尖《とが》った円筒から放たれた光が、すばらしいイルミネーションを夜空に描いた。父は熱のこもった声で話した。落下傘部隊の訓練中、これに似たサーチライトがおれを探して空を照らしていた。それをかいくぐって〝対日戦勝〟部隊の一員として地上に降りていったんだ、と。小さな人影が、黒々とした空をサーチライトを避けて勇敢に方向を変え、急降下する。クロッカスの花がほころぶかのようにパラシュートが開く。そんな様が目に浮かぶようだった。静かに日本の大地に降り立ち、敵のわずかな物音に聞き耳を立てている父を思い描いた。それから横にいる父を見上げた。背をまっすぐにして立ち、円筒がライト・ショーを描くのをうっとりと見つめていた。彼は空を見上げ、光の幅を計っているようにも見えた。一心に空を見つめていた。

あるバレンタイン・デーの日。学校から戻ると母が、〝先生〟からもらったダイヤモンドのソリティアリングを見せてくれた。窓から差し込む光にかざして、こう言った。「彼のことをパパと呼んでほしいの」。だけどそんなことはできなかった。そんな嘘をつくと、のどに魚の骨がつかえたような気がして絶対にむせてしまう。「パパはひとりいればいいじゃない」私は母に言いかえした。「ふたりもパパがいる子なんて知らないわ。そもそも〝先生〟は私のパパじゃないんだし」。いずれはあなたも〝先生〟をパパと呼ぶようになるわよ、と言った母の言葉は完全に間違っていた。

母と〝先生〟は、翌年の十月下旬の夜に結婚式を挙げた。私が七つになったばかりの、無数の冷たさを抱えた夜に。星が冷ややかに輝き、月の光も冷たいジッグラットのような影を教会の階段に落としていた。カメラのフラッシュも、大人たちの口元からのぞく歯も、みんな冷たい星のように見えた。私たち三人は同じドレスに身を包んで、うさぎの毛皮に似せたフェイク・ファーの小さな白いストールと、それに合わせた薄紅色のカマーバンドを着けていた。私たち家族全員が結婚するようにみえたかもしれない。カマーバンドは止血帯のように私のウエストを締めつけた。フォーマルな場ではカマーバンドを身につけるものだと教わっていた。ほかにも教わったことはいろいろある。愛はどうしようもなくはかない。愛が自分を守ってくれる砦《とりで》だと思い込んだとき、それは脆《もろ》くはかないものになってしまう。母は父から〝永遠〟と刻まれたプラチナのリングを贈られていたが、〝永遠〟には限りがあることを知った。裏切りが裏切りと絡み合って輪をつくり、恋結び《ラブ・ノット》を形作った。私はその結び目のなかに巻き込まれた。終わりのないプラチナの輪《リング》も、〝永遠〟とむなしく刻まれた言葉も、もう通用しない。ケイトとサラと私は手を握りあい、指を絡ませて、まるで地震にでも備えているかのように身を固くしていた。私たちは祭壇へ目をやった。非現実的な場面を描いた絵画を見ているような気がした。

まだ一九六〇年のことだった。大人たちはみんな信じていたに違いない。いや、確かに信じていた。ものごとはこの先、よくなっていくと。なぜなら最悪の時期が終わったのだから。もしそのとき大人の一員だったら、私も信じていただろう。結婚式に、母は金襴のドレスをまとった。それは〝先生〟が香港のカオルンロードの店に注文した二着のうちの一着で、おそろいの金のボレロがついていた。金の髪は逆毛を立ててふくらませていたが、それでも水が流れるように背中まで髪が波打っていた。

靴をはき、モデルの微笑を浮かべる母は、晴れやかな女王さま。バルコニーに現れた黄金の女王のようだった。教会の窓の外には、あふれんばかりの暗闇が漂っていた。母が振り返り、世界へ顔を向け、その顔は、すべてがこの瞬間から始まるという確信に満ちていた。私の指は、まだ妹たちの指と絡まっていた。私はどこかで父の存在を感じた。こぼれたミルクが筋となって流れるようにはかなくではあったが。母は微笑み、ドレスのすそを波だたせ、教会の通路を歩いた。私たちは母の側にはいなかった。

3

一九六〇年、メキシコ、テオティワカンにて

Teotihuacán, Mexico, 1960

〝ここは本当にすばらしい国で、私たちが思い描いていたとおりの場所で、セニョリータたちは実際にいろんな色のフリルを着こなして髪をアップにしていて、巡礼者たちが何マイルも膝をついて歩いているのよ〟。メキシコからの絵葉書にはそう書いてあった。彼らの服からは埃が舞うのだけれど、それはまるで彼ら自身から湯気がでているようにも、神を求めて魂を送っているようにも見えるのだという。砂糖でできているのかと思うくらい果物が甘くて、特にマンゴーとパパイヤよ、と母は書いていた。絵葉書、ペーパーフラワー、アカプルコの机に飾られていた本物の蘭《らん》。私は母をまねて空想にふけった。母は自分の見たかった人々や場所を見ていた。ハネムーンの絵葉書は、明るくて楽しそうで、母が旅に夢中になっている様子が伝わってきた。もちろん私だって自分の好きな人々や土地のことを話すときはそんなふうになるだろう。私たちが母の再婚を喜んでいなかったことに母は気づいていたが、きっと奇跡が起こることを祈っていたにちがいない。私たちに変わって欲しかったのだ。彼女の人生には信じるものが必要だった。信仰で満ちた人生か、それがなければひっくり返したポケットのように空っぽな人生になってしまう。母の信仰とは、バビロンの空中庭園を作らせたり、ノーマ・ジーンという名の女の子を見つけては、あなたは将来映画スターになるのよ、と告げたりする類いのものだった。つまりは常軌を逸した人間のものだ。要塞を築く暴君や、戦《いくさ》を起こす虚栄心、傲慢《ごうまん》な征服者の姿を思い浮かべてほしい。この種の信仰は、自分の願望を支えるため、心の中に脆い壁を作り出すが、その壁はいずれ時間と重力と〝エリコのラッパの音〟によって崩れ去る運命にある。あの頃の私は幸せだった、という言い方をする。それは過去を振り返っての物言《ものいい》。そんな悠長《ゆうちょう》なことが言ってられるだろうか。何に祈るかには、どうぞ気をつけて欲しい。私の母が心の底から望んだものを手に入れたのだから。

私はメキシコが実在するという証拠を手にした。エキゾチックな切手と消印がついたハガキとハネムーンのおみやげ。蓋《ふた》にメキシコという文字が刻まれた、帽子入れを小さくしたような丸い紫檀《したん》の箱もあった。開くとレモンでもライムでもない、甘酸っぱい柑橘系《かんきつけい》の香りがした。二つに割ると中からみずみずしい果汁が滲み出てくるでこぼこした異国の果物の香りだ。木綿のセニョリータ人形もあった。黒いコットンのおさげ髪と着せ替え服つき。虹色の紙で作った大きすぎるほどのケシの花と、お菓子が詰まった紙細工のロバ、私たちのためのマラカスもあった。一番気に入ったのは、私に買ってきてくれた、黒レースのマンティーリャと呼ばれる大きなヴェールと、黒のボイル地のオーバーレイがついた赤いタフタのスカートで、それを着るとメキシコ人女優のドロレス・デル・リオみたいになれた。メキシコのおみやげを握り締めながら信じていたのは、私たちの生活や理解を超えたどこかにおとぎの国があるということだった。でも、これだけの証拠と真実、手もとに敬愛するロペス・マテオス大統領の顔が印刷された切手があったとしても、メキシコはもはや私の逃亡場所でも、私の国でもなかった。〝先生〟が新婚旅行に訪れたことが、私をそこから遠ざけた。

「ドッキーは、自分の娘と同じくらいにあなたたちを愛しているのよ。それをわかってほしいわ」メキシコから戻るなり母は、義父の実の娘を引き合いにだして言った。映画にでてくるようなお決まりの〝アメリカの希望〟的な嘘。そんな嘘を、母が信じこんでいるのはわかっていた。ドッキー（Dockie）というのは母が〝先生（Doctor）〟につけたあだ名だった。私が呼べる名前ではなかったし、私には関係のない呼び名だった。〝先生〟が母を腕に抱くとき、そして私が野原や通りを眺めるとき、凍りついたままの鳥の餌箱（シナモンみたいに雪の上に散らばっていた）を見るとき、反射的にその呼び名が頭をよぎって気分が悪くなった。いずれにしても、〝先生〟が私たちを愛していないことはわかっていた。なぜなら、愛があれば、間違った言葉を口にしたからと言って奈落の底へ突き落とされたり、失敗したからと言って存在を無視されたりすることはありえないからだ。

〝先生〟が我が家へ引っ越してくると、私たちの慣れ親しんだ世界は明るさそのものが変わってしまった。これまで父の服がかかっていた母のクローゼットに〝先生〟の服が吊りさげられた。それまであんなにたくさんのスーツを見たことがなかった。たまに麻酔薬や消毒薬の匂いがすることもあったけれど、森や海水の匂いがすることもあった。今でも私は、オールドスパイス・コロンの香りと男らしさを重ね合わせてしまう。誰もいないとき、〝先生〟の服の襟やポケットに鼻を近づけて匂いを嗅いだ。〝先生〟の電気靴みがき機で自分の革靴を磨いてみた。靴をこする赤と黒の部分が、ハートのキングとクイーンの王冠みたいにみえた。ソファの側には医療用カバンが立てかけてあった。中枢神《ちゅうすうしん》経図《けいず》や骨格図や腸管図がカバンからはみだしていることもあった。〝先生〟がいないときに、その図を手に取った。すい臓はぬかるんだ水溜《みずたま》りで、心臓は川の合流地点のようだった。病んだ内臓の写真を見て、体のなかで悪くなっていくかもしれないすべてのものを思い浮かべた。私たちの声は、どんどんかぼそくなり、ついには途切れ途切れのささやき声になった。私たちはそのうち、〝先生〟が家にいるときに、父の真似をするようになっていた。そしてあてもなく家の中をうろついていた。もし、その部屋のなかで最も美しい女性が私たちだったなら、物事は違ったふうに展開したのかもしれなかった。

〝先生〟は裸チーム対Tシャツチームのプロレスごっこを禁止した。下着をつけないなんて考えられないというのが、その理由だった。父の椅子で〝先生〟が本を読んでいた。私は持っていた『長靴下のピッピ』を手渡し、ほんの気まぐれで彼の膝に飛び乗り、「本を読んでちょうだい」と頼んだ。〝先生〟は襲い掛かられたといわんばかりに、私を突き飛ばした。本が床に飛び、もちろん私も一緒に飛んだ。かわいいと言ってくれないの？　私は床に倒れたまま〝先生〟の靴先を見ていた。頭のいい子だと言って。それがかなわないのなら教えてちょうだい。どんなふうに流しに皿を重ねて置けば気に入るのか、どんなふうにブランコを木の梢までこげばいいのか、〝先生〟の好きなやり方を。なんでも言っていいから、私の存在を認めてちょうだい。〝先生〟の沈黙はこれまでに聞いたことのないほどの大きな怒鳴《どな》り声に変わり、私の耳は泥をつめたように麻痺《まひ》した。〝先生〟の沈黙は、それ自体がメッセージであり、視線は私たちを探り当て、死刑の判決をくだした。母の笑顔は、私は何も知らないし知りたくもないと語っていた。「一日の終わりには」と、丈の短いズボンを脱いでワンピースに着替えながら、母は言ったものだ。「きちんと身支度《みじたく》をして夫を迎えるものよ。きれいに見えるようにね。夫は一日中、外で他の女性を見ているんですもの。ほんのりと口紅もつけなくちゃ」。「子猫ちゃん」トラがのどを鳴らすように甘い声で、〝先生〟は母を呼んだ。「お人形さん」「かわいこちゃん」。そして母の体を撫《な》でまわした。私は苦しくてたまらなかった。なぜなら私には名前がないからだ。バスルームの棚にならんだ小さな瓶の処方ラベルには、「子猫ちゃんへ」とか「お人形さんへ」と書かれていた。お薬よ、と母は言った。ストレスに満ちた生活を癒す、小さな瓶の列だ。私たちはもう本当の家族なのよと母は言ったが、本当の家族ならこれほど自意識に悩まされるはずはなかった。実際、私たちは〝先生〟と一緒に大きなキャディラックに乗ってドライブにでかけたし、「私たち、お金持ちね」と喜んでみせた。本当の気持ちとは裏腹に。〝先生〟が夕食に連れて行ってくれた豪華なレストランで、肉汁のしたたるフィレステーキを噛みしめながら、自分のことをペテン師だと思った。そして家では、キャビネットに置かれた〝先生〟の髭剃り用の石鹸いれを、引き出しの中の糊《のり》のきいた白いシャツの山を、クローゼットに並んだ〝先生〟の靴を見るたびに悲しみの発作に襲われた。沈黙に包まれ、かつての人生のリズムを失ってしまった。もちろん、自然が奏でる音はそこにそのままあった。餌箱にとまる鳩のクークーという鳴き声や、早朝に聞こえてくる牛の低い鳴き声、道路に響く車の音やなにか。でも怖くてわめいていた私には聞こえなかった。一歩踏み出せば世界の裂け目に落ちかねない。ガラスを撒き散らそうものならこの世の終わりを迎えよう。ばか、能無し、うすのろ――私たちの生活にはとげとげしい言葉が入り込んできた。私は誰もいないときを見計らって妹のサラにあれこれ命令し、「ブタ」とか「まぬけ」とか呼び始めた。彼女が無防備だったからだ。私はいじめっ子になった。サラを裸にして、小さなピンク色のお尻にミミズばれが浮かび上がるまで叩いた。サラは大声で泣いたが、母に言いつけなかった。私たちの無力さはひょっとすると、ラジオやテレビで知った新しい恐怖と結びついていたのかもしれない。〝ピッグス湾事件〟は、私たち皆を崩壊させるかもしれない原子の力を象徴していた。死をもたらす原子が埃のなかを舞っていた。いかに原始的であろうとも、あらゆる生命体の核が原子核として分裂し、爆発しうることを、私は容易に理解できた。私と妹たちの人生も、今と昔では真二つに別れてしまっているではないか。キューバ危機の真只中、〝先生〟はマイアミの医学会に母を連れて行った。私たちは核攻撃に備え、学校のロッカーに隠れて震えていた。ケネディ大統領の声がラウドスピーカーから聞こえてきた。母は原爆でこっぱみじんになってしまうだろう。迫り来る恐怖と、すでに味わっていた恐怖とで、ロッカーはまるで棺桶のようだった。私のなかで全ての世界は、宇宙の分子となって消滅、絶滅する危機にさらされていた。私はまだ、小学三年生だった。

二人がハネムーンから戻ってきて間もない、ある夜のこと。四歳のサラは悪夢をみて目を覚まし、手探りで母のベッドにもぐりこみ、いつものように足元で身を丸めた。そのとき〝先生〟のつま先を軽く突いてしまった。サラは三十年たった今でも、そのつま先のぞっとするような冷たさを覚えている。〝先生〟に蹴り飛ばされたサラは床に転がった。それから両手で掴まれ、ぎょっとしている間に寝室に引きずり戻された。暗くて泣くのは赤ん坊だけだと言って、〝先生〟はサラから小さな青い星模様のナイトライトを取り上げ、自分の身体をドアにもたせかけて内側から開けられないようにした。サラの小さなこぶしがドアを叩き、羊のような鳴き声が部屋から漏れてきた。それは上の階で抱き合って寝ている私とケイトの耳にも届いた。

　暗闇。それは子供の頃の、もうひとつの敵だったように思う。一度、友達の家で遊んでいて、犬に噛まれたことがあった。それは、単なるダックスフントで、私たちが〝おかまちゃん《クィーニー》〟と呼んでいた噛み癖のない犬だった。クィーニーは貴族の老婦人のように子供嫌いの犬だった。それがただ立っていただけの私に近寄り、膝の裏に噛みついた。私はお日さまの光を浴びながら、歩いて家に帰った。足から血が流れていたが怖くはなかった。自分のことを、クィーニーに噛まれてもびくともしない、勇敢で立派な子供だと思っていた。だけど私が熱をだして寝込むと、母は〝先生〟に助けを求めた。糊のきいた巨大な白衣を着てぬっと現れた〝先生〟は、神よりも大きな存在に思えた。治療してくれるのだろうか、それとも殺されるのか。私は母に頼んだ。破傷風や狂犬病にかかっていてもいいから、注射はしないで、と。母が私のネグリジェをたくしあげ、〝先生〟が手提げカバンから長い注射針を取り出して、背中に向けて斜めに突き刺す間、私は押し黙っていた。それからしばらくすると暗闇のなかに、私を噛もうとしてベッドの下で待ち構える犬たちが現れた。膝の高さくらいある黒い犬だった。私には彼らの姿が見えたし、怪物のような荒い鼻息も聞こえた。そしてベッドとドアの間で何かを噛みちぎるような、顎が鳴る音をはっきりと聞いた。母の部屋が大陸を隔てたくらい遠くに感じられた。クィーニーがどんどん近づいてきた。私が悲鳴をあげると、ケイトも悲鳴をあげた。ドアから顔が現れた。漏れる光の中には怪物の影があった。

「これ以上騒いだら、ナイトライトを取り上げるぞ」。私たちのそばで斧《おの》が揺れ動いていた。きこりの声が過去と現在を断ち切り、おとぎ話が生まれんばかりに。

そうしたわけで、夜になると、私とケイトは聞こえるか聞こえないかぐらいの声で囁《ささや》き合い、昼間もアメリカのゲリラ隊員を真似て暗号で話すことが多くなった。自分たちを守る秘密の言葉や、占領地区に住む人々のずるがしこさを身につけつつあった。心のなかに迷宮を築き、逃げ道のための廊下や通路も作った。そこに住むのは、好きなお話の登場人物たちだった。雪んこ、妖精プーカ、ペガサス、そして日曜日のパパだ。私は防空壕に持ち込むつもりの物をすべて想像の部屋に備えつけた。五十年分の食料が蓄《たくわ》えてあるから、自分は妹たちとそこで暮らせる、と思っていた。ときおり母も同じことをしていたんじゃないだろうか、と首をひねった。絶滅しないために、母も自分自身の防空壕を作っていたのではないか、と。しかし母は首を横に振る。彼女は自分の狂気をほとんど覚えていない。でも〝先生〟の冷え切った声の響き、それだけは私たちみんな、誰もが、昨日のことのように覚えている。

新しく決められたルールには呆然とした。歯磨き粉のフタはきつく閉め、チューブの真ん中を押してはいけない。それを忘れると、電流が走るように空気がぴりぴりした。そんなふうにするな、前にも言っただろう。物は決められた場所に置かなくてはならなかった。義父は中国の風水師のように、物を元あった場所にきちんと戻さないと、災いがあると信じていたのかもしれない。きっと彼の思うに、フタを閉め忘れると、青い歯磨き粉がコブラみたいにくねくねとチューブから抜け出してしまうんだろう。「見たぞ、チャム」。悪意たっぷりの声を聞くたびに毒牙が肌に食い込むような気がした。チャム、私は仲良しのチャムだ。どんな感じかわかるだろうか。ダム（まぬけ）と同じ響きなのだ。

フタのルールはいちゃもんのようなものだった。私も、ケイトも、サラも、みんな全速力で走り回るのが好きだった。汚れた足で裏庭を回って、家の横にあるドアからリビングを抜けキッチンを通り、そして裏口から野原へ……。おもいきり大声で叫んで、さらに大きな声を出して、追いかけっこをしながら牧草地に向かって消えていく。なんといったって〝先生〟はいないのだから。そして再び姿を現したかと思うと、バタン、バタン、バタンとドアを大きく鳴らして、再び家の中に戻る。のどはからからだ。椅子をひきずっていって冷蔵庫のドアを開け、ソーダを瓶からじかに飲み、瓶を棚に置いたまま、裏口から出て行く。バタン、バタン、バタン。私たちは泥んこまみれの野生児だった。母と祖母は口をそろえて言った。ジャッキーとケイトはおてんば娘。まるでおサルさんみたいだ、と。一日中、近所の男の子たちと走り回っていた。機敏でタフな人間であろうとして、自転車で高いところから転がり降りたり、木の上から飛び降りたりしていた。夏になると毎日のように膝や肘《ひじ》にかすり傷をこしらえた。私とケイトは、男の子たちと遊べるならば、多少の傷もいとわなかったが、サラは、男の子は声が大きいし乱暴だから、と嫌っていた。それで私たちは、サラの手を掴んで逃げ出しては走って家へ戻り、ソーダを飲んだ。そしてしょっちゅう瓶にフタをしないまま冷蔵庫に戻していた。一晩に半ダースを飲みきってしまうほどコーラ中毒の〝先生〟は、気の抜けたコーラを見つけては腹を立てた。でも、私は反抗的だった。見えない檻《おり》に囲まれたような雰囲気を変えたかったのだ。青い歯磨き粉でバスルームの壁に落書きをしたかったけれど、七歳にもなってそんな幼稚なことをするのはまずいとわかっていた。洗面台の流しをコーラでいっぱいにして、プッカワセイ湖に浮かぶ睡蓮みたいに、べたべたする茶色の海に瓶のフタを百個浮かべてみたかった。

母はキッチンにいるときは、おとぎ話を本気で信じていた。彼女もまた、少女だった。私たちのような繊細さのかけらもない子供たちよりもずっと繊細だった。母は「イースター・パレード」や「赤い河の谷《レッド・リバー・バレー》」など、よく私たちに歌ってくれていた歌を、〝先生〟のためにキッチンで口ずさんだ。母は私たちに一緒に歌わないかと誘った。そのころの私はまた、うまく話すことができなくなっていた。あまりにぼんやりしていたので、母は私の上着に忘れてはいけないことを書いて、ピンで留めたり縫い付けたりしてくれていた。めがね、本、人形、宿題、歯の矯正《きょうせい》器具など、とにかくいろんな物を失くした。まるで魔法使いのように、手にしたものは何でも空に消えた。でも気にすることはないわ、と母は言った。「たぶんあなたはアルバート・アインシュタインみたいな天才なのかもしれない。アインシュタインは宇宙の仕組みはわかっていたけれど、自分の住んでいるところがわからなくなることがあったって言うわ。ある晩、家に帰る途中で自分の家がわからなくなったのね。それで自分の研究所に電話して、『アインシュタイン博士の住所を教えてくれないか。ここだけの話だが、私がそのアインシュタイン博士なんだ』って言ったそうよ」。

実際、私も、自分がどこに住んでいるのか、地球上のどの地域でどこの国の何という通りにいるのかも忘れ始めていた。私の住むところには、踊り子とアメリカ原住民と馬がいた。テレビで『ライフルマン』が始まると、ヤマヨモギの木が繁茂し、正しい道徳が支配する砂漠の町に住みたいと思いはじめた。男の子のように野良仕事で泥だらけになって、手にまめを作ったり、ライフルの撃ち方を学んだり、『ビリー・ボーイ』の歌に出てくる女の子みたいにチェリー・パイを焼いたりしたかった。ダニー・トーマス主演の『パパにも居場所を《メイク・ルーム・フォー・ダディ》』の放送が始まったときには、今度はアンクル・トゥヌースと一緒に家へ帰りたいと思うようになった。私とケイトは彼の胸に飛び込みたくてしかたなかった。彼の腕が私たちを守ってくれると思い込んでいた。そのうち母が私の空想がちょっと問題になってきていると言い出した。確かによけいなおしゃべりが多いし、授業に集中できていないと目をつけられるようにもなっていたが、どうすればいいのかわからなかった。それで、友だちの〝母の日〟のカードに詩を書いてあげたり、妹たちにガールスカウトのスローガンを教えてあげたりと、自分でもおかしなくらい意識して善いことをするようにした。それと『一日だけの女王《クィーン・フォー・ア・デイ》』という番組の登場人物たちにも感情移入していた。例を上げれば、本当は英語が上手になりたくて辞書が欲しいのに、恥ずかしくてそれを人に言えずに、代わりにケンモアの洗濯機を買ってしまう外国人女性とかにだ。私たちは三人で『クィーン・フォー・ア・デイ』ごっこをして、ラインストーンのティアラをつけたり、なわとびの木の握り手をマイクに見立てたりして、すべての役を演じきった。

　私の秘密の魔法のノートは、どれも黒い表紙で、バインダーが赤いものだった。何冊かには、不幸な人たちや不幸な家族が登場する物語を書いた。たとえばルルという貝の話。ルルは浜辺で一番醜い貝で、誰も友達になってくれなかった。ルルの口は曲がっていて、体が小さすぎて、目立たないのはよかったが、その唇が彼女にとって世界に挑みかかる唯一の方法だった。それからヒーローものの『傷心《ブロークン》のキャンディー・ケーン』というお話もあった。彼はこぶだらけのクリスマス用の紅白キャンディーで、とてもサンタの袋には入れてもらえそうになかった。必死に橇《そり》へ飛び込もうとする彼を他のキャンディーたちが粉々に割ってしまった。かわいそうに思ったサンタは砂糖で彼の体をつなぎ合わせ、せっかくのクリスマスを病気のまま迎える子供たちのところへ連れて行ってくれた。サンタの橇から世界を見渡したとき、自分と同じようなこぶだらけのキャンディーが数え切れないほど存在することを彼は知った。私は傑作と思ったお話のページに穴を開けて、赤いスナップ式のバインダーがついた大きな黒いフォルダへまとめ、『名作集』と名づけた。

　ある日、その『名作集』が、広げられたまま、リビングに置いてあるのを見つけた。黒い文字の上に赤いインクで直しが入れられ、〝先生〟の字が一面に這《は》っていた。私の物語を全部読んで、文法の間違いを直していた。つづりは間違っていなかった。だけど時制や代名詞を変えられていた。そのなかに薪《たきぎ》の下敷きになった少女の話があった。魔法使いの義父が彼女を探している。見つけたらオーブンで丸焼きにするつもりだった。だが少女の友だちの鳥たちが義父を取り囲み、鳴き声で、罠をしかけた場所に彼を追い立てた。少女は、歯ブラシの先を尖らせた罠をいくつも仕掛けていた。義父はそのうちのひとつに落ちて即死し、少女は義父の体の上に腰をおろし、ペプシコーラを飲みながら瓶のフタを後ろへポンと放り投げるのだ。私は、ばれた、と思った。〝先生〟の指がページをめくり、私が彼を猛烈に憎んでいることが知られてしまった。丸裸にされたような気分だった。私は『名作集』を掴んで二階へ駆け上がり、枕の下にそれを隠した。その夜、リビングにいる〝先生〟を見ていた。背が高くて、黒髪で、ハンサムだ。彼は、看護師や秘書や、納入業者や患者、それから他の医者たちへの手紙として速記用口述録音機《ディクタフォン》に向かって話しかけていた。まるで全世界へ語りかけているみたいだった。看護師たちは全員「親愛なる」と呼びかけられていた。私は無視されていた。たかが七つの、体重約二十八キロの子供だからだ。でも私はいつか復讐できるとわかっていた。たとえ彼が手の届かない存在だとしても、いつか手を伸ばしてたどり着き、私の存在を気づかせてやる。そして絶対に忘れられないようにしてやるのだと。

朝、登校前に歯を磨いていた時の出来事だった。私は洗面台の前で、催眠術師の合図を受けたかのように放心してしまうことがよくあった。流しは真っ白でぴかぴか輝いていて、銀色のクロム製の蛇口は白い流しの上に勃起《ぼっき》したみたいにぶら下がっていた。歯磨き粉の小さなフタは象牙の滴を思わせ、すべてが祭壇のようだった。そのとき突然、後頭部に〝先生〟の拳がすばやく飛んできた。流しに唇がぶつかった。歯磨き粉を口から吐き出す暇もなかった。口の中が切れて血が流れ、歯磨き粉の泡に滲んだ。温かく、塩辛かった。「ばかめ、大ばかの脳たりんめ」と、〝先生〟は言った。私は口のなかのものを吐き出してから、歯磨き粉のフタを閉め、シンクに水を流した。瞼の裏で過去が手の届かないところへ沈んでいった。この国には、握りこぶしがあった。いつも背後からやってくる拳は、雪球のように不規則で予測がつかず、青痣《あおあざ》が残らない後頭部めがけて音もたてず飛んできた。無言で殴られた時もあったし、ばかめと罵《ののし》られたこともあった。そうでなければ頭を挟む万力《まんりき》のような手が、どくどくと脈打つ耳の後ろを掴み、胸に向けて首を押し曲げた。〝先生〟は整骨医だった。私の首の両側を握り、音をたてて鋭く右に回し、そして左に回した。縄で絞められたような、止血帯を巻いたような、頭に犬が噛み付いたような痛みが走った。襲ってくるのは朝かもしれないし、夜かもしれないし、そう思わせて怖がらせているだけかもしれなかったが、それだけではなかった。もう一度やってみればいいわ、と私は無言で訴えた。さあどうぞ、もう一度。〝先生〟は私に我慢できないはずだという確信があった。私たちは遂につながりを持ったのだ。殴る人と殴られる人。私と〝先生〟は、一対だった。

また別の日の朝、再びバスルームで〝先生〟に殴られた後、膨れ上がった唇を見るために母の化粧台の前に座り、足のせ用のベルベットクッションを三日月型の鏡へ引っ張りあげた。ああ、私の香水や私の宝石はどこへ行ったのだろうと思った。スペイン娘やカウガールや、森に囲まれた静かな村で暮らすメノミニー族は？　私のママは？　今日はどんな学校の出来事を話せるかしら？　私は帽子を被り、口紅を塗り、アトマイザーの香水をふりかける。痛みは愛情のひとつだとか、激しく殴ることが絆のひとつだとか、それが普通の愛より深く、より一途であるとか、そんなふうに考える男ばかりではないと思い知ったのは最近になってからだ。〝先生〟が私を殴っていることを母は知らなかったし、あるいは知らないふりをしていた。人は、耐えられないことは、認めることができないのだ。〝先生〟に対する母の愛の大きさも私はよく知っていた。その瞳が日食前の太陽のようにきらきらと輝いていることも。しばらくすると私は、見えない錠で閉じ込められた占領地に住んでいることが普通に思えてきた。それでもそのとき、そこから逃げ出すために外国語を学ぼうと心に決めていた。その後私はさまざまな中間地帯に足を踏みいれることになる。兵士たちと敵軍が構える銃のはざまに、投石する人々と戦車のはざまに、アラブ人とユダヤ人のはざまに、私は立った。テルアビブのディゼンゴフ通りでは、遺体袋に集められた手足を見た。爆弾に吹き飛ばされた遺体の間には、自爆テロ犯の体も散らばっていた。憎む者と憎まれる者がお互いに食らいあうそのやり方を、恐ろしいことに私はよく知っていた。

学年末の時期、私たちはウィスコンシン州メノミニーにある〝先生〟の家へ引っ越すことになっていた。そこはプッカワセイ湖畔の四辻《よつつじ》の村から十キロくらいしか離れていないが、比べようもないほど大きな街だった。〝先生〟の家は天国といってもおかしくなかった。四メートル以上あるガラスの壁からラック・ラ・ジョリーを見渡せた。白い革張りの椅子が揃っていて、庭には噴水があった。夜には私の寝室にも水の音が聞こえてきた。私は個室を与えられた。ケイトとサラは相部屋だった。私たちは〝先生〟の家に魅了された。私は物につられない人間ではなかった。他のことはすべて無視して、こんな豪華な家に住めるなんて自分は運がいいと思い、〝先生〟の新品のテレビで『オズの魔法使い』をカラー画面で観ていた。それまでジュディ・ガーランドが着ているのは青いワンピースだと教えられていたが、黄色のワンピースだった。青い服を着ているのは小人たちだ。私たちの家ほどもある桁外《けたはず》れに広い〝先生〟のリビングに座っていると、裕福になったという実感がわいてきた。私たちは成功した、いや母が成功したということだけど、私たちは母について、はるばるここまでやってきたのだ。

「スピードをあげたほうがいいだろ?」祖母が話しかけていた。母の結婚式が済み、季節は夏を迎えていた。私たちはメイベルが運転するビュイックのクーペに乗り、メノミニーと、かつて父と一緒に住んでいた小さな町との間を猛スピードで走り抜けていた。メイベルはいまだにプッカワセイ湖の縁《ふち》にある、歩道もない路地に面した家に住んでいた。車はちょうど、メイベルが精神病院だと教えてくれた、ワグナー病院を出たところにあるS字カーブにさしかかっていた。アッパー・イペソングとロワー・イペソング湖の間にあるそのカーブは、沼地の植物と人目につかない前世紀の豪邸との間を、環《わ》を二重に描いて走っていた。サイレンが追いかけてくることも多かった。そんなときメイベルは、アクセルを踏みこんだ。彼女は五十三才のとき、ルイから運転を習い、そのとき初めて自分がスピード狂だったことを知った。

「くそ」祖母が叫ぶ。「なんてこった、おまわりだよ！」メイベルを捕まえるのはたいてい若い二十一歳くらいの警官のランディだった。今から思えば、ふたりの毎週の捕り物帳は、ちょっとしたデートみたいなものだった。ランディは、スピード違反の切符を切ることもあれば、そのまま見逃してくれることもあった。彼は年老いた女性に切符を切って楽しむような男ではなかったが、メイベルを捕まえるのは楽しかったようだ。いい人だ、私はそう思っていた。

「また会いましたね、Pさん」。彼の歯と肩の線は秤のさおのようにまっすぐに揃っていた。「Pさん、このS字カーブで僕が捕まえるのは二種類の人間だけですよ。ティーンエージャーと、そしてあなたです。お孫さんの教育にもよくないと思われませんか、Pさん？」。

「言いたいことはわかるよ、ランディ」とメイベルは言った。「だけどね、今日は特別に急いでるんだよ。手を伸ばして孫娘の頭に触ってみてくれないかね。熱を出しているんだ。一時間前には食べたものをもどしたんだよ。よくわからないけど、たぶん地下室でルイが封をあけたものを飲んじまったんじゃないかと思うんだ。どういうことかわかるだろう？　これからノースランド病院の緊急外来に連れて行かなくちゃならないんだ」。

ランディはひどく心配そうな顔になった。

「僕が送りますよ。Pさん」。その瞬間、私はランディと結婚したいと思った。その気になれば何度だって祖母を逮捕できるのに。

「お前さんは本当にやさしいね、ランディ。でも孫は怖がると思うんだよ。サイレンを鳴らしたりするとね。車のなかで具合が悪くなってほしくないよ」

「それでは八十キロを守ってくださいね、いいですね？　約束してください」

「十字架にかけて」

そして私たちは車をだした。私は十字を切った。

メイベルは横目で私を見た。太陽の光を反射してメガネがきらりと光った。

「私が何を飲んだっていうの？」私は口を開いた。「地下室から持ってきて？　シンナーでも吸ったっていうつもり？　私、まだ八つよ！　どうしてそんなばかなことをしなくちゃならないの？　よくそんな大嘘をつけたわね」。

「ときには物事をちょっとばかり捻《ね》じ曲げなくちゃならないときもあるってことなのさ。ランディが本当のことを知らなくたって、傷つくわけじゃない。お前は彼が見逃してくれると思っただろ？　ばかいっちゃいけない。あいつらは人畜無害な人間から五ドルの罰金をせしめるやつらだよ。私たちはランディに暇つぶしの時間をくれているようなものさ。私たちがいなければ、署でゆっくりと腰をおろして刑事もののマンガに鼻をつっこんでいるしかないんだから。溝《みぞ》にはまるときもあれば、かわせるときもあるってもんさ。あたしゃ、あの道路交通法ってやつが大嫌いでね。あんなのはルイみたいなぼんくら向けだね。あんただって違反切符に金を払うより、アイスクリームを買ったほうがいいだろ？　それとも役所に直行して罰金を払って、すっからかんになるかい」

「〝スコッティー〟でアイスクリームが食べたいわ」私は淡々と答えた。〝スコッティー〟は私たちが立ち寄るドライブインだった。ワッフルコーンにチョコスプレーを振りかけたアイスが食べたかった。食べられなくなったら困る。

「そうだろう?」メイベルは得意げに、まるで本気で罰金を払う気だったといわんばかりに言った。「ランディにとっちゃ痛くもかゆくもないよ。それにこれ以上、切符をくらったら、ルイじいちゃんはぶっとんじゃうよ」。それから「ママに告げ口なんかしたら、インディアンみたいにあんたの皮をはいじまうよ」と真面目に言った。

「やれるものならね」。私はとうもろこし畑の穂を眺めた。もうすぐメノミニーだ。並んだとうもろこしが地面に影を落とし、松の木から木漏れ日が差していた。車の窓が、地平線を見渡す風景を四角く切り取っていた。欲しいものは何でも手に入り、それ以上のものが後に残る。メイベルといれば、悪いことなど何も起きはしない、そんな気がした。たとえ彼女がナイトテーブルにジンを置き、顔をタオルで覆って早々に寝てしまったとしてもだ。またおばあちゃん悪酔いしちゃったよ、誰にも言うんじゃないよ。

私たち、つまり祖母、母、そして私たち子供たちにとって嘘は必需品だった。だけど私たち自身はそれを嘘だとは思っていなかった。切実な願いがこもった巧みなつくりごとであり、生きのびていくために創りだした物語だった。信じさえすればあながち嘘ともいえなくなるのだと、私たちはそう考えていて、そして真実とは、ときに長い吹流しのように翻《ひるがえ》り、ときに旗竿にまきついている色鮮やかな旗のようなものだった。祖母は母に向かってあきらかな嘘をついたし、母もそれを嘘だと心得ていた。違反切符を切る警官に嘘をつき、私の成績のことで近所の人たちに嘘をついた。祖母は、人が何かを記憶にとどめるために写真を撮るように嘘をついていた。物事に尾ひれをつけなければ気がすまなかったし、嘘は献金箱の横に書かれた聖書の言葉と同じくらい現実的だった。祖母の話は慰めであり、いまとなっては感謝の対象ですらある。めまぐるしく繰り出されるほら話のおかげで、心の中に確たるものを培《つちか》うことができたのだから。

プッカワセイ湖のほとりでは、ルイが獲《と》った魚の頭を切り落とし、使い古した台の上に突き出た大きな杭《くい》に打ちつけていた。あたりには悪臭が漂っていた。魚の頭は十、二十と、どんどん増えていった。真っ白な骨は銀色を帯びていた。ぱっくり開いた口の間から空が見えた。羽虫の大群が口の間をすばやく出入りしていて、口の上に口が、骨の上に骨が重なってできた杭のてっぺんがはためいているように見えた。私は杭を見上げながら、これは私たちを悪魔から守ってくれるトーテムポールなのだと思っていた。

母の再婚では、二ついいことがあった。ひとつは、ラック・ラ・ジョリーから通りを挟んだ向かい側の、〝先生〟のクリニックの上階となる広大なマンションに住めることだった。その町には同い年の子どもたちも住んでいた。二つめは旅行。私たちはいつも西を目指し、バッドランズやロッキー山脈へ、真新しいコンバーティブル型のキャディラック・セヴィルを走らせた。車の後部に銀色のアヴィオンのトレーラーをつけて旅をした。ダッシュボードのボタンを押せば、シルクのイブニングシャツをきちんと畳むように、屋根の幌《ほろ》がぴったりたたまれた。幌を空けたまま、母は助手席に坐り、私たち子供はカウガールの帽子を被って、後部座席で膝をかかえて座った。新しい革の匂いがした。窓の外には珍しい動物の姿を見ることができた。双頭の牛、マリアッチ楽団を模した蚤《のみ》の楽団、ジャカロープと呼ばれる角を持ったウサギ。道端の店は、そんな動物たちのみやげ物でいっぱいで、私以外にも変な想像力の持ち主がいることを示していた。グロテスクな動物園は、西部への旅がいかに現実離れしたものであるかを予告していた。ロッキー山脈を越えると、私たちは少し、大人になったような気がした。

キャディラックが西へ向かう間、トレーラーはまるでサーカスの大テントのように揺れながら私たちの後をついてきた。母はリタ・ヘイワースのように助手席に座り、メキシコで買ってきた大きな黒いヴェールを頭に被り、飾りのリボンを風になびかせていた。サングラスをかけた女神のようだった。私たちはルート41とルート66を進み、ダイナーや釣具店や、今ではほとんど見られない軽食堂を通り過ぎた。まだ沿道が安全だと思われていたころのアメリカの姿。ネブラスカ州のどこかの小さなカフェに立ち寄った際、ウエイトレスからマリリン・モンローが死んだと知らされたことだけが、唯一の例外だった。

そのカフェは、モービル・ガソリンの看板の裏手にあった。私たちは網戸を押して、狭くて薄暗い店の中に入った。「マリリン・モンローは寝室で発見されたのよ」ウエイトレスは言った。「吐いたもので窒息したらしいわ」。

「そんなばかな」。陽に焼けた母の顔が青ざめた。「そんなこと、ありえないわ」

母にとってそのニュースは、竜巻の始まりだった。彼女にとってマリリン・モンローはおまじないの言葉だった。ゼロからのしあがり、すべてを手にいれた人間だった。彼女は美人で小粋《こいき》だというだけで、男性の胸をしめつけるような欲望の対象として頂点を極めた（「軸足で回転、さあみんな、軸足で回転よ」）。モンローよりもほんの少し年下の母は、丈の短いサイクリングパンツ姿で、足をカフェのスツールからぶら下げ、サンダルからペディキュアを塗ったつま先を覗かせていた。私は、くの字に折れ曲がった母の両足の指に見とれた。ふくらませた髪にはネットでアレンジが加えられていた。母はまだ三十二才。同い年で自殺をした知り合いはいなかったし、女神マリリンのようにきれいな女性もいなかった。ブルーベリーパイをぐずぐずつつきながら、母の肩は震えていた。「信じられないわ」そう言ってスプーンですくったパイを、サラの口へと運んだ。母の頭の中の磁石がくるくる回っていた。「モンローが自殺するなんて信じられないわ。きっと殺されたのよ。誰かがリビングに忍び込んで、お酒に何か入れたんだわ。だって彼女はあらゆる人から妬まれていたもの」。生涯にわたってドロレスは、友だちがいないのは自分が美し過ぎるからだとメイベルに吹きこまれてきた。母は本当の友だちをもたず、傷つきやすさをさらけ出してきたスターの孤独と、自分の孤独とを重ね合わせていた。たしかに母には彼女ならではの美しさがあった。そして彼女は、それが自分を救ってくれるのだと子供のように信じていた。彼女の美しさは私たちにとって、終わりのない夜の闇のなか、母を追って行くための松明だった。そしていま、母は、現実の世界で自分を守るには美しさだけでは足りないことを予感し、震えているようにみえた。

ウエイトレスは合成樹脂製のカウンターに身を乗り出した。そこには常連客が鉛筆で描いた地図があった。「ハリウッドではみんな言っているわ」彼女は物知り顔にささやいた。「みんなモンローに嫉妬していたのよ。お金もあって有名で、何もかも思うがままだったから。それで奴らがやったのよ」。パイを食べ終わった母は、サラの口元からブルーベリーを拭き取り、髪のボンネットを直すと、口紅を塗りなおした。母が考えていることは、はっきりとわかっていた。普通の人にはできないけれど自分にはできる、そう考えていたのだ。私たちの住む小さな町の先を見つめ、長い道のりを歩み始めたのだ。彼女は黄色く煙るネブラスカの地平線を、手で引っ張ってどこかにつなげられる糸かなにかのように眺めていた。私は鉛筆で描かれたカウンターの地図を指でぐるりと丸く囲んだ。どこにもない小さな場所。道路は手のひらの線と同じくらい。それが私の道だった。

〝先生〟が近くにいるという恐怖は、外にいるときは割と簡単に忘れることができた。西へ向かう旅行でなんといっても楽しかったのは、探検しているという感覚だった。地図を小脇にはさんで大きな幌馬車に乗ることや、標高線やツンドラ帯や高木限界線が記されている色つきの地形図、金《きん》を探す探鉱者などに、私は恋焦がれていた。そしてピューマとか、盗賊とか、義父よりももっと獰猛《どうもう》な敵を想像するのが好きだった。自分がもっと昔に生まれていたらなれたかもしれない英雄的行為に思いをはせた。干上がった峡谷で水を探す捜索隊のリーダーとか。私はモーセがユダヤの民を逃すために紅海を切り開いたように、ロッキー山脈の分水嶺《ぶんすいれい》が水の流れを二つに分けるという考え方が気に入っていた。私は『西部の女賊（Belle Star）』に脅え、『チャップリンの画工（Face on the Barroom Floor）』に惑い、『小さな巨人（Little Big Man）』の霊や、『地獄の逃避行（Badlands）』、そして私たちがあちこち立ち寄ったカウボーイたちの土地のことを考えると胸が躍った。〝先生〟が西部にのめりこんでいたおかげで、私はこっそりそれを分けてもらっていたわけだ。〝先生〟は、強い意志と決断力の持ち主であるベン・カートライト（彼が英雄視していたテレビドラマ『ボナンザ』に出てくるカウボーイの家長）に似ていればよかったのにと思う。もう一人の〝先生〟のお気に入りのジョン・ウェインではなくて。メノミニーの〝先生〟の家は、牛革製品や牛の頭の形をしたランプ、荷馬車の車輪をつかったシャンデリア、立ち上がった馬のブロンズ像、インディアン戦争や蹄鉄《ていてつ》打ちを描いたフレデリック・レミントンの絵などであふれていた。レミントンの絵画は本物が一、二枚混じっていた。今回の西部旅行から持ち帰った砂絵と、ベルベットの上に交差させて貼り付けた二挺《ちょう》の拳銃もあった。さらに、家には馬がたくさんいて、歩いたり、身体を跳ね上げたり、蹄鉄をつけられていたり、列になって走ったりしていた。私は馬が大好きだった。若い女の子にとって、乗馬用の馬はすばらしい贈り物だった。私が自分の馬を買ったのは何年も後になってからのことだが、馬の体からにじむ汗や匂い、その奔放な動き、鼻をつく糞《ふん》の臭気など、そういったものが好きになったのは〝先生〟のおかげだと思う。だが私たちに馬を与えてくれた〝先生〟は、愛情をかけているわりには乗馬が下手だったので、あまり楽しめなかったようだ。体格がよかったせいで、皆は〝先生〟に荒っぽい馬を贈った。でも新米の大人が馬を操るのは難しいし、あるいは背骨が痛んだら困るので思い留まったのかもしれない。

結局、私たち三人は馬を乗りこなすことができたが、〝先生〟にはできなかった。それでも馬のいる平原にいるだけで幸せだったに違いない。万一、インディアンがトレーラーを襲った場合に備えるため、〝先生〟が母に、銃を買うかもしれないと言ったことがあった。彼はインディアンを撃ちかねなかった。ありがたいことに、どちらも実現しなかった。

旅行中の夜、義父はアヴィオンのトレーラーを、キャンプ場か人気のない道端に停めた。西へ行けば行くほど、私は西部が好きになった。雲ひとつない空の下にクレヨンでごしごし描いたような緑が広がるウィスコンシン州とは、はるかに異なる険しい景色のなかをドライブした。サボテンは苦痛で折れ曲がったような形をしていた。ニューメキシコ州では巨大なカブトムシが地を這っていた。夜になると、私たちの乗ったトレーラーは、輝く飛行船か地平線上に静止している宇宙船のようだった。その銀色に輝く葉巻き形のトレーラーのなかにいる私たち家族を思い浮かべると、まるで宇宙人の家族のようだった。母は食事をつくり、ランタンに灯りをともし、〝先生〟はテーブルでコーラを飲んでいる。背の低いサルビアやサボテンの間を歩いていくと、腰を下ろすのにちょうどいい岩があった。周囲の砂漠は気温が下がっていたが、岩はほんのりと温かかった。私は小さな高台からうしろを振り返ってみた。家族がその葉巻き形の中にいる様子を、離れたところから見てみたかった。皆が天使のように遠い存在に思えた。ただし〝先生〟だけは別で、トレーラーの窓越しからでさえ、その破壊的な力は、束の間おしとどめられているだけに思えた。〝先生〟の大きな体が灯りをさえぎるのを、私はじっと見つめた。腰をおろした玄武岩《げんぶがん》は温かく、がっしりしていた。私にはやることがあった。私は以前から石の日記を集めていた。自分ひとりで思いついた、すばらしいアイディアだった。

石の日記は私の記録だった。毎年の夏、西部へ旅行するたびに熱中していた。マリリン・モンローが死んだ日に見つけたローズクォーツや、バッドランズで見つけた黄鉄鉱《パイライト》は、私が自分のものだと思っていた結婚指輪を思い起こさせたが、本当は母と祖母の最初の結婚指輪で、母が大切に宝石箱へ入れておいたものだった。石の日記にはアスファルトの塊もあって、それはパイクス山で〝先生〟が頭上注意と書かれたトンネルの看板を見落として、無理やりトレーラーをUターンさせるはめになったときの記念だった。私は目を閉じて想像した。アヴィヨンのトレーラーがトンネルにつっかえて、〝先生〟がキャディラックの運転席で動けなくなって、トンネルのなかに閉じ込められる光景を。石の日記には、公園にいた男の人がくれたマラカイトや、サウスダコタ州ミッチェルにあるお城からお守りとして持ちかえったタイガーアイ、ネックレスにできるくらいの鮮やかな赤瑪瑙《ローズストーン》もあった。碧玉《ジャスパー》はワイオミング州の路傍の露店で買った。小さな晶洞石《ジオード》は、バッファロー・ビルの店で手に入れた。そこにはインディアンの村よりもずっとたくさんの鹿革が飾られていた。あばら骨も、私のコレクションの範疇で、石を集める人間をひきつける不思議さや価値があった。骨も足下に広がる大地から産み出されたものだ。石を集めるのは友だちに自慢するためで、とくに二人の親友に見せたかったからだが、一方で私しか知らない目的もあった。砂漠で過ごしたある晩、トレーラーの中で、ハンモックを張って寝ていたとき、下から〝先生〟の声が聞こえた。身体が恐怖に包まれ、冷気と熱気を同時にちくちくと感じ、やがて何も感じなくなった。

「非金属の物質だ」と囁く〝先生〟の声が聞こえた。最初は何だかわからなかったが、すぐにはっきりとわかった。彼は胸や太腿やお腹のことを言っていた。大人たちの服の下に隠れたあの薄いピンク色の柔らかな肉体のことだ。〝先生〟は、狭いシングルベッドのなかで母と一緒だった。いつもならサラが寝ているマットレスの寝台に、なぜか母がいた。たぶんうたた寝をしていたのだろう。

「ほらもうひとつ、非金属の物質が」。〝先生〟の奇妙な声が暗闇に響き、トレーラーの中の酸素をそぎとって息がつまるような毒気を残した。彼の執拗な猫なで声に息をのんだ。私は集めていたいくつかの汚れたターコイズと、一個だけ持っていたオパールのことを考えた。ターコイズは、古代のメサヴァードの洞窟に住んでいた岩窟居住人のダンスと、谷底のはるか上にある、〝キーヴァ〟と呼ばれるプエブロインディアンの秘密の地下礼拝場の記念品だ。オパールは私の誕生石だった。それにオグララ・スー族の居住区から持ち帰った頁岩《シェール》の塊のことも思い出した。私は火花を散らせるために、長石と鉄くずを両手で打ち鳴らそうかと頭で想像した。そのとき母と〝先生〟が起き上がり、私の頭の横を通り過ぎてアヴィヨンの最後部にある狭苦しいバスルームへ向かう音が聞こえた。靴箱みたいな狭いスペースだった。

　その夜の月は岩に似ていた。トレーラーの二重はめこみガラスの窓から眺めると、私たちのキャディラックに踏み潰された、一ペニー銅貨のように見えた。アヴィヨンの後部がぎしぎしときしむなか、私は月をみつめながら、丘陵のコヨーテの遠吠えに耳を傾けた。私の持っていた石は、どれもビー玉よりもひとまわり大きいくらいのものだったが、翌日に立ち寄ったニューメキシコの石屋には、巨人の歯かと思うくらいに大きな、化石化した血石《ブラッド・ストーン》が置いてあった。小豆《あずき》色とみどり色の筋がはいった太古の三角石は、およそ二十センチの高さがあった。表面がきれいに磨かれていて、かつての生命の証を示す縞模様が、中心深くまでリボンのようにくっきりと浮かんでいた。玉髄が見え、解剖図に描かれていたのと同じ三角形だと思えばそうとも思える心臓が見えた。

「あの石が欲しいの」私は母に訴えた。「買ってちょうだい」。

真紅の砂岩に緑色の小川が流れ、内に浮かんだ金色の斑点《はんてん》は、洞窟に舞う塵《ちり》を閉じ込めたかのようだった。三葉虫《さんようちゅう》の通り道や昆虫の生活、それにとうもろこしの栽培者、生贄《いけにえ》を屠《ほふ》るマヤ・インディアンたち。石は古代の世界を閉じ込めたプリズムであり、短刀だった。母と私はせわしなく回る扇風機の前で、汗でべとべとになった体を冷やしながら、みすぼらしい店のガラスケースに飾られたその石を査定していた。頭の血管がどくどくと脈打った。

「欲しいの」もう一度母に頼み込んだ。「お願い、買って。お願いだから」。

「これを包んでくれ」背後にいた〝先生〟が言った。

〝先生〟は私に石を買ってくれた。たまにみせるこうした寛大なそぶりも、悲しいことに何の役にも立たなかった。なぜならまったく心がこもっていないからだ。一瞬バランスがとれたようにもみえるが、ほんの一瞬だけだった。彼は私に武器を与えようとしていた。ゴリアテを倒すダビデの石だ。初めて強烈な皮肉を意識した瞬間だった。旅行から戻ると、私は磨かれた石を、枕元の手の届く棚の上に置いた。ときどき枕の下に隠してもみた。こんもりと膨らんだ枕は収縮した筋肉のように重みがあった。ある夏の夜、ささいなルール違反に怒った〝先生〟が息を荒くして私の部屋に入ってきた。枕の下の石が彼を追い払ってくれるという確信があった。〝先生〟の頭に石がのめりこんでいる場面を思い浮かべると、〝先生〟はくるりと身を翻してそのまま出て行ってしまった。恐怖の魔法を封じるお守りだった。翌日の午後、石を外へ持ち出して木に投げつけてみたが、何も起こらなかった。手の中になければ石には何の力もなかった。石を握ると、冷酷で凶悪な殺人犯になったような気がした。今思えば、私は社会病質者の一歩手前だったのではないかと思う。犯罪者は凄まじい敵意をはっきりと持ちながら、緊張に胸を高鳴らせることなく、獲物を冷ややかに、そして心の底から襲う。その後〝先生〟が部屋へやってくることは二度となかった。

私の友人のベッカーの（ベッカーと呼びつけにするのは、当時、私たちは五年生の男の子たちにならってお互いを名字で呼び合っていたからだ）十一歳の誕生パーティには、それぞれが、外国の衣装を着て集まることになっていた。ベッカーの母親はガールスカウトの団長で、彼女の家で開かれるパーティはいつも大騒ぎだった。作りかけの工作が散乱し、キャンキャン吠える子犬たちが騒ぎに加わった。カルメン・ミランダの格好で登場すれば一番人目を引くに違いない、私はそう考えた。赤いタフタのスカートや母の白いブラウス、そして黒いレースのマンティラを着ても、もうおかしくない年齢だった。メキシコみやげのシルバーのフープイヤリングを耳につけて、赤いマラカスを持つことに決めた。

先に母が車を出しに行き、いよいよ出発というときにキッチンから私を呼ぶ〝先生〟の声がした。彼は昼食を食べていた。これからテレビの前に腰を落ち着けて、グリーン・ベイ・パッカーズの試合を観るところだった。彼はパッカーズの試合を一度も見逃したことがなかった。「これを食べてみろ」と、〝先生〟は有無を言わせぬ表情でキャビアを差し出した。彼は微笑んでいた。私が魚嫌いなのを知っていた。キャビアなんてとんでもなかった。私は無表情に〝先生〟を見つめ返し、心を遠くへ飛ばしながら黙って腕を組んだ。彼も私を見ていた。そしていつもの冷徹な顔つきで、くちゃくちゃと口を動かしていた。だが次の瞬間、その巨体が飛び掛ってきた。〝先生〟は片手でむりやり私の顎を押さえて口をこじ開けると、リッツクラッカーにのせたキャビアを押し込み、また力ずくで口を閉じた。

「食え、のろまめ」〝先生〟は淡々とした口調で命令し、整形外科医のたくみな手さばきで私の顎の骨を鳴らし、首に向けて捻じ曲げた。「赤ん坊なみの味覚だな。頭の足りないやつらは皆そうだ。百姓もそうだ。味わって食え。自分のことをそんなに賢いと思っているんならな」。

〝先生〟の手が口を塞いでいたので飲み込むしかなかった。鼻から息を吸うと今にも吐きそうになった。手が離れた瞬間、私は一目散にバスルームに走り、トイレで吐いた。廊下から呼びかける母の声がかろうじて聞こえた。ふたりがかりでも、スカートに染みついた匂いは取れなかった。それで私はドロレスがかつてマタニティーとして使っていた、足首まである白いムームーを着て、ベッカーのパーティに出席した。ムームーには大きな紫のパンジーが描かれていた。プラスチック製の花のレイをつけ、夏用のサンダルをはいた。

それから間もなく、吐いたときのことを思いだしながら、私は唇を手で擦っていた。酸っぱい味が残っているような気がして、唇がゆがむほど強く擦った。私は「クリーポ」と呟いた。私が〝先生〟につけた擬音のあだ名だった。「クリーポ」。私は彼のことを陰でそう呼んだ。贅肉《ぜいにく》のついた体や、のっそりとした動きから思いついた。我ながら完璧なあだ名だと思った。唇の上下を合わせて「クリープ（いやなやつ）」と発音し、それから「ポ」を吐き出すのだ。クリーポ。私と妹たちにこそこそ陰口を叩かれて、〝先生〟も母もどんなに傷ついたことかと思う。でも〝先生〟が弱いものいじめをするから、いじめっ子にふさわしい名前を考え出しただけだ。十年くらい経って、母と〝先生〟が離婚することになったとき、彼は裁判官に向かって訴えた。「あの娘たちは私のことをクリーポと呼んでいたのですよ」。被告席に座ってその言葉を口にする〝先生〟を思い出すと、私は恥ずかしさと後悔の気持ちでいっぱいになる。

「まるでブタみたいな食べ方だな」夕食を食べながら、〝先生〟がみんなの前で私に言う。そして自分の皿を持ち上げて、私の皿の上に掲げてみせる。今にも手を離しそうだ。妹たちが目を見張る。母はうなだれている。窓の外から狙い撃ちでもされたかのように突然、食卓の平穏が打ち砕かれる。〝先生〟はすばやく部屋から出て、私たちの目の前からいなくなり、階下のクリニックへひっこんでしまう。そして母がメイドのように運んだ食事を食べる。〝先生〟は、離れた州に住むガールフレンドにこっそりと電話をかけていた。七年生の新学期が始まろうとしている。母はラック・ラ・ジョリーを見渡す主寝室の隣の自分の部屋に戻り、少女のように膝を抱いて椅子に座る。涙で頬を濡らしながら湖を見つめている。母がこちらを向く。あたりには秋の気配が漂っている。

「私、あなたを裏切ったような気がするわ」。母の言葉に私は振り返る。だけど泣いてなんかやらない。母の気持ちを満足させたりはしない。三十代半ばでも母はとてもきれいだ。母が私を裏切ったと言ったのは正しい。でも、だからといって何ができるかと言えば、何ひとつない。どこか遠くの寺院でヴェールが切り裂かれ、近所の子供たちが蛍の光のもと、芝生の上で追いかけっこをしている声がする。母が泣き続ける間に、外はどんどん暗くなり、私は両手に握った血石《ブラッド・ストーン》をじっと眺める。母が弱っているとき、私は石のようにじっとしている。それには母への非難がこめられている。自分が泣くのにも、私が泣かないのにも疲れた母は、妹たちに一時間ばかりいい子にしているように伝えると、私だけを連れてアイスクリームを食べにスコッティーの店へ行く。私たちは小さな湖に沿って車を走らせる。二人の少女はそんなに速くは進めないし、行くあてもない。スコッティーの店の前に停めた真っ暗な車の中でお互いの膝をくっつけあいながら、私たちはソフトクリームをゆっくりとなめる。他の車のカーラジオから流れてくる、ビートルズの「ミッシェル」を聴きながら。

その夏、私たちは遂にメキシコにたどり着いた。私は母に手伝ってもらって、この旅行のためのワンピースを縫っていた。十二歳の女の子が抱く外国への憧れというだけでは、私のこの生き生きとした自由な気分は説明できない。プエルト・バヤルタで過ごしたある晩、私は、淡いブルーのダチョウの羽に縁取られたカクテルドレスに身を包んだ母が、メキシコ人整形外科医の腕のなかで、きらきら輝きながらくるくると回っているのを眺めていた。私たち家族は医学会のためにメキシコに来ていて、〝先生〟が会議や手術をしている日中は、自由に散策をしていた。夜には海に面した広大な農園で催し物があった。私は見事なダンスを披露している母を傍から見守った。プエルト・バヤルタでは、エヴァ・ガードナーがリチャード・バートンと共演した官能的な映画『イグアナの夜』が封切られたばかりで、その話で持ちきりだった。サン・イシドロにあるこのビーチこそ、ガードナーが下働きの少年と、波のなかで挑発的なダンスを踊ったシーンのロケ地だった。誰もが、いま、ずぶ濡れで腰を振るガードナーが目の前にいるかのように話をした。夕食のとき、母とワルツを踊ったメキシコ人医師が私の横に座り、海からとれたばかりの赤魚《レッド・スナッパー》を勧めてくれた。魚嫌いをうち明ける私の顔を見ると、私の片手を取り、この料理は魚臭くないよ、と約束してくれた。そのとたんに私は魚を食べていた。物も言えずに、魚を飲み下した。一切れ口に入れるたびに、コーラを飲み、「コ、コ、コラー」と、スペイン語なまりでお代わりをした。メキシコ人医師は微笑んでいた。

それから彼は大きなビュイックを借りて、私たちを内陸部にあるメキシコ・シティーへ連れて行ってくれた。そして遂に、母が新婚旅行のみやげ話に聞かせてくれた大聖堂を見た。洞窟のように奥行きがあり、山のように高い聖堂だった。中に入ると、お香と苦悩の匂いがした。感動的だったのは〝ロス・ミログロス〟で、数えきれないくらいの小さな銀色の腕や足が壁に埋め込まれていた。それは病からの奇跡的な回復を祝うもので、まさに治癒の感謝にあふれて、暗闇のなかで鈍く輝いていた。私も自分の奇跡を、小さな銀の心を、壁に埋め込みたかった。翌日には、ポインセチアや極楽鳥花が静かに咲き乱れる街の大通りを歩いた。ガラスの破片で装飾された壁の向こう側には、うっとりするような秘密の庭が隠されていた。数日後、〝先生〟と一緒に散歩をしたときのこと。公園の花売りがピンクや黄色のバラのつぼみを抱えるのにみとれて立ち止まると、〝先生〟も足を止めた。そして花売りに数ペソを渡し、いつものように真に迫ったしぐさで、ぶつぶつ言いながら私に花を手渡してくれた。その夏じゅう、裏庭のポーチでブルーベリーを食べながら『子供のスペイン語会話』でスペイン語を勉強した私が、「バラの花をありがとう《グラシャス・ポル・ラス・ロサス》」とお礼を言うと、〝先生〟は喜んだように見えた。良心の呵責《かしゃく》だったのだろうか。それとも私たち娘が気づかなかった、母の心のかすかな亀裂を見抜いていたからだろうか。それは数ヵ月後には、はっきりと現れる亀裂だった。それから皆で一緒に大通りを歩き、私は街外れで、清涼飲料水〝ナランハ・クラッシュ（オレンジ・クラッシュ）〟の、巨大な光る広告看板を見ていたが、嗅《か》いでいたのはバラの香りだった。でも〝先生〟が私にバラの花を買ってくれたことの方が、バラの香りよりもほんの少し強い香りを放っていた。

数日後、メキシコ・シティーの北東約八十キロにあるテオティワカンのピラミッドで、私は迷子になった。半分はわざとで、半分は本当だった。テオティワカンは、一時栄えたものの七世紀には廃墟となり、その後にアステカ族が自分たちのものにした古代都市だった。今では旅行客にパイナップルやジュニパーベリー、サボテンの実、二つに割って蝿がたかったライムなどを売りつける男女の物売りたちでごったがえしていた。私たちは、医師の妻たちのグループと一緒だった。ガイドのミゲルが、目の前の神殿が〝月のピラミッド〟と呼ばれていることや、〝死者の大通り〟を一キロばかり行った先に、〝太陽のピラミッド〟というもう一つの神殿が建っていることなどを説明してくれた。埃がもうもうと舞い、ピラミッドや私たちの顔を薄いヴェールで覆った。ミゲルはさらに続けた。「アステカ族には魅力的な神がいました。雨の神、トラロクです。飛び出た目と牙は、あたかもヒョウのようです。それに彼の妻、チャルチウィトリクエ。川や湖を司る女神で、翡翠《ひすい》の前垂れをつけています」。私にはよくわからなかったが、ミゲルによれば、周囲の石にも神がついていて、羽をつけた蛇や、雷を投げつける神の姿が彫られているということだった。テオティワカンは石の宝庫だった。〝月のピラミッド〟に登っていいかと尋ねると、母が上の空で頷いていて、ミゲルの話に夢中になっているのがよくわかった。〝月のピラミッド〟は灰色のピラミッドで、浅い雲を突き抜けるくらいの高さがあった。

私が登ると、足元からトカゲが逃げていった。階段の幅は広いが、かなり険しかった。振り返ると、眼下に平原が広がり、およそ二十キロ平米にわたる神々の生誕地には、天体の動きを予測するべく配置されたピラミッドや聖堂、そして遺跡が広がっていた。二千年前、私と同じ年ごろの少女がこの階段を上がったかもしれないことを思った。だが、彼女がここを下りるときは、すでに血の生贄《いけにえ》と化していたことにも敏感に気づいていた。台形ピラミッドの頂上に着くと、テオティワカンの全景が目の前に広がり、さらに頭上には巨大な石の祭壇がそびえていた。地上の人々がすごく小さく見え、私がいなくなったことで母が大騒ぎしているに違いなかった。月のピラミッドの頂上に座り、しばらくをそこで過ごした。コンドルやヒョウの格好をした神官が私を祭壇に放り投げることを想像しながら。立場を反対にして、私が神官になったらどんなふうだろうとも考えてみた。生贄の少女は恐怖のあまり、呆然として何も感じなくなっただろうか。体に羽のマントくらいはまとっていただろうか。もしもこの瞬間、月のピラミッドから飛び降りたら、ピンクや黄色のバラの寝床に着地するかもしれない。死んでも死にきれず、古代の歴史の世界へと飛んでいき、知らない言葉を話しているかもしれない。自分がどこにでも行けるような気がしたけれど、それは間違いだった。私は母の心の中まで追いかけていくことができていなかったし、ピラミッドから飛び降りても、幻想の力で生き返ったりすることがないのは言うまでもない。

ようやく頂上から〝死者の大通り〟に戻ると、人の波に飲まれ、スペイン語の心地よい響きに包まれた。少年たちが絵葉書やライムソーダを私に売りつけようとしてきたとき、自分がいま置かれている状況を不安に思うべきなのだと気づいた。それからおよそ三十分間、気ままにあたりをうろついて、人ごみに漂う汗や、食べ物の匂いを嗅ぎ、メキシコの風に舞う砂埃でざらざらする肌の感触を味わった。自分が十一歳で、人ごみで迷子になっていることが心地よかった。生きていることが楽しかった。そしてとうとう、大きな広場を突っ切ってくる母とミゲルの姿が目に入った。ミゲルは心配そうに微笑んでいたが、母は、周囲に存在する神々とは大違いの、ギリシャ神話に登場する復讐《ふくしゅう》に燃えた怒れる神、鳥の身体に女性の頭がついたハルピュイアみたいな顔をしていた。頭に雷さえ背負っていれば完璧だったはずだ。母は私の手首を掴むと、エアコンのきいたバスまで引きずっていった。そこにはランチを逃した医師の妻たちがずらりと座って、不愉快そうな視線を投げかけていたが、当然といえば当然だった。するとミゲルは、この遺跡で会ったばかりなのに、私を自分の車で送ってあげると言ってくれた。車は汚れたナッシュ・ランブラーだったが、がたがたと揺れながら、バスよりもはるかに先を飛ばしていった。ミゲルは、私も学校で習って知っていた「ラ・クカラーチャ」を歌い、それから私に向かって、「心配することはないさ。車を飛ばしてランチにありつければ、あの奥さん方も君のことを大目にみてくれるだろう。勝手にはぐれるのはよくないけれど、もう済んでしまったことだからね。月のピラミッドはすばらしかったかい?」と言った。

私はミゲルに微笑んでみせた。どうしたら自分の感じたことを伝えられるのかわからなかった。波のようにせりあがってくる不安な感情を。翡翠の雨を降らせ、とうもろこしを育てるために血の雨を撒き散らす原始の神々の世界に近づきながら、その世界をあとにする力がどんなものかを。今思えば、緑色の深い泉の底で横たわる母の姿を夢で見るようになったのは、そのころからかもしれない。私は母を助けようとして深く潜《もぐ》っていくが、決して手が届くことはない。母の知ることを知る由《よし》もない。母の唇は何百年もその秘密を語ることはなかった。

そして秋が、母の幻覚を連れて訪れた。

4

ウィスコンシンの狩りの季節

Hunting Season in Wisconsin

私たち、というか私と祖母は結託していた。二人ともガソリンの臭いやゴムが焼ける臭いや、沼の水の臭いが好きで、安っぽいロマンス雑誌を愛読していたということもある。おそらく世の中の祖母と孫というものはみな、自分たちの勝手なでっちあげ話やなんかで、お互いを元気づけているんじゃないかと思う。「お前といっしょで楽しいよ」。私が十二になったとき、メイベルがそんなことを言い、その言葉に私はおびえると同時にわくわくもした。必要とあらば、今までより二倍、いや三倍以上のエネルギーで一生懸命生きていこうと心に決めた。祖母はずっと私の心の中に生きている——沼色のめがね、アイルランドなまり、しみのついたエプロン、丸文字でキュウリのピクルスのレシピが書いてあるしわくちゃの絵葉書。メイベルの驚異の陳列室《ヴンダーカマー》だ。私はそれらを木箱に納め、いまも手元に持っている。母が手放し、私ももてあましている状態だが、祖母を生き生きと思い出させてくれる最後のお守りだ。「ルイ、表でしょんべんでもしておいで」おじいちゃんの挑発をうけて、メイベルはよく言い返したものだ。実際、祖父のルイは、夜になるとポーチのはずれで用を足すことがあった。ライラックの花にむかって柔らかい雨がアーチを描くのを、私たち孫が見ていないとでも思っていたのだろうか。「くそったれ、絞り機におっぱいを挟みやがれ」ルイがメイベルに向かってほえた。旧式の脱水機は地下室にあって、窓から差し込む一条の光のなかで、白い二つの丸い木のローラーは、まるでメイベルとルイを象徴するかのように暗闇を分けていた。祖父母の家は粗末だったが、寒々しい家ではなかった。二人の罵り合いはびっくりするような熱気となって、ハエを焼く電流みたいにあたりの空気をばちばちと弾いた。私があの家に慰めを感じたのは、祖父母が交わす会話によるところもあった。みだらな言葉がぱたぱたと飛び回り、着古した服のようにぼろぼろになって、日焼けした体にまとわりついた。言葉になんの恐れも感じなかったし、会話が途切れる心配もなかった。

憩いの場所は避難所でもあった。私は季節のリズムを感じるために、プッカワセイ湖畔のメイベルとルイの家へ逃げ込んだ。人間の営みにあわせて季節が訪れているのかと思えるほど、四季折々の風情がふたりの家には染み込んでいた。夏になると彼らの家を中心に日が昇ると思ったくらいだ。夜にはあふれんばかりの月光が湖面に小道を浮かび上がらせた。その光の小道はプッカワセイ湖を渡っていた小屋の裏口を照らし出した。冬になるとメイベルとルイはファッジ・キャンデーや、〝泥〟と呼ばれていた肉汁のゼリーを作った。ルイはチェコ語を呟きながら、ココアの鍋や、透明な豚脂のにごりを入れた器をベランダの陰に置いて、中身を固めた。春には、お互いを肘で小突いたり、わめきあったりしながら、たまねぎやビートの皮で卵に色をつけた。それをルイと近所の老人が沼の草で編んだバスケットに入れて、何ダースもの奇妙な草染めの卵をつくった。夏になると二人は、リスの骨を揚げてしゃぶった。母はそれに辟易《へきえき》していた。祖母たちは生涯、食べるために動物を殺し続けた。切れのいいナイフを孫に振ってみせた後、夕暮れ時までかかって動物の皮をはいだ。肉はそのまま鍋に入れられるか、あるいは燻製《くんせい》小屋や塩水を満たした大樽にしまわれた。うさぎ、りす、鯉、鹿、アライグマ、亀、そして湖にやってくる鳥——さすがにサギとシラサギは例外だったけれど、野生のものならなんでもルイは捕まえた。私はいつも安心して食卓についたが、スープに何の肉がはいっているのかだけは不安だった。「亀だよ」ある日、祖母が言った。「亀は嫌いかね？　なんならクイナの肉でもだそうかね」。

祖母の家で私は、秘密をわかちあう相談相手だった。そこで耳にした電撃戦ばりの悪態をまねしてはいけないことも暗黙の了解。メイベルの部屋にあるツインベッドの下から禁断の雑誌『トゥルー・ロマンス』を引っ張り出しても怒られなかった。好奇心をかきたてられたのは、母がその雑誌を嫌がったからだ。ドロレスにとって『トゥルー・ロマンス』は、値段、薄っぺらな紙、大仰《おおぎょう》なストーリー（恋人やずるい金髪男に裏切られて苦しむ女たちの物語）のどれをとっても安っぽい雑誌そのものだった。ある話にでてきた家政婦の言葉を思い出した。「旦那様からお電話がございまして、奥様に赤いドレスをお召しになるようにとおっしゃられました。今回だけは、スカーフをお着けにならないようにと」。奥様の着けるスカーフとは、カウボーイのバンダナのことに違いない、たしかに夜のカクテルパーティにはふさわしくないと思った。メイベルは、サンダルをつっかけた足をテーブルに乗せ、ラナ・ターナーの奔放《ほんぽう》さを漂わせながら、『トゥルー・ロマンス』を開くのが常だった。私はその間、雑誌の裏表紙のイラストを眺めていた。ハリウッドの老舗《しにせ》ランジェリーブランド〝フレデリックス・オブ・ハリウッド〟の広告で、そこには火星人の装いが描かれていた。女の子の弾丸級の胸を覆うスケスケの下着は、たくさんの飾り紐で包まれていた。そして真夜中の女狐、男たらし——ファンタジー満載とキャッチコピーがついていた。メイベルは大声ですすり泣きながら『トゥルー・ロマンス』を読んでいたが、ドロレスが戻ってくるころには、雑誌は汗と湿気でしわだらけになったベッドの下へ押し込まれた。私は束の間満たされた。世界はメイベルの作る、赤くて甘ったるいルバーブ・パイ。メイベルが手の甲で口をぬぐうのを見守りながら味わう、甘ったるい一切れのパイの味だ。

あの家で、私たちはお互いに隠しごとなどないと思っていたが、そんなわけはなかった。メイベルには秘密があった。そうでなければ、メイベルが私たち女ばかりの家族を率いていくことはできなかっただろう。私がそんな誤解をしたのは、メイベルの考える犠牲の意識に独自の神聖さがあったことを意味する。他のすべての聖なるものと同様に、その神聖さは永遠を引き寄せ、おそらく祖母の感覚を鈍らせた。彼女を無抵抗にし、だからこそメイベルは母と運命との両方に耐えることができたのだ。実際、ろくに抵抗もしていなかったけれど。メイベルの父親はレッド・テイラーという名前で、青ねずみ色の風景が広がる、厳寒のケルト地方の出身だった。たどり着いた港はイギリスだった。北アイルランドか、あるいはイギリスの北部地方か、自分がどこからやってきたのかをがんとして話そうとしなかったので、誰も知らずじまいだった。レッドは、彼がアメリカに足を踏み入れた瞬間に生まれたのだ。メイベルは幼い頃、パパは故郷で人を殺したのだろうかと考えた。レッドはイギリスのものはなんでも嫌っていた。ピウォーキーの町で、プラットホームに入ってきた貨物列車から荷物を下ろす仕事をしていたが、その時の同僚は、燃える松明のような髪とすぐにかっとなる短気な性格をひっかけて、彼のことをレッドと呼んでいた。私が物心ついたときには、レッドは相当な年になっていた。粗相《そそう》をしてしまうので、メイベルがソファにビニールシーツを敷くくらい老いぼれていた。それでも彼女はレッドを猫可愛がりした。今思えば当時の私たちは、姉妹のように、地味な日課にいそしむ毎日だった。メイベルが、自分の父親を一人の男として誰よりも深く理解したのは、彼女が十二歳のときだった。メイベルには七人の弟や妹がいた。母親は子供たちの面倒をみるのに忙しく、メイベルが四年生で学校を中退し、家族のために働き始めることを許した。レッドは、操車場で仕事をしていたある日、たぶん酒を飲んで悪態をついていたのだろうが、つなごうとしていた二つの車両の連結器を蹴とばした。転がる棺桶のように車両が近づいてきて、レッドの体は線路に押し付けられ、目の前で自分の片足をちょん切られてしまった。線路に横たわった片足を思い出す度に、レッドは自分がもう完全ではないと思い知らされるのだ。

その後、レッドは木の義足を使うか、ひざをついたままで生活した。そしてメイベルは朝、酒場へ石鹸水のはいったバケツを持っていき、昼食後に戻ってくるのが習慣となった。それから昼下がりや夕食前にも、弟や妹たちに「起きて上着を着るのよ、急いで」と言うために戻ってきた。「どこで習ったのか、ピアノも弾いていたよ」と、関節炎のせいですっかり曲がってしまった手をかかげながらメイベルは言った。メイベルがピアノを弾いたのは、声をかけてもわからないほどレッドが泥酔していて、イエスとマリアとあらゆる聖人を罵倒《ばとう》しつくした後だった。メイベルの頭には二つの臭いがしみついていた。ひとつはレッドの体内から出てくる臭いだった。メイベルは毎日、漂白剤でレッドの部屋を拭いていた。その部屋は嘔吐と尿とそれよりひどいものであふれ、家中にレッドの無教養さの染みが残った。もうひとつは、朽ちた鉄道小屋にまで漂ってくる、夏の香りだった。

自由な夜の時間になると、メイベルは隣に住む男の子と草の茂る庭に出て、スイカズラのしげみの下に横たわった。そこは父親の寝室から二十メートルも離れていない、シャクヤクの花びらの散るエデンの園のような庭だった。そこでメイベルは自分の怒りを放棄し、別のものに変えた。ここではあのむっとするような臭いはしなかった。近所の少年の肌は清潔なシーツのように真っ白で、口づけた髪はタフィーのように甘く滑らかだったにちがいない。彼女は少年の体と宵闇とに慰めと救いを見出し、柔らかくゆらゆらとした幸福を感じていた。私たちのなかで誰ひとりなしえなかった、はかない幸福を感じていた。

メイベルの妊娠が近所の噂になると、彼女は家に引きこもり、むさくるしい生活に舞い戻った。地元の神父にせっつかれて、すっかり酔いもさめたテイラーパパは、ある朝突然、神父とともにシカゴ行きのミルウォーキー鉄道に乗り込んだ。腕には赤ん坊を入れたバスケットを抱えていた。メイベルは二度とその赤ちゃんを見ることはなかった。女の子だった。メイベルは十四歳で、その子をベアトリスと名づけていた。私はその赤ん坊が、パピルスのかごにのせられたモーセのように、曲がりくねった川をゆらゆらと漂っていく姿を思い浮かべた。だがレッドは、モーセの話にでてくる子守女とは違い、真夜中にこっそり赤ん坊を盗んだのだと思った。

時のなかへ消えていった赤ん坊が十四歳の少女のものだったのは一瞬だけだった。五十歳になった少女は、まさに同じミルウォーキー鉄道の線路を走る機関車の乗客を、毎日見つめていた。というのは、私たちが母を迎えにいく駅は、テイラーパパが列車に乗り込んだ駅からほとんど離れていない。メイベルは列車から降りてくる乗客のなかにドロレスではない別の顔を捜していたのかもしれない。だから、列車のエンジン音が消えてなくなるまで、じっと立って見つめていたのだろうか。過去が振り切れるまで。そのときの私には知る由も無かった。

「ときどきメイベルが言っていたわ」メイベルの死後、母が私に話してくれた。「どんな痛みも乗り越えられるものなんですって。間違いを犯しても、死にはしないものだって。メイベルも一度、間違いを犯して、自分の人生は終わったと思ったって言っていたわ」。ドロレスは具合が悪くなると時々、幻想の母親の絵を描いた。そしてメイベルをのろい、汚《けが》らわしい女と罵った。メイベルは子供を産んでいた。メイベルはかつて問題を抱えていた。どうしてメイベルの愛したものは消えていってしまうのだろう。メイベルは愛に限りがあることを早くに学んだ。そう、メイベルとドロレスは大いに教えてくれた。人は心がどんなに粉々に砕かれても乗り越えられるし、たとえかつて愛した者が敵となり、かつての愛のかけらを棒切れにくっつけて公衆にさらしたとしても、死んだりはしない。棒切れを顔の前で振られ、「ほら!」と体を突かれても。人は死なないのだ。子供を失ったとしても生き延びられる。私が知る限り最悪の喪失であるのは間違いないけれど。

メイベルとドロレスが一緒に乗り越えた最初の出来事は、レイの死だった。メイベルは夫を失い、ドロレスは父親を失った。私はレイ——祖父に会ったことはなかった。ふたりが熱烈に崇拝し、いつも頭がくらくらするような早口で語られる祖父の人生は、私が生まれる前に終わっていた。二人がレイを思い出すときは決まってこんな具合だった。力が強くて背も高く、金色がかった茶色い巻き毛にがっちりとした肩。歌もうまくて冗談も言える。筋肉は運送人なみで、わらの積み上げだってお手の物だったと。メイベルは汗をかいた顔を炭火のように紅潮させ、リスの血がついたエプロンをかけ、手を粉だらけにしながら、「レイは私を女王さまのように扱ってくれたんだよ」と言った。実際、どこの馬の骨だかわからない若い女と結婚するために、レイは自分の家族に向かって、「くたばれ」とまで言ったのだ。公園で他の少年と一緒にいたメイベルを見て、「今夜は俺が彼女を送っていくよ、ルーベン」と、横取りしたのがメイベルとレイの出会いだった。その後の四十年間、彼らはひとときも離れたことはなかった。亭主関白のレイは口答えを許さなかった。クリスチャン・サイエンスの信者だったので、神だけが病を癒し、神だけが肉体を肯定すると信じていて、そのおかげで子供たちはみな苦しい思いをした。しかも沈黙の尊さを信じていたため、ドロレスは父親から話しかけられるまで話してはならなかった。

「パパのモットーは『子供は見守るもので、耳を貸すものではない』だったのよ」。母は化粧台の前でよくレイの話を聞かせてくれた。誰かが私たちの口をふさぐところを想像して、皆で「信じられない」と笑いまじりの叫び声をあげた。まもなく沈黙が私たちの生活に入り込んでくるとは考えもしなかった。ドロレスは路地沿いの地下にあった自分の家に降りていくとき、もし父親が帰っていれば、自分の気配を消さなくてはならなかった。「パパは私の声を聞きたくなかったのよ。私のおしゃべりを。くだらない話を聞くのがいやだったのね。お客さんが来たときは、私を呼んでダンスをさせたり、歌を歌わせたりして、そのあと膝の上にのせてくれたわ。殴るぞって脅されることも多かったけど、実際に叩かれたことは一度もなかったわ」。でも、ドロレスの兄レイ・ジュニアは、思ったことを何でも話し、大人と一緒の席についていたという。

当時、一人っ子同然の生活をし、魔法の沈黙の島にひとりで住んでいたせいで、母は空想にふけるようになった。家には煙のように沈黙が満ちていた。ときどき、キッチンの子供用テーブルでの気晴らしをメイベルが許してくれたとき、ドロレスは親友のビリーとジュニアに秘密の計画をこそこそと話した。ずっと側にいてくれた親友たちだ。ビリーもジュニアも、ドロレス以外の人間には見えなかったが、彼女が頭のなかで縫ってあげた何兆億種類もの衣装をもっていて、ときに冗談で女の子の服を着せられてしまったこともあったけれど、いつもお洒落な格好で現れた。ドロレスとジュニアが七歳で、ビリーが五歳だった。ある初夏の昼下がり、三人は暗くなる前にもう一度外で遊びたかったが、出された食事がまだ残っていた。つまり、我慢して平らげないかぎり、そこに座って椅子をずっと温めていなくてはならないということだった。普段は三人ともいい子だった。いつもなら言うことをきいていた。「だけどその晩は」と、ドロレスが記憶をたどった。「揚げなおした魚と煮なおしたオートミールだったの――もう最悪。レイとメイベルは食べたけど、私には無理だったわ」。そこでビリーとジュニアは団結して口を一文字に結び、腕組みをした。つまり彼らはテーブルを離れられない。沈んでいく夕陽が台所の囚人たちを照らした。母はジュニアにむかってビリーのサプライズ・パーティーのことを話し続けた。ビリーは二人に比べて恥ずかしがり屋だったが、いつも気持ちのさっぱりした子供だった。まもなくビリーは大司教のようにテーブルについたまま舟をこぎ始めた。そのうちジュニアも後に続いた。ドロレスは二人をベッドで寝かしてやりたかったが、揚げなおした魚を食べ終わらないと、隣の部屋にいる両親にここから出してくれとは頼めなかった。そこで彼女はそのまま、田舎の子供が月の出を眺めるような気持ちで、路地に灯りが点《とも》るのを見守った。ドロレスにとって人生で一番長い日だった。やがてドロレスもうとうとしてきて、目が覚めたときにはメイベルが寝室へ向かうところで、父親は居間でけばだったペイズリー模様の椅子の背にもたれかかり、座ったままいびきをかいていた。ドロレスは忍び足で近づき、そっとひざまずいて、父親の右と左の靴紐を結んだ。それから紫のマニキュアで、路地に輝く街灯と同じくらい鮮やかに父親の両手の爪を塗った。目が覚めたとき、父親はげらげらと笑った。

ドロレスの思い出すかぎり、それが父親への最後の反抗だった。父親の望みどおり、百点満点のテストも進学の夢も捨て、代わりに高校卒業後はパン屋で働き、父親の宗教の教えに従い、そして最後にパトリック・ライデンと結婚した。それが父親の望みだったからだ。八〇年代中頃の目が覚めるような美しい冬の日、シカゴの家にいた私宛に二通の手紙が届いた。一通は母ドロレスからだった。そしておどろくような偶然だが、もう一通は父パトリックからだった。二人はこの二十年間、ほとんど口を利いていなかった。ところが手紙にはまったく同じことが書かれていた。そこには彼らの自伝、つまりそれぞれの個人的な歴史物語、自分たちについての大なり小なりの啓示——が記されていた。

なぜ彼らが突然こんな手紙を書こうと思ったのか、そしてなぜ二通を同時に受け取るという偶然が生まれたのか、私にはわからない。「メメント・モリ」という言葉が思い浮かんだ。死を忘れるな、という意味だ。母は五八歳の誕生日の折にこの手紙を書いていた。父の手紙には、日本での落下傘部隊の経験や、ウィスコンシンの狩りの季節のことや、ラ・クロッセで育ったことなどが要領よく記されていた。一方の母の手紙は、自分の精神状態についての長々しい説明と、昔の自分と今までの自分の弁明が詰まっていた。だけど子供の頃のことはわずか一枚、たった一行で終わっていた。「父はいつも言っていたわ。『子供は見守るものであって、耳を貸すものではない』と」。

一九五〇年、八月二日の夜。母が二十歳で結婚する直前だった。レイがメイベルに声をかけ、いつもの決まり文句を口にした。「居酒屋に出かけるか」。ドロレスは、手縫いの花嫁衣裳にひだをつけたり、ルーシュで飾ったりするために家に残ることに決めた。レイとメイベルは二人で坂を上っていった。暑い夜だった。ベルベットにも似た深みあるミルウォーキーの夜には、月が昇っていて、街の歩道を真珠色に照らしていたことだろう。二人は手をつないで歩く、中年の良識あるカップルだった。メイベルは後に、「まるで少女時代ように若くて元気いっぱいで、ばかみたいな気分だったよ、十代のころ歩いたのと同じ通りを歩いたんだからね」と言っていた。今夜、私はレイに恋している。メイベルはそう思った。まるで出会った日のように。

レイとメイベルは並んで居酒屋へ入った。そこはゲイナーの店と呼ばれていた。新聞記事を読んだかぎりでは、赤い格子縞の壁紙の、薄暗いが居心地がいい店といった感じだ。カウンターにはシュリッツ・ビールの広告塔をなす、大きな地球儀のアンティークライトがくるくると回って、真夜中の空間をぼんやりと照らしていた。その地球儀の下に店番をするレイ・ジュニアがいる。彼は二十七歳で、ちょうど大事な年齢を迎えていた。母によれば二十七というのは、女にとっては美しさのピークを迎える歳で、男にとっては傷つきやすさのピークを迎える歳だという。レイ・ジュニアは父親よりずっとハンサムだった。レッドによく似た赤毛で、なじみのセーターのように柔らかく、深い茶色の瞳の持ち主だ。唯一、肌だけが異様に青白くぶよぶよとしていて、幼いころに患ったリューマチ熱の治療を受けていない不健康さからか、血色が悪かった。神が癒すのであって、人が癒すのではない。レイ・ジュニアは一度も医者に行ったことがない。不整脈を抑えるために、両手を震わせながら迎え酒をたっぷり飲んだりしていたので、「レイ・ジュニアは酒場で暮らしている」なんて陰口を叩かれることもあった。実際のところ、そこまでは身を持ち崩していなかった。レイ・ジュニアにはまだ少し荒削りなところがあり、だからこそ希望があると言えた。

客の声が飛び交う気ぜわしいゲイナーの店内で、父と息子はお互いを認めあった。客は賭けごとのテーブルに行ったかと思うと、また酒を飲みに戻ったり、笑い声をあげたり、何かをののしったり、そのすべてが少しずつずれたリズムを奏でていた。店には酸っぱい酵母の匂いが漂っていた。午後にホップを発酵させた、ミルウォーキーの醸造所の煙突から吐き出される黄色い蒸気と、レイ・ジュニアの撒いたばかりの消毒剤の匂いとが混じりあっていた。壁には店になじみのものが貼られていた。

アーリントン・パーク競馬新聞、一九四九年におこなわれたヤンキース対ドジャーズのワールドシリーズのオッズ表、そしてポーカーのトーナメントでロイヤルフラッシュをふりかざす栄光の瞬間を捉えたレイの写真もあった。カウンターにはレイの席が、レイだけが座れる席が、暗黙の了解で決まっていた。

ゲイナーの店には、レイが自慢の種を披露すると頷《うなず》いてくれる仲間がいた。レイと彼らは兄弟も同然だ。レイはペンキ職人のディートリックとレンガ職人のテツラフに向かってあごで合図をしている。「弟は高校を卒業して、いまやお高くとまっているよ、あの野郎は。俺らみたいな奴とはできがちがうらしい。だがな、俺やここでおまえたちにビールを注いでやっている俺のガキみたいに生活のために働いている人間は、誰から恩を受けたか忘れないもんさ」レイはにやりと笑って両腕を投げ出す。「俺のこの両手にだ」。そして片手でメイベルの尻をぱんと叩く。「レイ」メイベルはため息まじりにつぶやくと、片手をレイの上着に滑りこませて体をつねっている。とどのつまり、レイやここにいる客たちが信じているものは腕力だった。たしかに手を見れば一目瞭然だった。レイの手は、巨大なミットのような革の手触りがした。その手が、冬のとば口にトラックの荷を下ろし、炭をボイラーの炉にくべ、目下の者に誰がボスであるのかを見せつけている。彼は自分のミットを気分次第で握り締めたり、すばやくゆるめたりする。威嚇《いかく》のために妻や娘に振り上げることもあるが、そんなことはメイベルがレイに向かってビールのグラスを掲げるのを見れば、だれも気にとめない。彼女が夫を心から愛しているなら問題ない。そうした場所柄、見知らぬ人物が店に入ってきて、乾杯の音頭に加わらなくても、メイベル以外は誰も気に留めなかった。

彼はすらりとした若者で、その上品な身のこなしはゲイナーの店に全くそぐわない。若者は遊び人であって、労働者ではない。身につけているコートや、腕を腰にあてる仕草を見ればわかる。いまにもポケットからシルクの靴下でも取り出しそうだ。なで肩には違和感があり、シャークスキンの上着のなかで肩がかすかに前に傾いている。客たちはいつもの与太話で盛り上がっている。彼が取るに足らない部外者でしかないといわんばかりに、店の男たちの声が彼の体に当たって跳ね返る。

「ほんとうさ。ウォリーはちんかす野郎だ。くそったれ、そんなこたあ、わかりきってることだ。聖フランシスがカードを配ったとしても、ヤツがエースを持ってるなんて信じられん。あのほら吹き野郎が目をはなした隙に、カードをくすねてきてやる。俺はおふくろの墓に誓ってるんだ。誰かがおかしなまねをしやがったら、そいつのなにを立たなくしてやるってな」

「聞いたか。コバックのガキがバーツの後家さん相手に筆おろししたってよ」

「バーツより役にたったろうよ」

「ハレルヤ！　冥福を祈るぜ、バーツ」

「みんな立つんだ。金を出せ」。誰かが、歌うように言う。そこで初めて男たちはメイベルが見つめている方向へ視線を巡らす。ぽっかり浮かんだ白いソフト帽の下に、淡いブルーの瞳がきらめいている。ツートーンカラーの靴をはいた、狡猾《こうかつ》そうな男の手には三十二口径のリボルバーが握られていた。シュリッツ・ビールの地球儀は明るく輝きながら少しずつ回転していた。いつの間にか襲ってきたものの正体を誰も理解することができない。なんといっても一九五〇年のことだったし、ここにいる客たちは自分たちのボス、つまりは鬼軍曹や、あるいは妻からの命令には慣れているものの、小柄で貧弱な若造から命令されるのには慣れていない。「何回言わせる。立て、立つんだ」男が震えながら叫び、ピストルを振り回すので、客たちは壁際にあとずさる。「カウンターに財布を投げ出すんだ。現金箱を開けろ」男は金切り声をあげる。このあたりの人間ではない。どこか別の、想像もつかない星からやってきたのだ。ディートリックの妻は彼を人間として扱うことに決めた。彼女がハンドバッグを投げると、樽に投げ込まれる死んだ鯉のようにいくつかの財布がカウンターへ投げ出された。メイベルの小銭入れも、照明を反射して光るマホガニーのカウンターにあたって跳ねながら床に落ちる。レイ・ジュニアが店の現金箱を開けようとしたとき、レイが我に帰り、銃を構えた男をあおりたてる。「お門違いだ、水兵さんよ」レイが餌をまく。「これが大金だと思っているんだろう。だが、こりゃ、たんなるビールの釣銭だ。俺とディートリックがお遊びに賭けてる小銭だよ。足もふらつきゃ、頭もふらついてるんじゃないのか、おまえさん。このくそったれ、おかま野郎か?」。

その性的な嘲笑に、男はさっと振り向き、その隙にレイもすばやく動き、レイ・ジュニアが律儀に金を取り出そうとしていた現金箱へ手を伸ばせないように、男の腕を掴んだ。レイは片腕で息子の手を払うと、もう片方の腕で男を攻撃する。お互いの指が、相手の動きをまねてすばやく動き、パ・ド・ドゥ(二人の舞踊)でも演じているように見える。二人の人間が突風にあおられているかのようだ。レイは男よりもずっと背が高いので、客からは白いソフト帽さえ目に入らない。あっという間に若造はぺちゃんこにされるはずだ。客たちがやじっている。「やっちまえ、レイ。のしちまえ」「そのチンピラから銃をとりあげろ」。するとそのとき、遠く朝鮮半島からはるばる届いたかのような爆音がとどろく。爆音はその部屋を消し去り、世界にぽっかりと穴をあける。心臓を貫かれたレイの体が宙に舞った。男は闇にウインクを残し、帽子を床に落としたまま、たったいま人を殺した空気をまといながら消えていく。彼は頭のなかに思い描いていた地図に従うだけだ。メイベルが男を追いかけ、椅子を投げつけるが、時間を巻き戻すことはできない。近い将来、レイは英雄、あるいはそれに近い存在になるだろう。レイ・ジュニアは立ちつくすのみ、気が弱すぎてぴくりとも動けず、あたりをぼんやりと眺めている。ああ、神様。メイベルが叫んでも、神がこの世でレイのためにしてやれることは何もなかった。死の瞬間、空《くう》を見つめるレイの瞳孔《どうこう》がカッと開いた。

ああ、レイ。どうしてこんなことを。こんな死にかたなんて。あんたは五十にもなってないのに。弱いところを見せなかったから、子供たちがあんたを愛していたかどうかわからないけど。あんたの代わりはいやしない。メイベルは血まみれの手でとび色の髪をすく。彼女の心にシャクヤクの花びらが舞い落ちていく。レイとの最後の時を彩り、そして消えてゆく。

一、二時間もしないうちに、新聞社のカメラマンが彼らの写真を撮り始めた。私の手元にある新聞の見出しにはこう書いてある。〝街中の惨劇〟〝妻と息子は見ていた、強盗と闘う父を！　容疑者逃亡〟。メイベルとドロレスは抱き合い、誰かに押し倒されたような顔つきで一緒に座っている。唇は悲しみに縁取られている。レイ・ジュニアの顔は、まるで誰かが記事を消しゴムでこすったみたいに蒼白だ。床の写真もある。そこにレイはいない。ただ血糊《ちのり》のまわりを、死体の形をした白い線が取り囲んでいる。線は太く、曲がりくねっていて、足は大きく開き、片手は投げ出され、大陸の上に指のように広がる五大湖を思わせる。レイが占めていた空間はからっぽになった。その後何年もかけて母と祖母は、レイの姿が浮かび上がってくるまで、その空間に絵の具を重ねることになる。二人の気持ちは、レイが悪くなかったという点において相違なかった。ある夜、運命に中指を立ててみせた男として、二人の記憶は塗り重ねられていくだろう。運命は中指を立て返してきたわけだが。レイがいた床の線の横では、他の男たち全員が喪失感に襲われていた。夫として、父親としてレイと肩を並べられる者などいない。レイは人々に愛され、信用されていた。仲間たちと信頼をわかちあっていたのだ。

それから二ヶ月も経たない九月、ドロレスは、パトリックとともにバージンロードを歩いた。大地に染み入る夢の河のように、六メートルもあるドレスの裾を床にひきずりながら。「招待状を送ったのが事件の前だったのよ」と、母は言い訳をした。それからまもなく、レイ・ジュニアの不安定な心臓が凍りついてしまった。あの、取り返しのつかない恐怖の瞬間から抜け出せなかったのだ。

警察は殺人犯をつきとめていながら、取り逃がした。新聞にはフィリップ・イェーガーとヴァージニア・イェーガーの写真が載っている。フィリップは二十五歳。小柄で華奢な体つきをした元軍人の流れ者で、サン・クエンティン州刑務所で服役を終えたばかりだった。ヴァージニアはピストル強盗で捕まり、ミズーリ州立女子刑務所を出所している。フィリップより十歳年上のヴァージニアは、彼女のふさふさの髪を見れば一目瞭然、性的にも積極的なタイプといって間違いない。ヴァージニアはフィリップよりずっと背が高く、ミルウォーキー・ジャーナルによれば、三十五歳くらいの美しい女性で、チェックのカウボーイシャツに、ループタイとブーツを身につけていた。連日書きたてられる新聞の見出しに追い詰められたミルウォーキーの刑事は、ウィスコンシン州から一連のガソリンスタンド強盗や居酒屋強盗事件をたどり、彼らを捕まえるため、テキサスへ向かった。犯人は彼らに違いなかったが、ミルウォーキーの四人の目撃者はフィリップを見ると犯人かどうか断定できなかった。居酒屋で落とした帽子もサイズが合わなかった。でも、誰もその帽子を姉のヴァージニアに試してみようとはしなかったのだ。

　レイを殺した犯人はヴァージニアだというのが私の推理だ。このフラッシュ写真に写っているヴァージニアの時代がかった微笑みには、どこか見覚えがあった。ミルウォーキー・ジャーナルによると、彼女は刑事に向かって、テキサスで食べた食事やフィリップと一緒に買ったオートバイや、訪れた田舎についての冗談をとばしたという。その刑事は、ご丁寧にもヴァージニアのことを〝マダム〟と呼んだ。彼女が刑事たちを魅了していたのが私にはわかる。そのうちのひとりは、後に三十歳の若さでミルウォーキー署の署長になっている。新聞の写真に写るヴァージニアの瞳を見つめていると、彼女の話す声が聞えてくるような気がする。「ねえ、フィル、ドライブに行かない？　ほら、ぼうやたち、ちょっと詰めて私をいれてちょうだい。レイ、かわいいひと、こっちに来て私をつかまえて。あなたに教えてあげたい秘密があるの。ぼうやたち、何かやってみせてよ。いいことをしましょう、楽しいことを」。この写真をみるかぎり、私の目にはフィリップとヴァージニアが一心同体に見える。そして男と女というよりは、ある種の魚のように、お互いの性が溶け合って変化しているのではないかと感じる。彼らは、後に母も足を踏み入れることになる、地下の世界に住みついた人種なのだ。彼らは思うがままに姿も性も変えられる。変幻自在に振舞い、盗み、殺すことが、彼らにとっての快楽なのだ。ミルウォーキーの刑事たちから逃れたのは、水銀のようにくっついたり離れたりできる一対の男女であり、簡単には正体を見抜けない不気味なカップルだ。この男女はお互いが性別を超えた分身となり、二人を目の前にしてもどちらがフィリップでどちらがヴァージニアなのか見分けがつかない。二人にはお互いのことがよくわかっているが私たちにはわからない。おそらくヴァージニアはフィリップの帽子を被り、ジャケットを羽織ってこう言うだろう。ほら、私がやってみせるわよ。それはまさにシバがやりそうな冗談だ。

母は幻覚を見る段階まで病状が悪化すると、本当に危険な状態になる前にあえて凶暴なふりをすることがある。奇妙なのは、いつもはつらつとして女らしい母が、まるで性別を忘れてしまったかのように凄むところだ。そのやくざな態度は、ヴァージニアのように、性を感じさせない鬼迫《きはく》があり、男らしさも女らしさもなく猫のように狡猾だ。フィリップ・イェーガーとそのセクシーな同志ヴァージニアが、五十年前、本当にレイを殺したのかどうかはわからない。事実はわからないが、それでも私はそうだと信じている。新聞に載った彼らの写真を霊能者に見せるといいかもしれない。私はヴァージニアに賭ける。もし母にとりついているものが彼女と同じなら、私はこの悪女のことを、ある程度理解できる。法律からも自然の法則からも逃れ、自分の気まぐれを実行するために他人に命令し、白い帽子を被って疑うことを知らない者たちを処刑する彼女。ヴァージニアは、ゲイナーの店にいたどの客よりも、世界の秩序がもろいものだと知っている。どんな人間でも、自分が思っている自分と、本当の自分とは、正確に一致しないものだ。狂気に陥った者や戦いで疲弊《ひへい》しきった者にはそれが分かるが、普通の人間はそのことに必死で目をつぶろうとする。私自身だってその事実から逃れたいと願っている。ひねくれて、もてあまして、殺気だった自分からは逃げ出そうとする。日頃は誰もうわべを身につける。私はこんなふうに考える。母が正気を失う時、ヴァージニアと過去の出来事が、居酒屋の床に描かれた死の輪郭のなかに母を閉じ込めているのではないかと。

5

時代の申し子

Child of the Times

私が十四歳になる頃、家に神様が現れることは、それほどめずらしいことではなかった。母に限ったことではない。私は聖餐式《せいさんしき》が、キリストの体を口にするという概念が好きだった。それはキリストの力をおとしめるものではまったくなく、ウェハースをかじり、喉にワインを流し込むことで、素朴にお返しを受けた気になれた。戦いで命を落とした仲間が残った者を生かすために、命の源となる自らの体を与えるような、そんな部族的儀式に私は力づけられた。それに聖餐式で、堂々と自分の意見を言えることも気に入っていた。日曜の朝までそんなものには無関心なよその家の人々と会うのも楽しみだった。日曜日には普段の生活を忘れるのだ。教会では皆、少し頭に血がのぼっていた。皆、善良で永遠に生き続けるような顔をしていた。私は特に信仰告白と福音主義の考えが好きだった。十代のグループはミルウォーキーの教会へ連れて行かれ、福音主義者デーヴィッド・ウィルカーソン師の講演を聞かされた。彼はニューヨークの非行少年たちの話をし、自分がどうやって彼らを救おうとしているかについて話してくれた。非行少年たちの面倒をみるためにオクラハマからやってきて、ブロンクスにステーションワゴンを停めていたら、非行少年たちにホイールキャップを盗まれてしまったという。師の功績は、いつもロビーに置いてあった彼の著書『十字架と飛び出しナイフ』に書いてあった。なんてすごい、これぞニューヨーク！　街にはシャークスやジェッツみたいな不良たちがわんさかいるのだ。ウィルカーソン師は演壇に上る子供の額に触れ、祝福を施してくれた。私もしてもらった。私はミルウォーキーの演壇に上がって信仰告白をした。「ニューヨークの不良たちがみんな救われますように。それから私も救われますように」と。何のために救われたいのかは誰もわかっていなかった。おそらく私たちは、純潔であるよう、災いがふりかからぬよう、来世が幸福であるように祈っていた。あるカトリック一家の父親が第二ヴァチカン会議の自由生成運動を受け、家族を引き連れて故郷のアイルランドへ戻ったという話を聞いて、私は拍手喝采した。なぜなら、とにもかくにも彼らはどこかへ行ったからだ。それはさておき、ノードストローム師は、朝の礼拝にギター演奏を加えていた。快活な調べがプロテスタント信者の心を打ち、ヒッピー風の何人かがギターに合わせて「花はどこへ行った」を歌った。この世にどんな歪んだものが存在しようと、メノミニーで町にそぐわないことが起こっても、土曜日までにたくさんの嘘や悪い企みを重ねていたとしても、私の心はマーティン・ルーサー教会の、清潔で快活な聖餐式で救われていた。「愛とはすばらしく単純なもの、そして単純にすばらしいものです」ノードストローム師が説いた。彼は決して調子を崩すことはなかった。なるほど、ノードストローム師の人生はすばらしく単純だったのだろう。そんな人は好かれない。しかも、人々の生活は変わりつつあった。メノミニーでじっとしているだけで、人々の生活が変化しているのを感じ、聞くことができた。遠くの街では暴動が起こった。私たちは、遠い場所の怒りの哀歌をとぎれとぎれに聞きとった。隣に住む少年は髪を肩まで伸ばしていたし、信仰がズタズタに引き裂かれる音が響きわたっていった。ベトナム戦争は、こんな小さな町からも若者を連れ去り、メノミニーの花嫁たちは木綿のドレスを身にまとい、裸足で式をあげた。地平線上にわきあがるきのこ型の雲は大量の死者を生み出し、友人の母親の何人かは四十歳を前にして、ヒップな人生を送ろうと決めた。彼女たちはこぞって音楽を聴き始めた。たとえばレナード・バーンスタインも推奨するビートルズの「ラバーソウル」など。そして近所の誰かと車を相乗りし、カーラジオでミルウォーキーのロック放送を聴きながら、結婚指輪をはめた指でハンドルをとんとんと叩いた。ダッシュボードに置いた人形のように頭を振り、体を左右に揺らし、ごきげんな時間を過ごした。遠く離れたシカゴのグラント・パークでは、私よりも何歳か上のヒッピーたちが暴動を起こし、警官隊に囲まれた。「警官隊を配備させたのは秩序を守るためだ、刃向かう者は射殺する」リチャード・J・デーリー市長は言う。ブラック・パンサーのメンバー、フレッド・ハンプトンとマーク・クラークが、待ち伏せていた警官によって射殺された。だが、ありがたいことに、母はこうした外の世界の動きには関心を向けなかった。流行に乗るふりもしなかった。彼女は保守的だった。もし他の母親たちと同じように母がナンシー・シナトラの「憎いあなた」の歌を聞いて盛り上がろうとしたら、私は恥ずかしくて死んでいただろう。健康なときでも母は自己改革を嫌ったが、健康でないときはなおのこと自己改革をさげすむような態度をとった。私はビートルズが好きだったが、本当に熱中していたのは西部劇の決闘シーンで流れるカウボーイのバラードで、マーティ・ロビンスの「エル・パソ」や、サンドパイパーズというメキシコのグループが歌う「グァンタナメラ」が大好きだった。〝俺は誠実な男さ《ヨ・ソイ・アン・オンブレ・シンセロ》〟。「グァンタナメラ」は、ヤシの木が生える国からやってきた男に求愛される歌だった。私は〝誠実な男〟を求めていた。さしせまって深くは考えていなかった。一方で外の世界で何が語られているかを聞きたがり、深夜にハバナから流れてくる短波放送〝ラジオ・レベルデ〟から情報を得たかのような、大げさで歪められた話をしたがった。私の思い出す限り、〝先生〟はほとんど外の世界のことを口にしなかった。でも、デーヴィッド・ロックフェラーや日米欧三極委員会や、ユダヤ人の国際支配に対する彼なりの懸念を口にすることはあった。私にはその考え方がさっぱりわからなかった。私たちの町でユダヤ人の家族といえば、ヘンデルマン家だけで、彼らは由緒ある豪華な夏のリゾート施設と地元のおもちゃ屋を経営していた。子供たちのために盛大なマージャン大会を開き、ハロウィンのパレードでは、ライトバンの上に大きな木の靴をまつりあげた、メノミニーで一番の山車《だし》を出した。靴から手を振るのはヘンデルマン家の子供たちだ。パレードが終わると、皆でヘンデルマン家に行き、裏庭に置かれた二階建ての山車に登って遊んだ。一家が地域に同化することをあきらめて、子供たちをミルウォーキーのユダヤ人学校へ通わせるようになるまでの話だ。それ以後のヘンデルマン家の人たちのことは誰も知らない。

残りの高校時代は、自分のなかで表と裏の二面性を感じながら過ごした。ミニスカートを履いたみせかけの私は、他の女の子と同じものを欲しがった。男の子、良い成績、友人からの賞賛のまなざし、学芸会で主役を射止めること——一応どうにか、いくつかは実現した。だけど内面はいつもぎこちない気分で、落ち着かず、退屈していた。人に受け入れてもらえないのではないかと恐れ、そして現実にそうだったときはとても不安な気持ちになった。絶対にここにはとどまらないと思う日もあれば、次の日にはここから絶対に離れたくないと思いながら過ごしていた。チアリーダーとしてポンポンを振ることを得意に思いつつ、馬鹿みたいだとも思っていた。もっと広い世界がすぐそこにあるとわかっていた。私にも味わうことができるのに、でも、私たちはここ、メノミニーに住んでいた。毎年かわりばえしない花火大会が催される町。夜空にスパンコールがきらめいた後、ソニックブームのような音が響き、ロープからナイアガラの滝が流れ落ち、硫黄の匂いがたちこめる夜空に星条旗がはためいた。そのあまりの変わらなさがしゃくだったが、一方で慰められてもいた。「comfort（心地よさ）」と「conformity（画一性）」には、わずか三文字のちがいしかないということを痛いほど感じた。世界には無数の本があり、それは折り紙でつくられた鎖のように次々と繋がって、赤道の反対側まで越えていく。私はそうした本を読破したかった。メアリー・マッカシーの本『グループ』でマスターベーションを知り、エリア・カザンの『アレンジメント／愛の旋律』で不倫というものを知った。やがて本を見つけた母が、貸し出した図書館員に猛抗議して読むことができなくなってしまったが。母に関していえば、元気で健康そうに見えた。その実、結婚生活が気持ちの上で停滞していて、町の人々と似たり寄ったりの立場に立たされていた。母はどこか孤立しているところがあったように思う。皆は母の空想癖を知らなかったし、母は母で、あちこちに顔を出すタイプではなかった。ひとつには家事が忙しかったせいもあるが、現実の世界にいる母が、簡単なことでも自分の問題を人に打ち明けるタイプではなかったせいでもあった。母はチャリティ団体やゴルフ仲間の女性たちとも違っていた。

それは若くて美人であるということだけでなく、隠そうとしても滲み出てしまう、おずおずとした態度によるものだった。母にはウィスコンシン大学での学生生活を物語ることがなかった。誰も母に入院のことを尋ねなかったし、もし尋ねたとしても、「どこも悪くはないのよ」と微笑んだだろう。なによりも、母自身がそう信じ込もうとしていたはずだ。

私と妹たちは成長していた。その時期の私たちは遊園地の〝バンパーカー〟のようなものだった。こっちでは急ブレーキをかけ、あっちではむちゃくちゃにハンドルを切り、いつでもスピンしては囲いにぶち当たっていた。ケイトとサラと私は、誰にも追いかけることのできないピンポン玉の軌跡のように成長した。危険な状況に陥っても、経験が助けになるだろうと楽観していた。それに私には本があった。山積みになった本があった。私は本をいつもベッドの横に置き、読み終わると自転車で図書館へ返しに行き、そこでまた何時間も本を読んだ。入り口に自転車を停めたときとはまったく別の自分が姿をあらわすまで。図書館では自分を消してしまうことができた。昔の私はもう二度と戻ってこないのだと自分に言い聞かせていた。メノミニー図書館は、まるで町工場のように二つの湖に挟まれた、開き窓のある図書館だった。どこに座っても本から顔をあげると、ラック・ラ・ジョリーかベル・ラックが目にはいった。そして図書館の地下には、カビだらけのナショナル・ジオグラフィック誌の海賊版が束になってそろっていた。カビ臭いページをめくると、そこには私の好奇心を満たしてくれる世界があった。リネンの匂いと埃にまみれながら、はるか彼方の国々のことを学んだ。建物の二階は、進化途上の動物の博物館になっていて、一つ目の動物が咆哮《ほうこう》をあげ、置き捨てられた篭《かご》のなかには、化石化した土器のかけらや、アメリカ原住民のメノミニー族、フォックス族、ブラックホーク族、オジブウェー族、ウィネベーゴ族たちの使った矢じりが入っていた。羽を持つ怪獣グリフィンに守られた図書館は、完璧な神殿だった。ブロンズ像のグリフィンたちは、長い年月によって黒ずんでいる。かつてはアブラハム・リンカーンが泊まったといわれるメノミニーの古いホテルの前に立っていたのだ。ホテルはその後修道院になり、修道衣を着込んだ美しい年配の修道女たちが、建物の外にある白い柱の間をパラシュートが漂うように移動した。神殿があるから彼女たちはここに居るのだろうと思いながら、私もその柱の間を自転車で走りまわった。しかし六〇年代になると、アメリカは、宗教改革と自己実現という画期にはいり、修道院は取り壊された。皆がこぞって建物を取り壊し始め、メノミニーの町もその例外ではなかった。修道院のように壊されてしまう前に、グリフィン像は古い図書館に納められた。歴史は歴史そのものを標的にしていた。破壊こそが町の信仰となり、民衆の美徳となった。畑や牧場が潰されると、その跡には木綿の下着のような、温和で効率的な建物が建てられた。ばら窓や切妻型《きりつまがた》のひさしがある古い図書館、ゴシック様式の養殖場、朽ちた巨大ホテル、湖沿いの古い道路、屋敷、ラック・ラ・ジョリーとベル・ラックを結ぶヨーロッパ調の橋、そして湖そのものまで——一風変わったものはすべて、私が愛しく思うのと同じだけ、危険にさらされていた。メノミニーは町の魅力に背を向け、すべての農場を取りつぶした。農家の何軒かは不動産屋やとうもろこし畑の開発業者となり、雨風にさらされたトラックを捨て、ビュイックの新車を乗り回した。ほかならぬ節税のためだった。メノミニーは、あたかもそれが悪臭を放つとでもいうかのように、歴史を破壊した。

逃げよう、と思いついたのは、古びた図書館のなかでだった。坊主頭にして、サングラスをかけて、男の子の名前を名乗ろうと思った。名前は〝ガス〟がいい――高速道路の名前だ。うまくいけば本当は女の子じゃないかと噂されるころには、長距離バスで遠くへ行けているはずだ。ネブラスカ州のレッド・クラウドへ向かうつもりだった。ウィラ・キャザーが日記に「必要は欲望よりもはるかに強い」と書いた場所だ。逃亡計画の筋書きは図書館の本に書いてあった。十四才の女の子が同じことをやってのけていた。問題は、この少女がどうやって食べていたのかについて、ほとんど何も手がかりがないことだった。少女の策略がうまくいったのは、誰一人として彼女の変装を疑わなかったからだろう。それにこの少女は、私の想像よりはるかに機知に富んでいた。一方で当時の私は、〝機知〟という言葉の意味すら知らなかった。私にとっての逃亡は、『ティファニーで朝食を』の主人公ホーリー・ゴライトリーとか、ハックルベリー・フィンとジムとか、サーカス団のトビー・タイラーなどだった。逃亡するなんて幻想にすぎないとわかっていたけれど、それでも私はベビーシッターで稼いだお金や、教会への献金を貯めはじめていた。ある日曜日。聖歌隊の歌声が教会に響いていて、その間、ノードストローム師の部屋には献金用の皿が置きっぱなしになっていた。私はそこから三十ドルばかりをあさり、天から雷が落ちて私を地獄へ落とさないものかと待った。必要にかられていたし、その日、自分は、イエス・キリストを含めた誰よりも寄付金を与えられてしかるべしと信じて疑わなかった。きっとイエスさまもわかってくださる、私がこのお金を手にするのを望んでおられるはずだ、と思いこんでいた。私は自分のしていることを完璧に意識しながら、芝居がかった仕草で、Aカップのスポーツブラにお金を押し込んだ。宗教へかける情熱の抗いがたい魅力は、自分の欠点を目の前にしても、ひとりよがりに自分を正当化できることだ。そんな情熱を旅した国々でいやというほど燃やしてきた。何度も理不尽を目にしてきた。そしてそれがどこであっても、本当にどんなところであっても、起きていることに疑う余地はない。

私はメイベルに、いつか私がいなくなっても心配しないでね、と言った。バッドランドへ行って、馬に乗ってフェンスの柱の具合を調べたり、子供たちに読み書きを教えたりするつもりだった。それから私の仲間のナヴァホ族のところに行って住み着くつもりだと話した。もちろん、私の体型が変わって、それが無理になるなんて、そのときは思ってもみなかった。いつも逃亡を夢見てはいたが、そのうちだんだん自分の計画が月並みに思えてきた。もしもばれたらどうしよう。それよりもっと悪いことがおこったら？　体を壊して祖母に迎えに来てほしいと電話をするようなことになってしまったら。そんなかっこわるいことをする勇気はなかった。妹のケイトはかっこよかった。彼女はチアリーダーで、しかも体操選手だ。かっこよくなるコツを知らない私は、かっこよくなかった。かっこよさとは、それに値する人間が選ばれるのであって、自分からかっこよくなるものではない。

そうとは知らずに私は、怒っているとき以外、うつろな気持ちを抱えるようになっていた。それはおよそ二十年後に、中西部の小さな町々を訪れて感じることになる、どんよりとした感覚と似ていた。私は極寒の気候のなか、破滅的な負債や、夢の終焉や、農作物を捨てて都市へ出たきり帰ってこない子供たちのことを取材するため、果てしなく広がる中西部の農場から農場へと車を走らせた。私が好意を寄せた何軒かの農家は、聖書にでてくる農夫のように自分たちの土地にしがみついていたが、いずれにせよ借金の波に飲まれていった。彼らは不屈の精神をもつ気骨ある家族だったが、じゃがいもとライム味のジェローと蒸したスパムのような貧しい食事と共に倒れていった。年寄《としより》は農場を失い、まだ働ける者は小間使いや女中になり、働けない者は世捨て人になった。それはまだ幸運なほうだ。あるアイオワの町では、借金を背負った農場主が正気を失い、妻と隣の住民と、金を借りた銀行員を全員射殺し、それからそのポンプ連射式のショットガンを自分の胸にあてて引き金をひいた。一発では死にきれなかったので、ショットガンの弾を送り出し、もう一度撃った。四人が死に、他の人々はその多くが行方知れずとなった。それまでの時代の生き方が終わりを迎えつつあった。

そうはいっても十代の頃の私は、田舎の人々と一緒になって宗教に情熱を燃やしていた。かすかに芽生えた複雑な感情、すなわち憎悪の気持ちに語りかけてくれる言葉を求めて聖書を読んだ。憎しみから力を生み出したいという狂信的な願望があった。頭のなかの黒板に、〝先生〟の悪意に満ちた行為を書き続け、持ち歩いていた。いまだにその黒板は持ち歩いている。とはいえ、今記録するのは別の出来事だ。一九九四年、テルアビブで二十三人の犠牲者をだした自爆テロ、そして一九九一年、イラクの子供たちがアメリカ軍のミサイルによって殺された、バグダッドの避難所の焼け跡……黒い焦《こ》げあとが、いまだに瞼《まぶた》の裏に焼きついている。ばらばらになった足や、吹き飛んだ、子供向けのプラスチック人形を目の当たりにした。一九八九年、ベルファスト近郊の、あるプロテスタントの地主は、彼らの息子マイケルが、どんなにゆっくりと死んでいったか話してくれた。マイケルは手足を爆弾で吹き飛ばされたことがわかっていたという。そうしたわけで、私が憎悪と向き合うとき、〝先生〟は常にそこにいる。居間の椅子から歩み寄る〝先生〟を、ワシントンでの夕食会のさなかに繰り出される拳を、ラジオ向けに抑えた声で話している私の口を背後から塞ごうとする気配を、私は感じてしまう。検問所で出会った、自分たちが正しいと思い込んでいる信者たちの見え透いたごますりにも、〝先生〟の姿を見た。いまでこそ〝先生〟を思い出して心拍の高まることは少なくなったが、それでも彼の声はいつも耳に響いている。

いつだったか、郡主催の航空ショーを観にいったことがあった。前日、私は皮膚科でドライアイスと紫外線によるニキビ治療を受けていたが、そのとき処方されたローションを塗り忘れていたことに気づいた。私と母は皮膚科医から「日光を避けるように」と言われていたのだが、まず〝先生〟がこのショーを観たがっていたし、母は母であいかわらず家族幻想を抱いていた。航空ショーはまさに家族行事にふさわしい。会場はメノミニーからわずか三時間しかかからない場所だった。九月初旬の、陽がさんさんと降り注ぐ、とても暑い一日だった。飛行機が離着陸するだだっぴろい野原に日陰はなかった。けれど私が帽子をもっていたので、〝先生〟は家に帰ろうという私たちの願いを聞き入れようとしなかった。私は走って日向《ひなた》を抜けて車のなかで座っていたが、そのうち暑さに耐え切れなくなってレモネード売り場の日よけの下へ逃げ込んだ。帰路につくころにはすっかり日も暮れようとしていた。私の瞼は膨れ上がって半ば閉じかけ、まるでつぶれたオレンジのようなありさまだった。水ぶくれができた顔にはじくじくと膿《うみ》が染み出していた。もはや私の頭には薬棚に置いてあるローションのことしか思い浮かばなかった。

「急いで」と、母が〝先生〟に懇願した。

だが〝先生〟は急いでくれなかった。メノミニーに着くころには、私と母はすっかり取り乱していた。私は家にかけこみ、キャビネットの扉を開いた。するとはずみでローションのはいった瓶が流しに落ちて割れてしまった。私はわめきちらしてすぐ後ろにいる母を呼び、二人でべたつくガラスの破片を拾い集めてざるへ入れた。そしてざるを振って、ちょうどコットン一枚分のローションを搾《しぼ》り取った。

「朝になったら薬局に行きましょう」と、母が約束してくれた。「皮膚科の先生に電話するわ」。もちろん私たちは〝先生〟だって処方箋が書けることも、そして階下のクリニックになんらかのローションがあるだろうこともわかっていた。その夜、寝室に向かう途中、〝先生〟と目が合った。私のなかには先生への憎悪がはりついていた。

いつの時代にも変化は訪れる。世界が中心から真二つに割れるような未知の世界が現実となる。農家は洪水に押し流され、農夫はライフルの引き金を引く。母親はへんてこな連祷《れんとう》をわめきちらし、トラックは湖へ転がり落ちる。そしてとうとうある夜、〝先生〟が私を探し当てた。それはめったにないことだった。二人は外国の戦闘地域で対立している両陣営の斥候《せっこう》みたいだった。彼は私を咎《とが》める目つきで、私をまっすぐ見つめていた。舌が重くなるのを感じた。

「新聞はどこだ」と、〝先生〟は言った。その声は囚人に話しかける看守のようだったが、〝先生〟が私に話しかけているのは事実だった。私の存在を認めていたんだ。勝ち誇った気分と恐れとがごちゃまぜになった。ついに〝先生〟は私に話しかけねばならなくなった。とうとう無視できなくなったんだ。新聞は私の部屋にあって、私はそれを居間へ戻すのを忘れないようにしておくべきだった。それはこれまで破ったことがない暗黙の了解だった。チャンスだと思った。

「私の部屋よ」考えながら私は答えた。

「取ってこい」それまで聞いたなかでも一番冷たい声だった。私はできるだけゆっくりと階段を昇り降りして部屋から新聞を取ってきた。

「たため」と、〝先生〟が命令した。私は新聞をたたんだ。適当に。

「もっときちんとたたむんだ」

「読む前の状態に戻せとでも？」そう言い返した瞬間、私はふいに気持ちが舞い上がり、笑っていた。自由になったような気がした。私たちが一緒に過ごした年月のばかばかしさが、言葉となって間欠泉のように噴き出そうとしていた。これまで口にだす勇気すらないと思っていた言葉だった。私は〝先生〟に脅かされるのにうんざりしていたのだ。

「あなたの新聞？　紙飛行機みたいに折りましょうか？　それとも帽子がいいかしら？　ヤンキー・ドゥードゥル・ダンディみたいに！　それともこんなふうに？」私は新聞を二つに引き裂いた。〝先生〟の目をねらって、ぱちんこから放たれたビー玉のように、言葉を吐き出した。

〝先生〟は身をかがめて私の喉を掴み、音をたてて頭を斜めに曲げた。私の首に巻きついたその両手はさながら首輪で、私はそのままひきずられて廊下にだされた。髪が根元から抜けそうで、足は床についていなかった。ピンク色の光が通り過ぎ、昔見た夢や、噛み付こうとする犬や、目に見えないプーカの妖精がふわふわと通り過ぎていった。そして二人は私の部屋にいた。〝先生〟と私、ベッドカバーが沼のように広がり、その上では、あの美しい化石のような石が岬のようにバランスをとっていた。私はその石に飛びついた。手で感触を確かめる、石を持って聖餐式に臨むような気持ちになった。石は水中に沈んだ大陸の下部組織である岩棚であり、短刀にも似た地球のかけらだった。私は石を〝先生〟のほうへ振り回したが、空を切っただけで落としてしまった。呼吸が荒くなり、肺がつぶれそうだった。

「あんたなんか、うどの大木よ」。ばかみたいに息を切らして〝先生〟に噛みついたら、少なくとも片手が首から離れた。もう悪態をつく力も残っていなかった。〝先生〟をはっきりと見据え、彼の目にまさに憎しみが宿っているのを見ると、思わず股間を膝で蹴り上げた。だけど顔には手が届かなかった。それはピラミッドのように果てしなく高いところにあった。どこかの高僧みたいに、石で頭蓋骨を割って脳髄を引きちぎるのは無理だ。〝先生〟は再び私の髪を掴んで、身体を床から持ちあげた。次の瞬間、壁に顔を叩きつけられ、左顎がぺちゃんこになった。トラックと衝突したらきっとこんな感じだと思うほどの痛みが走った。そのときケイトの叫び声が聞えた。「やめて、お願い！　お姉ちゃんを殺す気なの！」。

少なくとも殺意はある、と思った。〝先生〟が私をベッドの上へ放り投げ、頭上にあった棚の上のものをすべて拳で打ち払うと、どこからか母の懇願する声が聞こえた。「頼むからやめてちょうだい、お願い」。

〝先生〟は私から離れてうなった。そして突然、ゆっくりと部屋から出て行った。彼がいなくなると、部屋はよけいにがらんとしてみえた。私は〝先生〟に戻ってきて欲しかった。決着をつけたかった。でも〝先生〟は母を壁に押し付けて去っていった。十分元気だった私は、母の横を走って通り過ぎた。母はケイトの腕のなかで泣いていた。

私はつまずきながらバスルームへ向かい、朦朧《もうろう》としながらドアに鍵をかけ、服を脱いだ。そして身体を横たえ、頭の下に湖のように水が溜まるまでシャワーを浴びた。水が冷たい雨のように顔にふりかかった。私は〝シバの女王〟とケツァールの羽を思い出し、なぜ何年も彼女は現れないのだろうと考えた。長い時間を過ごした後、と言っても実際は数分だったが、顎の骨がずれて、口がきちんと閉じなくなっていることに気づいた。手を伸ばして口のなかに指を差し入れた。左側の顎があるべき場所がくぼんでいて、そこはさっき〝先生〟の器用な親指と人差し指にきつく締め付けられた、頭蓋骨と上顎がつながっている場所だった。よく考えれば、整骨の専門医である〝先生〟にとって下顎の骨を外すのは朝飯前のはずだ。一瞬、〝先生〟に頼んで元に戻してもらおうかと思った。だけどすぐに、そんなことをするくらいなら地獄へ落ちたほうがましだと思った。シャワー室から出て鏡を見ながら、垂れ下がった下顎を両手で思い切り右上に押してみた。かくり、と音がして、再び口の開け閉めができるようになった。

だが、本当には元どおりになっていない。いまだに口を閉じるときは音が鳴るし、いったん斜めに動いて、かくんと戻る感触がする。上顎骨の手術を勧められたこともあった。下顎を折って再度接合しなおさないと、いずれ軟骨が削られて、ひどい関節炎に悩まされることになると医者に言われている。年を取ってからも〝先生〟のことを忘れられないひとつの事件だ。だが、いままでなんともないのに、なぜ将来の関節炎を心配しなくてはならないのか理解できなかったし、それに、顎骨の手術をするのは間違いである可能性も高い。顎が音を立てながら斜めに動くのを感じると、夢の海のなかから昔の記憶がはっきりと蘇《よみがえ》る。顎で感じることができる。石の日記や、化石や、私が〝先生〟にとってついに現実の存在となったあの場所を。顎に手をやると石の表面の滑らかさを思い出す。たとえ〝先生〟が私のミドルネームを知らなくても、読書や想像を巡らせるのが好きだということを知らなくても、私の髪の色に気づかず、私の声が耳に届いていなかったとしても、そして彼にとって私は存在しない人間だったとしても（きっとそうだったのだが）、私は口を開けると、自分が確かに存在していたことを思い出すことができた。私はそこに存在していた。骨が鳴る音は愛とは正反対のものだが、愛があるはずの場所だった。あれから何年もの間、暴力に愛が伴うことに何度も気づかされた。殴られるのはショックだったが、それは何かを思い出させてくれた。殴る者たちは、本当は心のなかで欲望にかられている。私にはそれがわかっていた。なぜなら十四歳のとき、私自身がほとんど復讐の鬼と化していたからだ。

すでに私たち家族は、星とブラックホールの関係を図にしたような家族生活を送っていた。中心に近寄れば、誰もが燃え尽きてしまうが、閉ざされた空間に存在し、お互いから逃れることのできない流浪《るろう》の民だったので、軌道を回り続けていた。あの夜以来〝先生〟は、私を、ケイトを、サラを、そして母のことさえも二度と見ようとはしなかった。彼は決して私たちに近寄らず、私たちは彼の邪魔をしないようにした。お互いに視線を交わさず、かかわることを避けた。そうやってお互いの立ち位置を探っていた。〝先生〟は、母に階下まで食事を運ばせ、クリニックの事務室でひとり食事をとった。母は宙ぶらりんの生活を送った。季節の飾りをつけてはおろし、またつけてはおろした。家中を走りまわっていた頃の足跡は、何百年も昔のものになった。各自が回転する惑星の上で中生代の足場からそれようとはしない。ケイトが薬を何十錠も飲み込み、急いで病院へ送られる。〝先生〟はミルウォーキー・ジャーナルから顔をあげようともしない。「娘が自殺しようとしたのよ」母が言葉少なに、瓶に閉じ込められた蝿のような声で言う。でも〝先生〟は決して耳を貸さない。

母が秘密の抑揚で大きな声を出しても、〝先生〟は聞こうとしない。私だけが聞いている。母の声に彼女だけの神秘が宿っているのを感じる。現実生活がもろくも崩れ去るとき、母は束の間、大胆になる。ナイトガウン姿で裏庭をうろつき、ノートを使って自分で作った辞書のページをめくる。そしてとうとう意を決して、「あなた、幸せなの?」と〝先生〟に問いかける。「いいや、幸せじゃないな」と〝先生〟は答える。母はほかの女の写真を見つける。〝先生〟は、並列したもうひとつの宇宙で、もうひとつの人生を、遠くの州に住むもうひとりの女と過ごしている。もうひとつの家庭だ。〝先生〟は母に言う。「おまえの娘たちは毒蛇だ。おまえの愛は毒だ」。ついにドラマは終わりをつげる。彼は母のもとを去る、というよりも、正しくは私たちが〝先生〟の家から出て、トウモロコシ畑へ戻らなくてはならない。離婚という母が二度と聞きたくないと思っていた言葉、再び世界を二つに切り裂く、あの憂鬱で身を切るような言葉が登場する。

母は生計をたてるため、ウエイトレスの靴をはき、仕事に就く。〝デポー〟レストランでは、ミニスカートの車掌の制服を着て、小さな機関士の帽子をかぶる。仕事が気に入っていて、お客を大事に扱っている。ドイツ料理店では、夜のシフトで、ギャザースカートとエプロンをつけている。母はいつでも最低二つの仕事を抱えている。もうすぐ四十だ。私は十七歳で大学生。春になり、夏になり、そして再び秋になり、ひとりの客が殺人X線やボウガンで母を脅す。客たちが白いソフト帽をかぶった強盗に変身し、母の命を奪おうとする。そして電話がヒステリックに鳴り響き、メイベルが泣き、私はあの言葉を聞く。来てくれんかね、ジャック。来てくれんか。

二十年後、私は一度だけ〝先生〟に会いに行った。彼は落ちぶれていた。それなりの財をなしていたはずだが、一文なしに近かった。彼はラック・ラ・ジョリーのアパートに住んでいた。おかしなことに、そのアパートは、昔取り壊された修道院の跡地に建てられていた。かつて私の隠れ場所のひとつだったその修道院の花園に、〝先生〟の部屋はあった。今度は〝先生〟が隠れる番だった。ラック・

ラ・ジョリーと、ヨットが浮かぶその広々とした景色から一番離れた奥の部屋にテレビを置いて。彼はよその州からやってきた新しい妻と一緒に暮らしていた。彼女は〝先生〟の残りの財産を絞りとっていた。夫を嫌っていて、〝先生〟も彼女を嫌っていた。〝先生〟は歩行器を使っていた。重度の心臓発作を起こしていた。「行かないで」と泣きつく母の声を思い出した。母は、それまでの思い出を守ろうとしていた。

部屋に入っても、先生は私の方を見なかった。話しかけても同じだった。クッキーをほおばりながら、テレビをただ見つめていた。私の存在を認めても、関心はすぐにテレビに戻り、「そこのクッキーの袋をとってくれ」と声をかけただけだった。私は〝先生〟をなだめるためにクッキーを二、三枚渡し、歩行器を使って、彼をよろよろと居間へと移動させた。そして彼を湖の見える、あの日の、あの世界を見渡せる場所へ座らせた。それから私は、自分の人生に起こった主な出来事——寄せ集めの地図みたいな出来事を話してきかせた。彼はあいかわらず、私の言うことを無視した。

「すぐに結婚したほうがいい、子供が欲しいならね」と〝先生〟は言った。私は顎骨を鳴らして口を開いた。そして微笑んだ。「私を殴ってたこと、覚えてる？　何年間もよ。それも私が見ていないときにかぎって、いつも頭蓋骨の下の方。最後には私を殺そうとしたわ。覚えてる？　あの夜、私の頭を壁に打ちつけたのを。何度もしつこく」。

「いや、私はそんなことはしておらん」。頑《かたく》なな口調だった。彼はおかしくなりかけていた。私は目の前の老人を見つめた。晩年を迎えたにしては見栄えがいい。七十代にも関わらず、艶《つや》のある茶色の髪はふさふさとしていて、一房の白髪もなかった。

「昔、私たちはお互いを殺そうとしたのよ」私は固執し、殺意を共有する。「あのころ、あなたは私が死ねばいいと思っていた」分け前を取り、取引をする。結局、私も〝先生〟に死んで欲しかったのだ。何かが彼の中でぐるぐるととぐろを巻き、彼の瞳が私の瞳に焼きつく。私には失うものなど何もなく、彼は私に何もすることができない。

「私もあなたが死ねばいいと思っていたわ」

「違う」と〝先生〟が否定する。「何かの間違いだ。私は人を殴ったことなどない。おまえは勘違いをしている」そして突然、話の矛先を変える。「知ってのとおり、心臓発作を起こしてから思い出せないことが多いんだ」。そして次には、「私は誰に対しても厳しすぎた」と言って、鋭い視線を投げかける。昔と同じ凍りつくような空気が流れる。「自分にも責任があるとは思わんかね」。

「子供がそんな責任を負うべき立場にいるとは思えないわ」私は淡々と答える。彼は覚えている。すべて思い出しているのがわかる。自分の記憶をレンガのように周りに積み上げているのだ。

〝先生〟は鼻を鳴らして言う。ドロレスを捨てるのではなかった、あれは間違っていたと。そして、また会いにきてくれるかと聞く。テレビのある部屋と、車と、歩行器で移動できる場所が彼の世界だ。

母は〝先生〟がひとりでランチに来るときも、母が捨てられる原因となった新しい妻と一緒にディナーに来るときも給仕をした。母は感じよく二人に応対し、すばやく注文をとり、〝先生〟がひとりのときにはとりわけ丁寧だった。だけどかつて二人が夫婦だったことは誰にもわからないだろう。母がどんなふうに彼を愛したか、どんなに苦しんだか、どんなふうに〝先生〟のことを許していたかは、誰にもわからないだろう。

何か終わっていない、肌を突つかれたような気持ちのまま、〝先生〟に別れを告げ、帰途に着く。もう二度と〝先生〟の顔を見ることはないとわかっている。車には戻らない。ラック・ラ・ジョリーの水辺に立って、長い時間、もの思いにふける。再び私自身に、あのころの少女の私に戻るまで。

母の手のひらは素焼きのカップのようだった。そしてキリストは背の高い白い幻となって母の前に現れた。あの町の闇の中に。母は言った。「われはシバの女王なり。私の娘にそれぞれ王国を与えよう。そなたジャックにはメソポタミアを」。私は心のなかで母に告げる。ありがたく受け取るわ。

6

旅立ち

Hitting the Road

私が十九歳で母が四十二歳の頃、私たちは二人とも、自分が人生の真ん中、つまり折り返し地点にさしかかっていると考えていた。私がそう考えた理由は、四十歳から先の人生がまったく思い浮かばなかったからだ。結婚して子供を持てば、その頃にはこんな戦いの日々から逃げ出せると思っていた。あとはしわだらけになって、背中も曲がり、死に向かってとぼとぼ歩いていくだけだ。母がまさにその年齢だった。子育てもほとんど終わり、結婚生活は過去のものとなり、新しくモデル用のポートフォリオを作ろうとしていた。今ここに母のおしゃれな写真を集めたポートフォリオ・ファイルがある。なかは〝キャンプ・ドロレス〟でのリゾートを宣伝する六種のパンフレットといった具合だ。母は実際より十歳も若くみえる。家族の欲目もあるだろうが、陽気で活動的な血筋なのと、本人が年月を気にしないことの結果だろう。水兵の服を着てヨットを操縦したり、つやつやの髪を入道雲の形にまとめてつば広の帽子をかぶったり、メリーゴーランドに乗って両手を時計の針のように大きく投げ出していたり、すごいポーズをとっている。別の写真では、勘違いのチロル女に扮《ふん》し、これ見よがしな黒いワンピースに赤いエプロン姿でブランコを漕《こ》いでいる――このとき母は四十二歳。まだ若々しい。にっこり笑った顔が語っている。「人生ってボウルいっぱいのプラムみたいにステキじゃない?」。母はぶらんこに乗ってはずみをつけ、まるで過去をきれいさっぱり消し去って未来へ飛び込むつもりでいる。結婚や、一番目の夫、二番目の夫、郡の精神病院に縛られていた時間などなかったかのように。もしもそれが歴史を修正する方法だとしたら、彼女よりうまく自分自身を作ったり、作り変えたりできる人間がいるだろうか。「女は身の上話をでっちあげる」。私が大学に通うため、実家を離れる日の前の晩、母は私を呼んだ。「大学に払うお金がないの」と母は言った。「あなたの授業料として貯めておいたお金をボートの購入資金として彼に貸したんだけど、返してくれないのよ」。私は出て行ってやると宣言した。とはいえ家出の理由が必要なジプシーなどいやしない。母の耳に光る金のイヤリングがいやだから、と言ってもよかったのだ。

そういうわけで、私は一文無しでインディアナ州のヴァルパレーゾ大学に入学した。三年生のときには、イギリスのケンブリッジ大学に短期留学をした。住まいはハンティンドン街二十六番地にあった。人目につかない家で、そこかしこが歪み、傾いていて、三段上がればいきなり踊り場や一人部屋が現れる、階段だらけの家だった。毎朝六時ごろ、ドライ・チェリーみたいに真っ赤な顔をした牛乳配達が、カチャンと健康的な音を立てながら四本の牛乳瓶をドアに押しつけた。通りのあちらこちらで街灯がまたたき、街中へ向かう大型トラックが、ギアを変えながら、ごろごろと大きな音を立てて橋を渡った。私はドアを開け、手紙を見つけては、また新しい一日が始まったことに安堵の気持ちを覚えた。新しい一日の朝は、郵便受と新聞と、噴きあがった脂肪がアルミ箔《はく》のフタにこびりついて、なにかみだらなものがあふれているかと思えるような牛乳瓶とともに始まった。二十六番地には、メントールの匂い袋や、しわだらけの洗濯物や、アメリカ人学生たちが吸う煙草の匂いが漂っていた。彼らの大半は、留学してもほとんど何の変化もなく故国へ戻っていった。二十六番地で暮らしていると、メイベルのことを思わずにはいられなかった。メイベルへあてた手紙で、ケンブリッジはあの薄気味悪いウォーシャラ養殖場みたいなところ、と教えたことがあった。メイベルの返事は、お前がそんなに遠くにいるなんて想像もつかないね。養殖場だろうとそうでなかろうと、と書いてあった。ケンブリッジ市ハンティンドン街二十六番地には、一日に何度も手紙が郵便受けに差し入れられた。それはまるでメイベルの人生から私の人生へばらまかれるポーカーのチップのようでもあった。もし母が一枚の紙切れを二つに裂けば、半分は彼女の手に残り、もう半分はどうにかして私のもとへたどり着くのではないかと思っていた。

私はケンブリッジで、一九五〇年代のイギリス作家はもちろん、ロマン派の詩人や、ヴァージニア・ウルフやロレンスやフォースターなど大戦間の作家たちを学んだ。だが、私にとって重要だったのは、何を学んだかよりも、自分がケンブリッジにいるという事実だった。アメリカの学生たちとは距離をおき、四時になると自転車に乗って大学の裏手あるいは裏庭を通りすぎ、深い紫色のクロッカスが咲き乱れる春の川べりを走り抜け、街を散策した。セント・ジョン教会の夕べの祈りに立ち寄り、ボーイソプラノの丸みをおびた声に耳を傾けた。カレッジ内のパブで、イギリス人男子学生と火遊びもした。

　ポリテクニック（大学レベルの総合技術専門学校。一九九二年に大学として認定され、この名は公式名としては廃止された）出身のバクスター美術教授は、もじゃもじゃの若白髪がアンディー・ウォーホルにそっくりだったが、その表情もまた、好奇心に目を見張る永遠の少年のようだった。教授は両脇に抱えた美術書をずり落としながら登場し、その本を映写機の下に置いた。私たちが座り教室が暗くなると、セザンヌやマネやピカソの絵が壁に浮かんだ。教授の軽快な声が、川を泳ぐイワナのようにするすると流れた。彼の声は、壁に映し出されたリンゴの絵画や水浴する人々や庭園の脇を泳いでいった。講義が終わって明かりがつくと、何人かの学生はじっとしたまま目をぱちくりさせていた。他のアメリカ人学生は擦り切れたペルシャ絨毯《じゅうたん》の上でのんびりと居眠りしていた。その絨毯の図柄の、尾を広げた孔雀《くじゃく》の華やかさといったらなく、今にも優雅に孔雀の歩き回る足音が聞こえてきそうだった。ここは安全な場所だ、私はそう思った。

　ケンブリッジのマーケットで、ヴィクトリア朝の、着るだけで気を失いそうな長袖ドレスを五ポンドで買った。それから、とんでもなく値段が高かったので最初から返品するつもりで、クリーム色でシルク素材の、ヴィクトリア朝風の帽子を買った。つばからピーチ色のオーガンジーのバラとオレンジ色の花が垂れ下がっていた。そんなことで愛を失わずに済むと思っていた。私は婚約していた。彼はインディアナ州の学校にいた。私は買ったドレスを着て夜明けのカム川のほとりに立ち、人畜無害そうなイギリス人の男の子に写真を取ってほしいと頼んだ。背中を反らせ、川へ身を乗り出した。木の妖精ドリュアスか、水の妖精ナーイアスみたいに見えるのではないかと思っていた。まさにドロレスそっくりだった。実生活にない幻想を、写真に留めようとしていた。結局、私の婚約者だった法科の学生は、別の女とこそこそ浮気をしていたらしく、私はその事実を彼のルームメイトからの手紙で知った。手紙はフランス旅行へ出かける日に届き、私はイギリス海峡を泣きながら渡った。それからもうひとつ事件があった。パリ行きの列車がフランス北部のカレーを出発したとき、自分の手に目をやると、エンゲージリングの真っ赤なオパールが台座から抜け落ちていることに気づいた。そのオパールは、私と婚約者のためにドロレスが贈ってくれたものだった。台座だけでからっぽのリングは、超自然的な瞬間を思わせた。

学期末には、ハンティンドンの〝オールド・ブリッジ〟というホテルで、ウエイトレスの仕事をした。当時イギリスのホテルは、アメリカ人やチリ人学生、もしくはオランダ人学生など、若くてやる気があり、そこそこ人当たりがよければ誰でも雇い、ウーズ川の桟橋にレジャーボートを横付けしている客のもとへ、クリームたっぷりのデザートや牛の巨大なもも肉料理、銀皿に載せた高級ティーセットを運ばせた。私は〝オールド・ブリッジ〟が大好きだった。ときどき夜になると机や椅子を端によせ、アメリカの歌に合わせてダンスしたり、制服のままでお屋敷探検に出かけたりした。英語を話せない従業員は、勤務中なるべく喋らないように指示されていた。仕事仲間の小柄なジャドは客通し係で、ベイルートの出身、上げ底靴をはいてようやく身長が一五〇センチを越える彼の妻ヴィッキーはスペイン人だった。ある日の夜、寮に戻って部屋の灯りをつけると、そこにアメリカ人の元婚約者が立っていた。心の底から驚いたが、後に続いた騒動にはさらにショックを受けた。彼は許しを乞い、暴力を振るい、明け方には姿を消していた。それからまもなく、私はウーズ川を眺めながら、『ハムレット』のオフィーリアの死を思って立ち尽くしていた。日の光のなか、蜂の巣がみえ、公園が二重にぼやけて見えた。眠りたくてしかたなかった。町医者の前に座り、大きな声で「妊娠だね！」と告げられたことを思い出す。医者は次の瞬間、妻からかかってきた電話に出て、夕食は何がいいかという彼女の質問に答えていた。医者のボクシング・グラブみたいに大きな手が、黒くて重い受話器を掴んでいるのを眺めていたが、心の中では、足元ががらがらと崩れ落ちるのを感じていた。当時私には、メアリー・ジェーン・スヌークという二十三歳の年上の友人がいた。黒髪に、鉤鼻《かぎばな》の持ち主だった。〝オールド・ブリッジ〟でバーテンダーをやっていて、誰よりもグラスを素早く磨いた。世慣れていたし、その童謡みたいな名前には驚くほど安心感があった。彼女の母親が、ケンブリッジ産科病院のソーシャルワーカーだったので、すべての手はずを整えてくれた。というのも、彼女には本当のことを打ち明けた。つまり、その男の子供を産むくらいなら自殺するつもりだということを。私は最後にもう一度、水の妖精のふりをして、溺《おぼ》れ死ぬつもりだった。

あっという間に、ケンブリッジで過ごす最後の夜を迎えていた。私とメアリー・ジェーンは一緒に庭で花を摘み、お互いに贈りあい、生涯友だちでいようと誓い合った。飛行機が離陸した瞬間、アメリカへ戻るなんて耐えられない、街の通りが自分の血管のように、川が心を癒す香油《こうゆ》のように、言葉の抑揚が自分の音楽のように感じられるケンブリッジに留まりたい、と思っていた。機内では、たったいまジェラルド・フォードがアメリカ大統領に就任したとアナウンスが流れた。ウォーターゲート事件のことはほとんど知らずじまいだった。私は背中のクッションにもたれかかりながら、どこかで流れ続けるカム川とウーズ川を、川が沼地をうねうねとすすむさまを思い浮かべた。そしてバクスター教授の四方山話《よもやまばなし》に登場したお尋ね者たち——国王に追われ、沼地へ逃げこんだ異端者や無法者たちのことを考えた。イギリスの沼地が、そこに逃げ込んだ者たちの秘密を何世紀も守ってきたと教授は語ったが、私はそこに自分の秘密も加わっているような気がした。

ロデオ巡業中につき、ポリュクセネー・コーリオポロス家の貸部屋より
マサチューセッツ州フォールリバーにて
一九七五年六月

ママへ
ロデオの巡業中にママのことを思い出しています。安っぽいモーテルに安っぽい部屋——ロデオの旅がこんなふうだとは思ってもみませんでした。いいえ、安物の見苦しさをわかっていたつもりだったけど——心構えができていなかったのね、床板のやぼったさや、灰皿の中身をぶちまけられたハンモックの椅子や、流しから漂う嘔吐の悪臭とかね。逃げ道からも逃げて、行き着いたのはこの下宿先でした。大家はポリュクセネー・コーリオポロスという名のギリシャ人女性です。年は七〇代で、メイベルの分身みたい。二人で彼女が育てているバラの花びらを集めてきて、彼女が手にやけどをこしらえながらそれに火を通して、とても美しいジャムにするのよ。彼女は日曜のお昼になると、スリップ姿でベランダに出て、恋人たちが道に迷ったまま二度と戻ってこなかったというギリシャの恋歌に合わせてシミー・ダンスを踊っているわ。その黄色いレースがついたスリップと、バラの髪飾りを見ていると、出番がなくてお店のウィンドウのなかでひからびていくウェディングケーキを思い出すの。彼女がいなかったら、私、頭がおかしくなっていたかもしれない。

　家出なんかしなければよかったし、卒業してすぐにロデオへ参加したりしなければよかったのかもしれないけれど、一方でこうも思うの、どうしてダメなの？って。彼らがそこにいて、私もそこにいた。だから考えたのよ、彼らを被写体にして、写真を撮るために追いかけようって。ロデオとロデオに関わる人々をカメラに収めて、巡回ショーのフォトエッセイを作ろうと思ったの。ライフ誌やカメラ雑誌に売ろうかしら。輪縄が空を切り、角を結《ゅ》わえ、勝者が何もかも独り占めにするところを。もしかしたら一晩でジャーナリズム界に旋風を巻き起こすかもしれないわ！ロデオの人たちの半分はお尋ね者で、残りの半分はまだ起訴されていないだけ。男たちはいつも顔をくしゃくしゃにして、何を考えているのかわからないし、知能指数《IQ》だって彼らの燃料計より低そうよ。それはともかく、ここマサチューセッツ州のフォールリバーは、斧を使った女殺人鬼リジー・ボーデンが前世紀に住んでいた街として有名で、彼女は両親を斧でめった斬りにしたのよ、人参《にんじん》みたいに！　ねえ、想像できないわよね！　しかも罪に問われなかったのよ、頭がおかしいと思われたのね。あら、よからぬことを思いついたりしないでね！　嘘、冗談よ。メイベルによろしく。

またね。

JLL

ロデオに参加した年から、二十年が経《た》った。ロデオへの参加は、傷つきながら生き延びてきた末の思いつきによるものだった。ときには、何も変わらないこともある。今この本を書いているのは、ここに来るまで知る由もなかった、見知らぬ国の見知らぬ街のとある借家だ。遠い昔、大学町を離れ、愛と生活の知恵に従ってロデオに参加したときと同じように、今朝は、昨日までの朝とは違うのだという言葉を信じて、国境をちょうど北に越えたばかりのカナダへやってきた。〝ダイヤモンド・S・ロデオ〟は、意味も無くこっそりと旅をする集団で、理解に値することをやる確率は、射的の弾が当たるのと同じくらい低かった。出身地を聞かれることもなければ、次の街に到着するとき、まだロデオに残っていることを期待されてもいなかった。生活は厳しくあぶなっかしかった。みせかけ、ごまかし、飲み代やベッドの相手の算段など、波乱にとんでいた。二十一歳の女性は私だけだったが、時おりロデオよりもいかれた世界に足を踏み入れる母親がいるのも、私だけだった。男たちや、馬や、詐欺師《さぎし》や、泥棒や、娼婦たちに囲まれながら、私は私だけのための創作の世界を手にした。自分のための何頭もの馬があり、道があり、道は私を気に入ってくれた。雲ひとつない青空の下、鳴り響くエンジン音を聞いている私を遠くへ連れ去ってくれた。

私がまだヴァルパレーゾにいた頃、ロデオの支配人であるメアリーとゴードンに目をつけられていたとは知らなかった。二人は奇妙なカップルだった。メアリーはアラバマ州バーミンガム出身で背が高く、面の皮が厚く、トラックの運転手のように下品だった。一方のゴードンはスコットランド人の陰鬱《いんうつ》な小男で、特徴といえば言葉のアクセントくらいのものだった。彼を理解するのは不可能と言ってよかった。メアリーが大型猟犬なら、ゴードンは愛玩犬みたいなものだ。二人とも三十五歳から五十歳の間ぐらいに見えたが、実際に何歳かは知る術もなかったし、とうてい聞けるものでもなかった。彼らは自分たちよりも立場の弱い者、つまりは私のような人間を採用する、アムウェイの販売員のような人間だった。二人は電話でチケットの勧誘販売ができる人間を探していた。売り上げはロデオを町に呼んだ慈善団体に寄付されるというのが彼らの主張だった。息もつかせぬショーをごらんあれ！　馬と人間が繰り広げる迫真のドラマ！　慈善団体が手にするのは、いいところで二十五ドル、残りの儲《もう》けは〝ダイヤモンド・S〟と、主としてメアリーとゴードン、つまりは町中くまなく、カモにする間抜けな住人を探し歩いた彼らの懐《ふところ》におさまった。卒業式の日、二人は中西部の大学町へやってきた。一緒に来ないかという誘いは、見世物の全米巡業にただでついていけるようなものに感じられたし、実際、私はメノミニーに帰るバス代すら手元に残っていなかった。大学四年の春は悪夢だった。まず、インディアナへ戻るのが嫌でしかたなかった。次には、ウエイトレスの仕事をクビになってしまい、新しい仕事を見つけられなかった。大学最後の何ヶ月かはケーキミックスで空腹をしのぎ、昼間は、大学の資金集めに奔走していたクリスチャンの芸術写真家のために半裸でポーズをとるはめになった。だからロデオが街へやってきたとき、彼らが土手の向こうに設置した電話小屋で、友人たちと一緒にチケットを売った。私はどうしてもお金が欲しかった。そして放浪のジャーナリストになりたかった。だけどそこに行き着く前に、私にはロデオが必要だったのだ。

この東海岸で行われるロデオショーの巡業に加わってからまもなく気づいたことがある。「あなたの街にやってきた、開拓時代のロデオだよ！　このドラマチックなショーを見られない、貧しい子供たちのために」という宣伝文句のもと、同じチャリティのチケットが、二度も三度も人々に騙《だま》し売られていた。私たちはバナナに生クリームをかけるような甘い声で、受話器に甘い声で口説き文句をなげかけた。誰がのってくるかって？　たいていは田舎者だ。マサチューセッツからウエストヴァージニアまで、私たちが騙し、むしりとったのは人のいい田舎者たちだった。まるで『オリバー・ツイスト』に登場するフェイギンだ。年配の女性たちは、私たちの嘘に、チケット代金とちょっとした言葉を添えてくれた。「私はもう七十で、人工股関節を使っているし、いずれは食べるものにも困ってキャットフードを食べなくてはならなくなるんじゃないかと不安になるけれど、私の名義で体の不自由な子供がひとりでもロデオに行けるんなら、この四ドルを支払わせてもらうわ。マチルダ・タトワイラー」。

私は身の毛のよだつ思いに襲われ、そこでやめるべきだったが、やめなかった。ロデオをすべてはったりだ、としか言わない人々の元に戻るのはプライドが許さなかったし、カオスには慣らされていた。しかも私は怒りに満ちていた。ポリュクセネー・コーリオポロスのような老婦人の家に下宿していたので、雇い主たちとの接触を避けることもできた。一方、メアリーとゴードンは、街はずれの安モーテルに泊まっていた。七月四日、メアリーは優勝カップに注いだジンを飲んでモーテルのみすぼらしいプールに飛び込んだ。最初に顔を水面に打ちつけた。彼女の姿はベッドに浮かぶシーツのようだった。持っていたグラスがメアリーの体よりもゆっくりとプールの底へ沈んでいった。ゴードンはメアリーの後を追って飛び込んだ。「ああ、こいつがいなけりゃ、おれはおかしくなっちまう」。この二人から逃れるために、一度、手配師抜きで直接ロデオについていった。ほんの少しの間〝カップケーキ・ライダー〟と呼ばれる、ロデオ乗りたちに旗やトーチ、投げ縄、銃などの小道具を渡す役目をまかされた。その間、馬は、たぶん寝ていてもこなせるようないつもの幕間狂言を演じていた。馬は偽物の野生馬で、ブリキのカウボーイに突かれて歩いた。そこは、シバにとってはうってつけの遥かなる理想郷だった。〝ダイヤモンド・S〟は、法律や神、妻や税金、退職金制度、そのほか人間としての責任に関わるすべての形式から逃れていた。ロデオの人々は本当にいろんな事が苦手だったが、人間としての無責任さに関してはとりわけ秀《ひい》でていた。誰も謝る必要はなかった。過ちを抱えたまま同じ町で生きる必要もなかった。子供たちは楽しみ、女たちは夢を抱き、人工股関節を着けたお年寄りは人助けをした気分になった。まだ自分のしていることを恥ずかしく思わなかった頃は、写真雑誌に投稿することを夢見て写真を撮っていた。だがしばらくして止めた。日々の背信の証拠を抱えることになってしまうだろうし、私が残したいのは、それがどんなものであろうと、自分の思い出が作り出すものだけだった。母がそうしてきたのを見ていた私には、それが芸術の核心だと思えた。母は、心に描くことから始めて、奇想天外な結末にたどりついた。私は一生懸命、目を凝らし、気がつくと、ウエストヴァージニア州のニトロのような場所にたどりついていた。ニトロで、私のロデオの旅は終わりを迎えた。そこは私にとって生ける寓話の町だった。そんなものがまだ存在していたとしたらの話だが、自分の無邪気さを、硫黄《いおう》を爆発させるための鉄くずのように使い切るにはぴったりの土地だった。すべてが滅び、私みたいな女の子がたったひとり、逃げだすことのできる町だった。

一九七五年七月五日
ワシントンDC
ウエストヴァージニア州ニトロへの途上にて

ママへ
この手紙に書いてあることは嘘っぱちよ。
今、とても楽しい毎日を送っています！　お金も稼いでいるし、ロデオのみんなは、まさに幸せな大家族そのもので、去年、イギリスで過ごした日々を思い出すわ。誰もが他のみんなを手伝うのよ——行く先々の町から盗みを働くのをね。冗談よ！　ところでママは誰かが鍵をこじ開けるところを見たことがある？　金庫破りじゃないわよ——バールとドライバーでってこと。でも心配しないで。物事はだんだんよくなっているわ。ポリュクセネー夫人が、ギリシャの民族舞踊のカラマティアノ・ダンスに連れて行ってくれたんだけど、そこでアムハースト大学のギリシャ人学生と知り合ったの。とても頭のいい人。なぜ私もそこに行かなかったのかしらね。本当の話、彼より私のほうが賢いし、度胸もあるわ。でもウィスコンシンからやってきた、四十五キロぽっちの二十一歳の女なんて、みんなはなから馬鹿にしてるのよ。ほら、ジョージア・オキーフを考えてみて。ほかに何かあったかしら？——そうそう、今年の独立記念日はどんなふうに過ごすつもり？　私はワシントンD.C.のモールで花火を見て、色とりどりの砂糖衣の下で溶けていく綿菓子のような街を観光するはずだったんだけど、今の雇い主が、酔っ払ってモーテルのプールに落ちちゃったの。ああ、それから私、車を買ったわ。イギリス車だけど左ハンドルの〝フォード・イースト・アングリア〟よ。〝ネリーベル〟って呼んでるわ。値段は八百ドル。気の合う相棒よ。それでね、ママ。ずっと考えているんだけど——どうしてあの学生は私と一緒にいないのかしらね。彼は私をパーティに連れて行っておきながら、エリカ・ジョングという名前の、ずいぶん年上の女性詩人と一緒に帰っちゃったのよ。彼女は自分のことを相当セクシーだと思っていたみたい。

愛を込めて

ジャッキー

一九七五年七月十一日
ああ、なんて暑いのかしら!
ウィスコンシン州メノミニーにて

ジャッキーへ

独立記念日になにをしたかですって？　決まってるじゃない。パレードよ！　気分は最高、手首は鋼鉄のパターみたいに太鼓の音を打ち鳴らしたわ。観衆は、もう賞でもとったかのような大騒ぎ。マクワナゴでもレギオン・バンドでティンパニを叩く予定よ。花火の前に、ポンコツ改造車のスタント・ショーをやっていたわ。それから、カエルジャンプコンテストで賭けをして、スプレーで色をつけられた犬のコンテストも見たわ。ちょっと心配なのはあなたの妹のこと。名前を〝カ〟と変えて、縮んだ頭みたいな太陽の刺青をおなかに入れているの。オレゴン州のコミューンの森の中を裸で駆け回って、葉っぱからマリファナを作ったって言っていたわ。ひどい話だと思わない？　サラのほうは大学を卒業したらロースクールに行きたいそうよ。それには大賛成！　私は新しい仕事を探すつもりです。ホテルのウエイトレスは疲れるわ。仕事が終わると溶けたバターみたいな気分。ソラジンの服用を止めてもいいか、〝先生〟に聞いてみたいんだけど。いいでしょう？

それではまたね。

やる気十分、元気満々のママより

一九七五年八月十一日
エラの下宿屋、七号室
ウエストヴァージニア州ニトロにて

メイベルへ

実はこの間、カップケーキ・ライダーという嫌な仕事をしました。数日はゴミためのような場所から抜け出せたけれど。町の住人を騙すより、小銭目当てのカウボーイやインディアンとつきあっているほうが、ましだものね。彼らは懐が寂しくなると馬に乗るけれど、馬に乗っていようといまいと、少なくとも自分たちが世の中の異端分子だってことだけはわかっているわ。ニューイングランドの、どこかの町の市長とは大違いね。そいつったら、芝生の椅子に座ってアイスクリームを食べながら十ドル紙幣をよこしたかと思うと、ビキニを着て側でくつろげっていうのよ。目の前で十ドルをびりびりに破いてやったわ。私の側をうろついているのは馬のせいで蟹股《がにまた》になって、ジム・ビームの飲みすぎで唇に皺が寄っちゃったならず者ばかりだけれど、彼らは別のばか騒ぎ《ホースプレイ》でくたくたに疲れきっているのね、きっと。カウガール用のスパンコールつきフリンジのボレロと、おそろいのスカートを着たわ。仕事はリングのまわりをゆっくりと駆けるだけ。旗を持つかわい子ちゃんよ。実をいうと、馬だけでもそれくらいできたと思う。アラベスクやファンダンゴ風に、女の人が馬の背に立ってキャディラックを飛び越している一九四〇年代のポスターとは大違い。その後、歩きながらステージに出て――つまり私の乗った馬が歩いているんだけど――牛に縄をかける役のミスター・バディに投げ縄を渡すの。そして馬に乗ったまま、オクラホマ出身の、誰よりも頭がいかれたエリート・ブルライダーのエルモのまわりをまわって煽《あお》り立てるのよ。彼のむき出しになった歯茎《はぐき》はミミズの死骸みたい……でも年は二十五くらいかしらね。どいつもこいつもママに紹介するような男じゃないけど、一人か二人くらいは丁寧に話そうとする人もいるのよ。分からないわ、メイベル。家に戻るべきだと思う?

またね。

ジャッキー

追伸　わかってるわ。メイベルはいつだって「帰っておいで」って思っているんでしょう?

でも帰れないわ。今はまだね。

数千人が住む町ニトロでは、警察友愛会がロデオを主催した。私はそのうちのひとり、ティラーと友だちになった。ティラーは、私たちについていた警官、アール・ミュールズの弟だった。ミュールズは、南部の保安官映画のマニアだった。『夜の大捜査線』のロッド・スタイガーのような気骨の持ち主だったが、ここに住む誰もがそんな雰囲気だった。でも、彼は馬鹿じゃなかった。ある晩、私はニトロのアパートで、私たちの世代の感情がいかに表面的なものかを指摘するハーパーズ誌の記事を読んでいた。〝若者の間にひろがる愛の喪失〟。彼らは愛にほとんど期待を抱かないし、愛から得るものは期待よりも少ない〟。私はそれについて考えていた。私は愛情に何も期待していなかった。それに、ニトロの半径約八十キロ内で、私以外にハーパーズを読んでいる人間が果たしているのだろうかとも思っていた。窓からピンクのネオンが輝くバー〝レベル・イエル〟を見おろした。歩道のちょうど真ん中で、アール・ミュールズが私のアパートをじっと見つめていた。

アール・ミュールズは、おそらくまだ三十代だったがずんぐりとして、太陽と酒のせいで、赤ら顔をさらに真っ赤にさせていた。私の目にはかなり老けて見えた。ミュールズはティラーのまねをして、カニみたいにぎごちなく横歩きをしたかと思うと、ラジオの雑音のような舌足らずの声を出して彼をからかった。あるいは、立ち止まって頭を掻いては、簡単な仕事なのにわざと大変そうなふりをして、焼けつく太陽の下でにたりと笑った。ティラーは頭にきていた。なぜ自分にもっとも近い人間から傷つけられなくてはならないのかと。ティラーのおっとりとした性格は、他人のものと思えず守ってあげたいと思った。そして守りが必要だという気持ちは、ミュールズがパトカーでゆっくりと巡回しながら、車の窓から私を見張っていたり、電話受付室に顔を出したり、私とティラーがグレービーサンドイッチを食べに行くカフェをうろつきはじめたりするにつれ、ますます強くなっていった。ニトロの町は、汚泥のような、石炭を燃やしたときにできる硫黄の残留物のような黒い影にますます覆われていった。この町は本当に硫黄の残留物なのかもしれない。

〝力〟、喜びの名前よ！
オレゴン州フッド川に近い、ビタールート農場にて

お姉ちゃんへ
ストレスがたまっているみたいね。あなたには神の御光が必要だわ。すべての霊感と思慮の源よ。裸になればもっと神に近づけるんだけど、もしもはばかられるなら、家のまわりで裸になってみて。真実を照らし出すのよ！　悪魔と対峙《たいじ》しなさい！　今からミーティングに出かけなくちゃ。私、〝スピリチュアル・グループ〟のリーダーなの。
じゃあね。

カ

コーデリア・ジャッジという名の恐ろしく太った女性を、電話受付係に雇うべきだとアール・ミュールズが強く勧めてきたことがあった。コーデリアはミュールズのことを、「このあたりのおまわりの中では一番しっかりしている意志の強い男だ」と言った。ミュールズは、自分の我を押し通すタイプだった。熱風が私のスカートを吹き上げているような気がした。ミュールズがスロットマシンに小銭を入れると私が大当たりを吐き出す、そんな光景を思い浮かべた。おそらくコーデリアはミュールズに何がしかの借りがあったのだろう。もしかしたら私が電話受付に雇った人間は皆、何がしかの形でニトロ警察の世話になっていて、ミュールズに負い目があったのかもしれない。彼女たちは私を監視していた。考えこむなと自分に言い聞かせた。ニトロくんだりで気が変になるわけにはいかなかった。

ミュールズのパトカーは、四六時中、下宿屋の近くを回っていて、もし彼がこのビルをロープで巻いていたとしたら、とっくにぐるぐる巻きになっていただろう。ロープで編んだボールのなかにいるのは私だ。ティラーのことは、いい友だちだと思っていて、それは文字通りのいい友だちという意味だった。彼のために夕食を作り、服の洗濯をしてやり、アパートの裏口には、彼のへたくそな空手キックの練習用にサンドバッグも吊るさせてあげた。夜、ティラーが外に停めたバンのなかで寝るようになったので、私は朝になると彼を部屋に入れ、コーヒーを飲ませてあげた。ティラーにはバスルームの掃除をしてもらった。私は兄と弟を競わせることになったけれど、この柔らかいキャラメルのような八月の町で私たちのことが噂になっていたとしても、全然気にならなかった。ティラーは、私が彼の兄を怖がっていることに気づいていたのだろうか、それとも、ただ子犬がぬくもりを求めるように私にそばにいて欲しかったのだろうか。はっきりしなかったが、彼のいてくれることが心の底から嬉しかった。

一九七五年八月二十日
ウィスコンシン州プッカワセイ湖にて
フライにするほど大きい食用ガエルの季節！

ジャッキーへ

おまえの側にいるのは一体どんなやつらなんだい？　まったく、首筋にクモが這うみたいに身の毛がよだつよ。おまえやおまえのママといっしょにいてまだ生きていられることが自分でもびっくりだ。今日はヘッドチーズ（豚や子牛の、頭や足の肉を細かく刻んで煮てチーズ状にした食品）を作ったよ。臭いのなんのって！　隣のビオラが臭くて吐きそうだと文句を言ってきた。なに言ってんだろうね。ＴＶディナーを作るような女が。来週末、ママとがらくた市を開くよ。ママが買ってくれたかつらをだすつもりさ。あのしろものにはうんざりだ。冷や汗ものだよ。あれをつけると〝ローレンス・ウェルク・ショー〟でピアノを弾かなきゃならないみたいに見えるからね。まあ、できるもんならそうしてみたいけど。ママはいつでもくだらないことを一緒にやらかす彼氏を探しているよ。この間はミルウォーキーからやってきた弁護士のロジャーとやらとデートしていたけど、こいつが本当にまぬけなやつでね。ママに、あたしがパートナーになってやるよ、って言ってやったんだよ。そしたら「メイベルは私のタイプじゃないわ！」だとさ。今日はあんまり暑いから、裸みたいなかっこうでじっとしているよ。いま、ドアを閉めて扇風機をまわしたところさ。ふう！　とりあえず臭いも消えかかっているみたいだ。隣のビオラはちっちゃなスプーン片手によつんばいになって草を抜いてるよ。ビオラがどんなふうに芝生を踏むか知っているだろう？　まるで針で刺繍《ししゅう》しているみたいだよ。あそこに行って、まん丸なおけつに蹴りをいれてやりたいね。五ドルを入れとくね。何かいいものがあれば買えばいいさ。ああ、首が痛くて死にそうだよ。

それじゃあまたね。

メイベル

いたちごっこが一、二週間続いた後、ミュールズが突然行動に出た。私がニトロの自分の部屋へ戻ると、ブラインドから差し込む黄昏《たそがれ》の光で身体をまだらに染めたミュールズが、しみだらけの古いソファに座っていた。彼は冷蔵庫からビールをひっぱりだそうとしていた。私はもはや彼の手の内にあった。ミュールズは余裕たっぷりだった。

「おまえの子犬ちゃんを追い出してやったよ」。ティラーのことだった。「さあ、お前のちんけな見世物ショーの話をしようぜ。あいつにもちょっとはやらせてやったんだろう? あいつはセント・アンドリューの古タイヤ置き場の火事の後始末に行かせたよ。消防士の手伝いをしなくちゃならん。二、三日はかかるだろうな。だから俺とお前で、誰にも邪魔されない静かなひとときが過ごせるってわけだ」。

私は何も答えなかった。もしミュールズが少しでも動いたら、大声をあげて引っかいてやろうと思った。だが、彼はお見通しだった。

「俺とデートしたくないか?」レバーのような唇の端に唾液がたまっていた。

「ええ」私は断った。

「すぐにしたくなるさ」冷ややかな声だった。ミュールズは立ち上がり、警棒の跡がついたソファ・カバーのしわを直した。

「こっちからお願いする気はないぜ。つまりこういうことだ。俺に歩み寄るか。俺を敵にまわすか。自分で選ぶんだな。おまえみたいなロデオのがきどもは、ろくでもない奴らとばかりつきあって、ひとさまのポケットに手をつっこんではしくじる運命なんだ。おまえのアパートで麻薬を見つけたと令状に書くことになるかもしれんな。そうなると、連行して逮捕しなくちゃならん。高くつくぞ。まあ、ここじゃあお前たちは、もともと警察友愛会のお客様だ。慎重にことを進める必要はあるけどな」

ミュールズはポケットから白い粉の入った袋（コカインかベビーパウダーか、それとも塩だろうか）を取り出して、鼠《ねずみ》の死骸をつまむように親指と人差し指でかかげてみせた。満足げな顔だった。それから再びポケットに袋を戻した。私はマリファナ一服すらしたことがなかった。ドラッグが怖かった。正気をなくすことが楽しいなんて、死んでも思えなかった。

「逮捕を免れるのは、無理だと思うね。このあたりの裁判官はみんな俺の知りあいだよ。保釈金だっていくらでも高くできる。俺とデートしたくなるってもんだろ」。

赤タマネギのような顔を一歩近づけると、ミュールズは警棒を抜き、私の耳の横でとんと壁に打ちつけた。耳の横の次は頭の上、もう片方の耳の横、と一回ずつ壁を叩いた。顔には傷口から染み出たような笑みが浮かんでいた。そして身を屈《かが》め、私の目を覗き込んだ。私は体が死後硬直を始めたように感じた。

「もうデートを楽しませてもらってるよ」そう言うとミュールズは、ゴキブリが穴へ逃げこむみたいにあとずさりながら部屋を出て行った。「明日の夜会おうな」。

「さっさと出て行けば？」私の声は心細さと同じくらいかぼそかったはずだ。厄介《やっかい》なことになった。またしても。

今思えば私たち、つまり〝シバの女王〟と〝ロデオの娘〟は、母娘ともに、男好きのする女が戦場にいる部隊の前で色っぽく振る舞うかのごとく媚《こび》を売っているくせに、それに気づかないといった態度でかろうじて危険から逃れてきたのだとわかる。私たちは声をそろえて下手な歌を歌い、足を高く蹴り上げて、危険を手招きしていた。自分を守り損ねてしまうのは、自分で自分を傷つけることをある程度許しているからだ。また、己の未熟さと信仰の表れでもあった。シバは観客を圧倒する蛇使いのように、見えない三日月刀をくねらせて戦った。私は全然平凡な人間で、巡業に縛られていた。アール・ミュールズの車が走り去ったとき、私は疲れきっていて、激しい不安に襲われた。でも、ニトロの悪徳警官がこれみよがしにワルぶっているのと同じくらいヒステリックでもあった。私は彼をだしぬけると思った。私だけが絶望的な状況に置かれているわけじゃない。私はこれまで、保安官たちが考えるよりもっと多くの逃亡劇を目にしてきた。ミュールズが股間を競《せ》り上げて迫ってくるのはわかってる。でも、私は予期せぬ上昇風にのせられた、鋼《はがね》のくちばしをもつ鷹のようなものだった。

忘れられない一夜だった。私は呼吸が胸元で凍るのを感じながら、椅子に座り、壁にもたれかかる骸骨になっていた。動けなかったし一度も動かなかった。心臓の止まる音を聞きながら、幽霊たちが一列に並んでセリフを喋り始めるのを待っていた。頭の中でシバが呼びかける。無事でいられると思っていたの？　私だって苦しいのにあなたが勝てるとでも？　私は奇跡を待ち、そしてそれはやってきた。夜明けにどたどたと階段を上がってくる音がした。ティラーは、部屋の中をぐるぐる周りそうな勢いで飛び込んできて、焼けた鍋つかみのような匂いを振りまいた。

「ただいま」と、彼は言った。「もう僕はいなくていいって。しばらく火も消えそうにないからさ。手を貸してくれてありがとうって言われたよ。ロデオが来るのは明日だよね。毎晩見たいと思っていたんだよ！」。

「ティラー」私は泣き声になっていた。「コーヒー飲む？」。麻痺《まひ》状態の一夜を過ごして、汗ばんでいた。ミュールズは私に賄賂《わいろ》を要求する悪徳警官だった。賄賂とはすなわち私だ。彼を訴えるにしても、誰に告発すればいいのだろう。地元の有力者など信用できなかった。誰が私のために証言してくれるだろうか。ニトロをすぐに離れたとしても、今度は〝ダイヤモンド・S〟でもっと大きなもめごとになるだろう。特に先月の給料の支払いを待っている不満だらけの電話詐欺師たちは言うまでもない。すでにカウボーイは町へやってきて、晩に行われるロデオの準備をしていた。ゴードンとメアリーも午後には到着するはずだ。私は少なくともあと一週間、ここにいなくてはならない。カップケーキ・ライダーなんてやくざな世界にいれば、そんな下世話なことも起きるものよ！　さあ、今夜、覚悟を決めないと！　シバが盾《たて》の後ろから、奇妙な形の槍を世界へ向かって投げつける。シバならばどんな相手の挑戦も受けて立ち、言いたいことは何でも言い、モンキースパナを振りまわすはずだ。保安官に逮捕されても唾を吐き返し、法廷やパトカーの中で面と向かって「あなたたちの顔はまるで汚れた靴下みたいね」と言い放つのではないか。それでいい。ミュールズの顔つきは、ストッキングに豆の粉をぶちこんで、ぐちゃぐちゃに踏み潰して、黒いボタンの目をつけたみたいだった。

その朝遅く、ヒ素で書ければよかったのにと思いながら、デートに誘う手紙をミュールズへ渡した。

彼は堤防の土嚢《どのう》みたいにパトカーにもたれかかっていた。卑猥《ひわい》な流し目をしたリア王だ。私は部屋に戻り、ニトログリセリンをしまうかのように、そっと荷造りをした。その夜の現金収入を回収するため、〝ユーバー・コレクション・エージェント〟と称したメアリーとゴードンもやってきた。私はロデオのテントのまわりをぶらつき、新しく立てた馬の囲いに座って午後を過ごした。ロープに足をひっかけて、酔っぱらったカウボーイたちが虚勢を張る声や、酒をがぶ飲みする音を聞いていた。トラックから降ろされた馬はあまりにも侘《わび》しげで、ニトロの開拓時代の伝説というよりは、繊細なフランス料理にでもなりそうだった。もう二度と会うことはないわね、と、私はトランプの顔みたいな男たちを見ながら思った。私は彼らにあだ名をつけていた。あの人はハートのジャック。この人はスペードのキング、といった具合に。バフォードという男が、君に話さなくちゃいけないことがあると言いながら近寄ってきた。てっきり一杯おごってほしいのだろうと思った。

「たいしたことじゃないんだが」のっそりと、唾を吐きながら彼は言った。あばただらけでメロンの皮みたいな頰を膨《ふく》らませると、一気に息を吐き出した。「あんた、すごくきれいな声してるな。そんな声はじめて聞いたよ。イギリス人なのかい?」。

夜の帳《とばり》がおり、出口を探す人のために誰かが炭鉱灯を掲げるかのように、ニトロの空に月が浮かんでいた。家族、おばあちゃん、おじいちゃん、いろんな年齢の子供たちが、ニトロの二大娯楽であるテレビと口げんかから重い腰をあげてロデオにやってきていた。観客の間をぶらついていると、学校に行けない知的障害を持つ子供たち（二十四人の子供に対して二百の席が売れた）の熱心な顔を目にした。チャリティのジョン・ウェイン・ショーに歓声をあげている。他にはじん肺症基金からやってきた子供たちや、リーディング・プログラムを受けている失読症の子供たち、郡のデイケアセンターで昼食サービスを受けている痩《や》せた黒人の子供たちもいた。ニトロの町でいつもみかける女性もいて、彼女の首や体には、すべすべした腫瘍《しゅよう》が育っていて、まるでかぼちゃ畑のようだった。派手なピンク色のストレッチパンツを履いて足の線を際立たせているコーデリア・ジャッジが、側で金切り声をあげた。「いばりんぼさん、明日の朝には給料を払ってくれるんでしょうね？」と、けたたましい声で言った。みんなお見通しなんでしょ、コーデリア。翌朝、電話室で誰かが見つけるように、すでに小切手は書いておいた。

ロデオが始まった。バフォード、マーリン、そして見覚えのない、いかにもタフそうな女性――その夜のカップケーキ・ライダー――が馬に乗って場内をパレードした。ヤンキー・ドゥードゥル、ポップ・スター、スパンキー。接着剤工場へ売られるまでのほんの短い間、馬にも名前があった。馬を愛した子供たちがつけた名前だった。〝ダイヤモンド・S〟は馬を粗末に扱っていた。陽気で間の抜けた音楽が鳴り響き、馬が場内を回る時、呪いのかかった永遠に回り続けるメリーゴーランドを思わせた。

ひとりの観客が、メリーゴーランドの幸運の真鍮《しんちゅう》のリングを掴もうと待ち構えていた。私はミュールズに「十時に会いましょう」と言った。ロデオの環の向こう側で、彼が埃をかぶって鼻をすすっている。「テキサスには黄色いバラがございます」ラウドスピーカーの声が響きわたった。「今からお目にかけましょう」弦楽器の音が高鳴った。アナウンスは正しかった。とりを飾るのは足を踏み鳴らしているエルモだった。ロデオファンは、いまやお目当てのものを目にしていた。メアリーとゴードンは、私が明日の午前中に帳簿をまとめると思っている。土埃のなか芝生に落ちていた綿菓子の棒を見つめながら、心臓が早鐘《はやがね》を打った。私は駐車場へ向かい、車を走らせ、明かりもつけずに裏階段からアパートへ入った。もうすぐ十時だった。部屋は静まり返っていた。埃で鼻がちくちくした。脇の下が熱かった。通りで拾ったレンガをソックスにつめて、ミュールズを待った。窓の下に、映画みたいに明かりの灯ったバーが見えた。十時ちょうど、衝突音と共に、ものすごい勢いで投げつけられたスツールがバーの正面の窓を打ち破った。ガラスが粉々に砕けちった。店内ではティラーがビリヤードのキューを頭の上で激しく振り回していた。彼は手を止め、私の部屋の暗い窓を見上げた。彼を呼んだかしら？　それからティラーはバーの後ろにある鏡へキューを振り下ろし、ガラスを砕いた。

「この店をぶっ壊してやる」とティラーが叫び、周りの男たちは「ばかなまねはやめろ」とか、「俺にまかせろ」と口々に叫びながら、ティラーに挑んでいた。相手かまわず暴れる者もいた。拳が壁にぶちあたり、ベルトのバックルや顎が上下に跳ねた。壁に並んだネオン装飾の下で、男たちが屈強なダンスを踊っていた。妊娠してあわてて挙げた結婚式で、酔っ払ったダンスのパートナー同士が足を踏みあいながら踊るビール腹のポルカだ。唐突に複数のサイレンがばらばらに悲鳴をあげながら通りをやってきた。一、二、三台と、ニトロのちっぽけな警察署にあるすべてのパトカーが磁石に引きよせられるように集まってきた。アール・ミュールズはふくれ面でパトカーから降りると、不気味な目つきで私のアパートをちらりと見上げた。ミュールズは抜け目の無い男だ。ひょっとすると私の仕業《しわざ》だと思ったのかもしれないが、だからといって彼に何ができるだろう。立ち去るわけにもいくまい。私はバーテンダーのジョーに三百ドルを渡していた。そのうちの五十ドルはティラーに渡す約束になっていた。ティラーから私の行き先がばれる心配はなかった。そもそも私は、自分がどこからやってきたのか、何も本当のことを教えていない。

昔の生活を懐かしがる暇《ひま》はなかった。〝この世代の若者は愛に期待しないし、期待したとしても愛から得るものは期待より少ない〟のだ。少女の膝は花びらのジャムのよう。息を弾ませ、スーツケースを二つ、階段の下へほうり投げると、真っ暗な裏庭へ飛び出し、愛車ネリーベルに乗り込み、身をかがめ、ライトを消し、ギアをニュートラルにしたまま丘を下って永遠に姿を消す。追っ手は北へ向かうだろうと考え、南へ南へと車を走らせる。夜明けが訪れる。ビールを注いだコップに卵を割り落としたように、あまりに黄色く、あまりに腐っている。太陽の光を見て正気に戻った私は、車を脇に停め、同じ年頃の女の子が洗濯物を干しているのを眺めた。なんて穏やかな風景なのだろう。彼女の後ろにある納屋は、タバコの葉の束がぎゅうぎゅうに詰め込まれていて、マッチ箱のようだった。女の子はたぶんログキャビンとか、ダブルウェディングリング、ローズ・オブ・シャロンといった名のキルトを干し、それからバンダナとやぼったい青シャツを干した。あんなふうな青く鮮やかな瞳を私は知っていた。今、ティラーの顔はどんなふうになっているだろう。つぶれた卵や、ぼろぼろになった野球ボールや、冷蔵庫の中の牛乳の滓《かす》を想像しないようにした。目に浮かんだのは、彼の頭を覆うまだらのボロ布と、何かの種のように喉につかえている歯だった。

私は車に戻った。一時間後、大きな音がしたかと思うと、後ろのタイヤがパンクして空気の抜ける嫌な音が続いた。役立たずのニトロっ子から安い再生タイヤを売りつけられるはめになった。それから百五十キロを過ぎた頃、もう一方の後輪にも同じことが起こって、またもや再生タイヤの世話になった。どちらのときも運転席に座ったまま、助けが通りかかるのを待ち、ヴァージニア・ウルフの『船出』を読もうとしていた。いつしか手元には五十ドルも残っていなかった。ガソリン代だ。取っておいた方がいいと思い、折りたたんでブラジャーに挟んだ。途中で立ち寄ったオートショップで顔を洗った。髪はわらのようにごわごわで、額は埃とモーターオイルのせいで年不相応な皺《しわ》ができていた。ネリーベルにはエアコンがなく、おまけに太陽は焼きごてを押すような激しさで照り続けていた。私は中流階級の生活に戻ろうとしていた。二十二歳の誕生日に、母親のもとに、マスコミが世論を揺さぶる場所に戻るのだ。シカゴ郊外のどこかに住んでいる友人を訪ねるつもりだった。何ごとにも無《む》頓着《とんちゃく》な女の子だったヴァレリーは、ケンブリッジ時代を共に過ごした仲だった。私たちは犬が体から水を振り飛ばすように、この夏の出来事すべてをなかったことにするだろう。ビールをあおって瓶を肩越しに放り投げ、男たちの話をして、これからもずっと若くて綺麗《きれい》でいようと思っていたことを思い出すのだ。だがシカゴは私にとっては見知らぬ都会。町の名前はどれもこれもそっけなく響いた。ハイウェイを降り、スパゲッティみたいに複雑に入り組んだ迂回《うかい》道路に入ったとたん道に迷った。四十八時間ろくに寝てもいなかった。パトカーが通り過ぎたが、たとえ地獄への道順だって警官に尋ねるつもりはなかった。郊外にある友人の家に向かう道を尋ねるために、ガソリンスタンドに入った。「青信号から目を離すなよ」。深夜二時。暇をもてあましたガソリンスタンドの黒人従業員は言った。彼はソーセージ・ジャーキーを噛みちぎった。おしゃべりする気分じゃなかったが、深刻に道に迷った白人の女の子と見られているのがわかった。私はイリノイ州のメイウッドにいた。でもイリノイ州のメイウッドってどのあたり？　私は青信号に目を光らせ、ロデオを、ティラーの顔を見つめ続けたが、それらは心のなかの不快な影として消えていき、一時停止の標識や優先車はまったく見ていなかった。巨大な金属の砲弾がネリーベルの脇腹に直撃したような衝撃を覚え、車が万華鏡の内側のようにくるくる回転した。フロントガラス越しに電柱が視界に飛び込んできた。とっさに頭を下げた。電柱とぶつかった瞬間すさまじい音がした。光が滴《しずく》のように飛び散り、すべてがびしょぬれになった。音はきちんと聞こえているのに、視界には何も映らない。

どうしよう、目が見えなくなったんだわ。

どうにか身体につながっていた両手で目をこすってみると、ちがった。目が見えないのではなかった。だが、バケツをひっくり返したみたいに血があふれて、目に流れ込んでいた。バケツとは私の頭で、額と髪の分け目にぱっくりと傷があった。ハンドルから飛び出したスポークが頭に突き刺さっていた。フロントガラスはなくなり、バックシートは金属がむき出しになっていた。ハイウェイでキリスト教風に埋葬されたネリーベル。ぶつかってきた車の運転手は無傷だった。私は頭を後ろにもたせかけ、救急車を待った。耳は聞こえていて、二階のバルコニーから流れる優雅な音楽がベートーベンの第九だとわかるほど聴覚が鋭くなっていた。裁きと罰を、この夏、おまえがしでかしたすべての邪悪なことに。

それから数日後、メノミニーに戻ると、シバに先を越されていた。イリノイ州の救急医療室から電話をかけた私にメイベルが警告していた。「そんなにひどくはないんだよ」とメイベルは言った。「フロリダの沼地を買って、教会のボロ市に高価な宝石をだしただけさ。あたしに呼び出しの電話がかかってきたんだ。ドロレスがスカーフだか鳥の巣箱だかを万引きしたとか。ドロレスはまた遺書を書いてるよ。遺書のなかに私の名前はないね、断言してもいいよ」。

季節は秋だった。秋は決まって月の反射と射手座の混乱をもたらし、ドロレスはあっという間に現実を抜け出し、勝ち誇ったようにシバが現れ、手練手管《てれんてくだ》を総動員する。大学四年からその後の数年間、九月になると、夏の旅の間につかまえた捕虜とともに行動を起こす準備を整えて、シバは舞い戻ってきた。私は退院し、友人の家も離れ、頭には包帯、ジャケットは血まみれ、髪はぎざぎざにむしりとられ、頭皮には二十針縫った痕が地形図のようにこんもり盛り上がっていた。バスの停留所で待っていたメイベルが、私を一目見て悲鳴をあげた。「なんてこった！　けがかい？　それとも車に轢《ひ》かれたのかい？」。確かにある意味、人生の選択という車に轢かれたような気分だった。

よく帰ってきたね。メイベルはベッドに私を寝かせ、コトコトと煮込んだチキンスープを運んできてくれた。私はいつのまにか眠りに落ちていた。何時間か経って、息を切らしているものの妄想には陥っていない様子で、ドロレスがデートから帰ってきた――もっとも、カンカンを踊りながらパートナーにクレープシュゼットを作ってあげたいとか、部屋の中で空中ブランコに乗った後バラの花からシロップを作りましょうとか、そんなことを言いだしそうな雰囲気ではあった。ドロレスはビリヤードを楽しんできたらしい。私はすっかり目が覚めてしまった。夜中の一時過ぎだった。階段を上がってくる母の足音が聞こえた。ドアが開くと、お披露目の主役が登場したかのように、母の背後を灯りが照らしていた。

「この包帯を見てよ」。私は自分の頭を指差した。

「ひどいわねぇ」母は言った。「ディーンに会ってみる？　私の彼よ」。

「いやよ」目が覚めたら最初からやり直したいと願いながら寝返りを打った。ママにあ、あ、あ、あの子のことを話せたらいいのに。テ、テ、テ、テ、ティラーのことを。綿の詰め物みたいな脳みそは今頃シャツいっぱいに飛び散っているはず。私のバンダナで彼の頭を包んであげたい、子守唄を歌ってあげたい、額を氷で冷やしてあげたい。だけどもちろん彼に会うことは二度とない。意に反してそんな気持ちがよぎった。私の傷は癒えた。母の病はそのままだった。

数週間後、家の近くの国有林へドロレスを乗馬に連れて行った。ドロレスはまた具合が悪くなっていたので、危ない橋を渡っているのは承知の上だった。近くの町で行われたパレードでは列のまん中に入り込み、ドラムの連隊に交じって行進しようとした。他にも数々の奇行があり、ドロレスの精神状態も考えて、収容令状の審理を申し立てたばかりだった。彼女を森に連れて行こうなんて、ばかげた考えもいいところで、家のなかにいても、時々そこがどこだかわからなくなるくらいだった。でもかまわなかった。私はドロレスの病気にうんざりしていた。母親に戻ってきて欲しかった。私が馬に乗りたくなったのは、それが十月だったからで、十月の私の誕生日は毎年そうやって祝っていた。季節は秋。森じゅうが紅葉し、まるでオペラの演出を見ているかのようで、死ぬほど美しかった。真鍮に反射したみたいな柔らかな光、ひらひらした羽のような漆《うるし》の葉、色褪《いろあ》せたラベンダー色の野菊。母と私は、ボウガンで小動物を射るハンターたちから身を守るために、蛍光オレンジ色のベストを着用し、馬に鞍《くら》とくつわをつけた。母にとってもいいことだと自分に言い聞かせていた。新鮮な空気に軽い運動、馬の汗や、茂みにひそむ七面鳥、他にも自然による癒しがあるかもしれない。私は、馬のひづめに詰まった泥をひとつずつきれいにしてやり、たてがみにベビーオイルを塗って、目の荒い櫛でとかしてやっていたが、急に面倒くさくなって、汚れた馬の背中を指で拭き、汚くなった手のひらで臀《しり》の筋肉をなでた。それから鞍帯をしっかりと締め、前髪にブラシをかけて虫除《むしよ》けスプレーを吹きかけてから、母と私は森へ入っていった。

ドロレスは、確実な投資としてこれから買うつもりの競走馬の話をした。「新しい会社からは湯水のようにお金が入ってくるし、それがなくとも匿名の投資団体が支払ってくれそうだから、簡単に手が届くわ。入ってくるお金やパーティ、表彰式のことを考えてみてよ!」。

「そうね、ママ」私は答える。「でもママには競走馬を買うお金なんてないわよ。木馬だって買えやしないわ」。

母は地平線をじっと見つめ、私のばかげた冗談を無視して、彼女が考える富と権力にふさわしい、堂々とした態度で馬に乗り続けた。砂漠を行くシバ。バンクスマツの間を吹き抜け、ひゅうひゅうと私たちを打ちつける風以外には何も聞こえない。私にとって一番馴染みの深いウィスコンシンの小道と野原だった。かつては駅馬車が使っていた道だったが、いまではブラックベリーの木が茂っていた。用済みになったリンゴの木を見捨てた開拓者たちの子孫は、今となっては地元の洗車場で働いたり、あるいは保険の契約証書を書いていたりするのだろう。石灰岩が脛骨《けいこつ》や腓骨《ひこつ》のこぶのように野原から突き出していた。遠くで羽が翻《ひるがえ》ったような光がきらめいた気がした。キジが飛んでいるのか、それとも誰かのヴェールが風に漂っているのか。風に舞ったヴェールがドロレスの頬をなでるとシバが姿を現し、彼女は未来を捕まえられると信じて馬を駆り立てる。私はひづめの鳴り響く音のなかに取り残される。

この乗馬に出かけたとき、母は四十四歳だった。戦場の女アリーの追っ手に対抗するアイーシャのように馬を駆る。栗色の髪がなびいて後光のようにきらめいている。恐怖におののくと同時に、胸当てと鎖帷子《くさりかたびら》があればいいのにと思いながら私はその姿を見つめている。西ゴート族の一団から逃れる身で馬を走らせ、背中に弓矢を負っているかのように、母は馬に覆いかぶさっている。「進め!」哀れな老馬ヒューストンに向かって母が叫ぶ。ヒューストンは背中に悪霊を感じながら命令どおりに走り、昔、牛を駆り集めた日々のことを思い出す。私の馬、アラブ種のシャドーは、風の鳴る音に驚いて駆け出すほど臆病な馬だ。それが今は銅像にでもなったかのように立ち尽くしている。馬に乗った頭のおかしい女を追いかけるくらいなら、生きながら皮をはがされるほうがましだと思っているのかもしれない。手綱《たづな》で打っても、のろのろと二、三歩前へ進むだけだった。いくつもの心臓を釘で軍旗に打ちつけて、死をもてあそぶ女神を追いかけるなんてこと、シャドーだって関わりたくないのだろう。

　近くの農場のカウボーイが、野原を馬で疾走している。彼のことは知っている。農園を手伝う無口な少年で、痩せこけてぼろぼろの肌着を着ている。分厚い噛みタバコをくちゃくちゃと噛んで、ソーダ水を飲むときは噛みタバコを口からとりだし、そのまま手に持っている。私の側を走り過ぎるとき、彼はこう考えていたはずだ。ばかな女たちだなあ、と。少年はドロレスに追いつくと一瞬にして手綱を捕まえる。憎らしいほど手際のいいカウボーイだ。シャドーが木の枝に驚いて跳ね上がったので、私はしりもちをついてしまう。顔をあげる。カウボーイはドロレスの馬と無人の鞍を見つめている。ドロレスは立って大声をあげている。「よくも私の優勝トロフィーをフイにしてくれたわね！　二万ドルを手にするはずだったのに、ばか！　あなたのしたことすべてを訴えてやるわ！」ドロレスは足音を荒げて小道を行き、森の中へ消えていく。

　頭のおかしな人間の振る舞いに面食らったカウボーイは、私を一瞥《いちべつ》する。彼は動物たちに話しかけ、彼らが痛みから解放されたがっていたり、楽になりたがっていたりするのがわかるのだ。干草《ほしくさ》、穀物、アルファルファ、蹄鉄《ていてつ》、それが彼の知っている言葉だ。口からタバコの汁があふれ出て、腐ったトマトのようだ。「あの人、頭がどうかしちゃったのかい？」カウボーイがきく。

私は答える。「狂ってるのよ。あれ、私のママなの」。

母をそのまま行かせたのは、シバの女王が私の獲物だからだ。ボウハンターたちが雷鳥や鶉《うずら》を探してクロマツの間をうろついている。そのなかのひとりがドロレスをしとめてしまうかもしれない。できれば両目の真ん中を打ち抜いてほしい。そうしたら私はサロメのダンスが踊れるからだ。母の頭を私の大皿に乗せよう。私は母を追いかけ、恥ずかしいと思いながら叫ぶ。「ママ、ボウハンターたちがいるわ。忘れないで、ハンターよ！　狩りをしているのよ！」。返ってくるのは静寂だけだ。このままどんどん森を進んで迷ってしまえばいい。保安官に頼めば、日が落ちるまでにはブタ箱行きだろう。一時間かそこら経ってから車を停めた場所に戻ってみると、そこに車はない。母が乗って行ったのだ。カウボーイが使う馬具小屋にメモが貼ってあるのに気づく。

〝あなたの犬をもらったわ、おばかさん〟風船みたいに膨らんだ手書きの文字で、メモに書いてある。〝あなたのオーストラリアン・ブルー・ヒーラーよ。ルーシーと呼んだら尻尾を振ってくれたわ。ルーシーにもう一度会いたかったら、一万ドルを持ってくるのね。それと凧《たこ》も〟

私はため息をつく。ルーシーをこの農場まで運んでくる手間を考える。いまごろその老犬は、ドロレスの手からビスケットをもらおうと上機嫌で尾っぽを振っているだろう。母は動物が大好きなのだ。

同じ年の秋、親友が教えてくれた。旅をして、取材をして、写真を撮るという、私にぴったりの仕事があるらしい、と。いろいろあったが、路上の旅への思いは冷めていなかった。私は思った、そうだ、これこそきっと私に向いている仕事だ。本社はシカゴで、旅行雑誌の仕事だったが、私がオフィスに電話をすると、驚いたことに責任者が出て、編集アシスタントを募集しているので会いに来てくれれば面接をすると言った。私は舞い上がった。だが、シカゴへ車で向かおうとすると、その頃すっかりおかしくなっていたドロレスが秘密の使命とやらで車に乗って出かけてしまっていた。私は面接を延期せざるをえなかった。母が戻ると、ケイトと私はどうにか彼女を病院へ行かせようと手を尽くし、今回は母が自主的に病院に行ってくれたにもかかわらず、私は自分の仕事探しのために、なるべく長く入院してほしいと願っていた。

これまでずっと考えてきて、真実と思えるのは、孤独が人を破壊しうるということだ。私が初めてシカゴで過ごしたその冬、ドロレスは白昼夢を見た。元義父は再婚した。ドロレスは血液検査を二回受けた。彼女はドレスと花を買って、教会に予約を入れた。母は、ノードストローム牧師に婚約者は長身で黒髪だと話したが、名前や職業や住所を尋ねられると答えられなかった。母の心は壊れ、サラの枕元に本物の矢を突き刺したバレンタインカードを残していった。私はその頃、大都市シカゴで暮らしていたのだ。

「トラベル・ゴー」は旅行業者向けの業界紙で、アルバイトの内容は友人から聞いた、旅や取材や撮影をする仕事ではなかったが、それは雇われる前に話し合っていたとおりだった。代わりの仕事は、私の最も苦手な計算の繰り返しが中心だった。たとえば広告の記録を取り、活字の大きさを測り、電話で四分の一ページの広告料金を教えるといったことで、どれもこれもあまりの退屈さに涙がでた。

それでも給料は週八十ドルだったので、シカゴへ引っ越して、一人か二人のルームメイトと一緒に生活するには十分だった。数ヶ月恐ろしく退屈な日々を過ごした後、とうとう私にも外の仕事、テキサスのガルベストン湾から出航するギリシャの大型客船〝ステラ・ソラリス〟号を取材する仕事がまわってきた。しかも、特別にわくわくすることがひとつあった。私にとって初めての、大人の夜会服が必要になったのだ。いつものようにお金に余裕はなかったけれど、裁縫の天才サラが、ヴォーグの型紙カタログを使ってジョン・クロスのランジェリー風のドレス——ベージュ色の縮緬《ちりめん》生地《きじ》で、ネックラインから胸元にかけては七十年代に流行したキーホール型のドレスを縫ってくれた。今から思えば〝フレデリックス・オブ・ハリウッド〟のランジェリーに影響を受けていたのだろう。ドレスには、リキッドアイライナーとブルーのアイシャドウがよく映えた。首の後ろをぐるりと回ったストラップがドレスを持ち上げる紐のような役割を果たしていた。螺旋階段《らせんかいだん》に登場する、あの『ロレッタ・ヤング・ショー』のロレッタ・ヤングにでもなった気分だった。安売り店で銀色の厚底靴を十ドルで買い、航空券を手配し、〝ステラ・ソラリス〟号の船長が座る高座のすぐ下のゲスト・テーブルを予約した。空港にはリムジンが迎えに来た。そう！　私はプロの旅行記者の一員だ。私以外には、ヒューストン・クロニクル紙の記者、AP通信の記者、そして旅行業界のライターたちがいた。うまくやれそうだと思った。私は実際の年齢よりも大人に、おそらく二十七歳くらいに見えるだろう。今の私にクルーズ船は、あれこれ詰め込みすぎてよたよた進んでいるようにしか思えないが、当時は乗っているだけでわくわくしたし、給料の支払われる仕事であることが嬉しかった。乗船初日のディナーの席には魅力的な船長に加え、ユーモラスで愛想のよい記者たちが同席し、ワインは飲み放題、リネンと銀食器は本物だった。私は楽しんでいた。キトで一番の上物葉巻を売る店や、ユカタン州へチャーター機で行く方法を知っている記者たちに感心し、彼らのほとんどが安全な場所しか訪れていないことなど全く気にならなかった。そしてその時、首にまわしたラインストーンのストラップがぷつんと音をたてて切れ、まるでストリップショーのようにベージュのドレスが膝のあたりまで滑り落ちた。私の胸はむき出しだった。逃げようがなかった。私は座ったままドレスをひっぱりあげて必死に胸を隠し、いっそのことこの場で死んでしまいたいと祈った。何か言わなくちゃ、ジャック！　私はテーブルの皆に告げた。「よくあることなの！」。

あれはヒューストン紙の記者だったと思うが、ひとりの男性が「大変だ」と言うなり、すばやく立ち上がってジャケットを手渡してくれたが、はずみで他の皆に向かって赤ワインのボトルを倒してしまった。誰もが口々にありとあらゆることを言ってくれたはずなのに、私にはざわめきにしか聞こえず、しかも突然、部屋が真っ暗になった。神が私の祈りを聞いて暗闇を授けてくださったのだと思い込んだ瞬間、四十人のウェイターが炎の揺れるトレイを肩章《けんしょう》のように肩に乗せ、キッチンから二列になって行進しながら現れた。私は新聞記者のジャケットと、そのときには腰のあたりまで下がっていたドレスを掴むと、銀色の厚底靴で逃げる準備をしてウェイターの列を突っ切った。それこそマントを羽織ってタッチダウンしようとしているようなものだった。目の前にドアが見えたとき、部屋の灯りがついた。すぐ側のテーブルからあからさまな冷笑が沸き起こった。思い描いていた未来が完璧に粉々になったと思い、キャビンに閉じこもってすすり泣いた。それからドロレスのことを思った。彼女はいつでも立ち上がったではないか。たとえ彼女を嫌っている人で一杯の部屋で魂を丸裸にされたとしても、彼女は立ち上がった。私は高校二年のダンスパーティのために自分で縫ったペイズリー柄のライムグリーンのパンツに着替え、自分が引き起こした騒動の結果を受け止めるために階上へ向かった。女性記者たちは同情的で、ひとりは近寄ってきて声をかけてくれた。彼女と話せば少しは気分も晴れるのではないかと思った。

「災難だったわね」と、彼女は言った。「私があなただったら、いますぐ自殺してると思うわ」。

「トラベル・ゴー」をクビになったのはその数ヵ月後のことだ。だが、その頃にはドレス事件のことなどほとんど忘れかけていた。私は翌月号に広告を入れ忘れ、数千ドルの損失をだしてしまったのだ。解雇を言い渡された時、編集長はピーターパンの格好をして、私と一緒に博覧会で雑誌を配っていた。この業界での未来はないわよ、と、彼女は私に言った。

ラジオで一番大切なのは広告ではなかった——少なくとも公共放送では広告ではなかった。ラジオで重要なのは、「こっちに来て、話を聞いて」という語りの部分だった。それが分かるまでにずい分時間がかかり、私は二十五歳になっていた。それまでに数え切れないくらいのアルバイトをしたが、シカゴでジャーナリズム基礎講座を教えていたとき、生徒のひとりからラジオの仕事に推薦してほしいと頼まれたことがあった。当時、私は二十四歳だった。仕事は午前三時に起きて、朝のラッシュアワーのためにハイウェイの混雑状況をレポートすることで、勤め先はニュース専門の有名なラジオ局だった。「あなたにはそんなに早く起きられないでしょう」自分よりも年上の生徒に私はそう答えた。彼女は起きたかもしれないし、起きなかったかもしれないが、私は起きていた。私はシカゴのＷＩＮＤラジオに電話をかけたのだ。局長の男性は、交通情報のためにタクシー運転手の経験を持つ人材が欲しいと言った。「タクシーの運転手をしていました」とっさに私は嘘をついていた。私を雇ってくれた彼は、私が嘘をついているのはわかっていたが、声がきれいなので会ってみたかったのだと後に教えてくれた。交通情報の原稿はこんな具合に書いた。「ダン・ライアン高速道路は七九丁目から一〇三丁目まで混雑しています」。一度、「交通状況は混乱中」とか、事故をローラースケート場のように説明したりして、編集から原稿に太い赤線を引かれ、君は新聞記者にでもなったほうがいいと勧められたこともあった。私たちは深夜や早朝に、ジョン・ウェイン・ゲーシーに殺された被害者の遺体状況ひとつひとつを警察無線が報告するのを聞きながら、原稿を書いた。雪が降り積もり、ジエン・バーン市長の任期が終わり、吹雪がまたやって来て、カンヅメになり、酒を飲んだ。私たちは直球勝負のピッチャーさながら事実だけを伝えた。

およそ六ヵ月後、別のラジオ局で自分の番組をもつことになったが、その初日とは、一九八〇年のクリスマスの直前、まさに母が行方不明になった日だった。ラジオは、自分の頭の中にあるさまざまな声と同じように、いつも存在していることに気づいた。シバと同じように、私も自分の頭の中の声をすべて話せると思っていた。白昼夢を見る役でも、地獄の亡者の役でも演じることができる。母がなりたがっていたような、上流婦人の自信たっぷりな声を出すこともできた。母がシバの女王、あるいはマリー・アントワネット、はたまたドロレス・ギンベルズや、〝クリエイティブ・ルネッサンス〟社の最高経営責任者であるとしたら、私はゼルダ・ソーンという第二の自我をもっていた。

ゼルダ・ソーン。それは放送初日の夜に思いついた、自分自身のための名前だった。そして何年もの間、ゼルダは私に代わって辛い役目を引き受けてくれた。小娘の頃の私は無力だった。ドレスが落ちたときも恥ずかしがって、あまりにばかみたいで、頭の中で義父の声が聞こえていた。「役立たずのまぬけ。能なしめ」。でもゼルダ・ソーンならうまくやれるし、何だって言うことができた。何といってもゼルダは、F・スコット・フィッツジェラルドの妻の名前で、彼女は躁うつ病で頭がいかれていた。気のちがった人間は限度を知らない。彼らはやってきて、あなたの秘密を聞いてくる。質問をするということは、相手が狂っていようと、こっちが狂っていようと、彼または彼女の世界に自分を入り込ませることだ。あなたはゼルダ・ソーンと話したいと思うはずだ。彼女はとても勇敢で、ウィットがあった。ラジオは波のように私の中へ入ってきた。私はシバのことを考えていた。夜に向かって話しかけ、闇の中心へ向かい、いつわりの中に真実のかけらを探すことを考え、そして、どのようにして偽りがやがて真実となり、どんなふうに私たちは言葉で自分自身を創造するのかを考えた。ラジオで話すとき、私は目に見えない存在となり、ハーレムの幕の後ろに隠れたまま、人々の頭の中へ話しかけた。ラジオではまるでシバのように、自分が話題にした人々になりきった。行方不明の農場主や、危篤の戦争犠牲者や、秀才の恋人など。そこにあるのは想像力と声だけだった。二十六歳になったある日、私はナショナル・パブリック・ラジオの門を叩いた。世界が私に向かって扉を開いた。

私につきまとって離れない声は、電波の中に住処をみつけた。シバは私に声をかけ続け、「どこかに行くのよ、さあ」と言った。電波の世界で生きることは、物事の根本へさかのぼる旅のようだった。

　メイベルとの関係は、スズキのフライと、豚肉の煮こごりと、さまよえる孫へ送った年金収入からの五ドル札と、安ラガービールでやりとりされた。汗にまみれたものや砂糖でべたべたしたものは、メイベルがくれたものだった。箱の中のボタンが小銭で、いざというときのために窓辺で乾かしている鶏の叉骨《ウィッシュボーン》が宝石だった。「願い事をするんだよ、ジャッキー。好きなときにね。骨はまだまだたくさんあるんだから」。メイベルは、ぼろぼろの牛乳パックにセントポーリアを突っ込み、かび臭いこやしを入れていたが、新しい芽は出なかった。積んだタオルの下にタバコの吸い殻を隠したり、ベランダにぶら下がっている蜂の巣の残骸の下に置かれたボート用クッションの間にジンのボトルを隠したりしていた。いつもせわしげに雨よけ帽子の紐を結び、二十年前にドロレスの目をまるくさせた、オレンジと黒のシマウマ模様の上等なレインコートを着込んだものだった。白髪交じりのメイベルがそれを着ると、カーニバルの天幕にしか見えなかった。それから雨で滑りやすくなった道を横切って、愛車シボレーのもとへ向かった。ドロレスの具合が悪いときには、メノミニーのいたるところで娘の後をこっそりつけるメイベルの姿が見かけられた。裾《すそ》をひきずり、まるで逆風を受けているみたいに長靴を履いた足を踏ん張らせて、ぶつぶつ呟きながらうろつく老いた虎だ。逆風というのは、ある意味本当だった。メイベルは小声で毒づき、自分を鼓舞してきた。人生は目の前にある世界に限らないし、頭で考えられるようなものでもない。それは大きなバケツのようなもので、自らの身を投じるものだった。

　私は祖母の家を我が物顔に使い、夏には街から遊び友だちを引き連れて、ベランダの床で雑魚寝《ざこね》し、ホルターネックのトップスとショートパンツで走りまわり、虫や蚊《か》に囲まれてセックスし、ケトル・モレーンの森で馬に乗った。湖にボートを漕ぎ出したり、ヨタカが舞う空の下で野球のまねごとをしたりした。ある夏の夜明けのこと、ベランダに毛布を敷いてボーイフレンドといちゃついていた私は、ふと顔をあげてびっくりした。かつての欲望を思い出したかのように、メイベルの顔が窓にはりついていた。

「二十歳若けりゃあ、あんたにアタックするのにねえ」ニューヨークからやってきたスキンヘッドの友人に、メイベルが色目を使いながら言った。

「二十年前に戻ったって、彼より二十歳年上じゃない」私は大笑いした。

　加速をつけて突き進むこと。それは祖母と母と私たち娘の全員が分かち合ってきた絆だった。メイベルは自分なりに、ドロレスの精神が破綻した原因を見つけようとした。誰が自分の美しい子供を盗み、この狂った取り換え子を置いていったのか突き止めようとした。結局は挫折し、そんなことは忘れて大量のジンをコップに注ぎ、椅子から滑り落ち、ジャッキーのほうが探偵役には向いていそうだ、自分は目の前で起きる出来事を報告するレポーター向きだ、と決めつけた。彼女は物事を大げさに言いがちだったので、ばかもウソもすべてごちゃまぜだった。一日の終わりに教えてくれるまで、何が本当で何がうそかは曖昧《あいまい》なままだった。ときには現実はどうでもよく、皿の上から掻きだされて流しに捨てられた。メイベルが腰の骨を折ったときも、誰もまともに受け取らず、ドロレスは、「しっ！　大声をださないで。晩ごはんを運んであげるから、テッド・マックの『アマチュア・ショー』を観ながら食べるといいわ」といなしていた。黙るのはあなただった、ママ。メイベルは本当に腰の骨を折っていた。なのに、私たちはそれを信じなかった。

ドロレスがメイベルに言ったことがあった。「あんたなんか本当の母親じゃないわ」。そしてノートを一冊使って、〝本当の母親〟が〝アーント・マーサ〟になっている想像上の家系図を作った。「本当のママは神々しい人なのよ。イエスの伯母、マルタと同じ名前なの」と、母は自分の母親に向かって言った。「あんたとは大違い」。

荒々しく狂おしく、魔術のように、たたりのように、太ったメイベルは、肉々しく生活を冷やかした。メイベルにとって生活とは手触りのあるものだった。獣脂《じゅうし》から石鹸が作られ、メイベルの猟師用のブーツからシューズが作られる。ゴムを剥いで、縫い直すのだ。もしも窓を覆うビニールがなければパラフィン紙でまにあわせ、ビニールは洗ってまた使い、ベーコンの脂は缶に溜めておいた。人間用ではなく虫用に。おまえの皿にのってる脂たっぷりの鶏の尾っぽをおくれ。どうせ捨ててしまう気だろう、一番おいしいとこなのに。舌鼓《したつづみ》を打ちながら、メイベルは鶏の尻を舌先でくすぐった。「あたしに皺《しわ》がないわけを教えてやるよ」と、打ち明けてくれたこともあった。確かにメイベルの顔にはほとんど皺がなかった。「十六のときからノグゼマと水をつけてるんだよ」。同じ商品がそんなに長く売られているなんて想像もつかない。

「ああ、まったく。冷蔵庫のドアを閉めないんなら、シャベルをもってきて殴っちまうよ。暑くてしかたないと思っていたら、今度は寒くてしかたない。熱がでたと思ったら次の瞬間には凍っているみたいなもんだ。鶏肉が腐《くさ》っちまうだろ。腐らせるととんでもなく臭うからね。ああ、まったく、首が痛いよ。あんたの馬に蹴られてるみたいだ。まったく。早くトイレから出ておくれ。ここに垂《た》れ流してもいいのかい」。ほかにも、家に駆け込んできて、「缶を開けておくれ！　急いでるんだよ！」とか。

「ママの口は下水道ね」ドロレスは、得意の上流婦人の仕草で口をゆがめながら言ったものだ。

私には、「パパが生きている頃は、あんな喋り方はしなかったのよ」と耳打ちした。

「口が下水道で結構。シルクのハンカチで尻を拭けばいいだけだからね」と、祖母が言い返した。メイベルがジャブを繰り出し、ドロレスは見事にかわした。このすばらしい母親たち！　クリスチャン・サイエンスの創始者メリー・ベイカー・エディでも、イエスの伯母マルタでも、マフィアの父親たちがいる家系図でも、なんでもありだ。ときどき具合がよくないと、ドロレスはわめきちらし、チャンスをなくし、希望を潰されたとメイベルを責めた。骨しゃぶりや、油の玉のような汗や、頭に被《かぶ》ったボロ布など、メイベルの普段の行いを攻撃することもあった。だがどんなに言い争っても、たいていはお互いを思いやっていて、二人はしっかりと結びついていた。

「あの子はあたしを嫌ってるんだよ」とメイベルが言った。

「ママは私が嫌いなんだわ」とドロレスが言った。

「手にあまる子だ」

「アル中ね」

「嘘つきだし」

「でもまあ、勇気はあったわね」

「根性のある人だったわ」ドロレスは記憶を呼び起こした。「それだけは認めるわ」。

真夜中、物思いの真っ最中、夢の真っ只中で、メイベルは誰にも気づかれずに亡くなった。夢の中でメイベルは家を抜け出し、湖にかかった光輝く道を渡るシバを追いかけ、そして足元で睡蓮の葉がくだけるのに気づかず足をとられた。彼女の声がありふれたウシガエルの鳴き声のように力強く響き渡る。ぐずぐずせずに一瞬で姿を消したメイベルは、この世界に足を踏み入れたときと同じだけのエネルギーを爆発させて人生を一掃した。「死に方なんてわかってるんだ」メイベルはよくそんな独り言を呟いた。「なんてことはないさ!」あたしたちを地上につなぐエネルギーの帯を裂くんだよ。心臓が打っているティンパニの音を止めるんだ。メイベルは永遠となり、もう一度皺だらけの皮膚を伸ばしてなにか役に立つものに生まれ変わりたいと願う。もしそれができないのなら、隣人のトマトの肥料として畑にばらまいてほしいと願う。メイベルは、何の役にも立たず、埋めるのにお金がかかる骨や死骸を子供たちに残したくないと思っていた。

ケイトと母が、シカゴにいる私に電話をかけてきた。ケイトのとぎれとぎれの声は、歯の間から自分の内へ言葉を戻そうとしているように聞こえる。「昨日の夜、メイベルがドロレスと私に電話してきて、息ができなかったから医療補助士を呼んだって言うの。そっちに行くって言ったんだけど……ちょうどメイベルのためにマリファナ・ブラウニーを作ったし、関節炎にきく銅のブレスレットを渡したかったのよね。でも疲れてるからいいって。お腹を壊しているからって。でも本当は疲れているんじゃなかったのよ。死にそうだったんだわ」

「そうなのよ」ドロレスが電話を代わって同意した。「昨夜、三回も電話したんだけどメイベルがでなかったから、死んだとわかったの」

「で、ドロレスが様子を見に行ったのは朝になってから」

「だって死んじゃってたら、手の施しようがないでしょ。蘇生しろとでも？　もう八十四歳なのに！」

「ドロレスがメイベルを見つけたのは、ちょうど玄関のドアの内側だったの。コートを着ていたっていうから、ドライブにでも出かけたかったんじゃないかしら」。だがメイベルは六ヶ月前に免停になっていた。スクールゾーンで百キロ出したので、今度ばかりは警官も笑っていられなかったというわけだ。外出できなくなって打ちひしがれたメイベルは、道端の郵便受けの側で私たちが迎えに来るのを待っていた。家を出て車に乗り込み、また外に出る。そこまでの時間の無駄を嫌がり、支度を済ませ、雨よけの下でいらいらしながら待っていた。じっとしていられないのだ。

メイベルはいつも言っていた。「あたしが死んだら、サラには本箱とランプと、このガラクタの入った箱をあげるよ。ケイトにはこっちのレシピ入れ。ジャックは古本をもっていけばいいさ。今持ってくかい?」

「私、おばあちゃんが座っているソファが欲しいわ。もういらないんじゃないの? 床に座りたいんじゃない?」

「あたしが死んだら、葬儀に金をかけるんじゃないよ。一体、誰が来るっていうんだい。すすり泣きなんてごめんだね。司祭も儀式も余計だよ。お祈りでもしてくれたら十分さ」

「心配しないで」私たちはとりあわなかった。「新聞紙をかぶせて道端に放り出しておくから。昔みたいに赤い毛布に包んで木のてっぺんに吊るしちゃうわよ。ブッカワセイ湖の側がいいわね。きっとさなぎになって、羽に真っ赤な目の模様がある蛾《が》になるんじゃないかしら。おばあちゃんは永遠に死なないわよ。私より長生きするにきまってる。死ぬには頑固すぎるわよ、メイベル」

「それで葬儀屋に電話したんだけど、やって来た男ったら、さっそくお金の話をしようとしたのよ」。母はかんかんに怒っていた。「ねえケイト、あのいかれた男ったら一体何なの! メイベルを棺桶に入れただけで二千ドルも請求するなんて! 『子供に靴を買ってやらなくちゃいけないもので!』なんて言うのよ、どういう神経しているのかしら。私、言ってやったわ。『あらそう。私の母はあなたの子供の靴になんかびた一文払う気はないわよ!』。そいつとやりあったのは、メイベルを見つけた玄関の横だったわ。メイベルはちょうどそこに倒れていたの。ちょっと見苦しい格好だったわ。私はメイベルのワンピースを下ろして、階段の上がり口のところへもたせかけて、ベッドカバーでくるんであげたのよ。それもきれいなやつで」。

メイベルは湖を見ている。私はボートに乗って、おばあちゃん、あなたに手を振っているのよ。シバは磁器の像みたいに湖上にある。

「それから郡の検死官に電話したんだけど、あの馬鹿たちのすることといったら、メイベルを葬儀屋に連れていって、死亡証明書にサインするだけなのよ」母は勝ち誇ったような声をあげた。「それでいくらだったと思う？　五十ドルよ！　しかも税金抜きで。全部私が払わなくちゃならないのよ！そいつに『足元を見てるのね』って言ってやったわ。『すぐに遺体を返してちょうだい！　母だってあなたなんかより、私と一緒に車に乗ったほうがいいに決まってる』って」

「二人でメイベルを毛布でくるみなおして、ワゴンまで運んだのよ。葬儀屋の人たちは私たちの後からやってきて、メイベルを入れるダンボール箱をくれたわ」とケイトが言った。「ママいわく、『きっとメイベルは今、生涯最高のドライブを楽しんでいるわよ！』ですって」

「アクセルを踏んでやったわ、もちろんメイベルを楽しませるためよ、あのスピード狂を。昔ながらのくだらない葬式の行進みたいな運転はしなかったわ。何回か他の車の前に割り込んで、メイベルに最後のスリルを味わわせてあげたの。きっと幸せな気分だったと思うわ。私のこと、誇りに思ってくれるわよ。だってずっと言っていたもの。『ないお金を使うんじゃないよ、ドロレス。それでなくても破産寸前なんだからね』って。もしこれから二年間、毎月二十ドル払えば、火葬代に手が届くわ」

「ウィスコンシン記念館の門に着くと」とケイトが言った。「私たちがメイベルをダンボール箱に入れているのを見て、みんな目を回してたわ。自分のおばあちゃんをそんなものに入れて車で乗り付ける女なんてあまりいないのね、きっと。でも、私たちはなかなか楽しかったわ。何はともあれ最後までずっとメイベルと一緒だったんだもの、ね、ドロレス？　魂の旅立ちに付き添えたと思っているの」

「メイベルの遺骨はそこの壁のなかよ」と母が言った。彼女はメイベルを、愛するレイの隣には埋めなかった。「だって高かったんですもの。それにもう済んじゃったことだし」。

メイベルの遺骨は一陣の風に乗せて、プッカワセイ湖に撒いてほしかったのに。

それから何年も――五年、いや六年？――私は電話に手を伸ばしてきたが、メイベルは答えてくれなかった。私は祖母に話したかった。「ねえ、聞いて、きっと信じられないわよ。今日ママが何をしでかしたと思う？　ルイの部屋からちっちゃな十字架を持ち出して、例のトーテムポールに打ち付けたのよ。慈善団体に五千ドルの小切手を切ろうとしたわ。ちょっと試着してから、返品しちゃったけど、ママが買ってきたネグリジェをおばあちゃんにも見せたかったわね！　それから、また子犬を盗んだのよ。私はまたもや失恋。ケイトがタロットで占ったら、おばあちゃんには太陽のカードがでたわ。一番いいカードよ！　いつも占っているのよ、おばあちゃんのことを。ずっと追いかけ続けるつもりよ。ケイトはおばあちゃんの関節炎のために、マリファナと、中国の薬草から作った秘薬とやらを用意してるわ。見て、ここにおばあちゃんが使っていたウールワースのフットパウダーがあるの。おばあちゃんの他の持ち物と一緒にこの箱に入れているのよ。おばあちゃんが色付けした磁器のお人形や、銀婚式のときに撮ったレイの写真も。あれは撃たれる直前だったわね。サラのベビー・ブレスレットの隣に置いてあるわ――そういえば、サラは弁護士になったのよ、信じられる?――ドロレスの高校時代の通知表もあるの、輝かしい成績よね。おばあちゃんちの冷蔵庫に入っているリスの肉、あれ、どうなっているの? 後生《ごしょう》だから捨ててちょうだい。道路で轢かれたリスみたいなんだもの。来週の木曜日、七時に電話して。アイオワ州キオカクのホリデー・インよ。今度の仕事もまた農場の話なの。いつまで経っても農家の苦しさは変わらないわ。おばあちゃんは、ひいおじいちゃんが汽車に乗せて連れて行った、赤毛の女の子の赤ちゃんのことを考えたことがある? 自分が死んでいく時、いなくなってしまった人や死んでしまった人のことを考えたかしら、メイベル? 生きている人のことは? 私たちのことは考えてくれた?」。

私は目を閉じる。メイベルの思い出は、傷口に巻く木綿《もめん》の布切れだ。

❧ 7

メソポタミア、カルタゴ、そしてテーベ

Mesopotamia, Carthage and Thebes

妄想は楽しい。分子を浮遊させ、生命をはるか彼方の輝く場所まで導いてくれる。大きな妄想なら、おそらく天国の茨の門まで連れて行ってくれるだろう。小さな妄想なら、一日の終わりに訪れるたわいのない静寂のなかへ。息もつかず、めまいでふらふらしながら箱のなかを探ると、手紙や記録、カルテや日記、訴訟書などがこぼれ出てくる。そのどれもが、一九八八年以降、色分けされたり他所参照と記されたりしている。その年から母は自分の歴史を訂正し始めた。母はすべてを正そうと心に決めた。病気ではない、絶対にと。ここに一月二十七日付けの手紙がある。母が誕生日に書いた情熱の証だ。〝女は人生を修正し、新たな過去を作り出す〟。

「私だってたまには他の人と同じように、少しくらいおかしくなる権利がほしいわ――だって当然でしょう！　私の問題は薬が引き起こしたものなのよ。私ひとりが気づいていたのよ。私だけが。ときどきあなたたちも私の行動に疑問を感じていたようだけど、それはなにより一番の侮辱だわ！　またおかしくなるんじゃないかって、みんなで恐がっていたんでしょ！」

私は恐れている。毎日、毎時間、棚の上のメトロノームがカチカチと音をたてて時を刻むごとに。

たしかに、副保安官とあのがっしりした看護婦長がやってきて母を療養所に連れて行ってから八年が経っていた。私はどれだけ喜々として、母の狂気を奇妙な思い出にかたづけてしまったことか。焼石膏で固められたクリスマスツリー。帆船のマストの様に顔を出した枝からパンティーが垂れ下がっていた。母は、舞台裏でのざわめきに答えるとき、〝ソラジン（薬の名前）〟と書かれたお気に入りの帽子をかぶって首をかしげている。私の記憶はすっかり入れ乱れ、事実と夢が混濁している。ラジオの取材で、長年にわたって何マイルも行き来する終わりのない旅で出会った人々の物語が、そこに織り込まれている。その間、監禁状態にある人々とも親しくつきあってきた。どんな種類の監禁にも魅力を感じた。マリオン刑務所にいた若い囚人は、一日中裸で座って汗を流しながら、直腸か頬の内側かあるいは鼻の穴にぴったり隠せる鍵を作ろうと、歯ブラシを糸ノコで削っている。彼はいつか脱獄するつもりだ。昼も夜もそのことを考えている。看守を刺し、鉄条網を抜け、壁をよじ登って、刑務所では味わえない、彼に言わせればバラ色の人生を手にするつもりでいる。両腕は背中で手錠をかけられているので、ひざで額の汗をぬぐう。彼は脱獄して私を一緒に連れて行くつもりだ。私は家に戻り、夢を見る。飼い猫のティーリリーが愛馬シャドーと同じくらいの大きさになって刑務所の外の野原を駆け抜け、車のなかで待っている私のところまでやってきて、窓に飛び掛かり、ガラスに当たって粉々に砕け散る夢。あるいは、モンタナ州カリスペルの刑務所にいる十六歳の少年は、自分のことを次の救世主《メシア》だと信じ込んでいる。逃げるんだ、ぼくは逃げなくちゃならない。心の中で彼はまばらに茂る木々の下を歩き、通り過ぎる車に手をあげ消え去って行く。現実の世界では、壁に何度も頭を打ちつけて死んでいく。私は身を屈めてこれらの話し手に近寄り、マイクを置く。彼らが吸うのと同じ空気を吸う。彼らが想像する人生を感じる。大きくてすばらしい、空高く飛ぶ凧のように自由な人生を。想像力は神から与えられた祝福であり、妄想は彼らの聖体だが、信仰は崩れ去り、信じる者を裏切る。手につかむバラ色の人生など残されてはいない。塀のなかの物語はどれもが自由への幻想だ。それでいいではないか。私にだって自分自身の妄想がある。逃亡と、そして自由への。

　妄想は、過去をなにからなにまで修正してくれる、母にとっては究極の逃亡だ。一九八八年にはすでに、母は新しい過去を書き直していたが、そこには二十年にわたる天使や大天使たちへの意味不明な語りかけは含まれていない。母は情熱的で、がんこで、旧約聖書に出てくるヨブのように決意に満ちている。郡の精神病院が発行した入院受諾の請求書を破り捨て、やがて支払いのために法廷に呼び出される。「管理担当者殿。私は何に対して支払うのでしょうか」手紙の出だしはこうだ。「背中で手錠をかけられ、むりやり床の上で排泄《はいせつ》させられ、まるでそのへんの犯罪者みたいな扱いを受けて、ドアの差出口から突きだされる食事を食べさせられたことに対してですか。無理やり飲まされたソラジンや、お尻に打たれた鎮静剤の代金でしょうか。私は、こんな辱《はずかし》めや恐怖や苦痛を、自分の記録から削除するために、あなた方にこそ私への賠償金を要求します。そうすれば、これ以外の損害に関してあなたたちを訴えないことを約束します。ただし、お金を払うなんてことは一切約束しません！」。にもかかわらず母は、自分の〝汚名をすすぐための戦い〟を手伝ってくれる弁護士を雇って何千ドルも支払うはめになった。病院側は、彼女は「弁明という名の煙幕を張っているのであり、それは単に彼女の誤った思考回路を助長し、今後の治療を妨害することにしかならない」と反論する。

どちらが目をぱちくりさせるか見ものね、と母が言う。もうすぐ誕生日を迎える母は、キリスト教を信じる戦士のように未来へ向かって行進している。母は五八歳だ。彼女は、これが自分の本当の物語、本当の人生だと思うものの断片を集め、いつか自分の人生を本に書こうと思っている。書き出しと締めくくりはこんな一行になる。「子供は見守るものであって、耳を貸すものではない」。裁判費用がかさんだせいで、彼女はレストランで一番重いトレイを肩に担ぎ、昼も夜もなく働かなくてはならなくなった。内反小趾《ないはんしょうし》が悪化し、足がむくみ、なかなかとまらない嫌な咳がでる。一日の終わりには疲れきって、服を着たままリビングの床で眠る。母は数百時間と稼いだ給料をすべて〝新しい自分〟を生み出すことに費やしている。「お金の問題ではありません！」と、誕生日に私宛に書いた手紙で、太い字で主張している。「もし裁判前に私が死んだとしても――この訴訟は続けてちょうだい！　あの施設が認可取り消しになるまで私は戦うつもりよ！」。私に送られた何枚もの手紙には、母の生命力が脈打っている。まるで宗教改革をしているマルティン・ルターのように、母がこの文言をカシの木の扉に打ちつける様子を思い浮かべる。母は自分の病気をどうしても認めたくなかったのだ。

　私は三十四歳で、母が初めて病気になった年齢だ。母の顔が私に重なる。私は鏡をまっすぐに直し、じっと見つめたまま耳を澄ましてみる。そこに映る唇や瞳が自分のものであることをはっきりさせたかった。私はおかしくなっているんだろうか。聞えてくるのは、遠い記憶の彼方からの囁《ささや》きだけだ。メイベルが台所でののしっている〝まったく、しゃべんないでおくれ。黙っといておくれよ！〟。ドロレスは自分の家のキッチンで歌っている。〝あなたのことが大好き、とってもたくさん〟。風がうなり、湖が、昔私たちが交わした重苦しい会話を囁いている。はっきりと聞こえているのは母の声だ。「あなたは私を誤解していたのよ」と母は言う。「私を裏切ったわね」と。そして自分でも驚いたことに、私は母が正しいという結論を出していた。

母は決して狂っていなかった。ストレスを受け、いろんなものを押しつけられ、無視され、虐待《ぎゃくたい》されたのだ。二十年前、医者だった夫は、母を彼の小さなお人形、つまり一九六〇年代の綿があんまり入っていないくにゃくにゃのお人形にしておくため、彼女のリウマチ熱に正しくない薬を処方した。母はこう書いている。「彼はナルコレプシーだといってリタリンをくれましたが、それがどういう病気なのかわかりませんでした。辞書で調べると、『ナルコレプシー：抑制不能の睡眠欲求』と書いてあります。リタリンを飲むと、飛んでいるみたいな気分でした！　手と足がむくんで、子供たちを寝かせるために寝室から寝室へ這っていかなくてはならないときもありました。診断はリウマチ熱でした！　でも筋肉をほぐすためのインダシンを処方されたのです！　それからコジェンティン、ハルドール、プロリキシンも」（権威ある医師が母に頼まれて証言の手紙を送っていた。『インダシンは妄想、非現実感、幻覚を引き起こします』）「不当な監禁を引き起こした原因をつくった元夫はどうなるのでしょう。彼は私の子供たちを部屋の隅まで蹴り飛ばしました。髪をつかんで持ち上げ、壁に向かって投げ飛ばしました。子供たちの犬を踏みつけました。私たち全員に極度の心的抑圧を加えたのです」。たしかに私は、芝生の海の上でぐるぐる回されて、彼の腕から振り落とされたこともあった。

子供たちへの公開質問状はまだ続く。「あなたたちが応じてくれなくても、私は求めつづけるわ。

八年前の今日、私はメノミニー郡立病院から解放された。理解してもらいたいの。わかってほしくて、過去にも断片的な事情を教えたのに、誰もわかってくれなかった。今もそして昔も、私は狂ってなんかいないの」。

狂ってなんかいない。あなたが狂ったことは一度もない。ありコロリだ！　そんなものは存在しなかった。私たちは古いページを放り投げ、新しいページをKマートで手に入れる。あなたに試してもらいたい、普通サイズの人生がそこにある。もしも合わなければいつだって返品できる。母は医者の夫と彼の処方した薬によって逆境に追いやられた悲劇の主婦。私は母の狂気という汚点から永遠に自由になる。処方された薬のせいなのよ。私は胸をはって友人に言うだろう。誤診なの。見立て違いね。あの田舎の看護師たちは、さしずめ『カッコーの巣の上で』のラチェット婦長よ。裸にされ、鎖につながれた檻《おり》のなかのドロレス。ライオンや虎や熊がうようよしている。私の心の中では、シバは乳歯くらいの、首飾りにしてもよさそうな大きさでしかない、妄想の聖骨箱だ。シバは現れず、私はシバを見たことがなく、母は決して病気ではなかった。何ヶ月もの間、これこそ本当に信じるべきことなのだと自分に言い聞かせ、母はまるで救世主に会うかのように弁護士のもとへと通い、次々に動議書を提出する。お茶を飲むとき、弁護士は母の手に自分の手をからませる。彼は言う。ずっと君の側にいて、後の世まで君を讃えるよ。そして私は待っている。私たち皆が待っているその間、シバは微笑んでいる。

一九八八年七月、私たちは、色鮮やかな巻き布で空中に出帆《しゅっぱん》したかのような、はちきれんばかりの季節のなかにいた。ボーイフレンドと私と友人たちは、蒸し暑い街から急いで避難する。私たちは土曜の晩、母を迎えにいく予定になっている。その日は〝文化遺産の日《ヘリテージ・デイ》〟で、七月四日の独立記念日にちなんだお祭りの日だ。ケイトとサラと私がミス・アメリカに選ばれたお祭りの呼び名が変わったものだ。小鳥のさえずりのような残響が耳をくすぐる夜。すでにメイベルは他界し、母がメイベルの小屋に移り住んでいた。母は、何十年にもわたる狩りや漁や夏の残骸をすっかり運び去り、メイベルとルイをプッカワセイ湖の亡霊たちに託した。屋外のトイレを撤去させ、リスの冷凍肉をゴミ箱に捨てた。すごいわね！　メイベルのがらくたの山ったら！　ドロレスは現実の魔法を駆使して、家の隙間を埋め、屋根裏を風通しのいい寝室に改装し、ベランダには地中海風のタイルを敷き詰めた。屋根窓やバスルームや天窓、プッカワセイ湖に面した出窓まで増築している。「家にいらっしゃいよ」私は友人たちに声をかける。「水上スキーに乗馬！　息抜きしましょう！　私のママにも会ってちょうだい！　せわしない都会の生活の単調さから逃れて、ここでキャンプをしましょう」。

だけど私たちが到着したとき、家の中は真っ暗で、どの窓にも光はない。ひとつの窓だけキャンドルの灯りが漏れているような気がする。「いつもどおりよ」楽しそうに嘘をつきながら、私は家の電気をつけてまわり、友人に冷たいビールと椅子を勧める。メイベル家の改築パーティだ。母が開いたままにしている辞書が目にとまり、ピンクのマーカーで色づけされた脈絡のない言葉が目に入る。愚かにも私はそれを閉じて、手がかりを消してしまう。「のど渇いてない？」パブストのブルーリボン・ビールを配りながら微笑んで、なんでもないふりをする。

「ママ?」私は二階へ向かって声をかける。気が重い。返事はない。「すぐ戻るわ」もう一度にっこりと笑みを浮かべて言う。偽りの明るさに顔が引きつる。「たぶん、おめかししているのよ」。階段の明かりのスイッチを入れ、屋根裏の寝室へ上がっていき、唇をなめる。「ママ?」。階段の上で、母が園芸用のスコップを手に私を待ち構えているような気がした。もしそれで殴りかかってきたら、友人たちにどう言い訳すればいいだろう? 一番上の手すりを回る。

「ねえ、ママ。そこで何しているの? 交霊会かしら?」。そうじゃないことをどんなに願っていることか。

母は鏡の前にあでやかに座っている。横には小さな燭台《しょくだい》があり、その灯りで顔にほくろを描いて、香水のアトマイザーで、空気をどんよりと湿らせている。

「こんにちは、おちびさん」。こちらを見ようともしない。「この香りを嗅いでみて! 〝魔法《アンシャントマン》〟っていうのよ! どう思う?」。

自分の運命を司る威厳にみちた女王、というのが私の感想だ。マリー・アントワネットのかつらに美しく化粧した顔、いや、母が燭台を手にしてつま先でくるりと回ると、それがかつらじゃなくて彼女自身の髪であることがわかる。ジェルをつかって巻き毛をつくり、自転車のギアを頭に着けているのかと思うほどたくさんのピンカールをきっちりと巻いている。きっと何時間もかかったに違いない。母は耳の上でピン留めした左脇のカールを、肩の上でエゾイタチの長い尾っぽのように揺らす。「気にいった?」と母が言う。「とってもセクシーでしょ」。そして、私よりも先に階段をふらふらと下りていく。

ほら、これが私のママよ！　唯一無二の！

妄想の仮面の下で母は微笑んでいる。友人たちは興奮した顔で、ケーキ入刀におよんで花婿《はなむこ》を捨てさった花嫁のような母の格好に、うっとりと見入っている。彼女は歩くヘアースタイルとバラ飾り、胸が開いたドレスは戦を待つ三日月刀だ。ライラック色のシースルーのハーフスリップと、垂れ下がるガーター付の黒いビスチェに、体の曲線をつめこんでいる。その下は、パンティーストッキングみたいなもので隠しているので本当のヌードになっているわけじゃない。それでも、ヌードっぽい雰囲気は残っていて、私はうろたえ気味にあたりを見回しながらレインコートを探す。母の頬にはクローバー大の偽《にせ》ぼくろが描いてあり、まるで〝火星の男たらし〟だ。

「いらっしゃい」しわがれて間延びした声で、母が客たちに挨拶する。「ヘリテージ・デイの準備ができているのはだれ？」。

「ママったら衣装に懲りすぎちゃって」私は友人たちに言い訳をする。

「ヘリテージ・デイの準備ができているのはだあれ？」母が再び問いかける。友人のアレックスの若い彼女が、両手で目をふさぎ、キャーキャー言いながら指の隙間から覗き見している。「アハハハ」と笑うと、母は神経質そうにげっぷをする。まるで小さな蛙《かえる》のようだ。

「何か着てちょうだい」私は母に向かって怒鳴る。「早く！」。

彼女は共犯者のウインクをよこす。「私のパーティにようこそ！」ドロレスの宣言だ。「おつまみでもいかが？　ジャッキーのことは気にしないで。お堅《かた》い子なの。アレックス」――母は彼のことを何年も前から知っている――「高名な醸造家のアルフレッド氏がミルウォーキーから到着するまで付き合ってくださらない？　だってあなた、とても紳士的だもの」。彼は私の昔の恋人で、サラの結婚式にも一緒に出席した。愉快な旅の相棒でもあり、釣り仲間でもある。ずいぶん前からのつきあいなので、これまでの母の性癖も多少はわかっていた。だがそれもあくまでこれまでの話だ。それでも、強い力を内に秘めた本当に勇敢なアレックスは、突然に起きた異常事態をとっさに理解する。「喜んで、ドロレス」アレックスが礼儀正しく、軽く会釈をして答える。聖人だ。薄くなった頭のてっぺんにピンク色の小さな後光が差している。

私はバスローブかバスタオルを探して家中を走り回り、次々にクローゼットを覗く。ビロードのベッドカバーを引っ張りおろして、火にまかれた人を助けるように母の体に巻こうか。「座ってコーラでも飲んでいてね」と友人たちに叫ぶ。でも、そんな事態じゃないのは誰にでもわかる。私たちは皆びっくり仰天《ぎょうてん》して、めまいに襲われながらヒステリックに笑っている。今ならジム・ビームをピッチャーで飲めそうだ。

「誰のつもり？」ボーイフレンドのベンジャミンをおしのけ、キッチンにいる母に小声で聞く。ようやく我に返ったボーイフレンドは、母に上着を差し出す。彼は私がここしばらくつきあっている年上の男で、母と彼は明らかにお互いを気に入っている。彼は面白半分でやっている。仕事は大手の男性誌の編集をしていて、女性の下着の流行に詳しい。目の前で繰り広げられているヴィクトリア・シークレット・ショーに、彼はおそらく多少の責任があるのではないだろうか。「ちょっと、誰のつもりなの」再び母に小声で言う。「西部劇『ガンスモーク』の女主人ミス・キティー？」。

「皆さんにケーキをごちそうして」まちがいとしか思えないつけまつげを瞬《またた》かせて母が囁くが、誰かに向かって話しかけている様子ではない。「私、ヘリテージ・デイのお祭りに行きたいわ、ベンジャミン」私のボーイフレンドを口車に乗せようと、彼の鼻の下に胸を突き出して言う。「この服、似合う？」。

「ぼくが思うに、ドロレス、ちょっとくだけすぎているんじゃないかな」ベンジャミンが彼特有の鼻にかかったハーバード風アクセントで答える（私は彼のそんな話し方に惚《ほ》れたんだと思う）。

「上に何か着るわね？」

「もっとまともな服を着てちょうだい！　そうでなければ、ヘリテージ・デイはあきらめるのね！どこかの売春婦みたいに見えるわよ！」私はぴしゃりと言い放つ。

「いいえ、着ないわ。あなたが時代遅れなだけよ。ヘリテージ・デイの女王はあなたじゃないわ、私よ」。母はゆっくりとキッチンを練り歩く。〝この家に神の祝福を〟と書かれた額《がく》や陶器の白鳥、棚に飾ってある年代物の釣り道具箱の前を通り過ぎて行く。昔のありきたりの物たち。いまや母はマリー・アントワネット風の前髪を編むふりをしている。

「一日中、準備していたのよ」母はそう言うと、これみよがしに唇を動かして、楽しそうとしかいいようのない優雅で小さなあくびをし、手で口をぽんぽんと叩く。「しかも屋根裏には手伝ってくれるメイドも掃除婦もいないし。一番いいのは、あなたが私をパーティにつれていってくれることよ、おちびさん。さもなければ、あなたは消えちゃうわよ。あなたを地下牢《ちかろう》か地下墓所か〝鉄の処女〟みたいなものに閉じ込めて首をちょん切らなくちゃならなくなるわ。さあ、ヘリテージ・デイへ行きましょう！　向こうでアルフレッドと落ち合って、ルンバ大会に出るの。ライバルはみんなあの世へ蹴り飛ばしちゃうわよ」。

　母のビスチェと肌が透けてみえるスリップの上に、丈《たけ》の長いブラウスを着せて、雪遊びにでかける子供にするようにボタンをかけてあげる。ブラウスは六〇年代風のペイズリー柄オーバーブラウスだ。これで太もものガーターストラップには気づかれない。私は笑っている。というのも、母をこのままキャンドルの灯るこの家に置いていくより、ビスチェにオーバーブラウス姿でヘリテージ・デイに連れて行きたいと思っていたから。そうすれば、この小さな町の肉屋やパン屋や蝋燭《ろうそく》職人が住んでいる正常な社会が、母を妄想から引き戻してくれると思ったからだ。ほっとしていたせいもある。心のかたすみで、母がヘリテージ・デイの女王になるところを見たがってもいる。私はシカゴからの道中ずっと、「ドロレスは生まれてこのかた病気になったことは一度もない、病気になったことは一度もない」という言葉を繰り返し心の中で唱えていた。私はこの五ヶ月間、母の歴史を塗りかえる運動に参加し、狂気の過去を思い出させる場面はすべて証拠のない発言や過ち、でたらめな記憶、病的で集団的な神経症としてかたづけてきた。女神たちと巻き毛の上にティアラを乗せた母親たちが自由に出入りできる記憶の神殿をごしごしと洗い流していた。正気な母、誤解された母、落ち着いた母、善良な母、これまでどれだけドロレスに望んでいたものだろう。

この小さな亡霊みたいな母を、皆と一緒に車に押し込みながら、ひょっとしたらケーキを捜《さが》し求めて回り道してたまたまやってきた幻のように、この夜とともにマリー・アントワネットは去ってくれるのだろうか、と考えていた。それとも私たちが閉じ込めて鍵を投げ捨てるまで、何ヶ月もあたりをうろつくつもりだろうか。私はすでに手紙の文面を考えている。「メノミニー郡精神病院御中　母は自分が病気ではなかったという誤解に基づいてあなた方を逆告訴しています。残念ながら最近起きた出来事を考えれば、母は間違っています。どうか母をあなた方の牛車《ぎっしゃ》で連れて行ってください！」。だが、私たちはカーニバルへ出発した。五歳のとき私がミス・アメリカとしてポーズをとった場所で、今度は母がヘリテージ・デイの女王として君臨するのだ。思い切ってでかけてみると気持ちが落ち着いた。気取ってパレードした懐かしい土地に立つのは、なんとも心地いい。パレードをした思い出の場所。母と私とこの風車の傾き。まるでエストレマドゥラを行くドン・キホーテとサンチョ・パンサだ。〝母はずっと正気だった〟と自分に言い聞かせている間は、異端者となり、信仰を手放したような気分だった。過去を白紙にし、魔法の国オズや、バミューダトライアングルのサルガッソー海や、ビザンチウムといった概念をすべて失ってしまった。それは退屈で貧弱な世界で、この先の未来もずっと退屈であることを意味していた。そしていま、シバが私たち家族の元に戻ってきた。小さな女の子として、プッカワセイ湖のアリスと白うさぎとして、ボー・ピープちゃんや、宝石箱の上をくるくる回る迷信的な色で塗られたマドンナとして、つまりは私たちのくるくる回る母親として。

ヘリテージ・デイの会場では、テントの下のテーブルで、皆で母を取り囲んで座り、観客たちと余計な接触ができないようにした。おかしなことに、暗闇のなかだと母はそれほど目立たなかった。薄布をまとって別世界と交信している霊媒師《れいばいし》と一緒に座っているような気分だった。母は姿が見えない者たちのおかしな様子を実況中継していた。「ありえないわ」母の口癖だ。「あの大きな赤い鼻の女を見た？」。だが大きな赤い鼻の女なんてどこにもいやしない。レモネードと焼きトウモロコシとソーセージのビール煮こみをもってきてちょうだい、と私たちに命令した。そしてアレックスと踊るのだと言い張る。アレックスがそうしてくれたことに私は一生感謝したいと思う。彼は母に腕を差し出し、ツーステップからスムーズにカウボーイ・ワルツを踊り始めた。アレックスは踊りが上手だった。他にも何人か踊っていて、アレックスの顔には「助けてくれ。フェリーニの映画に放り込まれたんだ」と書いてあるように見えた。背の高いアレックスの顔が、ドロレスのマーセルウェーブの巻き毛へ傾いていった。アレックスに喋りかけているドロレスの唇が動くのが見えた。それはそれぞれの色が持つ特有の意味についてのようで「ピンクはとても重要な色なのよ」そんな言葉が聞こえた。「私の赤ちゃんたちはピンク色だったわ。今でもそうよ」。母は話すとき、意識を集中させようとして、目を閉じることが多かった。「もちろん、ピンクは血液から派生する色でもあるわ。もしピンク色を床にこぼしたりすると、ほら、たとえば新婚旅行で着るネグリジェみたいなピンク色だと、なかなか消えないわよ」。母はそんな花嫁用のネグリジェを持っていて、何年もヒマラヤスギの箪笥《たんす》にしまいこんでいた。

カウボーイバンドが再び演奏を始めると、母はアルフレッドが来るのを待って、一緒に踊りたがった。これまでアルフレッドが姿を隠し、傷つくことが何度もあったが、それでも母は彼を待った。ときどき私もまた、アルフレッドを待っていた。ひょっとしたら彼がベストと帽子を身に着けて、かぼちゃの四輪馬車に乗って現れるかもしれない。まさにその日の朝、池の蛙から王子様に変身して。プッカワセイ湖にはたくさんの蛙がいるのだし。

「私、帰らないわよ」小さな足を椅子に引っかけて、自分を岩盤に打ち付けるかのようにヒールで地面を掘り、母が言った。「絶対にいや。せっかく楽しんでいるのに、あなたはいつもそう、私が楽しいときはいつだって台無しにしたがるのね」。

「いいわよ」私は母を赤の他人でも見るような目つきで眺めた。「歩いて帰るのね。私の知ったことじゃないわ」。銀色のサンダルのヒールを小石に突き立てながら、田舎道を何キロもよろよろ歩く母の姿を想像した。ガーターのストラップがオーバーブラウスの下で音をたてではずれ、その横を黒っぽい色の車が何台か通り過ぎていく。母の目には宇宙船が人体実験用の人間を探して裏道をゆっくりと走っているように見える。車からは母の姿がティンカーベルのように見えるだろう。

私たちは母を残して出発し、ドライブイン〝スコッティー〟に立ち寄った。私はチョコスプレーがけのアイスクリームを注文した。一九八八年度のチアリーダーたちが、友人の注文したルートビア・フロートとスコッティー・ダブルバーガーを運んでくる。私はハイウェイで母がどんな風に人の目に映るかを考えていた。ルイ十六世の求愛から逃げ出した女といったところだろうか。そして昔、父と母に連れられて何度もこのドライブインにやってきたこと、私とケイトとサラが父の車の屋根によじ登り、そこでケチャップやソースを窓にたらしながらハンバーガーを食べても誰も気にしなかったことを思い出した。でもそれは最初の頃の話で、今のような生活になる前のことだ。母があの家を燃やしたとしても私の知ったことではない。彼女の小さなガーターが、肌に跳ね返ってちりんちりんと音をたてるだろう。母が家に向かってとぼとぼ歩くとき、ガーターが太ももを打ち、まるでそれが母の王国のコインだといわんばかりに跳ね返って音をたてるのを、私は感じることができた。

それから一週間後、私たちはミルウォーキーにある私立の精神病院にいる。ケイトが私の手をしっかりと握り、私はサラの手をがっしりと握っている。私たち三人は小さな輪を作り、人魚を網で捕まえているみたいに輪のなかにいるのが母だ。私が歩き始めると、妹たちはそのまま横歩きをする。母を真ん中にして、ゆっくりとダンサーのように移動する。子供の頃に歌ったように、バラの花輪をつくりましょう。「ママのことが心配なのよ」ケイトが神妙な顔つきで声をはりあげる。ポケットには花びらがいっぱいだ。「私もママのことが心配だわ」サラが続き、私も声をあげる。「私だって二人とおんなじよ、ママのことを考えているのよ！」そう、あなたのことを考えている、それは確かだ。でも私が考えているのは、あなたの首をガーターベルトで縛って、ロチェスター夫人みたいに屋根裏部屋に置き去りにすることだ。いつか家族で『ジェイン・エア』を再現できるんじゃないかしら。あなたを屋根の上に座らせて、私たちは家に火をつける。三人は「心配している」という言葉を、まるで〝漕げ、漕げ、漕げよ《ロウ・ロウ・ロウ・ユア・ボート》〟の歌のように口ずさむ。あるいは、メイベルが叫ぶ「アイ・スクリーム、ユー・スクリーム、ウィー・オール・スクリーム・フォー・アイスクリーム」や、ルイが歌う「バナナが好き、骨がないから」や、私が歌い返す「桃が嫌い、真ん中が石みたいだから」といった調子で喋っている。母は空を見上げる記念碑だ。一度も会ったことない人たちを見るような顔をして、私たちを無視している。爪にやすりをかけるふりをして、きれいな半月型になったかどうかを確かめようと片手をかかげている。

　母は午後中を費やして、娘たちが自分を騙したと精神科医に訴え続けている。ランチに連れて行ってくれるものだと思ったらこの病院に連れてこられたのだ、と。私たちがしたことを理解したとたん、母は舌を突き出して、これでも食らえと不快になったときの顔をつくってみせた。身につけているものは白づくめだった。白い布を身体に巻きつけ、ジャングルに生えるツタのようにねじれた肩ストラップで留めたドレスを着て、髪には大輪のくちなしの造花を挿し、白いストッキングに白いサンダルを履いていた。神から遣わされた伝道師だ。メリー・ベイカー・エディの祈祷《きとう》の本『科学と健康』を持ってきていた。片側の腰に十字架をぶらさげ、もう片側の腰にはユダヤ十字をぶらさげている。空港にいるリンドン・ラルーシュ教の勧誘者にもなれそうだ。実際、母はミルウォーキーのビリー・ミッチェル・フィールドで仮住まいをし、一日か二日行方不明になり、どんな手を使ったのかいまだに謎だが、クレジットカードも銀行カードもないのに現金を調達して、飛行機でデンバーへ向かい、サラの家のガーデン・バーベキューに現れた。

「こんにちは」母は、サラと驚く客に向かって挨拶した。やけにハイになっている。「私はドロレス。パーティ好きなサラのママよ！　みなさんはメリー・ベイカー・エディ夫人が〝悪霊よ去れ、愛よ戻れ〟と説いているの、ごぞんじ？　科学は神のたまものよ。私は色と気分の関係をあつかう講座を教えているの。もし落ち込んでいたら、ピンク色を思いうかべればいいわ」。サラとサラの夫はドロレスを三日間捕まえていた。サラの夫は彼女が逃げ出さないように、夜は玄関で眠った。

ああ！　でも今は私たちが望む場所で母を捕まえている。飛行機代を出すからとサラが言いくるめて、デンバーからウィスコンシンへ戻ってきたところを、皆でむりやり歩かせて精神分析医のところへ連れてきたのだ。「もちろん、娘たちには少しおかしく見えるでしょうね」と、医師に向かって母が説明する。両目は天を仰いでいる。母の心に暗雲がたちこめてくる。母自身の目にはよく見えないものが、そのなかで揺れている。医者がメモをとる。「娘たちに話していない過去はたくさんあるわ。私は要注意人物なの。みんなは私とちがって報復テロには慣れていないのよ。石鹸のなかに盗聴器があったのを見つけたわ。ご存知でしょうけど、私は元の夫がやっていた秘密の医療実験の被害者だったの。でも今は敬虔《けいけん》なクリスチャン・サイエンスの信者よ。悪霊よ去れ、愛よ戻れ。もし先生が薬を飲めというのなら、信仰の教えに反することだと裁判所に訴えざるをえないわね」。母は手に持ったメリー・ベイカー・エディの『健康と科学』を開く。悪人を追い払い、汝自身で癒しなさい！

なんて抜け目がないんだろう。

私たちの目の前でドアが閉まる直前、精神科医は、しかめ面になったり穏やかになったりとめまぐるしく変わる母の表情を観察している。頭のおかしな人間が通りを歩くときに浮かべるような、内側でジョーカーがくるくる回っているような表情だ。「躁うつ病ですね」医者が病名を告げる。彼は入院承諾書にサインをするだけで五千ドルを要求する。きっと、したたかなオーストリア人に違いない。「ただ躁状態におちいっている時期が圧倒的に長いと思われますね。きわめてまれなケースです。双極性障害なのですが、うつの期間がきわめて短いのです。埋め合わせとなるガス抜き期間がほとんどない。当然、最後には潰《つぶ》れてしまうわけです」。私は、廊下で『健康と科学』に何かを書き込みながらにやにや笑っている母をじっくり観察する。双極性障害。ドロレスが心の病にかかってから二十年以上が経つが、そんな病名を聞いたのは初めてだ。二つの極——北と南。風に吹かれて回る二本の五月柱《メイポール》。これまで他の病名なら聞いてきた。偏執症、統合失調症、妄想症、神経衰弱症、間違いなく自殺傾向あり。ノイローゼは一九六六年の記録だ。ヒステリー性神経症、これは一九七九年のカルテから。〝医師の診察を受け、患者は回復した〟——。単なる雑談だけで病気が治ったのなら、〝先生〟はまさに奇跡の人だったに違いない。それにしても双極性障害というのは初耳だ。

心のなかで五月柱がぱたぱたとはためいている。昔、本物の五月柱があった。私は七つの女の子で、その町ではアルミの王冠を頭にのせた〝五月の女王〟だった。他の子供たちは笑いながら冷やかし、〝おかま〟と呼んで色とりどりの吹流しを私に巻きつけた。でも今はそんなことを思い出している場合ではない。私の古臭い思い出は混乱を生む。いま考えねばならないのは、お金のことと、背後で閉まった精神科医の扉のことだ。まず、母は保険に入っていないという事実を考えなければならない。私のカードで払えるだろうか。狂乱状態が悪化していくなか、母は抜け目なく健康保険も生命保険も解約し、株や投資信託など換金可能な資産をすべて現金にしてしまった。そして手品でも見せるように小切手をかかげてみせた。「メリー・ベイカー・エディとボストンのサイエンス・マザー教会に寄付する五千ドルよ」。その小切手は私が破り捨てた。車も売っていた。「だってチャリティの寄付金がおっつかないんだもの！」。離婚の際にもらった財産分与も惨憺《さんたん》たるありさまだった。次は家を持っていかれかねない。母はメイベルの家を所有していたが、改築費にちょっとした財産を使ってしまい、住宅ローンを提供している銀行から訴えられかけていた。そうなるとあとはホームレスしかない。最終的には私のところへ行き着くのだ！　私はその五千ドルが欲しくて欲しくたまらなかった。五千ドルさえあれば、母を入院させられる。でも誰がお金をもっているのだろう？

私は〝先生〟に電話をかける。深く考えもせず、頭に血が上ったまま電話をかける。二人が離婚して十六年が過ぎ、私は彼と二十年間話をしていない。沈黙の掟だ。そしていま受話器を通して聞える彼の声は、氷に熱湯を注ぐように私の脊椎《せきつい》をつらぬく。関節が鋭く鳴るような気がする。私が話している間、コピー機をいじって『健康と科学』の本から写真をコピーする母の姿が目にはいる。私は一言で状況を説明し、〝先生〟にお金の無心《むしん》をする。耳に入り込んだ先生の声は甘いシロップになり、逃げ道を閉じていく。声をかわしたのはほんの数分間だ。汗の滴がボウリングの球のように頬を流れ落ちる。「なんだって」と先生は言う。「そんな金はないな」。彼にものを頼むなんてどうかしていた。

私たちの弱みをさらけだすなんて気でも違ったとしか思えない。受話器を置くと手のひらはじっとりと濡れ、舌にはとげが生えていて、全身が汚れているような気分になる。

休憩時間に駆け出す子供のように、何かが廊下を走ってくる――逃げ出してきたドロレスだ。ランチのトレーを覗きこみ、つまみあげたバナナを私の頭に向かって放り投げる。「当たり！」と母は叫ぶが、思いっきりはずしている。スキップ混じりでドタドタと歩き回る彼女の腰やお尻で小さな十字架がぶらぶら揺れ、まるでロックンロールの脱走犯だ。「こんなところ大嫌い。なんて醜《みにく》いのかしら。ここの人たちもみんな不細工ね。全国不細工コンテストに出たら、きっと優勝するわよ。あの医者ったら！　なんであんなナチ野郎に会わせたりするのよ」。

母は飛び跳ね、私はスローモーションで追いかける。首固めのうまい、筋骨たくましい看護師たちはどこにいるのだろう？　母は掲示板からもぎとったパンフレットを私の鼻先でひらひらさせる。パンフレットには、精神の病と闘うあなたを手助けしますと書いてある。私は何も考えずにそれを元の位置に戻す。ドロレスはがらんとしたカフェテリアを突っ切って、脇の出口から外へ飛び出し、駐車場へ向かうが、そこにたまたま、まるで女性特別奇襲部隊のようにケイトとサラが玄関から角を曲がってやってくる。虫を捕まえるみたいに三人で母を車に押さえつける！　母が逃げないよう手をつなぎ合って輪をつくったのはその場所だ。「ママが心配なのよ」と、ケイトは私とサラをあおる。ケイトは、成人してからほとんどずっと、悩める者のための〝十二ステップグループ〟に参加してきた。彼女は非難するような目つきで私たちをにらみつける。

「私たち、ママが心配なの」弁護士のサラがきまじめに従う。彼女の声は小さい。あと十分もすれば、彼女は愛想をつかして家に帰ろうとヒッチハイクを始めるだろう。駐車場から半マイルも離れた場所で、私が車を止めることになるのだ。

「私も心配してるのよ、ママ」と私。『窓際で』と『私たちがついているわ』を歌ってちょうだい」母のお気に入りの古いジョークを言う。「にっくき脂肪を四キロばかり落としたい？　首をちょん切ればいいのよ！」。

「バラの花輪をつくりましょう」私たちの手をはたきながら、ドロレスがおどける。「最後に倒れたのはでっぷり太った道化師。ねえ、おちびさんたち。そんなにここがすばらしいと思ってるのなら、あなたたちが入院すればいいんじゃない？　そうよ、いい考えだわ。ジャッキーを病院へぶちこんで、頭を調べてもらいましょうよ！　古臭い新聞紙のほかに何が詰まっているのかしら！　きっとネズミの巣ね！　みんな、この子が闇中絶したの知ってる？　一度だけとはかぎらないわよね？　ひとつ、ふたつ、履《は》こうよ、お靴《くつ》。みっつ、よっつ、もしかしたらそれ以上！」。私は一瞬気が遠くなる。床板が動く舞台装置の上に乗っているかのように、木々が横にはげしく揺れ動いた。「最後に車に触った人が鬼！」ドロレスが叫んで、サラの手をつねる。

「ちょっと、何するの、ママ。いいかげんにしてよ」サラが歩き始める。「なんてことするのよ！ママのことが心配だって言ってるのに！」サラは駐車場の端へ向かってよろよろと歩いて行く。

私たちは母を解放する。今回はシバの勝ちだ。ドロレスはもったいぶった態度で、バッグから車のキーを取り出し、じゃらじゃらと振りながら、白いサングラスをかけなおす。フレームの角には白い宝石がきらきら光っている。レンズには私たちがひっくり返って映っている。サラはもう通りまで出てしまい、車に乗ろうとはしない。「ほら、サラ！　こっちにきて車に乗りなさいよ！」私は叫ぶ。母がキーをもっているのは危なかったが、なんとか母に車を停めさせ、サラを乗せる。家までの道、母は静かに運転し、まるでサファリでガゼルを見つけるのが自分の使命かのように、フロントグラスの前方を凝視している。私たちは旅のために雇われた水担《みずかつ》ぎかなにかと思っているのだろうか。私は頭のなかで呟く。アイ・スクリーム、ユー・スクリーム、ウィー・オール・スクリーム・フォー・アイスクリーム。

三十分後、家に到着したとたん、母は真っ先に家に飛び込み、私たちの目の前でドアの鍵を閉める。私たち三人は、ただ立ち尽くすのみ。ああ、全能の神よ。イエスさま、マリアさま、ヨセフさま。家に入れないことを嘆くのではない。がっかりしたからだ。私と妹たちは、年老いて太った疲れきった小人のような気分で、ボート乗り場までとぼとぼと歩く。〝雇われ小人〟と呼んでくれて結構。子供だけのパーティとか、精神病院の独房でのお芝居くらいはできる。太陽の光がレーダーみたいに私たちの家を照らし、風見鶏は火星に合図を送っているかのように輝いている。「マンハッタンを特大のグラスでちょうだい」心のなかでバーテンダーに注文する。「ダブルで。ウイスキーと、ワンフィンガーのスウィートベルモット——そしてビターをちょっとね」。池に浮かんだ一羽の大きなアオサギが、なめらかに水面をすべり、ボート乗り場へやってくる。光を反射して銀色にきらめく魚を飲み込む、金色の偶像の鳥だ。サギは〝魔法のカワウソ〟と一緒にしょっちゅう母のもとを訪れる。サギは実在するが、カワウソは実在しない。娘たちがぼんやり考えごとをしながら午後の光を浴びていると、母が家のドアを開け、紙切れを張った。私たちが追いかけるとでも思ったのか、ドアをバタンと強く閉める。ありっこない。私は母が書いたものを見るために、ボート乗り場から日に焼けた芝生の上を走る。紙にはこう書いてある。

ちょっとした屋外夕食会への招待状です！　本当にごめんなさい――いまのところ、予定を変更できないの。〝あ・た・ら・し・い・ビ・ジ・ネ・ス〟を立ち上げるのにかかりきりなのよ‼

クリエイティブ・ルネッサンス社　午後四時三十分

それで私たち三人はシバと夕食をともにした。彼女が出したぶどうの皮をむき、ルバーブの葉の上にのせたポークチョップを食べた。取っ手にラメやより糸の巻きついたカップからコーヒーを飲んだ。私たちの声は夜のなかへ遠く消えていった。三人の嘆きの声の上から、時折、聞こえてくる母の声は、しのび笑いの階段を上っていったかと思うと、「ありえないわ！　ねえ、みんな。これって本当にすごいわよね！」の叫び声とともに急降下した。その声は、プッカワセイ湖の向こう岸でも聞こえるかと思えるほど、どんどん遠くへ響いていった。

もし健康なときの母が悪戦苦闘するウエイトレスだったとしたら、どうして病気のときには違ったのだろう。ええ、全然、違いましたとも。彼女は如才《じょさい》ないビジネスウーマンであり、ジェット機で行楽地めぐりをする有閑族であり、拡大する帝国の女王だった。資産が消えかかっても気にしない。〝総合計画の立案者〟すなわち神の計画にのっとって失った分を取り戻し、さらなるお金を手にするつもりでいた。母は二つのビジネスを思いついていて、どちらも母の現実的な生活に根をおいていた。ひとつめは家の改装を請け負う〝クリエイティブ・ルネッサンス・バイ・デザイン〟。もうひとつはクリエイティブ・ルネッサンスの食品部門〝デジャヴ〟で、私がその存在を知ったのは、ある日家に電話をしたとき、聞きなれない秘書のような女性の声を聞いてからだった。「〝デジャヴ食品〟のどちらの部門におつなぎしましょうか?」。デジャヴだ。総合計画立案者、すなわち神に対する完全な依存も含めて、前にもまったく同じことがあった。ちなみに、すべての請求は、その神が支払っているはずだった。何か必要だと思えば、母はそれを手に入れた。車、携帯電話、キッチンで電話を受けながらも複数の電話回線があるふりをする秘書? よろしい。〝デジャヴ・フーズ〟は家族経営である、と母がノートに書いていた。私がサラに会うためにコロラドへやってきたときも、母はデジャヴ社の定例取締役会のために、ブリッケンリッジの会議室を予約していた。私たちがそれを知ったのは、請求書を受け取ってからだった。娘たちの仕事は、おもにドロレスのクッキーや高級バターを作ることだったらしい。母から三人にパンフレットが送られた。表紙は彼女が描いたゴールデン・ガーンジー種の牛の絵だ。ぱっちりまつげのウシカモシカが跳ね回っているみたいなイラストだった。デジャヴ社のマスコットは、毛糸の房つきのベレー帽を被った元気なチロル娘で（他になにがあるだろうか）、唇から飛び出した吹きだしには〝私はデジャヴっ娘《こ》よ〟と書いてあった。おっしゃるとおりだ。母はウィスコンシン州ウォーソーに実在する、ゴールデン・ガーンジー種を扱う会社を訪問し、ピンク色の画用紙に書いた事業計画書を重役に差し出した。「あなた方は牛乳を提供する、私は高級バターを提供する」と提言するのは、〝クリエイティブ・ルネッサンス・バイ・デザイン〟社とその食料品部門の〝デジャヴ〟社の最高幹部にして最高経営責任者だ。ペパーミント・ピンクのスーツに身を包んだ母は自信たっぷりに足を組んだ。「いいでしょう」ゴールデン・ガーンジー氏は承諾した。本当に？　私にはわからない。ただ、ドロレスが家で一日中働いていたのは知っている。雇った秘書はイヴリンという名の仕事の遅い女性で、二週間かけて見込み客、あるいは想像上の客への納品書をタイプしていた。役員メンバーとされていた私たち娘にも、〝デジャヴ〟社のレシピの写しと報告書が、毎日のように郵送された。母は手書きの名刺を何百枚もつくった。小さな器も、包装材も、カレンダーも、通信販売の申し込み用紙も手書きだった。母のレシピはなかなかすばらしいと思った。

ココナッツ・バター……………一本（四分の一ポンド。もちろんゴールデン・ガーンジー種！）
クローバー・ベア・ハニー……二分の一カップ
ココナッツ・フレーバー………一オンス（一緒に混ぜて、ちょっぴり〝変《ナット》〟になってね！）
食卓のお供に！

それから〝スウィート・レモン・バター〟や〝ラズベリー・ブロッサム〟のレシピ（「私のバナナブレッド、私のミックスケーキに塗ってね」と手書きのメニューに書かれていた）もあった。カントリーハーブとアプリコットのバター、アーモンドバター、黒胡椒のバター——どれも美味しかった。特性のミックスバターには私たちの名前がつけられていた。ピーナッツ・サラズ・クリーミー・バター・カップ、ファーマー・ケイトズ・バターミルク、そしてジャッキー・プロミスィズ（この三点について、消費者は商品を見ずに、この名前だけで買わなくてはならない。他の商品はすべて見本を請求できたのだが）。さらに、ブラック・ウォルナット・ログズ（クログルミの丸太）、スナッピー・ジンジャー（ぴりっとした生姜）、ラズベリー・ハーツ、デイト・ダイヤモンド、メイベルズ・スルズ（ボヘミア地方の肉の煮こごり。一九一五年以降に生まれた者にはなじみがない）などもあった。でも私が一番好きなレシピは〝ソーニーの復讐《ソーニーズ・リベンジ》〟だった。それは、彼女の飼い猫の名〝ソーンダイク＝バーンハート〟にちなんで名づけられた。もともとその名前は、その年の夏、母が造語に取り組んでいるときに辞書をめくっていて思いついたものだ。母は私のナショナル・パブリック・ラジオの同僚に電話をかけ、「私が発明した新しい言葉を聞いたらびっくりするわよ。あなたならラジオで放送してもいいわ！」と言った。なにはともあれ、ソーニーズ・リベンジは秘伝のケイジャンスパイスをふんだんに使ったバターだった。小さな壷の容器に母が貼ったラベルにはこう書いてあった。〝食べればぶっ飛ぶわよ！〟

そしてクリエイティブ・ルネッサンス――デジャヴ・フーズは、結果を出したのだ！　母はメノミニーのトヨタのディーラーへ小躍りしながら入って行き、ばかみたいに興奮して、「あなたのライフスタイルにあった環境を創造します」と書かれた名刺を販売員に手渡したのだ。店を出るときには、ターボチャージ付きエンジンを搭載した、二万六千ドルの真っ赤なトヨタ・スープラと一緒だった。母は舞い上がっていた！　「イヴリン！」と、秘書に高らかな声で命令をくだした。「またマックギル判事からメノミニー群立精神病院への支払い命令書が来ているわ！　たったの十億ドルですって！」。母は「判事さま、夢でもごらんになっているのね！」と紙切れに書いて、判事の命令書と一緒に封筒へいれた。「判事に二千ドル相当の納品書とブランドもののスウェットシャツでも送ってあげて。こっちは弁護士からの請求書ね。あの間抜けったら、いつだってお金の話ばかり！　彼には五百ドル分の〝ソーニーズ・リベンジ〟と〝ジャッキー・プロミスィズ〟の納品書を！　それにきれいな壷に入った〝レモン・バター〟はどうかしら？」そんな調子がずっと続いた。彼らは請求書をよこし、母は納品書を送る――住宅ローンを組んでいる銀行へ、貯蓄銀行へ、弁護士へ、悪徳ブローカーへ、医者へ、メノミニー病院の会計事務局へ。それから脅迫まがいの手紙を送ってくる取立て業者や、車の販売代理店や、デパートや、地元の商店や、かかりつけの歯医者にまで同じように納品書を送りつけた。イヴリンは仕事がのろいだけあって、二週間経ってようやく事態に気づいた。辞表を提出し、もらえたらいいなと思って、それまでの分の給料の請求書を送ってよこした。もちろん母は彼女に請求を返し、〝スナッピー・ジンジャーズ〟に対する借用証書と他の手作り商品と交換できるクーポンを添えた。母にはしなくてはならないことが山のようにあったので、請求書で時間をつぶすわけにはいかなかった。バターは手作りの壷に入れられ、クッキーは〝アリころり！〟の化粧箱におさめられた。母は成功するつもりだったし、成功できるはずだった。ビジネスの帝国を打ち立て、自分で作ったよだれのでそうなおやつを店に並べ、「マネー」誌に載るような実業家になり、会社は家族経営になるはずだった。私たちはテープカットにふさわしい服を着て、メリー・ベイカー・エディ夫人は取締役会を代表する。ついにはアルフレッドも現れて、フィスター・ホテルで行われる〝デジャヴ〟社の社長就任記念舞踏会で母をエスコートすることだろう。

母が湯水のようにお金を使っている間、ケイトとサラと私は、魔法にかけられた村娘のように様子を見守っていた。破産の日がしのびよっていたが、信用貸しは軋《きし》みながらかさんでいった。ある土曜日に家へ立ち寄ると、キッチンで紫色のコーヒーカップの山に囲まれた母を見つけた。母は私を見て微笑んだ。どのカップにも母のモットーがセンスよく記されていた。「私のことを考えて、私のことを考えて、私のことを考えて」五百回も繰り返して「私のことを考えて」。

ああ、ママ、私たちにあなた以外のことを考える余裕があったとでも言うつもり？

一九八八年、夏。日照りが続き、ミシシッピ川の水位はイリノイ州ケアロよりも低くなり、太陽に焼かれた虫のように縮んだ。ウィスコンシンの緑は、乾燥と熱のせいで、どれも古い銀板写真のように色あせていた。農場主は唇を固く結んで作物保険を申し込み、雄牛の群れを葬った。芝生はパイプ煙草のように縮れていた。アオサギはプッカワセイ湖の泥のなかを器用に跳ねた。メノミニーの首長たちは、北部の居住地で雨乞いの踊りをおこない、湿った蛇革をまとったり、瀕死の動物の横で亀甲《きっこう》占いをしたりした。国の東半分で土地が干上《ひあ》がり、水を求める農家は悪態をついた。私はミシシッピへ飛んだ。河の南端で、干《かん》ばつのせいで座礁《ざしょう》し、子供のバスタブにたくさんのお風呂の玩具が詰まっているみたいに、何マイルにも渡って川をふさいでいるタグボートの群を取材するために。同行した音響担当のフロウンと私は、〝スモーキー・ジョー〟号を航行させていたケイジャン人の船長トムに会った。ミシシッピ川では名士とされるトムが、アイク&ティナ・ターナーの「プラウド・メアリー」をがなりたてながら、泥の溝をフェリーで往復して私たちを運んでくれた。ミシシッピの鼓動が、トランペットやスプーンの音や水しぶきとなって、私たちの乗るフェリーの舳先《へさき》を打った。私たちはマイクのスイッチを入れ、川の営みや水の生活や私たちが作り出す世界の音を聞きながら、転がるように川を下っていった。それから南北戦争以前の汽船に似た、沿岸警備隊の大型浚渫船《しゅんせつせん》〝ドレッド・ジャドウィン〟号に乗り換えた。フロウンと私は、昔ながらの吹きぬけ天井の部屋で大皿からハムをとりわけて食べた。私は〝ドレッド・ジャドウィン〟号の船長が話す、ルイジアナのバイユー訛《なまり》を聞き取ろうとしてみたが、それはトムの訛よりもひどかった。「ジス・ヒー・ビガルー・ザン・ヤル・キンジー。ヘイ・モース・レッド・ビーズ・アンド・ライズ!」なにか食べ物のことらしかった。

熱気と濃密な時間が、濡れたウールのスーツのように体にはりついていた。〝ドレッド・ジャドウィン〟号はぶるぶると震動しながら川底の土砂をすくいあげ、充分な深さがある水路を作り出していた。座礁していたタグボートも運搬船も、真夜中までにはビーズが糸から外れるように一隻《せき》ずつ滑りぬけていった。川を通過する際には、無線で船名を沿岸警備隊に通報していた。エコー・プリンス号、スモーキー・ジョー号、アラベッラ号。私はミシシッピ河の岸辺に座って友人たちに手を振りながら、〝私のことを考えて〟と記されたコーヒーカップと母のことを考えた。これまで数多くの場所でそうしてきたように。母の見知らぬところにいても、シバは自分の吐く息くらい近くにいる。ガザの集会で、ハマスの軍事部門〝イザディン・アル・カッサム〟が空中に発砲するのを目にするときも。アメリカ人の人質たちがうかない顔で座っているバグダッドのプールサイドで、空っぽの中庭や葉を茂らせたヤシの木や金と青のモザイクを見つめているときも。テヘランから離れて、顔を半分布で隠しながらエルブルズ山脈の登山道を登り、ひなげしの花の側を通り過ぎるときも。私はいつも母のことを考えていた。彼女は何でもできたし、どこへでも行けたし、誰にでもなれた。家を離れる必要がない。母と私と、どちらが優れたカメレオンだろうか。

その夏、妄想が母の心を締め付けていった。躁状態のなかで時は失せ、日は昇り、沈んでいった。そこにあの道化師事件が起こった。その絵は黒いベルベットの上に描かれた、恥ずかしくなるほど感傷的な類の絵だった。道化師の髪はオレンジ色で、唇はしぼんだ浮き輪のような青緑色で、目のまわりが卵のように白く楕円《だえん》に塗られていた。アイルランドを連想させる小さなシロツメクサが描かれていた。ある人物から私宛のプレゼントとして送られてきたものだったが、そのある人物とは、連邦刑務局の言葉を借りるなら、アメリカ一厳しいとされる刑務所の住人だった（いろんな刑務所がその名誉を競い合っていた）。去る一九八六年、イリノイ州マリオンの合衆国刑務所を取材したことがあった。マリオン刑務所は、いきすぎともいえる環境できつい監禁体制をエスカレートさせていた。仕舞いには暴動が起き、最悪の独房に入れられた囚人が精神に異常をきたして看守二人を殺害した。その後、看守が怒りに燃えて報復に走り、囚人たちを警棒でレイプし、義歯をたたき折り、足枷《あしかせ》のつけられた囚人をめった打ちにした。囚人たちの傷や折れた骨が癒《い》えるまで、一ヶ月以上マスコミはシャットアウトされ、ようやく刑務所を糾弾《きゅうだん》したのがアムネスティ・インターナショナルだった。そんな異彩を放った事件がアメリカで起きた。それ以後ほとんどの囚人は、一日の二十三時間を一方向に一歩、そして別方向に三歩しか動けない監房《かんぼう》で過ごした。ある看守がまじめくさった顔で教えてくれた。〝マリオン刑務所は、すべての略奪者、すべてのがん細胞を閉じ込めておく場所だ。そうしなければ国中に広がってしまうだろう〟というのがワシントン連邦刑務局局長の言葉だ、と。

「あなたがたは彼らのことを〝がん細胞〟と呼んでいるの？」と尋ねてみた。

「いやあ……面と向かってそんなことは言いませんよ」看守はしどろもどろで答えた。

放送後、多くの細胞たちが何年にもわたって私に手紙を送ってくれた。そのうちのひとり、銀行強盗かつ有名な刑務所ギャング〝アーリアン・ブラザーフッド〟のリーダーが、道化師の絵を送ってくれたのだ。ほったらかしにされていた私宛の手紙を実家のベランダで開封し、たまたま包みを開いたのは、母を精神科医のところへ連れて行った翌日だった。側でスケッチブックになにやら書き付けていた母は、その道化師の絵をまじまじと見て手に取った。やぶにらみの視線で長い間見続けると、突然声をあげた。

「この道化師、私に向かって話しかけてるわ！」

「あらそう。何て言ってるの？」私は警戒して耳をそばだてた。

「神から私あてのメッセージを預かっているんですって！」。母の瞳は光にあふれていた。とはいえ、その夏は神からのメッセージがあまりに多かったので、彼女の瞳の配電盤は故障していた。母は夜の闇へと消えていった。数日たって私たちは、母がマリオンの合衆国刑務所に行ったことを知った。空中に漂う塵《ちり》よりもさらに頼りない精神状態で、よくもまあ家から八百キロもあるイリノイまで車を走らせたものだ。マリオンは寂しい場所で、ケンタッキーの州境に程近い湿地にあった。目的地がわかっていても、暗い秘密が閉じ込められた場所まで、のろのろと走らなければならない道が続いている。しかし、自分も監禁された経験があるドロレスは、刑務所に通じるヘンゼルとグレーテルの道を示す小さな気配をなんとか読み取った。森は〝大きな悪の森〟と改名してもいいほどうっそうとして、湿った苔《こけ》が光っていた。不当な扱いを受けた者の敵討ちを目論んでいた母は、門のところでインターホンを押し、自分のことを〝ビッグ・ツナ〟の呼び名で知られたマフィアのボスの娘だと名乗った。当然訪問を断られた。「ハナミズキの木々や沼地を越えて十キロ以上も私のあとをつけてきた（と母が主張した）ヘリコプターがいなかったら、あの沼地でひとりぼっちになるところだったわ」と後になって母は言った。もしそれが本当だったとしても、私は驚かなかっただろう。

それからまもなくして、あの道化師の絵を送ってきた有名な〝アーリアン・ブラザーフッド〟のリーダーが、母宛に、愛のこもった優しい手紙を何通も書いていたことを知った。母は魔法のカワウソやアオサギや、飼い猫ソーニーを脅かした嵐のことを書いて返信した。おそらく彼は、それを暗号だと考えただろう。十八のときから刑務所に入っているこの男は、私が別名を使って秘めた恋心を伝えにきたのだと思い込んだ。そしていま私はそのふりをするために、仮名で手紙を書いていた——母の名前だ。彼の恋心には息を呑《の》んだ。なぜならその大きすぎる情熱は、自由への猛烈な欲求そのもの。服役囚のかなえられない夢そのものだったからだ。

「ごめんなさい。実はあなたが手紙を書いている相手は私ではないの」私は考えをまとめると、すぐに返事を送った。「あなたが手紙を書いている相手は母なの。実在する私の母よ。彼女は具合がよくないの。あなたを釈放させられると思い込んでいるわ。ばかみたいな話だとわかっているわ。だけど外の世界ってばかみたいなことだらけなのよ」。彼はしきりと詫《わ》び、すぐに母へ四本のオールドローズの木を送ってきた。ロサ・ムンディ、エンプレス・ジョゼフィーヌ、グロワール・ド・ディジョン、ノワゼット。どれも違う色だった。「ピンクは……」と、その夏、母が手紙にこう書いていた。「再生の色です。そして白は……恐れないで、純粋に力強く自分の意見を述べる色です」。母はそれらのバラの木を庭の歩道の脇に植え、やがて色とりどりの見事な花を咲かせたが、翌年の春にはウィスコンシンを襲ったみぞれまじりの嵐になぎ倒された。そのマリオンの囚人から手紙が届くことは二度となかった。そして私の知る限り、彼はまだあの場所に、あの別世界に、闇に半分うずもれた独房のなかにいるはずだ。

母が競走馬を買ったのは同じ年の夏だった（実際は二十五％の権利だったが）。自分の名前を、ギンベルズ・シュスター百貨店や、実の母親だと決めつけた疎遠のおばの名前にちなんでギンベルズと改名したのもその夏だった。体にシーツを巻きつけ、元恋人のために雨乞いのダンスを披露し、本当に雨を降らせたのもその夏だった。〝神の愛〟や〝色彩の意味〟に関する特別講座を開いていたのも同じ夏だ。「この講座は私が教えます。ですが、本当の教師は私ではありません」母はそう書いていた。「ご存知のとおり〝クリエイティブ・ルネッサンス・バイ・デザイン〟社は、癒しを授けるために総合計画主から賜《たまわ》ったものです。こちらは家族経営になるでしょう。すでに娘のケイトには教えを授けてあります。たとえば〝黒〟。これは恐れがないことを意味します。強さが現れているのです。〝白〟は純粋を意味します。混じりけのない色です」。図書館で妄想に襲われ、演説をぶって郡の拘置所《こうちしょ》に入れられたのもその夏だった。「私が誰だかわかっているの？」と母は叫んだ。「私はメリー・ベイカー・エディの娘よ。ボストンにあるクリスチャン・サイエンスのマザー・チャーチに行かなくちゃならないのよ！」。私がシカゴで仕事を始めたのもその夏だ。そしてＮＰＲの内報部部長からの電話で、「ジャッキー、今、電話があって、パブスト・ビール社の夏の大パレードを報道しなければ、ギンベルズ・シュスターはＮＰＲのスポンサーを降りるというんだ。あそこはうちのスポンサーだったか？　言うことを聞くべきだろうか？」（とっくに辞めた部長であることをつけくわえておく）と尋ねられたのも同じ年の夏だった。そして私がほとんど毎日電話をかけては泣き言を訴えていたソーシャルワーカーから、自分自身や他人にとって明らかに致命的な脅威となるまでは、母を収容する権利は誰にもないと改めて知らされたのも、その夏だった。それで私たちは母と暮らし、怯《おび》えたり、めまいを感じたりしながら、いつか母が私たちに具体的な危害を加える瞬間を待っていたのだ。

8

バビロンの地に住みながら

Living in the Land of Babylon

私が世界を旅する間、母は想像の世界で旅をしていた。私は一箇所に二週間とどまるのがうっとうしいときもあった。旅先でのリズムにあまりにも慣れすぎて、息がつまって退屈になるのだ。パスポートはバッグのなかに入れておくことが多い。パスポートや見慣れない査証を見ることで、一時的に身を置く北アメリカではなく、明日への可能性が広がる大きな空港こそが現実の世界だと信じられる気がするからだ。明日という国が存在するわけではないが、私はいつでもそこの住人だと思っているし、楽しくなくなるまでそこに住むつもりだ。そういう意味では、私は母に似ているのかなと思う。「出て行くのよ」私たちの小さな町で母がいつもそう言っていたのを思い出す。「ここから出て行くのよ、立ち去るの、そしてなんでも好きなことをなさい！」。私はなんでもやってきた。どこともしれない大平原の真ん中で、バーに立ち寄り、カウボーイのグラスを叩き割ったこともある。ダブリンではカージャックに襲われ、シン・フェーン党の党首ゲリー・アダムズにインタビューし、ベルファストでは片方の足に黒い靴を、もう片方には茶色い靴を履いた——前の日にダブリンで強盗に遭《あ》って、それしか残っていなかったからだ。アンマンの日没には下着のままプールに飛び込み、チュニスでは真夜中にPLOがよこした窓の黒いリムジンで街をぐるぐる回り、アラファト議長との面会にのぞんだ。これまで何度も身につけ、ほころびのあるアルマーニのスーツは、湾岸戦争取材の給料でローマの店で買ったものだ。ヨルダンの宮殿でフセイン国王にインタビューしたときは赤痢《せきり》に苦しめられたっけ。でもフセイン国王は並外れた大人物だった。イラクへ向かって八百キロの砂漠を車で走り抜ける間、スカーフで口元を隠しながら道端で吐き、ジョニーウォーカーで口をゆすいで、また勢いよく吐き出した。車を運転していたアラブ人から見れば不埒《ふらち》な西洋人女性特派員に見えたはずだ。バグダッドに到着すると、今度は悪寒《おかん》と冷汗に襲われる。上着を着るんだ！　あまりに暑くて上着を脱ぎ捨てた私を見て運転手が声をあげる。上着を着ろ！　「ここへは戦争の取材に？　それともオックスフォード出身のクルー目当てかい？」アルラシードのホテルでインディペンデント紙の特派員が冗談を言う。私は微笑む。別に気にならない。私はここに来たことがある。千年も前のことのような気がする。悪党たちが人目につかないところにたむろしている。略奪者や、スパイや、拷問《ごうもん》をする者たちだ。私たちはイラクの底辺に触れることができる。ナツメヤシが生える沼地。ここに私の通訳がいる。気のいい男だがクリスチャンで、家族が牢獄やイラン戦線に送られたためにイギリス留学を中断し、実家へ戻らざるをえなくなった。戻ると彼は投獄され、ティクリート市出身のならず者たちに犯されるか、瓶で犯されるかを選ばされた。私たちは人目を避けて、サン・ラファエル病院の近くで落ち合う。「アメリカへ行きたいんだ」ポーラスは、計算した上でイタリアのテレビ局のインタビューに応じ、サダムを批判し、そんなことを言う。「無理よ」と私は答える。アンマンの在ヨルダン米国大使館に彼の名前を伝えたが、関心がなさそうだったので、英国大使館にも伝えたところ、彼らがポーラスの名前をリストに加えてくれる。一ヵ月後、ポーラスはイラクから逃げ出してヨルダンへ到着し、ロンドンの国際連合難民高等弁務官事務所から私に電話がかかってくる。「我々は彼のアメリカ行きを支援します」と彼らは言い、ある日、私の住むシカゴのミシガン通りからポーラスが電話をかけてきた。「僕たちはここにいるよ、妻も子供たちも」。救われるべき者を救うことができた。地獄で出会った一度だけのチャンスだった。

〝国際連合反狂気高等裁判所〟とのあいだの仲介役になって、母を救えたらどんなにかよかっただろう。遠い国を旅すると、自分が誰を思い出しているのかわからなくなる。真夜中に悪夢を見た私をなだめるために、カルメン・ミランダの歌をくちずさみ、バナナブレッドを焼いてくれた、私がまだ子供のころの母親だろうか？　それとも、意味不明のことを口走り、シーツをまとって自分のことを女王か花嫁かメリー・ベイカー・エディの娘と思い込んでいる母親だろうか？　〝人間の盾〟だとか〝地球の半分を焼き尽くす〟だとか〝堕落した異教徒の血を飲み干してやる〟だとか、世界の反対側でそんな言葉を耳にしている私に、母がどんな女性だったかどうしてわかるというのだろう。十字軍の再現だったと言う人もいるだろう。姿を消してしまいたい。イスラムの女性の黒いマント、チャドルをまとって、スークと呼ばれる幻想的な市場をさまよい、黄土色のペンキで異教徒を非難するスローガンが書きなぐられた壁にもたれかかる自分を想像する。壁には私には理解できない、カフ、アリフ、ヌーンという言葉や、音楽のような音を持つ、ワー、エイン、ラーという文字が描かれていて、私はもはや自分が何者なのか、あるいは誰のことを考えているのかわからない。どっちみちこの世界の半分は狂っているのだ、という思いがいつまでも残る。そうした時、本当に私の母は何者なのだろう？　と考えるとほっとするのだ。遠く一万一千キロ離れた、一晩で国境が形を変え、誰もが別人になりたいと願うここイラクのナツメヤシの下で。

（メノミニー・イーグル紙の死亡記事欄より）

ポール・マーシャル・ライデン　一八九九年生まれ。一九八八年十月二九日、死去。ゴールウェイ県クリフデン出身。土曜の晩、アイルランド式の通夜が予定されている。メノミニー食料配給所へ思い出の缶詰を持ち寄ること！　ライデン氏には四人の孫がいる。サラ・ライデン。ケイト・ライデン。ジャッキ・ライデン。メノミニーのドロレス・ギンベルズ。

ささいなことだ、と私は自分に言い聞かせた。たいしたことではないのだと。母が、私たちを自分の妹ということにして父方の祖父の死亡記事を地元の新聞に載せた。こういったことにはいつも面食らった。祖父が亡くなったのは本当で、長い間、闘病していたが、私がソウル・オリンピックの取材から戻ってきた直後に亡くなった。その三年前には、祖父と私のふたりだけでアイルランドへ行き、先祖代々の生まれ故郷を訪ねてもいた。祖父は会う人ごとにこう言ったものだ。「新婚旅行の最中なんだよ、すごいだろう」。あるいは、「パットがアメリカにやってきて初めてグレープフルーツを見たとき、マイクに何て言ったと思う？　『うわあ、でかいなあ。一ダースつくるのに、あまり元手をかけずにすみそうだ！』」。だけど彼は、あくまで父方の祖父であって母の父親ではないし、それに私とポール・ライデンが親しくなったのは晩年の数年間でしかなかった。母も彼とはあまり親しくなかった。私は私たちの妹であるイーグル紙の編集者に指摘した。「誰もチェックしなかったの？」。「ママのこと、何もわかってないわ」とケイトが言った。「何もわかってないってことしかね」。

母は、私たちの頭に巣食う虫だ。ケイトとサラと私の正気を失わせる。かつての母は消え、そして私もまた消えつつあるのだろう。母からの手紙には、私がラジオで話しているのを最近聞いて、初めて私がイタリア語を話せることを知ったと書いてある。母はいつでも手紙をよこし、デジャヴ・フーズのチラシや惚《ほ》れ薬のレシピや、もっと美しくなるための秘訣や雑誌から切り抜いたお勧めのドレスの写真や、そのドレスを自分が縫ってあげると約束する手紙を送ってくる。真夜中に笑いながら私や妹たちに電話をかけて、知らない人の話をする。

「どうしようもないわ」デンバーからの電話でサラがこぼした。「神だろうが何だろうが文句を言いたいくらいよ。これ以上、ママの尻拭《しりぬぐ》いはできないわ。ママの問題なのに、私の問題のような気がするのよ。ロースクールにいたころと同じだわ。起きるときも、寝るときも、ママが側にいるの。私にはもう自分の家族がいるのよ。別々の人生を送っているはずなのに」。

「実を言うとね」また別の日にはケイトが電話で、母から送られてきた〝ファーマー・ケイトズ・バターミルク〟を噛み砕きながら話す。「昨日、ママの中古車をもらいうけて、まあ、ちょっとしたお金を渡したわけよ。それなのにママったら警察に電話して、私に車を盗まれたって訴えたのよ。もう少しで犯人にされるところだったわ！　でもほら、警察はもうママのことを一切信じていないから助かったけど。そのあとママが黒革のミニスカートと胸の開いたショッキングピンクのブラウスを着て家に来たんだけど、あんまりかわいこぶっていたもんだから、思わずぶっとばしてやりたくなったわ。どんな気分かわかるでしょ？　で、昨日は昨日で、『裏庭に放しておいた子猫ちゃんがいなくなったの、一緒に探してくれない？』ですって。一番むかつくのはひとっことも謝らなかったことよ。わかるでしょう？」。

私たちが愛のむちを試したのは秋だった。母の方から治療を受けたいと言わせるつもりだった。いまいましい魔法のカワウソと大アオサギを引き離し、クリエイティブ・ルネッサンス社から延々と続くアルフレッドへの贈り物——テニスボールやマドラーやカフリンクスなどを止めさせる。彼女を孤立させ、治療を望ませるつもりだった。「ここで預かっているあの男宛のがらくたを見にきてくれ」と、保安官からケイトに電話がかかってくるだろう。法廷や仕事でのおかしな会話、母から一日中聞かされる変わり者たちとのつぶやきも、もうおしまいだ。私たちの母親は、小さな町の鼻つまみ者。リーガン、ゴネリル、コーデリアの三人の娘に見放されたリア王のように、自分自身にとっても他人にとっても、母が危険人物であると法的に認められるまで好きにさせておけばいい。いつか母が死を招くシバの女王なのだとわかるまで。

悪役は苦もなくこなせたが、愛は苦手だった。

一九八八年十一月五日
イリノイ州シカゴ

ドロレスへ

私から便りがないのを不思議がっていると、ケイトから聞きました。こんなことは言いたくないけれど、私はもう、うんざりなのです。私たちがママの心の問題を助けてあげようとしているのに、ママだって自分に問題があることがわかっているくせに、あまりに頑固に、子供っぽく拒絶するから疲れてしまいました。プライドの問題でしょ。治療を拒むのを楽しんでいるんだわ。私に苦労をかけるのが好きなんでしょ。もし援助される気に、援助させてくれる気になったら、ママのところへ行きます。私たち三人ともね。それまで私にとって、ママは悪夢よ。あなたはもう、私が覚えているママではないし、私が誇りに思う人ではありません。

愛をこめて

ジャッキー

追伸　今年のクリスマスは帰りません。

さっそく母は、過去三十年間に私たちが送ったカードをすべて送り返してきた。箱からあふれるほどの量だった。三十年間分のクリスマスカードとハロウィンカード、セント・パトリック・デーのカードだ。幼稚園で作った、金色に塗った石膏像すら送り返された。ありふれた作品だったが、あの頃の私たちはありふれた人間だったのだからしかたがない。幼い頃に描いた青い顔の棒線画に、へたくそな詩。具合が悪くなった年の私の誕生日に書いたという母自身の詩もあった。韻を踏んだ形式だが、聞くと目をまるくするような詩だった。〝主よ、おあたえください。心の軽さ、物事を知る賢さ、空を高く飛べる翼。愛が扉を開き、影を追い払う。音楽と笑いに日々は潤《うるお》う……〟。自分の頭の状態を知らないのは幸福なことだと思う。

その後、私の洗礼式のお知らせカードがドアのところに届いた。〝私を忘れないで〟とプリントされ、雲のなかにピンクの赤ちゃんが横たわっている図柄の、サテン地を浮き彫りにしたカードだ。封筒の赤ん坊の上には赤い字で、〝ジャッキーは親から与えられた名前を名乗り続けること。ただしミドルネームと苗字は選んでもいい。神についてもっと学びなさい、もっと本を読みなさい！　後生だから〟と書かれていた。中には私の洗礼名の上に、赤い字で〝神の教会〟とあった。母は私たちの苗字を、有名なミルウォーキー・マフィアの黒幕の苗字に変えていた。そこには私が前の年に送った母の日のカードもあった。〝世界で一番のママへ、ママは本当にユニークだわ〟と私は書いていた。それは否定できない。

メモが同封されていた。「これ全部、お返しするわ！　読んでも、もう何も感じないから！」。母が病気のときは、筆跡が手がかりになった。心と一緒に文字までもが輝きを失ってしまう。書き殴られた奇怪な大文字の活字体は、餌を食べた後のごきぶりみたいで、放り投げられた子供っぽい丸文字は、寝室の枕のようだ。波打った蜘蛛《くも》の足のような逆さゴシック文字は悪夢の域といえよう。並んだ逆さ文字は鏡の間のように歪《ゆが》んでいる。W.O.W.＝M.O.M.！

一九八八年九月十五日
イリノイ州シカゴ

ママへ

小包を受け取りました。あのたくさんのカードのメッセージに、ママがもう何も感じないというのは残念です。でも、心の底に、変わらない想いがあるのはたしかよ。私たちはママを愛しています。ただ、ママの行動は常識はずれだし、それがこの上ないストレスを与えるものだということに気づいていません。今年のクリスマスや私たちの特別な日にママがいないのは寂しいわ。この孤独を生かして、自分自身を傷つけていることを反省してください。ママには治療が必要です。私たちはママを取り戻したいのよ、本当のママを。私にできることなら何でも言ってちょうだい。

愛をこめて

ジャッキー

ドロレス・テイラー・ギンベルズ

ウィスーウィーーキャンーウィン！（勝てるわよ！　ウィスコンシン）州プッカワセイ湖

一九八八年十二月五日

ジャッキーへ

抗議の手紙じゃないわ、傷心の手紙よ。クリスマスには来てもらわなくて結構、こっちから願い下げだわ。こんなことを言わなくちゃならないくらい、あなたは私を傷つけたのよ。あなたに私のお守りを頼んだことなんかありません――今だってそんなつもりはないわ。これまで私の気持ちを何度も伝えてきたのに、あなたはそれを無視するのね！　しばらくは出入り禁止よ！　デジャヴのクッキー代、払ってちょうだい。それからあなたに作ってあげるドレスなんてありませんから、その分のこれまでのお金はいらないわ。こんなに無神経で自己中心的に育ったのは、私にも責任があるかもしれないわね。いえ、私のせいなのよ。でもあなたは長女だから、皆がいいなりになると思ってるんだわ。あなたのたわごとも心配とやらも、もうたくさん。くそくらえ、よ！

私はあなたのママじゃないし、五八歳でもないわ！

ドロレス

私はすでにいなくなった相手に向かってわめいたり、文句を言ったりしているというわけだ。母にリチウムについての小冊子を送る。オフィスから帰宅途中のバス広告で見て取り寄せたものだ。わらをも掴む思いとはこのことだ。病気に効くなら私はヒルでも買うだろう。「試してみて、気に入ってもらえると思うわ」〝ビッグ・パイナップルのハワイで休日を！〟と勧めているかのような手紙を書き、パンフレットを同封する。奇跡の薬のおまけ付きよ！　それから、「リチウムは天然の塩で生化学的な働きをするの。糖尿病に投与するインシュリンみたいなものよ。そこに書いてあるように、何万人もの人々がママと同じ病気で苦しんでいるの。ママはひとりぼっちじゃないってことよ！」ハレルヤ、ママ、喜んでもいいわよ。狂気を。家のまわりの芝生をだいなしにする火事、あるいは洪水のように。小道の木々を、山腹から小道を、そして山そのものもなぎ倒して流れる溶岩《ようがん》のように。そして、まっさらな新天地から作られる未来を待つといいわ。

〝リチウムは頭に硝石《しょうせき》のような働きをします〟母から返ってきた手紙の封筒にはそう書いてある。中には私が送ったパンフレットに手を加えたものが入っている。

躁うつ病　精神疾患。うつと躁が交互に襲うことによって、過度な喜びや怒り、抑えがたい暴力行動か、そのような特徴が現れる。躁うつ状態の場合、大柄な男性、柔らかな光、ダンス、音楽、笑い、遊び、健康に対して異常なほどの嗜好《しこう》や執着が見られる。

そして裏側に手紙が書いてある。

ジャッキ・バリストレリ・ライデンへ

メリー・クリスマス、おばかさん！

あなたのお父さんは小柄な人でした。でも重い荷物は運べたわ。私の父親はフランク・バリストレリ。ミルウォーキー・マフィアのボスよ。大柄な男よ。もしもクリスマスの日に私が死んでも、知ったことじゃないわ！

ジャッキー、あなたってほんとに根性がひねくれてるわね！　あなたのパパはステキな男の子だったわ。

ママに愛を

母が病気のときは、命にかかわるどんな言葉も、頭の中のつぶやきにすぎない。生まれようが死のうが、どんな言葉でもだ。あふれかえった箱から取り出した、ケイトの結婚式での姉妹の写真が手元にある。一九八〇年のことだが、その年、母は具合が悪くてしょっちゅう行方不明になり、かたやケイトは結婚したがっていた。私たちは議論する。母がよくなるまで待ってよ、と私は訴える。だがケイトは待つ気などさらさらない。ケイトはどんなときでもケイトだ。九月は彼女の運命の月だ。それに、いつ母が回復に向かうかは誰にもわからない。ケイトはサラからケープを借り、他の知り合いから民族風のドレスを借りて花婿の横に立つ。昔、母が結婚式をあげたのとちょうど同じ場所、まさにあの〝冷たい星の教会〟の同じ祭壇で――縁起が悪くても気にしない。小さな式がちょうど始まろうとした瞬間、頬紅を道化師みたいに赤く塗り、カオルンロードで作った金襴のサテンドレスに身を包んだ案山子《かかし》のような母が、猛ダッシュで飛び込んでくる。ちなみに私はそのドレスを今ここに見ながらこれを書いている。

母の頬は真っ赤で、彼女の気のふれたような笑い声が空中に三日月を浮かびあがらせる。「ありえないわ」。母は〝死が二人を別つまで〟で笑い、〝お集まりの皆さま〟で笑い、信者の席に座ってひとりでおしゃべりを重ねている。頭のなかで喜劇が繰り広げられているらしい。母は、誓いの言葉を交わすサラたちを指差して、「面白い冗談ね」と周りの人々へ聞こえよがしに囁く。「彼女と結婚しようとしているあの男は誰？　なんて間抜けなの！　あのドレス、どこから引っ張り出してきたのかしら。こんな結婚、うまくいきっこないわよ！」。私はおかしさと怒りに引き裂かれる。ケイトは気づいていない、いや、気づかないふりをしている。子供のころ、外の世界にふれて大理石の彫像のように黙り込んでしまったときと同じように。「彼に言ってちょうだい、ジャック。私、ストロベリー・リコリスが飲みたいわ」と私をたよって囁いたときのように。ケイトは、サラが十年前に家庭科の授業で縫ったケープを羽織り、ホルターネックのドレスの下からはお腹に彫った太陽の刺青が透けて見えている。ドロレスの笑い声が収まっていく。結婚式が終わると、涼しくて美しい夕暮れが訪れる。ケイトと花婿はラック・ラ・ジョリーへ向かい、そこで赤毛の飼い犬、ゴールデンレトリーバーのミック・フィンと一緒に結婚式の写真を撮る。二人は若く、健康そうに見える。ドロレスも加わるはずで、二人も彼女を新郎方の親戚の家で行われる披露宴へ連れて行きたがっている。ケイトたちは新郎の新車に乗り込んで、ドロレスを待つ。ついに猛スピードで走ってくる母のスポーツカーが見える。止まろうとするかのように母が車のスピードを落とす。だが母は二人に向かって手を振ると、アクセルを踏み込み、再び猛スピードで夕日のなかへ消えていく。夕日に向かったんじゃないわよ。後にケイトが指摘する。「エル・ドラドに向かったのよ!」。エル・ドラドは、ハイウェイ一〇〇号線のどこかにある中年独身者用のハプニング・ナイトクラブだ。母がそのクラブにいるイメージは、永遠にケイトの結婚式とからみあい、その夜、ドロレスが結婚式に現れた衣装のまま、数多《あまた》の星の下で見知らぬ男と踊っている姿を思い浮かべる。母はダンスの相手にこんなことを話したかもしれない。「今日、娘が結婚したの。私も出席したかったけれど、いろんなところで大事な仕事の用があって。私は大手の食品会社の最高経営責任者なの。ケイトは子供たちのなかで最初に結婚した娘なの、でも私がもう信仰していない教会で結婚式をあげたのよ。ああ、それに、あんなやぼったいドレスを着て……おかしいったらないわ……」。披露宴《ひろうえん》で撮ったケイトとサラと私の写真の顔の部分を、母は赤いクレヨンで丸く囲んでいた。小さな聖人たち。母の跡継ぎであり、母の娘であり、母の標的なのだ。

愛のむちはうまくいっていた。母の泣き言が始まった。「クリスマスイブは誰でも大歓迎よ」と郵送された招待状に書いてあった。祈りの言葉に添えて、森の動物たちが腕を組んで東の空の星を見上げている小さな絵が描いてあった。それから袖の下もある。「これは私と一緒にギンベルズデパートでマニキュアとペディキュアと交換できるクーポンです。署名・ママとディッピー」。さらにアドバイス。「〈クリスマス・オープン・ハウス〉贈り物のラッピングは早めにね。レバー・パテ、クッキー、ワインなど持ち寄りで（若くてごたいそうぶる人は連れてこないでね）」。

翌日送られてきたのは羊飼い——キリストだろうか——がケーキを差し出した絵だ。「全員をクリスマスにお招きします！　アイルランドのイングリッシュ・ローズ柄のブレックファストカップにいれたナッティ・コーヒーをごちそうするわ——パパ・テイラーの大好物よ！　ナッティ・コーヒーはおいしいわよ！　他とは一味違うんだから！　ジャッキー、暖炉の上においてあるスコッチを好きに飲んでいいわよ！　ベッドメイクも私がするわ！　全部許してあげる！　あなたの行く先々に笑いを残してあげて！」。

お母さん、なんてこと！　オーマムオーマムオーマム、私の呪文のようなものだ。いったい、あなたはどこへ行ってしまったの？　私のママを返してちょうだい、と、私は心のなかに文字を書く。個人広告だ。「母親一人、行方不明中。ティアラを着けています。食事はとりません。時速百キロの弾丸トークを放ちます。本当なんです！　デパートの名前で呼びかけると返事をします。犬、猫、馬の窃盗癖《せっとうへき》あり」。私は母からの手紙をくしゃくしゃにまるめ、仕事場の床へ放り投げる。それはポップコーンボールのお菓子のように足元で弾《はず》む。もちろん、私はささいなことが恋しいのだ。ママに一緒に買い物に行ってほしいし、チーズケーキだって焼いてほしい（でもアルフレッドのために一切れ残したりしないでほしい）。それにスナッピー・ジンジャーやペッパーコーン・バターも送ってほしい（請求書は送らずに）。一本のバターのような冷静な顔と穏やかな目をした母が玄関に現れて、「私が病気だったとき、おかしなたわごとを言ったり、とんでもないことをしでかしちゃったりしたわね。むちゃくちゃだったでしょう？　笑ったんじゃない？　どうかしてたわよね？」と言ってほしいのだ。

私がラジオでイタリア語を話すのを聞いたと手紙に書いているとき、母は一体、誰の声を聞いているのだろう。シバの頭のなかにある、報復する口うるさい女って何だろう？　一体世界はいつそんな奇妙な音と形を帯び、姿なき略奪者が家の壁に極秘のバズーカ砲を向け、ヘアアイロンが放射性物質となり、フライパンに命が宿り、子供たちが大天使のような話し方をするようになったのだろうか。これらすべては母の妄想のなか、邪悪なものであふれかえる場所にある。母が書いたものには、母にとりついた荒れ狂う悪が現れている。かつての恋人を空想したのがこれだ。「子供が彼の足にしがみつくと『ここではだめだ！』と彼は言ったの。『ここではだめだ！』って」。母だけに聞える声がますます増えていく。

クリスマスの日、母はひとりぼっちで、自分で送った贈り物のなかにうずもれている。その数週間前にケイトが一度覗きに行ってみた。あくまで覗き見で、彼女は母を孤立させる計画を忘れていない。ケイトと彼女の子供たちと私は、クリスマスに私のアパートに集まって、膝をかかえてしゃがみこむ。私たちは母が明け方、コーヒーを入れようと立ち上がり、ケトルが甲高い音をたてるのを待っている姿を思い浮かべる。雪に覆われたプッカワセイ湖の氷上には、釣り人の足跡がついて、古い絨毯のように見えるだろう。おとぎ話の小屋で、ドロレスはせわしなく行ったりきたりしながら、皆が到着するときの準備をしている。リビングルームは、ごちそうや、架空の友人から送られたプレゼントや、自分で送った娘たちからの贈り物でいっぱいになっている。「世界で一番のママへ。愛をこめて。ジャッキー」と、ぴかぴかの赤い包みの上に母の字で書かれている。「世界で一番かわいらしい女性へ。永遠に愛を。アルフレッド」これは別の包みだ。そして三番目は、「商工会議所からデジャヴ社にご挨拶を！　楽しいクリスマスをお過ごしください！」まさにデジャヴだ。

　これまで何度も過ごしたクリスマス、私は母の妄想の源からほど遠いところにいた。安全な浅瀬から危険を知らせる妖精にはなれなかった。最初の躁病の兆候が現れてから、最後の爆発まで経験してきたが、母を捕まえることはできなかった。それは私が止められない火の嵐なのだ。母は、安寧《あんねい》の場所を、完璧な家族を、ハンサムでお金持ちの夫の存在をパロディ化し、私たちは崖《がけ》っぷちでたじろいでいる。母は、あの小屋のなかでひとりぼっちでいる。かたや私たち、母の娘たちは、シカゴのアパートのガスコンロでクランツクーヘンを焼こうとしている。鍋で焼く簡単なケーキだけど、できあがりはべたべたして、ところどころに気泡がはいっている。できそこないのガスコンロ、できそこないのアパート、できそこないの人生。八年前の今日、私たちはあれこれ空想して夜を過ごしていた。「ドロレスは本当にラスベガスのカジノに行ったのかしら」「ローズパレードに参加したのかしら」「静脈瘤《じょうみゃくりゅう》をむき出しにして?」。今夜はクリスマスイブだ。ケイトと私はプエルトリコ系の教会へ出かけ、スペイン語のミサに出席する。「ありえないわ」とケイトが言う。どうして鼻に砂が詰まったみたいに感じるほどお香を焚《た》いているのか、理解できない。クリスマスは息ができないほどの辛らつな香りがする。私は受話器を取り、電話をかける。「もしもし?　もしもし?」母の叫び声が響く。私は受話器を置く。

愛のむちなんてダメだ。もう充分だった。もう嫌だった。クリスマスの夜、ウィスコンシンの自宅へ戻る途中、ケイトは愛のむちの誓いを破って母の様子を見に行くことに決めた。ドロレスの家に着いたとき、家のすべての明かりが煌々《こうこう》と輝いていた。そればかりでなくたくさんの蝋燭も灯っていた。溶けた蝋がたれて、テーブルや床や棚の上でウロコのように固まっているのを見て、ケイトはそれが何時間も灯っていたことを知った。ドロレスは、お皿と磨いた銀食器を自分ひとりで並べ、バターナイフとピクルス用のフォークをボーダー・アンド・スクロール形に置いていた。どのワイングラスも、どのクリスタルグラスもぴかぴかだった。何日もかかっただろう。テーブルの中央には、泡で縁取りした霜柱のような羽製の置物が波のようにうねっていた。何時間も過ぎ、クリスマスは終わった。サラダの葉はしおれ、クランベリーの詰め物は硬くなってサラダの上に打たれた句読点みたいになった。横に添えたマッシュポテトはぱさぱさだった。オーブンには、一日中待機していたため、焼きすぎで脂気のなくなった肉が入っていた。母のクリスマス・オープン・ハウス。私たちがやってきたときのためだ。母は落ち着いた雰囲気のスカーフを首に巻いて、カメオで留めていたが、彼女の姿はそのカメオの図柄を真似た、ヴィクトリア朝風アーント・マーサだった。みんなのための座席カードもあり、ひとつはアルフレッドのものだったが、残りは私たちのものだった。

ドロレスがケイトを振り返る。その顔は張り詰めていて、透き通っている。傘の骨のような鎖骨《さこつ》がスカーフの下から浮き上がっている。彼女は肩を落とし、思わず息をのむような悲痛の面持ちでケイトを見る。

「食事に来てくれなかったわね」かすれた声で母が呟《つぶや》く。「クリスマスなのに誰も来てくれなかった。誰も。一日中待っていたのに。電話もかかってこなかったわ。ここにいるのは私とソーニーだけ」。母の顔は不安定にゆがみ、瞼は光から闇へ、そして闇から光へオーロラのように瞬き、暗雲が素早く押し寄せてくる。唇に皺がより、目は固く閉じられる。母は磨かれた冷たい皿に額を押し付け、握った両拳でこめかみを押さえると、失ったすべてのものを想って身も世もなく涙を流す。ああ、なんて辛い愛のむちなのだろう。

以前、ある男性と喧嘩になったことがあった。無意味な言葉をぶつけあう口喧嘩ではなく、シリアのアレッポで夕食をとっているときに、暗黙の了解でしくんだ故意の喧嘩だった。私たちは前線に送られた特派員だった。湾岸戦争のせいでふたりともアラブの首都をうろついていたし、彼の場合は戦争が専門であり、私の場合は心の中で自然に起こっている会話が戦争だったから、そう呼ばざるをえないだろう。世界には安定した国があり、そこでは規則や規範を尊重し、それに調和することが求められる。一方で不安定な国があり、そこでは日常的に自己を捏造《ねつぞう》することが求められる。自分自身のルールをつくり、たとえ恐れや孤独を感じても誰にもわからせないようにするのが一番だ。いつだって最初のルールは話を聞くことだ。一日の空白を埋めるために、お互いの物語に耳を傾けあうのだ。なぜなら人は、それぞれの過剰な欲望とアドレナリンに頼って生きているからだ。レバノン産赤ワインのクサラを二本開け、前菜《メッツェ》とビーフパイ《キベ》、レーズン入りの鳩料理を食べた後、彼が「ねえ、ライデン、君はどこまでタフなんだい？　何が君を駆り立てているんだ？」そんな馬鹿げたことを訊いてきた。ちょうどふたりとも勢いづいてきたところだった。私は義父のことを話していた。理由は思いだせない。不毛な砂漠のせいか、それとも血の色をした岩のせいか。「君は強いなあ！」その特派員は私をからかった。だけどそのころ、私はたしかに強かった。というより、そう思っていた。そうでなければ真夜中に、この世で何よりも戦争が好きで、戦争がなければ自分で争いを起こすような男と、アレッポくんだりまで来やしないはずだ。私たちはさらにクサラを飲み、夜明け前の何時かに、彼は私の本質的に薄情な性格について語りだした。愛情豊かであれば、義父にたいしてそんなに馬鹿にしたような態度はとれないはずだと。

「いやなヤツ《クリーポ》だって？」彼が言った。私は一気に頭に血が上って、彼を蹴飛ばした。彼は動けないように私を押さえつけたが、実際は動けたし、彼も私が抗《あらが》うことを望んでいるのはわかっていた。二人でベッドから転がり落ちながら股間を蹴り飛ばすと、彼はなかばうめきながらうずくまった。その隙《すき》に私は走って逃げ、ホテルの別の部屋をとり、部屋係にチップを渡して私の部屋番号を教えないように頼んだ。見知らぬ部屋でバスローブを羽織り、昔のことを思い出しながら夜をすごしていたが、数時間後には彼がやってきて、私を二階へ引きずり戻そうとした。

「部屋係にお前よりも多くチップを払ったんだよ」自慢げな声だった。「奥さんを見つけたいのか？と聞くから、そのとおりだと言ってやったよ」。

「ちょっと待って、あなたに奥さんなんていたっけ？　私は違うわよ」私は自分がいかに強いかを彼に言って聞かせた。

「やれるもんならやってみな」というので頭を蹴り飛ばすと、彼は一瞬にして倒れた。

翌日、彼が謝ってきたので私も謝り、これでお互いきれいさっぱりと水に流せたと信じて、二人で惑星並みの二日酔いを味わい、私たちの後をつけて一緒に下りのエレベーターに乗った秘密警察《ムハバラート》のいやらしい目つきをわかちあった。

「女性に勝たせてあげたという意味では、昨夜のことは、この国のイスラム勢力に反抗するという僕なりの役目を果たしたことになるんだろうな」と彼が囁いた。

だが私たちは、喧嘩の最中にも自分たちがしていることをよくわかっていた——彼が挑発し続けたから、私は攻撃せざるをえなかった。挑発、攻撃、融合。それはシバと一緒にいるときに感じる、彼女の本質的な原動力だった。シバが私を挑発するとき、私の追跡をかわすとき、ますます彼女に襲い掛かりたくなった。私はシバの体に深く噛みつき、彼女を縛り付けて制圧したくなった。私は、バブ・アル・ハワへ向かうために荷造りをした。〝風の門〟へ向かうために。

シバが現れ、空中を舞い、まるで消えゆく冬のように湖を霧で覆い、身にまとった埋葬布を凍らせ、日々の夜明けが新しい運命の形なのだと思い込む。どこへ行こうと、ほら、そこがあなたの居場所になる。何を信じようと、それがあなた自身になる。「これ、持っていってちょうだい。ガス欠なの！」ある朝、母が自分の車のフロントガラスに口紅で書く。話は昨年の秋にさかのぼる。あの頃から、取立て屋が現れるようになっていた。トヨタのスポーツカーと携帯電話が消える。冬に入ると、母はガレージから古い自転車を引っ張り出して、メノミニー郡の曲がりくねった道を走らせる。ケイトの家まで十キロの道を自転車でこぎ、髪は風になびいて凍りつき、足は観覧車のようにぐるぐると回る。「ママったらあの自転車に乗るとき、ありったけのアンティーク・ジュエリーを着けるのよ」と、ケイトが私に報告する。「お祖父《じい》ちゃんの金のペンをネックレスで吊り下げたり、レイのアンティークのストップウォッチも。ママが高校生のころから持っているピンやネックレスも。えーって感じよ。やりすぎて全部失くしちゃったけどね。毎日ここにやってきて、泣いたり、わめいたり、自分の人生のかけらがまた無くなっちゃったって訴えてみたり」。ドロレスは、すっかり街の鼻つまみ者で、ピンクのスノースーツを着て自転車に乗る女で、スーパーでホットドックをパーカーのフードに詰め込む女になっている。「来てくれない？　ジャック、来てくれない？」ケイトが電話をかけてくる。

ケイトの声は、ぴんと張りつめた止血帯のようだ。ケイトは哀願する。「何を持っていってても食べてくれないのよ。餓死《がし》しちゃうわ。もう骨と皮なの。ジャッキー、来たほうがいいわ」。ケイトの話によると、ドロレスの目はロケット弾のようにぎらぎらし、頭は再燃焼中だという。自分が破産状態だというのに何も気にしていない。「メノミニー郡には大きなテントを用意してほしいわ」母がケイトに向かって軽口《かるくち》をたたく。「私がこの家を手放したときは救貧院に、私とソーニーのための広いスペースを提供してほしいわ！　それからもちろん、私のビジネスも！　ブタ箱発のクリエイティブ・ルネッサンス社よ！」。

私の出番だった。もう三ヶ月も母に会っていなかった。車を飛ぶように走らせた。二月の土曜日、午後一番に家のなかへ足を踏み入れると、母は鮮やかな黄色のスイングコートを着て、モデルのように振舞っている。軸足で回転、みんな、軸足で回転よ。コートが母の痩せた肩に花のように咲き、体の回りで広がってはしぼんだ。テンナンショウ（サトイモ科の植物）の葉が茎《くき》を鞘《さや》のようにくるんでいるみたいに。私が覚えている母は、このやせこけた小柄な女性のなかにいる。「どう？　私のコート、気に入った？」母が私に尋ねる。ケイトが何週間か前に見た、私たちを驚かせるためのクリスマスパーティが、どれもそっくりそのままになっている。ティーカップが、暖炉《だんろ》の上に置かれた燭台にぶらさがっている。一九六〇年にギンベルズデパートの〝サンタの秘密の森〟で買って、私が母に贈ったティーカップだ。小さな商品が蜂《はち》の巣のように並べられている子供用品専門店での初めての買い物だった。ここには妖精の国が忘れ去られることなく残っている。母が再び軸足で回転する。「私がこのコートを縫ったのよ。気に入った?」。きれいに見せようとしてあたりを歩きまわっている。ええ、気に入ったわよ。そこにいるのは、躁状態がおさまり、自分を可愛く見せようとしている十二歳ぐらいの母だった。母に会うのは久しぶりだった。近寄って母を抱きしめ、指であばら骨をたどると、体は骨ばっていて、川をさかのぼる魚のようだ。軽く握った拳を鎖骨の下のくぼみに当てて血液の流れを感じとる。反り返った唇からは、歯に引っ張られている歯茎と膨らんだみみずばれがのぞき、髪はつやがなく痛んでいる。皮下脂肪がなくなって胸はぺちゃんこ。あきらかにビタミン不足だ。片手がコートの襟《えり》の裏をかすると、おなじみギンベルズ・シュスターのラベルに触れる。「ママが縫ったんじゃないわね、買ったのね」と私は言う。そんなことはどうでもいいが、こんな必要のないコートを買えるほど母はお金を持っていないはずだ。何か言わなければと思い、うっかりそれを指摘してしまう。

「どうやって手にいれたの?」思っていたよりも鋭い声になっている。

「ご存知のとおりよ、ミス・ボイス・オブ・アメリカさん」母はぴしゃりと切り返すと、後ろに一歩下がる。そして思いっきり強く私の頭を平手打ちした。そのせいで私のコンタクトレンズが飛び出してしまう。私は膝をついて、コンタクトレンズを探す。「退屈だわ」と母が言う。「ドライブでもしようかしら」。彼女は逆上し、力がみなぎり、うなっている。テーブルの周りを走って、レモンイエローのコートを肩からずりさげる。

「ちょっと待ってよ、ねえったら」私は大声をだす。空っぽの部屋に話しかけている。

母はコートの下にジーンズのジャケットを着ていて、ポケットには手袋か何かが入っているはずだが、それだけだ。目が見えずにしゃがみこんでいる私を尻目に母が走って出て行く。私はレンズを探し続ける。母は私より三分ほど先にスタートを切っている。見えるほうの片目に母が開けっ放しにしたドアが歪んで映る。ようやくコンタクトを見つけ、母の後を追って冷たい空気の中へ飛び出した。母は車で母に追いついたのは、メノミニーへ向かう細いジグザグ道の郡道Z号線に入ったところだ。母は自転車をこいでいる。凍った道路の上で車のタイヤが軋み、カーブのたびにハンドルが滑る。私が追いかけてきても母は止まらない。自転車をこいで丘へあがり、子供のように得意げに立ち上がったかと思うと、やせたお尻をサドルにぶつけながら丘を下っていく。激しく降りだした雪の中を走る。私は車のスピードを落とし、窓を開けて叫ぶ。「ねえ、車に乗りなさいよ、まったくもう。乗りなさいったら!」。

完全に無視している。私はくやしさのあまり、冷たい空色のように青ざめる。母に追突して溝に落としてもいい。私は真剣に考えている。満足だけど残忍だ。私たちは曲がり道を、そんな具合に進んで行く。私は母のスピードにあわせてついていく。ドロレスは燃えさかる風であり、無慈悲《むじひ》なシバであり、顔の皮膚が寒さと激しい運動のせいでビーツの皮を剥《む》いたみたいに紫色になっている。いいかげんに車に乗ってちょうだい! 私はわめき続ける。のどが渇いてひりひりする。頭のなかでハエが飛び回っているみたいに血管が脈打っている。私は車を前にだして、母を溝に追い詰めようとする。それは思ったよりも難しくて、映画のようにはうまくいかない。目標をはずせば母をひき殺してしまう。それからどうなる？　母の骨はタイヤの下敷き、私は母そっくりの凶暴な娘。狂った母を田舎の郡道でぺちゃんこにした娘。三キロ。四キロ。躁状態の母の微笑みからのぞく歯にも似て、固く凍りついた湖の連なりを通り過ぎる。それは私が子供の頃、まだ母が〝先生〟と結婚する前の気ままな夏の日々に、よく泳ぎに連れてきてもらった湖だ。六キロ。七キロ。赤い水車のあるイペソング湖にさしかかる。湿った黒いゴムの上を裸足でパタパタと音を立てながら水車に上る。滴を落としながら有《う》頂天《ちょうてん》になっていると、待ち構えた湖のなかへ落ちるのは時間の問題だ。輝く水面の下へ沈みながら目を開き、自転車でたそがれの世界へ去ってしまった母親を探す。彼女が浮かび上がってくる。雪のなか、赤い木の水車と自転車の車輪が重なる。クリスマスツリーのまわりに家族が集まり、子供たちは雪のなかを転げまわる。私は、クリーポから逃れ、家から逃げ出すために自転車に乗ってカーブを曲がる。メイベルはS字型カーブを時速百キロで曲がる。ワグナー病院の向こう側にあるスクールゾーンでスピードを出しすぎて免許を取り上げられる。彼女は八十四歳だった。当然の対応だ。だけど、そのことがメイベルの命を奪った。私たちはそろいもそろってスピード狂の女たちだ。

　ペダルを踏む母の子供のような体は上がっては下がり、また上がっては下がり、両足は小さな水車のようだ。ワグナー病院の療養所がすぐそばに見える。いや、病院ではない、今はホスピスに代わっていて、小塔はすべて花綱《はなづな》や横断幕で飾られ、雪がはりついている。思い通りの最後を迎えるために人々はそこへ向かう。母はワグナー病院には目もくれない。いつものことだ。雪が降り積もった野原は、畳んだシーツが並んでいるかのようだ。ゴシック調の魚の養殖場を通り過ぎ、十九世紀にビール会社が建てた石灰岩のホップ小屋を通り過ぎる。私たちは〝ニュー・ワールド・バイエルン〟という名のパン屋に飾ってある、湖やスケーターや、雪が積もった松の木が並んだミニチュア模型の中にいる。「ねえ、いいから、いますぐ車に乗ってったら」クラクションを思い切り叩いて、車の向きを変え、母の行く先をさえぎる。母は止まり、前かがみになり、ざらついた空気を、うねるアコーディオンのように大きく肺に吸い込む。そして体を起こし、ビール工場の立派な石造りの門の前で恍惚《こうこつ》としながら立っている。自転車は半分雪にうずもれている。

「クリエイティブ・ルネッサンス社は装飾の仕事をしているのよ」母がしゃがれ声で叫ぶ。私は車から飛び降りて母が立っている郵便受けの前まで歩いていく。それはアルフレッドの郵便受けで、ニコちゃんマークのステッカーや、ピンクやグリーンの色とりどりの猫や、ひらひらの蝶々《ちょうちょう》の絵が何十枚も貼りついてる。子供のお弁当箱みたいにけばけばしい。母はその郵便受けに手紙を入れる。〝アルフレッドさま。愛をこめて〟と書いてある。

「リビエラから戻ってきたとき、この手紙を読んで喜んでくれればいいけれど」母がぶつぶつ呟き、まるでイーゼルの前にたたずむ芸術家のように思いつめた顔をしている。ポケットからロール状のシールを引っ張り出し、一、二枚歯で剥《は》がすと郵便受けに貼りつける。「一枚ずつ貼っていくの」と母が言う。「きれいにみせるためにね」。私は何も言わずに、母に自由を与える自転車を車のトランクに担ぎ入れる。

家に戻ると母の頭に暗雲が垂れ込めてくる。長椅子にちょこんと座っている母を、黒雲が包み込んでいく様子を見守る。母の唇がゆっくりと開いては閉じ、私には理解できない言葉を静かにつぶやく。水の音が混じったしゃがれ声が垂れ流すちんぷんかんぷんの言葉は、まるで水中で話しているみたいだ。ババ、ウー。キズマ・プロ・ヒジーム。霊に取り憑《つ》かれているとしか思えない。今夜はここで眠りたくないと思う。でもそうしなくてはならない。本当はいつもここで寝るべきなのだ。去年の夏、デンバーでサラの夫がそうしたように、玄関の前で眠るべきなのだ。ドロレスが死んだメイベルを発見した、まさにあの玄関の階段で寝るべきなのだ。私はケイトに電話をかける。「今夜は二人で番をしましょう、泊まりに来てちょうだい」。母の目は開いているけど、この部屋のどこも見ていない。この世界のどこも見ていない。母は誰に話しかけているのだろう? オムネオシス・ヒス・ガラ・ホア。何一つ聞き取ることができない。夕闇のショールをまとって体を揺らしているメイベルを思い出す。陽にさらされて剥げたペンキのように皮がむけているメイベルの両手を思い出す。メイベルが家の階段で倒れて死んでしまった夜、私たちは誰も彼女の側にいなかったことを考える。落ち着いて。瞼を閉じることができない。身動きできない。ああ。メイベル。ドロレス。私。

後見開始等審判申し立て
メノミニー郡後見制度事務局
一九八九年一月五日

一九八九年一月五日、サラ・ライデンおよびケイト・ライデンと共同してジャッキ・ライデンにより提出された、ドロレス・ギンベルズの精神衛生に関する記録

母は去年の六月以来状態が悪く、治療を受けて欲しいというすべての懇願《こんがん》に抵抗しています。私たちは母をとても愛していますが、母が完全に、そして一貫して妄想状態に陥っているという事実の結果、このままではホームレスか栄養失調になってしまうので、入院してほしいのです。母は車を持っておらず、氷点下の危険な田舎道を自転車で行き来しています。これまでずっと治療の必要性を熱心かつ巧みに否定してきました。しかも去年の夏、ウエイトレスの仕事を解雇されてからは五万ドル以上も——母の全財産、保全されていない全資産——を使ってしまい、現在は週七十二ドルの失業手当で生活しています。何か反対されると、激しく相手を威嚇《いかく》し敵意を表します。行政担当の方もお気づきのように、治療を受けることに全面的に抵抗しています。ここに母の過去の精神状態に関する書類をすべて提出いたします（添付書類参照、一九八一年のメノミニー郡による収容令状）。郡が介入する前に私たちは、あるいは何も知らない他の人たちは、もう一度母が殺人的な行為を犯すのを待たなくてはならないのでしょうか。

郡は母の様子を見るためにソーシャルワーカーを寄こしてきた。私は彼女が好きだった。マルシアは妊娠五ヶ月の、陽気で熱心な女性だった。彼女のおかげで母がよくなるかどうかはわからなかったが、私にとってはありがたい存在で、延々と愚痴《ぐち》をこぼしても親身《しんみ》になって聞いてくれた。私たちはこっそりマルシアと母の面会の手はずをととのえた。彼女はケイトの家のお茶会に顔をみせることになっていた。母をそこに招けばマルシアも判断を下せるはずだ。もちろん、母は彼女がソーシャルワーカーだとは知らない。約束の日、母は普通の格好で現れ、お行儀よく振舞った。母の出費を止めるため、後見人《こうけんにん》申し立てを起こすのに十分なほど母が病んでいることをマルシアに宣告してもらうことが私の望みだった。母は座るとさっそく手作りの新しい伝記を広げた。そこには母がでっちあげた、彼女の人生を説明する女系家系図の改訂版が含まれていた。手で描かれた新たなデジャヴ娘のところには、「最高のものだけよ。安っぽくないの!」「ほかにどうしろと言うの?」というセリフがついていて、母は自分の両親と、赤ちゃんのときの自分の写真を貼っていた。

『私の母、マーサ』

ドロレス・ギンベルズ

序

私は多くの男性を知っているとも言えるし、知っていないとも言えます。でも私の母マーサは一人の男性しか知りません。それが私の父、レイです。彼らのかけがえのない思い出は、私の回顧録に記してあります。

（ところで、マーサ・ミッチェルの娘が書いた、この題名の本は、過去に出版されているのでしょうか？）

『私の母、マーサ』には、にわかには信じがたい著者の人生が書かれています。本書で語られているのは、母親が亡くなった後、著者の心から引き出された出来事ですが、すべて事実だと証言できるそうです。マーサ・ギンベルズは小柄で内気な女性で……私が生まれたときは、まだ結婚していませんでした。それまでの母の人生については何も知らされていないので、不気味なほどはっきりと思いだせることから始めます。私は生まれてきました！　場所はわかりませんが、家のなかで助産婦の手を借りて、私生児でしたが、愛をもって授けられた子でした。

I. 非嫡出子

マーサ・ギンベルズは私を愛していました！　あまりに愛していたがゆえにあきらめたのです。私生児であることがどんなに不名誉なことか、私は繰り返し叩き込まれました。片親が結婚していて、できちゃった結婚ができないという場合はともかく、それ以外にはこれ以上不名誉なことはないといわんばかりでした。妊娠が発覚すると私の養母メイベルは額に飾った結婚証明書を誇らしげに指差してこう言いました。「見てごらん——お前のきょうだいは私生児なんかじゃないんだよ」。自分が十四のとき私生児の女の子を産んだことは棚にあげて。

マーサ・ギンベルズは裕福な女主人でしたし、父はハンサムで、不況のさなかにトラックの運転手をしておりました。母のフルネームはさだかではありません。さだかでないことはそのように申しあげます。もし間違ったことをしたとわかれば心から謝罪します。ただこれだけは事実です。私がウィスコンシン州相手に、もっと詳しく言えばメノミニー郡相手に複雑な訴訟を抱えているのは、事実の隠蔽《いんぺい》とメイベルの強迫観念が引き起こした必然的な結果なのです。「ドロレス、あんたが事実さえ知っていればねえ」彼女はよくこのように言いました。そして両手を固く握りあわせて泣きました。一九二九年なら、新聞の見出しはこんな感じだったかもしれません。

〝資産家の女主人を襲った不名誉なセックススキャンダル〟

マルシアは座って母の話を聞きながら、二十ページにもおよぶ絵や推論や絢爛《けんらん》たる散文に飾られた本をざっと読み通した。本の真ん中にはドロレス・ギンベルズの絵が、ひっそりとした湿地に咲くベラドンナのように描かれていた。秘密の毒。裸の女性。マルシアは母と世間話をし、お礼を口にして帰っていった。

「なんて感じのいいお客さんかしら」と母はマルシアのことを誉《ほ》めた。

あとで、ソーシャルワーカーは気の毒そうな口調で言った。「私たちができることはほとんどないわ。危険性は曖昧ね。彼女の判断能力は正常とは言えないけれど、でも抜け目がないのよ。残念だけど、彼女の選択が優先されるってことね。多くのものを捨て去ろうとしているようだわ」。

後見人申し立ては却下された。「彼女の選択よ」マルシアは繰り返した。

彼女の選択？　母が選択したことといえば、〝フォーチューン誌が選ぶ五百の会社〟の最高経営責任者になること。クセルクセスの軍隊に対抗して自分の軍を戦争に向かわせること。元恋人にペニスの形をしたケーキを贈ること。

「この騒ぎにまいっちゃうんじゃない？　ジャッキー」と、ケイトが言う。「ドロレスったら、たいした嘘つきだわ。なんにも認めないでそこに座っていただけじゃない。あの本だってでたらめばっかり！　少なくとも私の会合では、責任をとるようにって教えているわよ」。

「私は家族の一員じゃありませんから」最新情報を伝えるためにデンバーへ電話をすると、受話器の向こうでサラが応える。そうやって頑固に言い張っていれば、すべての事態が変わるとでも思っているようだ。「いつでも私が望むのは、来週のこの時間に自分が何をするか正確に知っておくことなの。予定をノートに書き付けているのよ」とサラが言う。

「あなたはきっと別の惑星で生まれたのね」と私は言う。

召喚状配達人はケイトを待っている。彼は召喚状を手に、茂みから飛び出してきた狐《きつね》のようにケイトの前に現れる。訴訟が起こされた。彼はケイトの知り合いだ。「ひとつ聞きたいんだが」と、彼は眉をひそめて尋ねる。「実の母親から訴えられるなんて、一体どんな娘なんだい?」。

ケイトは彼を一瞥し、封筒から手紙を出し、次に召喚状を引っ張り出す。それを読んでから、配達人の鼻先で振りまわす。ドロレスが、ケイトに売った車を取り返そうとして訴訟を起こしたのだ。「じゃあ聞くけど、実の娘のことを〝ケイト・U・バスタード(ケイト、このろくでなし!)〟って書くなんて一体どんな母親よ?」ケイトは配達人に問い返す。お腹の太陽は先のとがった光線を放っている。小さくも厳しい星だ。

母は法律を愛している。法律の重要そうで大げさな物言い、たくさんの細々とした条項や、事実を認めるところが気に入っている。難解な法律用語や参与事項、それにあのハンムラビ法典の血も涙もない引用が好きなのだ。素人《しろうと》にわかりにくい法律用語は、母にとっては速記を生かせるチャンスだったし、荒れ狂う彼女の脳にもぴったりだった。最初の結婚のとき、彼女は法律事務所の秘書をしていた。そこで弁護士のように話し、書き、考えることを覚えた。ボスは二人のユダヤ人兄弟だった。「結局、大学に行かせてもらったようなものだったわ」と母は言った。兄弟たちは信じられないくらい優しく、頭がよくて面白かった。私が生まれたときには誕生祝を送ってくれたそうだ。「もう職場に戻ることはないのだと悟ったときはどんなに泣いたことか」と母は私に言った。たしかに母はいい弁護士になったかもしれない。論争好き、対立好きな法廷弁護士としての母が目に浮かぶ。法律の仕事をしてから三十年たっても、法律は母の味方で、そして今では唯一の味方だった。一九八九年二月、大統領の誕生日の祝日。母はキッチンのテーブルで法律用箋に訴訟事件摘要書を書き記している。自分から裁判を起こすときもあるが、それ以上に逆告訴をしていることが多い。次から次へといろんな種類の訴訟を大量に抱えているので、私は一番重要な訴訟の経過だけをたどることにしている。母はアブラハム・リンカーンやジョージ・ワシントンの言葉を引用する。毎日のように、一度に何時間もかけて、告訴や逆告訴に取り組んでいる。訴訟は、メセドリンを服用するのと同じくらいに母を動かす効果がある。最初に母を法廷へ連れ出したのは、小切手の不払いを訴えた銀行だ。彼らは母がメイベルの家の改築費に使った住宅ローンにも目をつけている。母の所有する家の所有権が狙われている。没収されるのは私にもわかっている。守れたはずの母の年金や生命保険や投資信託と同じように、手放さざるをえない。母は彼らを訴え、彼らも母を訴えている。

「ジョンへ」私がコピーした、裁判中の銀行家のノートにはこう書かれてある。「ここにドロレス・ギンベルズの訴訟摘要書がある。コピーするのに四時間もかかったが、これは我々の訴訟にとって最高の証言になるだろう。この女は明らかに、いかれきっているよ」。彼らは勝訴に持ちこむ準備を整えている。それから、メノミニー郡の病院との訴訟もある。治療代不払いで母が逆控訴した件は、すでに地方控訴裁判所の管轄《かんかつ》に移っていた。母が再び病気になり、現金の代わりにクッキーを送ったせいで、彼女の弁護士はこの件から手を引いた。だが、このろくでなし弁護士は転んでもただではおきなかった。報酬不払いで母を訴えはじめたのだ。すでに母から数千ドルを巻き上げている。彼への報酬を支払うために（勝つ見込みなど絶対にない訴えのために）、資産を整理せざるをえなくなった彼女を見ていたくせに。他にも二つの裁判がある。ひとつは母が起こした事故で車がへこんだ年配の夫婦が起こしたもの。もうひとつは携帯電話会社が起こしたものだ。それらの訴訟に加えて、債権者たちから怒涛《どとう》のごとく押し寄せる警告文もある。母いわく、「自分は極貧生活を送っているので、自分で弁護士役をやる」。そして、病んでいるにもかかわらず、幻覚を見るにもかかわらず、母の摘要書はなかなかよく書けていて、一時的にとはいえ相手方の攻撃を食い止める。巨大なアルファベットで記された〝A BRIEF（訴訟摘要書）〟という見出し文字。母はそれぞれの摘要書にこれらの文字を墓碑銘《ぼひめい》のように半円状に並べる。記憶と歴史を融合し、新たな回転を与えながら、その上を流れていく彗星《すいせい》のような、病的な祈祷《きとう》の言葉だ。

〝博学にて聡明なる皆さま〟。大統領の誕生日に用意された、メノミニー郡控訴裁判所の申立書には、薄気味悪いゴシック文字でこう書かれている。〝法律制度がこのような不正を早急に正していただけないことを遺憾《いかん》に思います。本日は偉大な大統領たちに敬意を表して、一八六一年二月十一日、故郷スプリングフィールドを離れる際に行われた、リンカーン大統領の演説を引用いたします〟

私はこの街で四半世紀を過ごしてきました。この街で成長し、年を重ねてきました。この街で私の子供たちは生まれ、そしてひとりはこの街で弔《とむら》われました。今、私はこの街に別れを告げます。そしていつ帰れるか、本当に帰れるのかは、はっきりとはわかりません。ジョージ・ワシントンに課された任務よりも、はるかに困難な任務を前にしています。彼を見守りたもうた神の存在がなければ、私は成功しないでしょう。神のご加護《かご》があれば失敗することなどありません。私にもこの偉大な任務がまかされたのは、私たちが個人の自由をないがしろにしないためです。気軽に引き受けられる任務ではありませんが、向き合うことに決めた以上、放り出すわけにはいきません。ただ年をとり、借金はさらにかさんでいきますが、私は勝つまでこの訴訟を放り出したりはしません。誰にも悪意をむけず――すべての人に慈悲の心をもって。

私と家族は疎遠になってしまい、そのことを考えると胸が重くなりますが、本件が妥当《だとう》であるという私の信念が、私を後押ししてくれています。〝摘要書（ＢＲＩＥＦ）〟が四〇ページのタイプ原稿に限られているとしても、これは手書きで八〇ページくらいにはなると思われます。ただし最初の六ページをじっくり読んでいただければ、補遺《ほい》を読む必要はありません。どの訴訟もそれぞれ特異な点があるので、判例は引いていません。

メリー・ベイカー・エディ著『教会手引書』第二十三節からの引用。〝この教会の一員が、治癒しない病人、はっきりとした診断がくだせない病人を抱えている場合、解剖学《かいぼうがく》などを修めた医者に相談してもよい。また、クリスチャン・サイエンスの信者は、存在論《オントロジー》あるいは存在科学を修めた医者に相談する特権があるものとする〟

クリスチャン・サイエンスの教科書『科学と健康――付聖書の鍵』（四八四ページ、六‐九）

質問：クリスチャン・サイエンスあるいは自然治療は、薬物投与、物質的衛生学、催眠《さいみん》法、神智学、心霊主義を含みますか？

答え：まったく含みません。

（四六八ページ、二十五‐一）

質問：人生とは何ですか？

答え：「人生」とは神の原理、精神、魂、霊魂です。〝人生〟には始まりもなければ終わりもありません。時間ではなく、永遠が〝人生〟の観念を表しており、時間は永遠とは関係がありません。ひとつが認められると、それに応じてもうひとつのものは滅びます。時間は有限であり、永遠は無限です。

上訴人が繰り返し彼女の信仰を認めていたことを、裁判所は気づいてくれるでしょう。メリー・ベイカー・エディの『聖書』やクリスチャン・サイエンスの教科書を毎日のように読み、脅迫と監禁のもとに〝薬物投与の同意〟に署名をしたこともありましたが、後にはそれを取り消しています。本件は、今日、まさに私たちが敬意を表する大統領たちによってアメリカ建国の基本理念と定められた〝自由〟を、はなはだしく軽視しています。

署名　ドロレス・ギンベルズ、弁護士

母は生霊であり、詩人であり、手品師だ。ヒンドゥー教のシヴァ神の妃《きさき》ドゥルガーのように破壊的で、虎にまたがり、八本か十本もの手で鞭《むち》を打ち、家を大黒柱一本にしてしまうような恐ろしく強い自然の力を持っている。母は長く尖った耳をもつ、悪役の狼だ。傍目《はため》には巻毛の小柄な女性として、毎日おかしな衣装を着て、前世で勤めていたというビッグ・ベンドの裁判所のバッジをつけて現れる。そして事務官に訴訟の公証を要求する（「私はドロレス・テイラー・ギンベルズ・バリストレリ。これを申請してくださる?」）。母は拒食症になりつつあり、息は地獄の亡者のようだ。かつて彼女は、着古したドレスを裁《た》って、娘たちのために〝ミス・アメリカ〟コンテスト用の衣装を作る、いい母親だった。でもそれは、私たちがあの頃と呼んでいる遠い過去の話だ。今流れているのは、時間の概念からはずれた非現実的な時間だ。「非現実的な時間よ」口紅を落としながら、テヘランに住む、あるイラン人女性大学教授が言う。「自分で作った言葉なの。だってここでの生活はあまりにも非現実的だからよ。これから外出しようとしているのに、化粧を落とさなくちゃいけないなんて」。彼女は唇をこすっている。

この新しい時間は、幻想と霧だ。私が自ら足を踏み入れていったのと同じ、現実世界が生み出した雲なのだ。

胸が締めつけられる。一九九四年十月二十三日。テルアビブ。ディゼンゴフ通り。呼吸は正常。

午後の番組の提出しめきりまであと六時間。今から朝の番組用のファースト・レポートまでは、四十五分。死者は何人？　爆弾の種類と規模は？　バスはどこ？　止まって、救急車のサイレンを録音して。被害者の話も。ちょっとでも英語を話せるあの血を流している人。「あそこのカフェに座ってた。そしたらバスが来た。大きな音がした。乗客は後ろのドアで、助けてくれ、助けてくれって」「あなたが後部ドアから引っ張りだしてあげたんですか？」「ああ。俺は見た。頭がない。腕がない。足がない。まともに見られない。エルサレムに行く、爆発起こる。テルアビブに行く、爆発起こる。イスラエルはどこでも、爆発起こる。ビビ、ビビ、こっちへ来るんだ！こっちの角だ。ちょっと待ってくれ、いま英語話すから。分かった。俺はラビン氏に何度も言った。ガザを封鎖《ふうさ》して、撤退しなくてはならないと。撤退だ、もしあいつらを止められないなら。これはヤーセル・アラファトとイスラエル政府の責任だ。お嬢さん、年は？　二十三？　ニューヨークから？　そうだ。俺は午前九時にそこにいた。首のない死体を見た。警察はいなかった。いやな気分だ。地面に内臓が飛び出してたよ。俺の店のまん前に、腕や頭のない死体が転がってる。俺はもうわからない。こんなことが、テロが、俺の家に、俺が住んでいるところ、俺が住んでいるところに迫っている。俺が住んでいるところに来ちまった」

ああ、だけど安全な生活のピリオドは、皆に訪れるもの。いまあなたが住んでいる場所にも。誰かに言われたことがある。安全なんて迷信だよ。気の弱い者も、勇敢な者も、同じように迷信に捕われる。守ってくれるのは信仰だけだ。

とまり木にとまったオウムみたいに、鮮やかな色の服を着て、頭を軽くそらして立つ母を、裁判所の事務官は毎日目にしている。母は裁判所に入り浸《びた》りになっている。自分の病気を自分自身で具現化している。背骨でつくったみすぼらしい籠《かご》のなかにいる、派手な口紅を塗ったエキゾチックな鳥だ。「これを申請してちょうだい」。母は事務官にしつこく食い下がり、微笑みはガスバーナーのような熱を放っている。

一九八九年二月二十二日
ウィスコンシン州控訴裁判所第二地区　ウィスコンシン州　保健社会事業庁
原告　ドロレス・ギンベルズ（別名テイラー）。
被告　ジョージ・ワシントン（欠席）

これはシェークスピアの言葉です。

〝物事の善悪は考え方ひとつで決まる〟

ときどき、私の顔であるこの仮面は、冷たく固くなります。仮面の下にぬくもりはありません。

血管を流れる血潮《ちしお》は凍てつくほどに冷たいのですが、それでも私は死んでいません。どうしてなのでしょう？　自分でも不思議に思います。

どうしてなのでしょう？　ケイトとサラと私は弁論趣意書の写しを受け取って甲高《かんだか》い悲鳴をあげる。どうしてですって？　W／o／W、別称ママ、私たちにはそのほうが助かるのよ！

論理的に考えてみてください。私は裁判所が命じた処方薬によって、すさんだ社会のクズになりさがったのです。一九八〇年の二月のことです。五十を迎えてようやくメノミニー郡精神病院を退院したところでした。起こったことと言えば閉経《へいけい》を迎えたくらいで、私はそれにどうにか理屈をつけようとしていました。今と違って当時は涙がでませんでした。感情が体にあらわれず、神経は麻痺《まひ》し、顔の筋肉を動かすのも容易ではありませんでした。私に友だちがひとりいたとすれば、それは隣人でした。わずかしかないお金は薬代に消えました。何の薬か、ですか？　興奮しないように感覚を鈍《にぶ》くさせる薬です。愛情も、憎しみも、喜びも、悲しみも、恐怖もありませんでした。退院して、孤独と絶望の生活に戻った私が、なんとか職を見つけることができたのは、もう一度自殺未遂を起こした後でした。もう少しで成功するところだったんです。コップになみなみと注いだお酒と一緒に、手元の薬をすべて飲みこみました。娘が私を見つけてくれました。

見つけたのはケイトだ。私はシカゴで電話を受けとった。仕事中だった。母が気を失いかけているのがわかった。声が溶《と》けかけていた。ゴムのように。酔っているみたいに。私は受話器をそのままにして、別の電話で保安官に連絡をした。それからケイトに呼びかけた。「保安官が到着するまで、なんでもいいから母に喋《しゃべ》らせ続けて」。私はケイトが十四歳だったときのことを思い出していた。ドロレスがどんなに大慌てでケイトを病院に連れて行き、胃を洗浄してもらったか。「家においてある薬を全部飲んだわ」母は自分の夫である〝先生〟に告げる。「家においてある薬を全部飲んだのよ」。〝先生〟は新聞から顔をあげようともしない。

「誰も私のことが好きじゃないのね。これっぽっちも好きじゃないのよ」母が電話の向こうですすり泣いている。「好きよ」と私は答える。いいえ、いつも好きなわけじゃない。でもあなたを愛している。

母にとって春の昼と夜は、通り過ぎる汽車の窓の明かりのように瞬《またた》いている。いくつかの窓に彼女の子供たちの顔があらわれる。他の窓には悪党たちの顔がうつる。トンネルの光がぼんやり滲んでいる。そこには母しかいない。母以外には誰もいない。トンネルの反対側の端のどこかにアルフレッドがいる。もう一方の端のどこかにはなにもかもがあり、そのすべてが連鎖している。母は筆記者であり、証人であり、孤独な星だ。母から届く書状は、エジプト中王国以来の戦を描いた小論文か、十四世紀ヨーロッパのカタリ派キリスト教徒たちの聖典のようだ。私には母が書いた走り書きの意味がさっぱりわからなかった。何がどうなっているのかわからなかった。私はシバが治める砂漠の旅人だ。私と同じく、母は目にするものを記録している。私と同じく、そこにあるもの、そしてあったはずのものを見ている。私と違うのは、母の場合、意識しているものと無意識のものと、あわせて報告することだ。母は爆弾テロリストを、彼の動機を、ブリーフケースについた指紋を、さらには事件の後に起こるできごとを見ている。母は彼らの頭に住みつき悪魔となる。それでも私は、再び母に嘆願の手紙を送る。母の利益のために、どれだけ私たちが郡と一緒になって努力しているかをこと細かくしたためる。びっしりと書き連ねた三枚の手紙にひとつの質問。〝助けを求める気はないの？　失ったものを考えてみてよ。私たちはママに戻ってきてほしいの。ママの役に立ちたいのよ〟。でも、神にしか語りかけない人間を助けることはできない。

一九八九年四月十七日、水曜日
ウィスコンシン州プッカワセイ湖にて

ジャッキーへ
今、あなたの大作を読み終わったところです。私に対するお誉めの言葉の数々、本当にありがとう！　言葉を選ぶのがとてもお上手ね。

あなたの記事には編集が必要だと、誰かが言っているのを聞いた気がします（じっくり考えてみたのですが）。個人的には、それは記者が責任もってやるべきものといつも感じているし、あなたもそう考えてくれると思います。

あなたの友情にも感謝します、食料とか雑貨品にもね。考えさせられることがたくさん起こっているようだし、あなたのずいぶん長ったらしい記事を読んで、私はすぐに重要な決断を下しました。

クリスト・グドナソンって、間違いなく神の子キリスト（クライスト・ゴッズサン）を指しているのよ。この驚異を受け入れるべきだわ、無視してはだめよ。

愛をこめて

ママより

神に賛美《ラウス・デオ》あれ！

「クリスト・グドナソンって一体何者？」私はケイトに問いかける。

「知らないわよ」とケイトが答える。

「キリストの生殖腺《クライスツ・ゴーナッズ》ですって？」デンバーにいるサラが受話器の向こうで言う。「いいかげんにしてよ、お願いだから」。

母は私の意識の表にも裏にも存在する。私は母の魂を探すが、私よりも先にシバがたどりつき、つかみとり、身代金も要求せずに彼女を人質にする。もう春も終わりに近づいているのに、郵便屋は毎日、〝躁病の世界〟から小論文を届けにやってくる。

〝ああ、学識のある賢者のみなさま〟。母が郡の病院に向けて、さらに書いた弁論趣意書だ。私はいつものように手がかりを探して一気に目を通す。

去年、自分で集めたこの件に関する資料と記録すべてにもう一度目を通し、私はそれらを燃やしました。覚えておかなくてはならないことは全部、記憶に刻まれています。大部分は忘れたいことですが。私はわずか十六ページの書類で、自分のもっとも深い感情を伝えようとしました。うまくいったかどうかはわかりません。子供のころには、寝る前のお祈りを覚え、唱えたものでした。友だちが知っていた〝私は今から眠りにつきます〟といった内容のお祈りも覚えました。最近では朝、神様にお祈りしています。そして今私は、私があなたがたと一緒に書いたお祈りを分かち合いたいと思っています。そうすれば言葉や思想の自由を守るために十分なことが記されていたということが、わかるでしょう? 私はこれまでひとりの女性として愛や信仰に夢中になって生きてきました。けれど少しずつ自由が蝕《むしば》まれていきました。人の世話をまかされている人々は、最低限の神学が分かっていなくてはなりません。メノミニー郡精神病院の看護師も看護助手も医者もまったくわかっていませんでした。でなければ私たちはこんな裁判を起こさなかったでしょう。ケネディ大統領が一九六三年の六月におこなった演説を思い出します。公民権運動を助けるために大統領は言いました。「百年たっても、完全に自由ではない」。この裁判も同じです。私は多くのことを学びました。自ら進んでではありません。あなたがたがしつこく私に強《し》いてくれたからです。真実を分かち合うために、友人あるいは敵を大目に見ることを。自分の人生を振り返って何の後悔もないと言えればいいのですが、はたしてそんな人がいるでしょうか。私は心の奥で黙祷《もくとう》を捧げます。口に出したらあまりに人の心を打ってしまうでしょうから。私の思考は、時と同じようにあっという間に過ぎ去り、そして多くの場合失われていきます。考えがそれないようにしっかりと耳を傾けなくてはならないと、しょっちゅう自分に言い聞かせるのですが、何度もくじけてしまうので、もう一度やり直すことになるのがわかっています。

私はとても無口なときもあれば、突然、子供のようにはしゃぐこともあります。私はそんな自分を咎《とが》めますが、医師たちが言うには、子供のようにはしゃぐのは悪いことではなく、正しいことで、必要なことだそうです。私は笑うのが大好きです！

ある理由があって怒るとき、私はそれもまた自分の権利であると思っています。学識のある方教えてください。穀物と茎はどこで分かれているのでしょうか。そうした分別をつけるのが苦手なのです。ですが、世の中にはそれを得意とする能力のある方々がいらっしゃるので、私はありがたく思っています。もちろん〝神のお力添え〟をいただいて、そうしていらっしゃるのだとは思っていますが。

私の発言からお好きな箇所をとりあげてください。でも一番いいところだけにして、残りはお忘れください。

署名　ドロレス・〝マフィアのゴッドマザー〟・ギンベルズ

「いいかげんにしてくれない?」私が電話をかけると、サラは言う。私はドロレスの資料を解釈し、説明したいのだ。ケイトとサラを相手にいつもやっている。そうしなければ私自身がおかしくなってしまう。錯乱して通りを歩くよりはこうするほうがましだと思うから、私はへたくそなバイオリンのような声で歌い、ハートや花の絵をさらに描く。「最近、ママから何か送ってきた?」私が尋ねると、妹たちは答える。「ああ、男物の黄色いビキニ・ブリーフよ。アルフレッドに送ったつもりみたい。〝私から〟〝ワシントンの米軍最高司令官アルフレッドへ〟ってスタンプが押されてるわ」。「ねえ、私は〝マフィアのゴッドマザー〟って署名入りの手紙を受け取ったのよ。家族全員に書いた詩が載っているの」と二人に伝える、「たっぷり韻を踏んでいるわよ。聞きたい?」「いやよ、ジャック、聞きたくない。黙って。絶対にいや。だめよ」。

私は低い声で朗読する。

私に声をかけるならやさしくそっと
もしわからないときにははっきりと

今日はあなたのいいたいことがよくわかるので
とりあえず文句は言わないで
信仰は心の中に
言い争いは友を疎遠に
ジャック、あなたは私を傷つけっぱなし。もうやめて
いまいましい。ヘレン・スタイナー・ライスめ!
カードに書いた詩でおおもうけ。
あっというまに億万長者
私に声をかけるならやさしくそっと
でなきゃ、あなたが手にしたすべてを訴えるわよ
ケイト、あんたは、ろくでなしよ!

私は痕跡《こんせき》をあさり、うすっぺらな言葉をはがし、もっとも奇抜な記号や厄介な言動の目録をつくる。〝怒り〟と記されたファイルがあり、〝狂乱〟と記されたファイルがあり、また別に、〝慈悲〟と呼んでいるフォルダがある。母の詩は〝慈悲〟ファイル行きだ。私は躁状態を引き起こす化学元素を探している。青きナイル川の源泉を探している。一番の問題は、たとえ妄想に囚《とら》われているときでも、母

が反撃してくることだ。何度もしつこく反撃してくる。そして私は攻撃されながらも、母に感心しないわけにはいかない。なぜなら母は武器も持たずに、身ひとつで意志をもって、いや、意志だけで、それをやってのけるからだ。その意志は、必ずしも母自身のものではなかった。〝理事長さま、あなたから与えられた侮辱に何を支払えというのでしょう〟以前、母は摘要書にそう書いていた。〝監獄のような独房に入れられて。背中で手錠をかけられて。排水溝をトイレ代わりにさせられて。びた一文払いませんから。一ペニーだって〟。確かに母は正しかった。母は病気で、私たちが間に入ったから命も助かったのだが、その体験は決して感謝できるものではなく、彼女がきちんと受け入れることも、向き合うこともできなくてもっともだった。だから母は、非現実的な世界の不正を正すために、現実世界のあらゆることを喜んで犠牲にした。無意識の世界を拒絶するため、現実世界で昼夜交代制の仕事に就き、犬のように働いた。子牛のスペシャルカツレツや子供用のブラウスやスカートを売り、スパダイエットを勧め、風呂付きあるいは風呂なしのアパートの契約をとり、一日の終わりには足首をぱんぱんに腫《は》らしていた。それもこれもただ、私は病気じゃない、おかしくなんかないと主張するためだった。人々は、母ほどの強い意志もなく神殿を建ててきた。母ほどの強い意志も持たずに他国を侵略してきた。病院の理事長がウィスコンシン州控訴裁判所に提出した供述書には、一九八〇年に母を収容した際のことが書かれていた。保安官と太った看護長が母を裁判所へ引きずり出したときだ。

彼女は手錠をかけられて私どもの精神科病棟に連れてこられたようです。手錠は安全で、鍵がかけられますので。もしも患者に定められた治療を積極的に受ける意志があれば、処方計画がたてられます。ミセス・ギンベルズもそうですが、何人かは裁定がくだるまで治療をこばみます。ミセス・ギンベルズの場合、自分はここにいるべきではないと主張し、逃亡を図ろうとしました。病棟へ戻される過程で、ミセス・ギンベルズは椅子を投げ、テーブルをひっくり返したと記録に残っています。彼女を収容するために、二人の男性の付き添いとひとりの看護師の手が必要でした。ミセス・ギンベルズは隔離室に入れられました。そこはマットレスがあるだけで、他の生活用品はありません。必要とあれば、隔離室からトイレまで係員が付き添わなくてはなりません。床への排泄は、患者が隔離室への不満をあらわすための、ひとつの戦術であることが多くあります。隔離室にいる間、患者には、おまるや尿瓶《しびん》が提供されます。しかしながらそれを使用するにあたっては患者の協力が不可欠です。ミセス・ギンベルズがおまるを使ったかどうかについては記録に残っていません。床に排尿するなどの反抗的な行動は、通常記録されます。

私なら、「あんたにかけてやる」と言っただろう。もし私がシバの女王だったなら。もしタンポポの種を歯に詰まらせ、ウィスコンシンの我が家の裏手のプッカワセイ湖から朝、時のヴェールさながらに漂う霧を思い出していたなら。それしか着るものがないのなら、私は鎧《よろい》を着るようにそのヴェールをまとうだろう。

シバが現れ、母を要求すると、母は自分自身を手渡し、自分の心を守れなくなった。つまり、正《しょう》真正銘《しんしょうめい》の狂乱状態だ。海に住む怪物の侵略のように、いきなり過去が母の意識を奪い去る。思考が醜くなり、くねくねと激しく動き回って母に絡みつき、母は縛り付けられた女のようになった。それでも彼女は常に書き続け、昼も夜も朦朧《もうろう》としているとき以外は、まったく眠らずに書いた。もし自分が、普通の人生とは似つかないこの人生を書き留めれば、自分を押し流すセイレーンの歌を記録すれば、その記録があの冥府《めいふ》の地下洞へ続く道を残すかもしれない、とでも言うかのように書いていた。一九八八年の春、私たちはもはや母の側にはいられなかった。私たちは不安におびえながら、母が凶悪な行為におよぶのを待っていた。たったひとりで小屋の中で書き物を続ける、完璧に狂ったドロレスの上に日は昇り、落ちていった。あとでわかったことだが、母はそれを〝悪魔の答弁書〟と呼んでいた。母は自分の答弁書を裁判所に提出し、裁判官たちの、いや、母が〝学識のある賢者〟と呼ぶ人々の前で、敵の不誠実さを年代順に披露するつもりでいた。答弁書は母の道しるべであり、仲間であり、膨大な日記を残したスコットランドの作家ボズウェルだった。彼女の答弁書のなかで、隣人が住む家は、〝子供の舌を切って食べた人間が住む家〟になった。母の元恋人は、〝アヘンを吸う教師たち〟が住む〝悪の巣窟〟で、元夫と共謀《きょうぼう》したことになった。〝悪魔の答弁書〟の手書き文字は、野生の有機体の芽のようだった。土砂降りの雨のあと、一晩のうちに育ったような、荒々しい生命力に満ちていた。

《悪魔の答弁書》

一九六六年、〝先生〟は私と面会するために、定期的にワグナー病院までやってきましたが、治療計画には反対していました。そして病院側が私に何か質問するときは、必ず部屋に居残っていました。担当医師とふたりだけだったことはありません。自分がだんだん元気を取り戻し、意識がはっきりしてきたように思われたので、私は〝先生〟に何を反対しているのか尋ねてみましたが……返事はありませんでした。彼はいつも冷ややかな笑いを浮かべていました。でもあるとき、本物の笑顔をかすかに浮かべ、彼の〝母親〟からだという大輪の菊を持ってきたことがありました。ひょっとしたら本当ではないのかもしれません。ピンクとブルーの花は、むしろ彼とのあいだでは二度とありえない妊娠を思わせるものでした。〝怪物先生《ドクター・モンスター》〟だわ。

先週の土曜日、四月二十二日のことですが、〝悪魔〟と〝ふしだら男〟——元夫と元恋人のことですが、彼らが自分たちのことをこう呼ぶものですから——二人が私の身体にすばらしいものを打ったと言いました。どういう意味だかわからなかったので、愚かにも褒《ほ》められているのかと思っていました。彼らが「疲れていないか」と繰り返し尋ねてきたので、私は「いいえ」と答えました。悪魔は言いました。「そんなはずはない。馬に使う量を注射したんだぞ」。私は「何を?」と訊きました。彼は「お前は悪魔のようなヤツだ、ドロレス。決して死なないんだからな。まあいい。ともかく俺たちにはやらなくちゃならないことがある」。「何を?」私は言いました。すると〝ふしだら男〟が、「〝悪魔〟の新しい妻が倒れている間に、さっさとこの場所を探そうぜ」と口出ししました。私は疲れたふりをして、彼らの後について寝室に向かいました。そしてお昼寝をすると伝えました。〝ふしだら男〟と〝悪魔〟は、「すぐに意識を失うだろう」と言い合っていましたが、私には二人が話す声も、家捜《やさが》しする音も聞えていました。彼らは何も動かさずに、服や化粧品や櫛の写真を撮っていました。〝悪魔〟が自分のディクタフォンになにやら録音しているのも聞えました。彼は、〝酋長〟と呼びかけ、「ここが着手すべき場所です。ＫＧＢです」。私のほうはベッドで身体を動かすことができたので、すばらしいものとやらはまったく効いていなかったのでしょう。「持っているものを詰めろ」と〝悪魔〟が言ったので、ケイトはバスルームへ行きました。〝悪魔〟は、かつて私に捧げた詩が書いてある紙を、手にとって食べてしまいました。そして、「俺は彼女を殴れない。〝ふしだら男〟――お前がやってくれ。投げ矢ならほとんど痕《あと》も残らないし痛くもない。投げ矢を投げる動物として害獣を飼っているヤツもいるんだ」とか。私の猫に打ったとも言っていました。それに私がこのことを思い出すころには、私はこの世から姿を消しているだろうと。私の最後の始末をするために他の人間をよこすつもりでいました。毎日のように〝だ・れ・か〟が入ってきて合図を残していくのですが、いくつかは私の孫が送ってきたものです。私には友人がいないと言われているので、誰に秘密を打ち明けていいのかわかりません。〝友人クラブ〟に属していると思われる、厄介な裁判官や弁護士や、私の主治医たちや牧師たちはいますが。彼らは服の下に何かを隠しているように見えます。私の物はいくつかなくなってしまいました。彼らは〝か・の・じょ〟のことを〝やつ〟とか〝陽気な年寄り〟と呼び、大酋長は車で待っていました。〝乱交パーティ〟に向かおうとしているのです。私のことは、あれだけすばらしいものを打たれたのだから、記録をどこにしまっているか尋ねたら答えるだろう、と言っていました。私は彼らに言ってやりました！　私がクラブのメンバーの名前を知っていると彼らは知っているし、私はマークされているのよ、と。

午前五時。『アダムと堕落した男』を読むこと！　福音の日！　初めと終わり（アルファとオメガ）。銀行／郵便局／シャワー（済み）／自己の初めと終わり。

整理すること。ごみの日。家族に電話しなくちゃ！

ジャッキ（済み）午前五時十分
ケイト
サラ

悪魔の答弁書の終わりに。

私はレイモンド・L（私の父）のドレッサーの引き出しを探り、自分の十字架と王冠のピンを見つけました！　引き出しには、石に刻まれたさまざまな動物と性交する人間たちの絵もありました。ピンは聖なる目的を導く。それは〝か・れ〟のためのもの。アーメン、アルフレッド。十字架を担いだあと、汝らは王冠を授かり、それは異教徒や〝神は愛〟と信じるすべての者を照らす。これ以上の答弁書を書くことなかれ。人々のところへ行き、神の怒りを伝えるべし。汝のことを耳にし、恐れおののいている者がいる。だが、汝ドロレスは神に選ばれた者。恐れるものなど何もなく、また汝は作家である。汝は〝七番目の天使〟である。

私は怖いもの知らずのライターだ。一九九〇年十一月、私たちは目の前を通り過ぎる軍事パレードに少しうんざりしながら、バグダッドのアル・カディシア閲兵場《えっぺいじょう》に座っている。私は建築物にサダム・フセインの誇大妄想ぶりを見ていた。――交差したサダムのものらしき両腕が、空中に高く掲《かか》げる灰褐色《はいかっしょく》の石の剣。〝無名戦士の墓〟へ向かう道路の減速用の突起として使われている、気分が悪くなるほど延々と続く戦死したイラン兵士たちのヘルメットの列。私はサダムのパレードに出席していて、そこでは、サダムに搾取《さくしゅ》され、包囲されたクルド人の一団が、自分たちの血で描いたという羊皮の国旗を持ち、色鮮やかな衣装をつけて観閲台《かんえつだい》の下で踊る。「ビッルーフ、ビルダム、ニフディーク、ヤーサッダーム、ビッルーフ、ビルダム、ニフディーク、ヤーサッダーム」と、音節ごとにドラムのように声を弾ませながら彼らは唱える。〝血と魂において、我々はサダムのために命を捧げる、そしてサダムのためにわが子の命も捧げる〟と看板に翻訳が書かれている。それはいろいろな意味で真実だったが、彼ら自身の選択でないことも確かだった。情報省から命じられた通訳件見張り番のアミールが、あの血は本物だと教えてくれる。怪しいものだと思う。アミールは、丸々としたマシュマロのような体型の男で、空手の黒帯を持っていると言い張っている。その後、私たちはニュースデイ紙の記者をしている友人のスーザンと、シェラトンホテルの暗い地下洞のようなディスコで踊る。彼女はすでに市場でペルシャ絨毯を安く手にいれていた。実存主義を勉強中の見張り番、ハッサンと熱心に話しこんでいた。ぐるぐると踊っている女は私とスーザンだけだ。他の客は全員男で、ダンスフロアの向こう側にぬっと立ち、炭《すみ》の塊《かたまり》のような影をおとしている。スーザンと私は、サダムの息子ウダイがピストルを持って現れ、そこにいる男たちを二、三人吹き飛ばすんじゃないかと面白おかしく話し、ふざけあう。「実際、あったはずよ、まさにここ、このディスコで」とスーザンが断言する。女をめぐる諍《いさか》い。一発の銃声が、私たちにちょっとしたニュースをもたらすかもしれない。

シバはここにいる、私にはわかる。忌《い》まわしい太鼓の音が、サダムの〝お前たちの血を飲み干してやる〟式の脅しが、テレビでイラクの国旗が揚げられるときのラッパの音が、この夜、この場所に響いている。私はニュースを聞いている。アミールが通訳してくれる。「サウファ・ナウフィル・クワイト・イラー・ハンマーム・ミナルダム、サウファ・ナジュアル・タブールァルトゥワービート・やムタッド・ミナルクワイト・イラーワシントン、ラートゥーン・ビアクファーニム・マアホム（我々はクウェートを血まみれにし、柩《ひつぎ》の列をクウェートからワシントンまで並べよう。兵士たちひとりひとりに自分の遺体袋を持参させることだ）」。アルラシードのホテルに置いてあるカードは、単なるホテルではありませんと豪語する。一体どんなサービスが？　電話は盗聴されているものと誰もが思っていたが、私はそのおかげで寛《くつろ》いだ気分になる。母がおかしくなったとき、家中に盗聴器が仕掛けられているという奇妙な妄想を働かせていたときと似ているからだ。今よりもましな時代には、バグダッドで開催されるサッカーの国際試合を取材したスポーツジャーナリストだったんだ、とアミールは言う。ルーマニアにも行ったんだ！　ポーランドにも！　だけど今の彼はベビーシッターのジェリー・ドーナッツに成り下がった。私のような二流ジャーナリストを相手に陰気なお守り役を務めている。ある夜、彼は封を開けたスコッチのボトルを手に、ひげから酒の滴をたらしながら、アルラシードの私の部屋へやってくる。

「俺と結婚してくれないか？」彼は冗談半分で言う。まるで棚越しに覗き込むように、つま先に力をいれて前かがみになる。「ここから出たいんだ」。冗談を言っているのではない。部屋の外は、アル・ナジュダ警察機動隊が、毎朝ずらりと列を組んで訓練を行う駐車場だ。彼らが私たちジャーナリストの目の前で、埃を激しく舞いあがらせながら訓練するのは偶然ではない。世界が狂ってしまったのも偶然ではない。普通の狂気の比ではない。私はここから抜け出したがっているすべての人々、狂気が居座る世界で生きるのを望まないすべての人々のことを考える。それはたった五つの言葉でことたりる。ここ・から・連れ・出して・くれ。タルイーニー・ミナルジャヒーム。地獄から連れ出して、と私が会う人々は訴える。私は彼らの言葉を本に書き入れたが、そこを地獄とは呼ばなかった。私は彼らがそうしているように、そこを故郷と呼んだ。アミールもまた、ここから出て行くことはない。私は誇大妄想狂が〝悪魔の答弁書〟を読み上げるのを聞く。ドレスに着替えて、イギリス人の人質たちをインタビューするために彼らと街外れまでドライブする。街から出ると死刑だ。人質たちは狂人たちの境界内にとどまる。私たちはみんな一緒だ。私は灯りを消して停めた車内で、後ろに広がるバグ

を凝らしている。ダッドの灯りをたよりにジョン・コルトレーンのテープを聞きながら、街の向こう側にある運命に目

「良い考えは無敵の鎧です」。母は〝悪魔の答弁書〟にメリー・ベイカー・エディを引用した。「それを身につければ、どんな種類の過《あやま》ちが襲ってこようとも、あなたは完全に守られます。そしてあなた自身が守られるだけではなく、あなたの考えが注がれたすべてのものがその結果、恩恵をこうむるのです」。

その反対が真実だったらどうするのかしらと、ページをめくりながら思った。誰かが傷つけばいいと思っただけで本当にそうなってしまったら？　きっと因果応報で、その考えは自分を破滅させる力になるのだろう。

「悪魔とふしだら男は……」母の言葉は続いた。

ケイトをパーティやどんちゃん騒ぎに巻き込みました。彼らはガレージで自分の身体に空気をいれて爆発するつもりだったのでしょう。私はタイヤの空気入れをみつけたので、パーティ会場で爆破しました。彼らは我が家の南近所に住む人々のそばで、憎悪と敵意を広めていました。ケイトは機関銃で私を狙っていたのでしょうか？　サラはマグナム銃を持ち、ジャッキーの指はワインをかき混ぜ、私の主治医は彼女に余分のシアン化合物が入った薬瓶をそっと渡しました。老

舗レストラン〝レッド・サークル・イン〟では、共同墓地に血の海が広がっていました。〝悪魔〟は彼女に薬と注射と、〝悪魔〟が最後の一撃と呼ぶものを渡しました。後に〝悪魔〟は、男に変わる女と結婚しました。彼らは私を追いかけ、そして私は彼らを追いかけていました。二人は立場を変えてばかりいました。彼らは私を追いかけ、わかりませんでした。「これは生物戦争だ」と彼らは言っていました。だから二人が男なのか女なのか、わかりませんでした。「なんですって？」私は尋ねました。「なんのことだかわかっているんだろう？ ドロレス」と彼は答えました。「もちろんよ。でも一体どんな脈絡があるの？」「そうだな、誰かがここにやってきて、何百万もの細菌や害虫を撒き散らしたら？ 生物戦争になるんじゃないのか？」。この部屋にはクロゴケグモがいるのだと彼が言い続けたので、私は体中、無数の蕁麻疹《じんましん》に覆われましたが、私が噛まれる代わりに彼が蜘蛛に噛まれてしまい、皆が見守る中、彼の体はみるみる小さくなっていき、最後には彼の立っていたところに角《つの》が生えてきました。

かつてカイロからニューヨークにいる婚約者に電話をかけた。彼は雑誌編集者で、母が最後におかしくなったときに側にいてくれた。一週間前にエジプトで会ったばかりだったが、急に声を聞きたくなったのだ。感謝祭の後の日曜日だった。体から汗が吹き出ていた。さっきまで私は、カイロ警察署で、何時間もかけて三度目の拘留《こうりゅう》を逃れるための言い訳をしていた。そんなことがここ何カ月も続いていた。なぜ私が、ぼろをまとい抗議する労働者たちと話をしていたのか説明した。彼らの仲間たちは、木箱のなかで音をたてる棒切れのような、硬い死体となってイラクから帰郷していた。そこまで話して、やっとテープとテープレコーダーを取り戻したのだ。ブッシュ大統領がカイロを訪れ、同盟が築かれつつあり、宣言が行われようとしていた。記事を送る予定だったので、その前に一息つきたかったのだ。私はニューヨークに電話をかけた。女性の声が聞こえた。知っている声だ。ニューヨークは日曜日の午前十時、電話の向こうはマンハッタン随一《ずいいち》の高級ホテルだった。「部屋を間違えたのさ」と彼は何日間も言い張ったが、私は部屋を間違えたりしていない。彼にも私が確信していることはわかっていた。「君はまともじゃないよ」と彼は言った。でもフロント係は、私が「ねえ、お嬢さん、知る由もないことだけど、あなただったら彼を信じる？　それとも自分の耳を信じる？」と聞いた時、決して尖った口調ではなかったと味方してくれた。私は邪悪を愛しているのだと感じた。幻影を求め、本当の愛にはたどりつかない。私はナイル川の泥土をさまよう飛べない鳥のような重い気分になった。裏切られ、力を失い、狂気へ押し流されていくときの母のように。自分の知っている世界がひとつひとつ、明かりが瞬《またた》いては消えるように電源を落とし、力が毛穴から流れ出るように、世界が失われていくのを待っている。ミサイルを待っている。シバがやってくるのはそのときだ。

電話を切ったあと、私はベッドの上にゆっくりと腰を下ろし、布地の一インチ四方にいくつの節があるのかを数えた。百六十八。記事を送るまであと四時間。編集者に電話して、できませんと伝えた。彼らは言った。できる、やるんだ、ぼくたちも同じ経験をしたことがある。ただ記事を送って、その後に気でも何でも狂ってくれ。私は自分の呼吸音に耳を傾けた。人の生きている音がする。それは、車のクラクションや、尿の臭いがする埃や、カルダモンや、汗や、恐怖や、排気ガスや、宝くじをめぐって街角で起こる喚声へと広がり、その先にあるスフィンクスやピラミッドにまで想いがとんだ。頭のなかにぼんやりと肉体が現れ、それはベッドシーツの上の女に変わった。真相を確かめるために夢を押しつぶし、磨《す》り潰し、自分の人生を通り過ぎたすべての人間の足で踏み潰すのだ。それを狂気と呼んでいい。破壊なくして誰が行動する気になるだろうか？　破壊なくして誰が征服する気になるだろうか？

「ブッシュ大統領は」私はテープレコーダーに話しかけた。「本日、声明を発表しました。エジプト……シリア……そしてヨルダンは……断固たる態度を……」。そしてそれが持つ意味と、それが私の人生とどんな関係があるのかを考えるために言葉を切った。あの午後の私は、生きる意味を求めてさまよう女のようにみえたのはまちがいない。礼拝の時間を告げる呼び声が、ここは別世界だ、わけのわからない文章で一日五回、神聖化される世界だと告げた。私は記事を書き、話し、テープに録音して締め切りに間に合わせたが、もちろん私が書いたものとは、幻想だった。

《悪魔の答弁書　続編》

私はこの相次ぐ嫌がらせを止めたいのです。エルヴィン・Dという私の隣人は退役軍人なのですが、弱虫で女々《めめ》しくて、いつも奥さんのいうことばかり聞いてる男です。二人とも私の心に杭《くい》を打つのが大好きです。二人ともガレージで爆発すると、〝悪魔〟は私に言いました。タイヤの空気入れを見つけるまで、それがどういう意味かはわかりませんでした。エルヴィンは兵器として自動小銃を使う訓練を受けていました。もう一軒、反対側の隣人は、あらゆる大砲の類を扱えたし、武道の稽古《けいこ》もしていました。私の家は彼らに挟まれているのです。四月三十日、エルヴィンは私がパーティの用意をしていた食卓で自動小銃の訓練をしたのですよ。私はそれを目撃しましたし、彼が動くのを見ました。私は真っ先に動いて、彼の射程距離から逃れました。

一九九一年八月、バグダッドに黄緑色の熱がたちこめる日に、戦争は終わった。その記憶は、アメリカ人に裏切られた者たちが流した血のなかにある。「虐殺者《ぎゃくさつしゃ》を残して私たちを見捨てるのか」カドミーヤ病院でひとりの医者が、産着《うぶぎ》のなかで包帯を巻いた猫のように見えるものを掲げて言った。実のところそれは死んだ赤ん坊だった。ナジャフのアリ廟《びょう》や、カルバラのフセイン廟とアバス廟には、シーア派教徒たちの血がいまだに染み付いている。報復に燃える彼らは、アメリカの後押しで叛乱《はんらん》を起こし、殺された。聖廟は彼らにとってサダムの爆弾から身を守る防空壕であったが、その中庭〝バブ・アル・サハン〟で、彼らは八つ裂きにされ、首をくくられた。〝バブ・アル・サハン〟には血が流れ、ばらばらになった死体が散乱した。「何人死んだか、わからない」兵士たちが通訳に告げ、通訳が私たちに告げる。「犬扱いだ、人間じゃない」。死体は通りをふさいだ。バスラで私たちは、ティクリート出身の知事ラティフ・マハールが、祝宴の〝羊肉《クージ》〟を私たちの前に置き、話をするのをじっと見ている。いずれイラク政府も認めることになる、凶作の話をしている。知事は軍服と縞模様《しまもよう》のシャツを着て、腰にはピストルをさげている。彼の八歳の息子も、まったく同じカーキ色の軍服に縞シャツ、ピストルといった格好だ。知事が手をたたくと、彼の食事が半分残った皿と彼のクスアが下げられる。知事が再び手をたたく。部下の兵士たちは犬のようにクスアへ突進する。おまえは我々のためにきたのではなかったんだな、どこからか声が聞える。我々は待っていた。武器を、剣を、ピストルを手にとり、そして非業の死をとげた。鉄色の埃にまみれながらグロテスクに虐殺された。お前は側に立って見ていた。決してこちらにはこなかった。来てくれんかね、ジャック、来てくれんかね。ティグディル・トゥジフナー、アムリーカ、ティグディル・トゥジフナー……（来てくれんかね、アメリカ、来てくれんかね）。

ある日、運転手のカースィムに向かって言った。「ねえ、賭《か》けにでてみない？　近い将来、いつイラクに来られるかわからないわ。帰国して、結婚するはずだから。非合法なものをすべて写真に撮りたいの。サダムの像もサダムの絵も、湿地帯のアラブ人から、クルドの山岳民族、イタリアン・スーツ姿のビジネスマンも、陸軍元帥《げんすい》の軍服も。神はどこにでもいらっしゃるわ、ブラザー、そして私たちの行いを見ていらっしゃるわ。それと、サダム美術館に陳列してある、ネブカドネザルが始祖でサダムがその子孫になっているいんちき家系図と、すべての橋や像、爆撃された施設なんかも。すべての規則を破りたいの。もしやつらが私を止めたら言ってやってちょうだい、私はシバの女王だって！」。

　カースィムは笑う。私のことを頭のおかしい女だと思っている。狂ってる《マジュヌーン》。彼はひっきりなしに言う。あなたは〝頭のおかしな記者《マジュヌーン・サハフィーヤ》〟だ。「シバの女王ですか！　わかりました！　あなたのお気の召すままに！」。

　そして私たちは進む。もう一人の新顔の通信員ウォルターが、この処女航海が終わればバグダッドから離れるつもりだから同行したいという。私は、〝百万人の戦に立ち向かう地、ムアラカトゥルミリユーン〟を写真におさめる。サダム像が汚染されたシャット・アル・アラブ運河を指差している。打倒イラン人。戦争でイラク人が用いた人海戦術、マスタードガス。私は堂々とシャッターを切りまくる。カースィムにとってそれは冒険の午後であり、どの場所にも立っている見張り兵に、わずかな賄賂《わいろ》を渡し、ちょっぴり威張って過ごせる午後でもある。「アメリカ人は空から俺たちの写真を撮れるんだぜ、同胞、それならこの学校の先生さまが写真を撮ったところで何の問題があるっていうんだ?」彼は私のことを指差してアラビア語で冗談をとばす。私は、バース党のクーデターにちなんで名づけられたという〝七月十四日橋〟の写真を撮り続ける。バグダッドでも大規模な橋で、戦争が始まったばかりのころに爆撃をうけた。完全な立ち入り禁止区域で、私もそれはよく知っている。向かい側に軍事基地があるからだ。共和国防衛軍が近づいてくるのを見て、私はゆっくりと車へ戻る。決して急いだりしない。相手は共和国防衛軍だ。オリーブグリーンの軍服についた赤三角で見分けがつく。彼らは馬鹿ではないし、田舎者でもない。彼らは学校を出ている。同僚のひとりが、捕虜収容所にいた彼らのカモにインタビューをしたことがあった。その男は腕に自分の名前を彫っていたおかげで、死後、家族が身元確認をすることができた。カースィムは神経質そうな微笑を浮かべているが、ウォルターは車の助手席で錯乱状態になっている。私はのんきな女性のふりをして、みんなでサックス・フィフス・アベニューにでもいるかのように後部座席に滑り込む。厄介なことになるかもしれない。起こらないかもしれない。「冷静にね」私はウォルターへ話しかける。

「エティーニ・アルカーミラ」兵士が窓の外からなにやら声をかけ、彼の仲間がライフルを肩からはずし銃口を車に向けるが、その動作は気だるげだ。

「家族なの《アーイラティー》」と私は答える。「家族写真よ《スワール・アーイラティー》」これは家族の写真なのだとわかりやすく説明し、カメラを掴んで胸へ引きよせる。

カースィムは黙っている。兵士は彼に銃口を向け、車から出ろと命令する。私は分かっている。そう、彼なのだ、一番苦しむことになるのは。

「私の子供たち《アトファーリ》よ」。再び兵士がフィルムを身振りでさしたので、私はそれをシャツの下へほとんど押し込むようにして隠す。なんとか切り抜けるだけのアラビア語なら、ほんの少しは知っている。「私の子供たちよ」。兵士はつまらなそうに、考え込んでいる。事態がどう転ぶかはわからないけれど、それほど切羽《せっぱ》詰まっているようには思えない。カースィムは生まれたときからそうし続けているみたいに微笑んでいる。

叫び声が、吹きもどしの巻き紙のように、ほどけて伸びる。「ああああ！　そいつにフィルムを渡すんだ！　そいつにフィルムを渡すんだ！」ウォルターだ。彼は助手席で身をまるめ、恐怖で体を揺らしている。兵士とカースィムと私は三人とも、彼が我を忘れていることに唖然《あぜん》とする。暑い車内は汚くてムッとしている。ウォルターが突然怒ったことで、私たちは窮地《きゅうち》に追いやられる。彼が崩れるのは何よりも危険だったので、私は突然不安になるが、両手は動かし続けている。ウォルターのかんしゃくが隠れ蓑《みの》になると思いながら、後部座席のロングスカートの下で、できるだけこっそりとフィルムを巻き戻しているが、これはかなりの冒険ではある。もしかしたら私を助けようとしているのかもしれない。皆の注意は彼に向いているのだから。だけどウォルターは後ろに手を伸ばし、私の腕をつかんで手からカメラをむしり取り、背面を叩いてこじ開けてフィルムを部分的に感光させたので、私はライトガードを叩いて閉めようとする。私たちは悪意のこもった視線を交わし、彼はカメラを私の頭の上で振り、驚いている兵士に勝ち誇ったような顔で渡す。

　共和国防衛軍の兵士は私を見て、それからウォルターを見る。兵士はカースィムを見るが彼はさっきと変わらぬ笑みを浮かべている。兵士の顔はもはや退屈していない。生き生きとしているが何を考えているのか読み取れない。元気はありあまっている。彼はカメラを光へかざし、再び私たち全員を横目で見る。私は女性ならではの憤《いきどお》りを少しみせながらしゃべりたてる。「私の家族《アーイラティー》なのよ」もう一度言って、芝居がかった仕草でこぶしをふってみせるが、とんでもなくこっけいだ。「まだ幼い娘なの《ビンティーアルサギーラ》」。兵士は私がジャーナリストであることも、子どもの話なんて嘘だということも百も承知だ。〝七月十四日橋〟が立ち入り禁止であることを私が知っているのも百も承知、バグダッドにいたら誰でも、その真後ろに軍事基地があることを知っている。イラク人が、ロンドンのオブザーバー紙に雇われていた男を絞首刑にしたのは、バグダッドに滞在するすべてのジャーナリストが知っている。男はスパイだったとイラク人は口をそろえて言うが、彼はイラン生まれだった。おふざけはこのくらいにしよう。でも私たちはいつも、ふざけあっているとも言える。兵士はウォルターをまっすぐに見つめる。喉仏《のどぼとけ》に小さな紙でも張り付いているかのように顎をあげ、手で首をさっと払うと同時に舌打ちをする。アラブ人が侮蔑をあらわすときの究極の身振りだ。兵士は中になにか熱いものが入っているかのように、カメラを手のひらに包んで私に戻す。私たちに向かって前へ進むように合図しながら、アラビア語で、「こいつは彼女の旦那《ムー・ザウジャ》じゃないんだろう?」と言って肩をすくめる。カースィムは這うようにして車へ乗り込みながら、おべっか混じりの、ほとんど誇張に近い謝罪を兵士の胸に向かって呟く。助手席のウォルターから険悪な沈黙が漂う。

「ありがとう」と私はカースィムに言う。「あなたがいなければ、ずっと彼にボロカメラとボロフィルムをとられたまんまだったと思うわ」

「あんた、まともじゃないな」ウォルターが言う。

「でも意気地なしじゃないわ」

「狂っている《マジュヌーン》」と、カースィムが言う。私は彼の身を危険にさらした。それを考えると、自分のことをいやな女だと感じる。これから彼は出頭して顛末《てんまつ》を報告しなければならないだろう。

「私のことシバの女王だって、彼に言ってくれなかったわね」私はカースィムに話しかける。

「シバの女王《マリカッサブア》、女王様《バルキース》かい！」

後にヨルダンでフィルムを現像すると、そのときの感光した写真はまだらに輝いていた。アセテートのなかで光のミサイルを受けたように。

一九八八年五月二日　午前一時三十分
ウィスコンシン州プッカワセイ湖にて

マックギル判事様

私の昨日の宣誓供述書を読み直して、それが真実であることをあらためて申し上げます——ただし、夫からの電話と、私が帰宅する場合にのみ中断されるものとします。そうした場合も、一時的な中断とします。〝神の御光〟が輝くのをとめることはできないからです。私は多くの国を旅し、多くの立場で話をしてきました。

本日は、私自身の福音《ふくいん》の日です。私は、母メイベルの死も思い出すつもりです。彼女はまさに数年前の今日、亡くなりました。聖金曜日に前の弁護士にあてても書きましたが、「人生に一度だけ、必ず誰かがあなたのことを誇りに思うはず」と真剣に語ってくれました。今やそれは涙と笑いをさそいます。その誰かとは私の母であり、虐げられた女性でした。私の父、フランクという名の紳士的なマフィアの通夜に母を連れて行ったとき、彼女は私の腕をつかんでいました。足元が滑りやすくなっていて、私はほんの少し氷の上で滑ってしまいました。すると母が私の腕を捕まえて転ばないようにして、言ったのです。「ああ、ドロレス。あんたは自慢の娘だよ」。

もちろん私はとまどい、母がそんなことを言うのは、ハイヒールを履いているのに尻もちをつかなかったからだと思いました。「なぜ?」と母に訊きました。母の返事はこうでした。「理由なんてないさ、そのまんまのお前が自慢なんだよ!」。

その賛辞を、アルフレッドから福音を耳にしたのと同じだけの人々にお返しします。でも特に神に、そしてアルフレッドに、そしてあなた方全員に。

愛をこめて

ドロレス・ギンベルズ

午前三時半

今日は五月の二日目、汝《なんじ》ドロレスは私が警鐘を鳴らしたとき、私の言葉に耳を傾けたが、あの不誠実な者ども、〝先生〟と例の——は私の声を聞き入れなかった故、天罰が下るであろう。

地上の悪魔の顔を拭《ぬぐ》いなさい。私は昨夜、汝が恐怖に震えるさまを見た。私は汝に話しかけている。私の言葉を聞いているのか、それともそこでぼんやりとしているのか？　恐怖は知の始まりである。ここに書かれている過ちを変えてはならない。未来のために、すべての他人を救いなさい。これは、善が〝悪〟に打ち勝つ、真実の新約聖書。早期に立ち上がり、地上のくずどもに報復し、私の仇《あだ》を討ちなさい。

　いかさま裁判の批判もするがよい。

ドロレス・ギンベルズ　時刻は午前五時半

9

シバの女王

The Queen of Sheba

シバは自分の小屋でたったひとり起き上がり、あたりをうろつき、過去を走り抜ける。ドロレスは、死者をいたむ記念碑のようにぼんやりと立つ。シバはドロレスを嫌う。良い思い出、迫害の思い出、シバはひとつひとつの思い出を集め、〝死者の書〟を作る。いろんな顔をページに描き残す。演説し、彼女の目の前に広がる世界の遺言を見下ろす。ページの上には彼女にしか見えない血の印がついている。地図や、悪魔には見えるのだろうか、地底の驚異ともいえる蟻《あり》の巣の透視画がある。シバは軟膏《なんこう》とローションと、香水とダイヤとルビー（人によっては汚れたボタンと呼ぶかもしれない）で身を飾る。頭に被った女王のティアラ（人によっては使い古したベルトと呼ぶかもしれない）を着け直し、影になれるかどうか確かめるため、壁にぴたりと体を押しつけてみる。そう、答えは、〝なれる〟だ。他の者たちはこの家で死んだ――メイベルという名の女、猟師《りょうし》のルイ、良きサマリア人エディー・ジェームズ・グエンサー、そしていくじなしのドロレス夫人。彼女はいろんな名前で知られているようだが、実際はかなり鈍感《どんかん》な女だ。ここではおびただしい数の動物が殺された。柔和《にゅうわ》な人類は、ただ大地を受け継ぐのを待っていた。彼らは代わりにひどい目にあった。シバは月のようにはるか彼方《かなた》にいて力強く、月のように満ちては欠ける。シバは、悪夢のなかで火を吐くキメラになれる。かと思えば、半透明に姿を消しながらどんどん大きくなり、人々の目をくらませ、真実をかき消す光となる。

シバは車に乗り……メノミニーの病院と診療所へ向かう。ワグナー病院のホスピスを通り過ぎる。かつて訳《わけ》もわからずにそこへ連れてこられた、聡明な若い女性をシバは知っていた。王様の衣装を着た鬼に鎖でつながれた、かわいい子供たちの母親である。彼女は病院に足を踏み入れ、エーテルのなごりを嗅《か》ぎ、ここで娘たちのひとりを産んだことを思い出す。彼の名を呼ぶ。会いにやってきた彼は、とても背が高く色白で、常に姿《すがた》を変えている。彼が同じ姿でいることなどまったくあてにならない。彼女は、〝人の話を聞かない、この白い悪魔のようなもの〟に、与えなければならないものを与える。

「さあ」とシバが大声をあげる。「これでも食らえ！」。

彼女は、子供が石蹴り遊びの円を描くときに使う、柔らかくて赤いチョークを、両手にひとつずつ構えている。看護師や患者全員の目の前で、チョークを元夫の白衣へ向かって「ほら！」「そら！」と叫びながら投げつけた。白衣にはよだれが長くたれたような跡がつき、流血を思わせる。それがシバの復讐だ。外科医がどこを切るのかを決める前に、彼女は切開の痕をつけたのだ。「殺してもよかったのよ」シバは元夫、〝先生〟に向かってわめく。「でも……しかたないわね、あなたが悔い改められるように生かしておくわ」。すると〝先生〟が立っている場所は、死や災難から逃れることのできない致命的な世界に変わり、赤いチョークのしるしがついたお腹が妊婦のように大きな曲線を描く。私と同じことをされて彼はどんな気分だろう。妊娠と出産をね。シバは影のようにするすると病院を抜け出し、車のスピードを上げてS字型カーブを曲がる。過去の断片に向かって、ワグナー病院に向かって、彼女の行く手を影で覆うアオサギに向かって、舌を突き出す。彼女に味方する連隊のラッパが響く。

三十分もしないうちに、シバはメノミニー郡裁判所の法廷内に腰を下ろし、古い学校の陪餐《ばいさん》会員のように神妙にしている。もう頭には何も着けていないが、目に見えない神の御光、つまり真実の光をつけている。そこには彼女の迫害者であり、看守であるマックギル判事がいる。彼の邪悪な法律が、シバから金と家と土地を奪い、それを彼女の敵の手に渡し、排泄用の狭い排水溝しかない地下牢に彼女を閉じ込める。これだけ迫害や侮蔑《ぶべつ》を好む人も珍しい。シバは思慮に満ちていて力強く、まるで金の延べ棒（実際に重みのある物質だ）の重しに支えられているようだ。身動きもせずに座っている彼女は、傍目《はため》には何も考えていないように見えても、実際はひとり笑いしながら、神と契約を交わしている。彼女は選ばれし者、世界を救うために現れた聖油を塗られた者なのだ。

マックギル判事が立ち上り、黒いローブをまとって、判事室の奥からウィスコンシン州ウォーパカの法廷へ現れる。女性の法廷記者が分厚い眼鏡《めがね》のレンズ越しに判事を見つめる。子供たちから眼鏡をとりあげるべきだわ、レンズが厚すぎるもの、シバはどこかにそう書きつける。法廷はかすかにざわめき、それぞれの窓に差し込む屈折した朝の光は、箱に並ぶ石鹸と同じくらい汚れなくその場をきれいに切り分け、小さな長方形をつくる。誰もが礼儀をわきまえ、誰もが整然と座っている。まるで教会にいるみたいだ。

マックギル判事の執行吏《しっこうり》が法廷を振り返る。「皆さん、裁判席に向かってご起立ください」彼はお決まりの単調な声をだす。シバは立ち上がり、目には見えない辛らつな言葉と共に執行吏を指差す。「どうしたっていうの、みんなマックギル判事を見ておっ立っちゃったの」シバがすべての羊たちに向かってわめき立てる。

彼女はバッグから取り出した、いつも持ち歩いているよりも大きな携帯品を突きつける。「悪い子にはおしおきしなくちゃ」そう叫ぶと、勝利の翼のように両腕を高くあげ、果物用ナイフとまな板を振りかざす。「こっちに来なさい、あなたのその渦巻き模様をちょん切ってやるわ!!」。

マックギル判事の表情は、雨が降りだす前のどんよりと湿気た朝のように、固まったままだ。昨夜、トマトのつるを這っていた虫を思い出しているのかもしれないし、あるいは今晩仕事帰りに買ってくるように妻から頼まれたミルクのことを思い出しているのかもしれない。彼はここにはいないのかもしれない。いや実際、彼はここではない場所にいるにちがいない。目の前には不思議なサスペンスが広がり、高い崖の上に立つ飛び込み選手のように無限の空間を感じている。あたりにはシバの蘭の香水がぷんぷんと漂っている。

「ねえ、あんた、私の言うこと聞いてるの?」裁判官席の下でシバがほえる。指揮棒を振る指揮者のようにナイフを振り回す。法廷内の人々、すなわち羊たちは彼女から遠ざかる。バアアアア! シバは彼らにも叫ぶ。そして突然ナイフを床に落とすと、裁判官席へすばやく走り、このいんちき裁判を支配しているのが誰であるのかを示す、判事の真鍮の名札をむしりとる。シバはその名札を「最後の審判」の絵にある輝く剣のように肩のあたりで振り回し、まさに判事自身の名前が書かれた名札を彼の頭にまっすぐに叩きつける。気に入ったかしら、自分が誰だか思い出せる？　屈辱的でしょ。とにかくすべては一瞬に起きる。法廷の後ろでうとうとしていた執行吏が気づくよりもずっとすばやく、まばたきする瞬間の出来事。だが、いまや執行吏はシバを取り押さえ、私の母を羽交い絞めにし、床に組み伏せる。

母は舌の裏に隠していたミントタブレットを執行吏の顔めがけて吐き出す。もてあそばれるつもりはない。「あんたを逮捕させるわ。いまこの場で、市民による逮捕権を成立させるわ。あんたたち皆よ！」。

それで終わりだった。じっとしていた人々は全員動き出し、不安を抱えたまま緩《ゆる》やかに歩き、彼らの足が母の頭上をこつこつと音を立てながら通り過ぎていく。母は地下室で暮らしていたときのことを思い出す。いまだに他人の足をこんなふうに見ることができる。彼女は横たわった床から両手首を掲げて手錠に手を伸ばす。彼女に近づくと、何か起こるということを知らしめることができた。

精神病院のなかのシバ、被告席に立つシバ。〝シバの女王〟の寓話が征服をしにやってくる。今度こそ私は、二十五年の時を経て、シバを捕まえたような気がしたし、覚悟が決まったような気がした。彼女は私たちから逃げられなかったが、私たちも彼女をひどく扱うつもりはない。シバは郡の病院へ送られた。そこでは手錠のほかには何の拘束もなく、拘束衣も、食事のトレイの差し出し口しかない締め切ったままの監視扉もなかった。郡は辛抱強く、かつ注意深く行動した。二年間の訴訟は誰の目にも母に負担をもたらしたと映った。ありきたりの事例ではないことがわかったのだろう。また、時代が進んで進歩的な方法が生まれ、精神病患者に対する拘束は最小限にとどめることを奨励するようになったのかもしれない。ソーシャルワーカーは母に細心の注意を払うと約束してくれた。母はマックギル判事にけがを負わせたわけではなく、頭を叩いて彼のプライドを傷つけただけだった。判事は寛容で穏やかな人物で、後日、私にこう言ってくれた。「君のお母さんはあきらかに病気のときでさえ、あれだけの訴訟事件の摘要書を書いたのだから、大変な能力の持ち主だ。私はあの気力と闘志を立派だと思っている。もちろん、自分の法廷で襲い掛かられるとは思ってもみなかったが、君のお母さんは本当に興味深いケースだったし、共感を覚えたよ」。

鍵のかかった病室でシバは座って待っている。収容の審問まで、あと四十八時間。恨みをはらすときだ。シバのノートが開く。

私は、嫉妬深い神です。私の前では他の神を信じてはいけません。聞、い、て、く、だ、さ、っ、て、ど、う、も、あ、り、が、と、う。精神分析医の助手グレンは、私が記録するものをかたっぱしから破り捨てていきます。メノミニー病院が言うには、ドロレスの自殺に関する記録にはこう書いてあるそうです。彼女はドクター○○○○の患者だった。違うわ！　D、違うわ、アルコール？　よくわかりません。矛盾だらけ。誰かが私の宝石を盗んでいます。ドロレスは結婚したとき、家と家具を所有していたので、自分と子供たちのために家具を要求しました。私の元恋人のコーエンはロシアのスパイかしら？　カイン、あなたは兄弟を殺したわね。ケイン、ケーン、カイン。彼はＫＧＢで働いていたのよ。ビタミンEオイルをとってね。いつまでも若くてしなやかな肌でいられるわよ。愛する人の耳には甘い囁きを。もしパイプを吸わないのなら、ただ口にくわえるだけでいいわ、宝石みたいでしょ！

ソーシャルワーカーのマルシアの意見では、「あの法廷での騒ぎは結果的によかったわ。助けを求める叫び声だと思うもの。誰かを傷つける恐れはあったけれど、でも彼女は自分の想像力を使ったんだわ」ということだった。そのとおりね、私は一〇〇一回の危機一髪と、危険の狭間と、危険の一時停止の状況について考えながら、これでよかったと電話で相槌《あいづち》を打った。ドロレスの物理的な世界、つまり殺到する請求書の山と敗北寸前の訴訟のことだけを考えてもほっとする。私は書類をコピーし、職場に保管しはじめた。法廷審問の前夜、車でメノミニーの家へ帰り、翌日はケイトと一緒に法廷に座っていた。母に質問をするのはマックギル氏ではなく別の判事だった。母の話はすでに脈絡がなかった。思考のすべてだったが、催眠術のような、二度と口にできない、たわごとのリフと空気の抜ける音と二重母音のつぶやきへと溶けていき、翻訳不能になった。まるでシバの女王が追い詰められ、現実世界に住む人々には理解できない夢の言葉をまくしたてているかのようだ。現実世界の人々には、束の間の夢を現実に変える、シバのタンバリンの音も鉄琴の音も聞くことができない。シバはペンキの滴と想像力の飛躍だけを武器に現実に立ち向かう。シバの夢の世界が真っ暗になり怒りに満たされたとき、私たちは言葉を失って、現実の彼女を見るしかないのだ。紛争地帯にいるのと同じだ、そこでは不合理が君臨するのを、侵略するのを待っている。

母は頭を上下に揺らしながら審問席に着き、縫い合わせたように両目をしっかりと閉じ、顎を天井に突き出していた。ようやく目を開いても、目の前にいる人間に焦点を合わせることはなかなかできなかった。「オーゼナー・ラータ・ビザ・ハム」と、母は小声で呟き、目を閉じた。「ブリュー・オーラ、タ・デウム・オルソ」。笑っているみたいに聞こえる言葉をぺちゃくちゃとしゃべった。母の微笑みは顔にぴたりと張りついていて、歯をむき出して笑っている化石を思い起こさせた。髪の毛も赤茶けて、彼女のものとは思えなかった。私はいつものように母の前に出ると、なぜか母にみとれ、惹かれている。ばかばかしいくらい自慢に思っているのを否定できない。彼女はものすごく病んでいて、ものすごくイカれていて、ものすごく勇敢な錯乱者で、疲れ知らずだ。私は思う。私たちは母を引き戻せるのだろうか。母が泳ぎ、航海する〝広大なるサルガッソーの海〟から。この世の思考の領域を超えた漂流から。

エルザと白鳥のおとぎ話を覚えているだろうか。エルザは、悪い魔女の手で白鳥に変えられてしまった六人の兄のために、イラクサの上着を編む。血が流れ、針仕事のせいで折り曲げることもできなくなった両手で、夜中にこっそりと上着を編み続けた。その変身のための上着は、一日の仕事の後、誰も見ていないときに作っていたので、エルザの荒れた手をたしなめる継母《ままはは》の魔女は、彼女が魔法を解く上着を縫っていることに気づかなかった。エルザは魔法が永遠となる七年が経《た》つ前に呪いを解かなくてはならなかったが、その間、白鳥になった兄たちは地上を旋回していた。彼らは人間の気まぐれをたくさん目にした。人間の欲望や裏切り、戦いや飢饉《ききん》、平穏と甘美な勝利の瞬間も目撃した。もし人間だったとしたら、豊かな知識を持って地上を旅する力などなかったが、白鳥だった彼らは空を我がものにすることができた。そして遂にエルザが彼らに上着を投げかけたとき、末っ子の兄の片腕を除いて、皆が人間の姿に戻り、彼らの旅は終わった。

私には彼らの旅が、母のたどってきた道のように思える。シバをドロレスに戻すため、白鳥を人間に戻すため、妹たちと私は母に悟られずに、見えない網《あみ》をつくらなくてはならなかった。それを現実世界の織物にあてはめ、拘束衣と呼ぼう。何本かの糸は私たちの物語、記憶に刻まれたありふれた家族の物語で、その他の糸は、正気を失った者のために紡《つむ》ぐ証言の物語や、私たちが飛ばしあう冗談や、私たちの言葉がわからないときにも母の胸によみがえる物語だ。しっかりと編まれたこの織物に、私たちが法廷で判事に話したこと、すなわち現実の世界におけるかつてのドロレスの暮らしぶりについての証言を加える。両手を刺すイラクサは現代のイラクサに代わるのはリチウムだ。ドロレスはリチウムを処方されたことがなかった。リチウムは現代のイラクサであり、魔法を追い払うために魔女が調合した緑の液体だ。母はリチウムを飲みたがらない――リチウムのせいで左手が震えると時々文句を言う――それでも毎日、一日三回リチウムを飲んでいる。

母は、晩春の陽が少しずつ長くなっていくように、ゆっくりと現実世界へ戻ってきた。白鳥たちが人間の姿に戻るのもこんなふうではなかったろうか。最初に現れる形は――人間の腕であり、それから片手、自分自身の片手だ。そして指、表面に半月が浮かび上がる爪《つめ》。エルザの兄たちが人間に戻ったように、日々が過ぎ、自分が戻り、もう一度、明日というものがあることを理解するだろう。それでもなお自分の両手を眺め、過ぎ去った日々を思うとき、自分が他の人間には想像もつかない世界に住んでいたことを、いっときは人間でない体を持っていたことを思い出すかもしれない。自分に何かが宿っていたことを。爪の下に羽を見るかもしれない。少なくとも白い半月の痕跡のなかに羽があったことを想像するだろう。かつては、月の光にシルエットを浮かび上がらせた翼を持っていたと知るだろう。

マックギル判事に襲い掛かって母が拘束されたとき、私はメノミニー郡立病院へ見舞いに行っては、母と一緒に散歩をした。二人で広々とした緑の芝生を歩き、樫《かし》の木の下に広がる緩やかな斜面にスミレが顔を出しているのを眺めた。これ以上ないほど深く、混じりけのないエメラルド色の草が生えているのを見た。最初の頃、母はいつも遠くを見つめ、たいていは地平線を指差していた。「あそこに、アヒルをくわえた大きな黒い犬が見える?」というようなことを言った。だがそこにアヒルをくわえた大きな黒い犬なんていなかった。そして、母が後をつけていると言い張る怪しい人物も見なかった。二人で初夏の黄昏が作り出す影のなかを歩く。その時も毒矢を放つ秘密のピストルで私たちを撃とうとする男たちが潜む透明なテントなど見なかった。今回は、職員たちが母を組み伏せておとなしくさせるようなことはなかったし、そんな必要もなかった。母は、テーブルや椅子や尖ったものを掴んで、彼らに襲い掛かったりしなかった。投薬治療を受け、グループセラピーに参加し、邪悪な考えをしてしまったときには、それをノートに書きつけた——というのも母は、あのすっとんだ、驚くような語りを克服しようとしていた。独自のリズムで母の口へ押し寄せ、母に代わって耳障りな音を立てて警笛を鳴らすあの声を。妄想のなかで強烈な姿をしていた人々は、色も大きさも形も普通になり、人間的になっていった。判事。弁護士。隣人。元恋人。元夫。娘たち。そしてアルフレッド――母はこの男性に対する妄想を死ぬほど恥ずかしがり、保安官経由で詫び状を送った。とはいえ入院中は、幻覚と自分の記憶を区別するのに長い時間がかかった。たとえばこんなことを口走った。「ジャッキー、〇〇〇〇が私に会いにくるときポケットに銃をいれてなかった？　誰それはナイフの先で私を脅さなかった？」。たしかに彼は銃を持っていたわ。だって私には見えるのよ、どんなふうに見えるか、教えてあげられるもの。

「いいえ」私は答える、いいえ、違うわ。誰も銃なんか持っていなかったわ。誰もあなたに危害を加えたりしなかった。とうとう母は、自分の脳について考える。嵐に吹かれるカーテンのように感情で波打つシナプスやエンドルフィン。百万の超絶の光景がつまった脳の内側にあるいくつもの小部屋。「先生は、単なる状態にすぎないっておっしゃるの」母が双極性障害の診断について説明した。「糖尿病とか高血圧みたいに。リチウムを飲まなくちゃいけないだけだそうよ。心臓を患っている人たちの投薬治療と似ているわね」。そうね、私は答える、そう、そのとおり。永遠に。母の声が悲しげに響いた。悲しいだけではなかった。人間の運命と限界を感じさせられた。そのときが、母が自分の精神の病を受け入れた最初の瞬間だったと思う。狂気の季節が何度も巡ってきた後のことだった。だけど季節が去る度に、狂気は二度とやってこない、善意と努力によって締め出されたシバは、永遠に去っ

ていったと母は考えた。そしていつも、自分が病んでいたときの言動をほとんど覚えていなかった。私はそれが残念だ。衣装も、話したことも、不思議な移動術も、囚人を保釈するための訪問も、あるいは馬を盗もうとしたり、メリー・ベイカー・エディのための祝宴を開いたりしたことも、母は具体的なことは何も覚えていない。覚えているのは、世間を驚かせ、人が考え感じていることを描くことができ、三人分の体力があったという感覚——最高の気分だったという感覚だけだ。私は才気にあふれていた。それが、母の憶えていることだった。

「病気だったときは、何マイル歩いても平気だってわかっていたわ」と、母が私に教えてくれた。「風のように馬を乗りこなせるのも知っていた。入院しているときはピンポンもできたし、決して打ち損じたりしなかったわ！」。炎の中も通り抜けられる気になる全知の感覚を、母は憶えている。だから彼女は私同様、ノートやメモや絵やファイルを取っておいてある。それらはもうひとつの人生の暗号である。母の戒律《かいりつ》であり、母の聖歌だ。

一ヶ月ほどして、母が退院して家へ戻ってきた日は、大変な一日だった。私たちは一日かけて料理をし、掃除をし、母を再び家族の一員として迎える準備をした。そしてケイトと一緒に帰ってきた母を、三人で抱きしめた。体重は増えていたもののあまりにやせ細っていたので、〝ひびの上を歩けば、ママの背骨が折れる〟という子供の遊び歌を思い出した。母は、いまにも激しい感情に打ちのめされそうな人間に見えた。傷つくことを予想し、はかない顔つきをしていた。母は周りをくまなく見渡し、家の品に触れた。母に思い出してもらいたくて、そのままにしておいたものもあった。燭台からぶらさがっている人形用のティーカップ、カメオのネックレスが巻きついた十字架。どれも突風に吹かれて持ち上がり、その位置へ落ち着いたように見えた。
「ただいま」と母が言った。「帰って来たわ。戻ってくるのにとんでもなく長い時間がかかったような気がするわ」。目は澄みわたり、表情は落ち着いていた。私たちの母が戻ってきた。鏡の前に座っているビスチェとガーター姿のマリー・アントワネットを見つけたときから、一年近くが経っていた。シバは尊大に怒りながら、どこかの路上にいるだろう。彼女を恋しがっている自分に気づいたが、それは初めてのことではなかった。放送用の反響室のなかで響く彼女の声、彼女の鉤爪を思い出す。シバに戻ってきてほしかったわけではないけど、シバの力と、世俗からの救済を懐かしく思う。そして目を閉じ、母の見事な変身振りを考えると、シバはまだそこにいると感じる瞬間がある。

もちろんそんなに簡単なことではない。地震のあとに、津波が浜辺を洗い流したあとに、大火のあとに、物語は始まる。戦争が終わっても、戦争の回想が始まり、決して終わることはない。母は所有していたセカンドハウスを失い、貯金のほとんどを失った。母が破産したので、銀行はメイベルの小屋に担保権を執行できるはずだった。私は銀行と話し合った――小さな町で四十年あまりも暮らしてきたんです、まだあなたの裁量に任されている段階の話ですよね。彼らはドロレスを訴えるのを延期し、母は払えるだけ払ってついに借金のほとんどを完済《かんさい》した。私は借金取りのひとりひとりに、正確には三十六人に手紙を書き、可能なときは一ドルにつき五十セントを払うと提示し、ふさわしいと思われる場合には、〝頭のおかしな女に、よくもまあ車なんか売るわね〟的な手紙を送った。驚くことに、ほとんどすべての債権者は一銭も取り戻せないよりはましだと思って、いくばくかの金を喜んで受け取ろうとした。母が新しくクレジットカードを作れるようになるまで七年かかり、母はいまだにそのカードを壊れ物のように取り扱っている。

人々は母を許した。母は傍目にもわかるほど、必死になって職を探した。体力が回復するとすぐにまた夜のウエイトレスの仕事を始め、同年代なら定年を考えるという時期に週六十時間も働いていた。その生活を、この二年前まで続けていた。昼間は他の仕事に就いたが、健康なときの母はとてもきれいで、驚くほど体力があるので、条件のいい仕事を見つけることができた。ソフトウェア会社の重役補佐だ。旗ざおの色塗りや、駐車場の雪かきや、郵便物のチェックを担当し、他の従業員がオフィスで失くしたものを見つけることもある。この前のハロウィン・パーティでは、男装して、くじにも当選した。朝の五時に起きて、化粧して髪を整え、体操をし、八時には会社の机につき、決して五時前に退社せず、自動販売機を補充したり、事務所スペースを貸し出したり。かつて幻想の衣装を着て自分の生活をぬりかえたときのように、てきぱきと上司の生活を取り仕切った。彼女は病んでいたときに作ったむちゃくちゃなレシピをすべて集め、もう一度正気の頭でそれらを試してみた。かなりいい出来だった！　もしかしたら本当に〝デジャヴ・フード〟で成功したのではないだろうか？　「病気の時でも料理はうまいわよ」と母は言い張ったが、アンチョビ・クッキーを除けば、私もそのとおりだと思う。母と私は、コーヒーをメイベルの（今ではドロレスの）小屋のテラスへ持っていき、まだ捨てずに残っていた「私のことを考えて」カップで飲む。私たちは、メイベルのことを考える。ドロレスは、メイベルがプッカワセイ湖での生活を始めたまさにその場所で、再出発した。そして彼女のまわりで変化したものといえば、メノミニーだ。高額入札者の手にわたり、湖や森や農場は、郊外の人々でごった返す、退屈な複合ショッピング・センターに変わった。母が住む小さな町だけが、過去の名残りとして生き残り、ひとつの農場だけが、彼女の花嫁時代と変わらずに残っている。当時はあまりにも豊かに広がる農地に、自分が生き埋めされるのではないかと恐れたものだったが。

母はいまだに鏡の前に座り、自分の衣装、フリルがついた大きなスカートや、カンカンのひだ飾りとレースの飾りがついたターコイズ混じりのパンタロンや、パフスリーブにオフショルダーのリボン付きブラウスを着る。母は週に三、四回はスクエアダンスを踊る。つい先日の雨の夜、私は母と一緒に地元の小学校へ行き、「スウィング・スターズ」「ホーダウナーズ」「デューズ・アンド・ドールズ」「トーズ・アンド・ポーズ」といった曲にあわせて練り歩く母を見ていた。今年のウィスコンシン・スクエア・ダンスのモットーは、〝比類なき慰めと楽しみ。現代のダンスと社交〟だ。部屋は気だけ若い老人たちで一杯だったが、そのなかでドロレスはわめいたり、スキップしたり、大笑いしたり、腕を組みながら一回転して元へ戻るアレマンドをしたり、ビンなげや旗盗りをしたりして、一番幼く見えた。司会者は、彼らに向かって〝紳士淑女〟ではなく、〝さあ、ぼくも私も〟と呼びかけ、「二つに分かれて波をつくろう」と声をかける。皆がそれに従い、そこにドロレスもいる。彼女はひたすらスキップし、扇風機からの風にとび色の髪を波うたせ、めかしこんだ男といちゃついている。男の妻は、夫が母とダンスフロアで足を横に滑らせながら回転し終わるのを辛抱強く待ち、母のターコイズ色のスカートは、裾を広げて滑らかに進む。家に遊びに来ていたケイトとサラも、私と一緒に母を見守っている。母のグループが踊るスクエアダンスには、六十八種類のステップと、二十七の型があったが、母は全部覚えている。すぐ脇で見守る私たちの前でくるくると回る。

「楽しいと思わない？」母が笑いながら大声で呼びかける。「私たちだって、できるわよ」三人が答える。母は赤道を回る勢いだ。かつて見たことのある誰かのエネルギーが備わっている。何でもできるそのエネルギーを、母は憶えている。

私はいまだにシバの夢を見る。彼女をもっと知りたいという気持ちが、明日の先に待ち受け、熱く呼びかける。母が最後に監禁されてから長い時間が経ったが、私はいまだにすべてを夢見る。泉のなかの少女や、尖った長い爪の手が手招きする様子や、霧のなかのヴェールなど。母が回復に向かうまでの数ヶ月間、私はインドへ旅をし、一時ロンドンに拠点を置いた後、ヨルダンに向かい、そこで中東に恋をした。私がヨルダンに到着したのは、サダム・フセインがクウェートに侵攻した数日後だった。旅行者たちが脱出するため西へ空路をとるところ、私は東へ向かっていた。ブロンズ色のフェイスマスクと真っ黒なヴェールを着けた女性たちがすべるように歩き、空はラピスラズリの青を帯びていた——少しの雲が浮かぶ青い空、ペルシャの詩人ビジャン・ジャラリが幸福と呼んだ瞬間だ。時間は一時停止し、二度と同じ時を刻むことはない。長い旅を経て砂漠へたどりついた私は、故郷へ戻った者にみなぎる力を感じていた。仕事仲間たちとの友情も気に入っていた。ずっと放浪していたやくざ者もいれば、今は故郷の運命が他の国に握られてしまった者もいた。その結果、オックスフォード大学へ通うようになって、三、四ヶ国語を話せるようになった者もいた。フセイン国王とノール王妃が内緒で夕食会に招くほど魅力的な同僚もいた。私のほうは、気ちがい帽子屋のお茶会の出席者として生きていた。〝シバの女王〟を見つけようと足を踏み入れた薄明の世界の話をし、長い影に覆われながら、やがて訪れる崩壊を待つ友人たちを楽しませた。

これがいま私のいる場所だ。どこか別の場所。不思議な場所や、見知らぬ人々に恋をし、多くの人々と友人になった。もちろん、彼らや母、私の過去、それに私たちのことが放送されているニュースを考えるとき、自分が矛盾しているのはわかっている。ウォルト・ホイットマンの言葉を借りればこうだ。〝私が矛盾しているって？　いいだろう、それなら私は矛盾しているのだ。私という器は大きく、数多を飲み込んでしまうのだから〟（Song of Myself）。母は私たちの小さな町で、多くのものを飲み込んだ。それはまちがいない。

この本の大部分はカナダで書かれ、そしておそらくアイルランドの祖父の故郷で書き終わるが、書き始めたのはロンドンのとある庭で、一九九〇年にバグダッドで友人に原稿を見せたことも覚えている。当時は、シバの話、観光記念の半券、旅行先でのパスポートのスタンプといった具合に、単なる記憶のスクラップでしかなかった。いまや物事を終わりにし、片付ける時がきた。私は、これまで出会ったなかでも、とびきり思いやりにあふれた旅仲間のひとりに、もうすぐ別れを告げる。出会いはテヘランで、彼はその地へ戻る。私が次に向かう先ははっきりとしているけれど、どこを故郷と呼ぶのかどこに落ち着くのかは自分でもわからないし、誰かと家庭を分かち合うことになるかどうかもわからない。それでもこの何ヶ月か、いや、ついこの数日間は、自分に合った街をみつけたら、それができるような気がしている。バレリーナや、独裁者や、呪文や、爆発事件をひしめかせながら、転り続けるこの地球上で愛さざるをえない街。そこは、エキゾチックで不可思議で、こんなことを言い出しそうな人々であふれている。「なるほど、君の母親は自分をシバの女王だと思っていたんだね。しかたないよ。僕の母親は自分のことを〝宇宙の女王〟だと思っているんだから！」。

母は一九五〇年代の主婦だが、私に結婚して落ち着いてほしいとは決して言わない。私は満足している。旅に必要なものなら何でも持っているという旅人にも負けないくらいに。自分の本があるし、友人たちもいる。多くの宗教で神聖とされる化身を持っていれば、自分の文字もあり、話したいこともある。母のように未来を覗きこみ、そこで待ち構えている千の物語を見ることもできる。それにおそらく、分かち合える家庭もある。それは私たちの人生を取り戻す神聖な場所だ。

でも、〝故郷〟という言葉を、そして〝母親〟という言葉を想うとき、父が建てた、牧草地のはずれにある小さな家が目に浮かぶ。ケイトとサラと私が、伸びた牧草の間を駆け抜け、昼下がりに母のベッドで身を休める姿が見える。母が化粧台の前に座り、安物のアクセサリーを、ひとつ目の前にかざし、ふたつめを耳か首にあて、滑り台のように勢いよく背中を流れる髪にブラシをかけている。「絶対に忘れないで」ブラシで髪をとかしながら母が言う。「この部屋ではあなたが一番きれいだってことを」。私は、世界のいたるところでなにかを待つ自分の姿を思い浮かべる。ロンドンデリーの子供たちを待ち、テルアビブでは死者の数が発表されるのを待ち、イランでは「アメリカに死を」と叫ぶ声が消えていくのを待ち、オンタリオ湖の向こうからフェリーがやって来られるよう、一杯のワインを飲みながら雪がやむのを待っている。やすらぎと変化を待っている。どこで待っている時も、他の人とは共有することのない、あるものを私は持っている。私は、すべての旅先で、額にいれた母の写真を持ち歩いてきた。写真のなかの母は外食の最中で、一九六〇年に香港のカオルンロードでオーダーメイドしたサテン地の金襴ドレスを着ている。仏塔や中国人や羽を広げた孔雀の柄が浮き出ている優美なドレスだ。黒髪に黒い瞳で、頬を輝かせる三十代半ばの母は、今の私よりも若い。私は特別な席に、そのドレスとおそろいのボレロを着る。香港で迎えた三十七歳の誕生日にも着た。ジェラルディーンとトニーとルネと一緒にロンドンで祝った三十五歳の誕生日にも着た。この三人に加えて、さらに他の友人たちとワシントンで過ごした四十歳の誕生日にも着た。たぶん次に着るのは恋をしたときだろう。そのとき自分がどこにいるのかはわからないけれど、どこへ行こうと、目的が何であろうと、私はこのドレスを着た母の写真を持ち歩く。シバはここに写る女性の微笑みの後ろに、おそらく彼女の隣に広がる暗闇のなかに潜み、今この瞬間に姿を現すかもしれないという恐れを抱かせる。だけどあれから五年以上、シバは姿を隠したままだ。リチウムと神への祈りが、彼女を入り江につなぎとめている。それでもシバの力は残っている。彼女の地図や領土も、歌や詩も、過去や、髪を巻いたり口紅を塗ったりする些細《ささい》なしぐさも昔のままだ。娘として私は、彼女を墓から掘り起こし、その眉の曲線を、のどのくぼみを、じっくりと観察してきた。私はこの本にシバを刻みこもうと試みた。どこへ行こうと、「私はあなたを捕まえたわ。一生、離さないわよ」と言えるようにするためだ。彼女について知っていることは、私の骨のカルシウムに、私の心臓の紅水晶《ローズクォーツ》に宿り、私の歯の下に挟まっている。

「絶対に忘れないで、この部屋ではあなたが一番きれいだってことを」頭のなかで母が囁く。その瞬間、母の写真を眺める。母はそこにいる。母はまるでシバの女王の娘のように見える。そして彼女は、シバのように、ついにやすらぎを手にいれる。

訳者あとがき

本書は、*Daughter of the Queen of Sheba*, Penguin Books, 1998. の全訳であり、米国の非営利ラジオ局の全米ネットワーク、ナショナル・パブリック・ラジオ（ＮＰＲ）のニュース番組ホストおよび特派員ジャッキ・ライデンが自身の半生を描いたメモワール（自叙伝）である。一九九七年の出版後、ニューヨーク・タイムズ紙からメモワールの傑作と評され、日本を含めて世界十二カ国で翻訳出版されている。

このメモワールは躁うつ病の母親への愛と葛藤に焦点を当てたライデンの自己探求の物語であると同時に、祖母と妹たちを含めた母娘三代の絆を描いた作品ともいえる。性格も興味も異なる彼女たちに共通しているのは、立ち止まることなく人生を突き進んでいく逞《たくま》しさと、悲惨な出来事を乗り越えて行くために必然でもあった、どこか乾いたユーモア感覚だ。このほか事故で聴覚を失った実父、厳格で暴力的だった義父、地元の英雄だった曾祖父《そうそふ》などが登場し、ライデンの人生にどう影響を与えていったのかが綴《つづ》られていく。

ウィスコンシン州で過ごした少女時代に始まり、家を飛び出した大学時代、ロンドンへの留学、ロデオへの参加、シカゴで旅行雑誌の仕事を経てめぐりあったラジオの仕事……やがて中東へ惹き付けられていくライデンの人生には、常にシバの女王に象徴される病に冒された母親の存在があった。どんなに遠くへ行こうともシバは自分のそばにいる。母親との関係から逃れることはできない。理解不能な母親の精神の旅は、ライデン自身の現実の旅と常に重なり合う。だが、シバの存在は重荷であると同時に自分に勇気を与えていることもライデンはわかっている。

あたかもラジオで話しているかのようなライデンの語りが魅力的だ。綿密な情景描写からは町の匂いや土の手触りが感じられ、精神障害の説明には説得力がある。母親のとんでもない想像力の産物や、祖母の泥臭い日常や、妹たちの一見冷ややかな反応を語るライデンの視点は、客観的でありながらも彼女たちへの愛情に溢《あふ》れている。

ライデンは、湾岸戦争下のイラクでNPRの特派員を務めた一九九〇年以降、アラブの専門家としてイラン、イスラエル、アフガニスタンなど世界の紛争地域を頻繁に訪れ、前線の状況を米国に伝えている。綿密なリサーチに基づいたライデンのレポートは、現場の生の声を伝え、人道主義に満ちたジャーナリズムとして高い評価を得ている。

また現在もWeekend All Things Considered《ウィークエンド・オール・シングズ・コンシダード》というニュース番組で定期的にホスト役を務めている。この番組でライデンが募集した人々の物語は、作家ポール・オースターによってまとめられ、日本でも二〇〇五年に『ナショナル・ストーリー・プロジェクト』（新潮社）として出版された（*I Thought*

My Father Was God, Henry Holt & Co, 2001.)。

本書の翻訳は熊丸三枝子さんと共訳させていただいた。文章を丁寧に読み込み、適切な表現を探し出すためには時間を惜《お》しまない彼女の翻訳に対する真摯《しんし》な姿勢からは本当に多くのことを学ばせていただいた。特に会話部分の生き生きとした訳文は大部分が熊丸さんによるものだ。

本書の出版にあたり、編集担当者である晶文社の倉田晃宏さんに心から感謝を申し上げます。また、ユニカレッジの澤田博さん、アメリカ中西部の英単語を教えてくれた友人でアーティストのアナ・ギャスケルさんには大変お世話になりました。そしてアラビア語を手助けしてくれた兄の宮家邦彦と、いつものように文句を言わずに私を手伝ってくれた夫の秦隆司に感謝しています。

宮家あゆみ

二〇〇八年二月吉日

著者について

ジャッキ・ライデン
ワシントンDCおよびブルックリン在住。一九七九年非営利ラジオ局の全米ネットワーク、ナショナル・パブリック・ラジオ（NPR）入社。ニュース番組のホストおよび特派員を務める。九〇〜九一年にはイラク特派員として湾岸戦争をレポート。二〇〇一年9月11日の米国同時多発テロ事件当日は、ブルックリンの自宅におり、NPRレポーターとして最初に事件を伝えた。アルフレッド・デュポン―コロンビア大学賞ほか受賞。

訳者について

宮家あゆみ（みやけ・あゆみ）
神奈川県鎌倉市出身。ニューヨーク在住。ニューヨーク大学大学院・舞台芸術経営学修士課程を卒業。翻訳者、ライター。「アメリカン・ブックジャム」副編集長。訳書に『ブックストア』（晶文社）、『ドラッグ・カルチャー』（清流出版）などがある。

熊丸三枝子（くままる・みえこ）
九州大学理学部卒。ユニカレッジで翻訳を学ぶ。雑誌等に訳文を寄稿。訳書に『ドラッグとしてのセックス』（太田出版）がある。

シバの女王《じょおう》の娘《むすめ》
躁《そう》うつ病《びょう》の母《はは》と向《む》きあって

二〇〇八年四月五日初版

著者　ジャッキ・ライデン
訳者　宮家あゆみ・熊丸三枝子
発行者　株式会社晶文社
東京都千代田区外神田二―一―一二
電話（〇三）三二五五―四五〇一（代表）・四五〇三（編集）
URL http://www.shobunsha.co.jp
ダイトー印刷・美行製本
ISBN978-4-7949-6722-0　Printed in Japan